Le remords de Caïn

Nicolas Cohen-Steiner

Le remords de Caïn

Roman

LE LYS BLEU
ÉDITIONS

ISBN : 979-10-377-8894-8

C'est malgré toi que tu as été formé, et malgré toi que tu es né, et malgré toi que tu vis, et malgré toi que tu vas rendre jugement et compte devant le Saint (béni soit-Il !).

Talmud de Palestine

Prologue

Il n'y a pas de sensation plus étrange, dans le type de douleur qu'elle suscite, que de sentir des flammes vous dévorer le corps alors que ce n'est pas le vôtre qui brûle. Non, ce n'était pas le mien qui brûlait, pas encore, mon temps viendrait bien assez tôt. On dit que chez quelque ancienne peuplade africaine, les Hommes pouvaient ressentir la blessure d'un autre, si cet autre était un proche, un père, par exemple. C'est ce que je ressentis à cet instant alors que les écrans de télévision situés aux quatre coins de la salle diffusaient à l'unisson l'image de cette bière claquemurant le corps mort de mon père, glissant sur ce tapis roulant menant aux flammes du crématoire.

La sensation de brûlure intime, de celle qui vous juge digne d'être le suivant sur la liste, ne s'estompa pas lorsqu'*elle* prit la parole après s'être emparée du pupitre dressé là pour permettre aux proches de rendre un dernier hommage au défunt. Je n'ai, bien sûr, jamais aimé cette femme, non pas seulement qu'elle m'eut si violemment volé mon père, mais sa vulgarité la disputait à une absence totale d'empathie, d'humanité, pour tout dire. Et le numéro qu'elle osa jouer, ce mercredi d'un étouffant mois de juillet, me jeta dans la plus intense détestation qu'il m'ait jamais été donné de connaître d'une de mes semblables. Je n'en ai d'ailleurs jamais détesté une comme j'ai pu la haïr, elle, à cet instant fatidique de la crémation de mon père.

Elle tenta de clamer, les doigts rougis agrippés au pupitre, la voix veule : « Cher Michel, nous sommes tous réunis aujourd'hui non pas pour pleurer ta disparition. Il ne suffira pas du nombre de nos années à rester dans ce monde pour regretter ta perte et te pleurer. Nous sommes là pour dire, pour répéter quel homme extraordinaire tu étais.

Quel père tu étais d'abord. Tes enfants, Toni, Sam, Lili et ton petit dernier, Pierrot. Ceux qui t'ont assisté avec tout leur amour pendant les derniers instants de ta vie », lâcha-t-elle dans une sale éloquence feinte qui me refroidit pour de bon. Les choses avaient bien mal commencé. Mon frère, Henri, était fâché avec mon père depuis longtemps pour d'obscures histoires d'argent et n'avait pas levé le petit doigt pendant l'agonie du vieux, son absence à ces obsèques en étant d'ailleurs la preuve, mais le fait que cette femme ne citât même pas le nom de l'aîné de la fratrie aux obsèques de son propre père, c'était pour moi la plus odieuse bassesse qu'il pût commettre. Et que mon frère fut à présent un homme déchu n'y changeait rien.

La suite n'allait pas me faire changer d'avis sur l'étrange caractère de mon ex-belle-mère. En fait de femme, elle ressemblait à une canne à pêche dans sa housse, non pas qu'elle fut grande, mais toute sa mise apprêtée, sa jupe trop courte pour des obsèques, faisant saillir ses hanches maigres et ses genoux cagneux, ses escarpins trop hauts sur leurs talons et surtout trop pimpants de ce mauve délavé sordide, tout en elle puait le plus mauvais goût mal fagoté. À la regarder discourir de cet air si faiblement assuré, pourtant encore animée de cette ultime force pour le dernier effort, je l'imaginai comme ces peaux de vache qu'on fait installer sur des tréteaux suffisamment haut placés pour permettre au taureau de faire sa saillie, et le taureau l'imagine réelle, alors que sa semence va servir à la reproduction d'autres laitières.

La peau de vache avait toujours eu de beaux yeux, mais la soixantaine avait frappé fort et ses rides autour les avaient enveloppés de choses organiques qui ressemblaient à des toiles d'araignée, cependant dépourvues de symétrie. Ses cils, autrefois si longs et précieusement maquillés, se racornissaient sèchement, à peu près autant que la peau de son visage frappée par les affres du tabac. Le nez, tendu sur les arêtes vives des cartilages, semblait vouloir remonter comme s'il avait été lifté, sa bouche, cachant des dents jaunies, ressemblait à celle d'une grenouille, tant elle s'étirait vers les oreilles, lesquelles, cachées par ses cheveux lissés au brushing, ne laissaient entrevoir que deux boucles d'oreilles rondes d'un or pâle.

Ce fut ce personnage, à la voix éraillée qui reprit, de son sourire enjôleur, mais ô combien insincère : « Après moi, ton fils Samuel prendra la parole », dit-elle encore à mon père mort. J'avais pourtant touché sa main, sa main de mourant, presque froide, la main de mon père jusqu'à sa dernière heure, dévoré par un crabe que personne n'avait pris la peine de diagnostiquer parce que personne ne s'occupait plus de lui, seul comme un rat coincé dans une canalisation obscure. Car ce n'est pas la maladie qui l'a tué, mais la solitude, celle si angoissante à cet âge qu'elle vous fait souhaiter, hâter votre propre fin.

J'avais surtout aimé mon père par-dessus tout lorsqu'il avait été là, avant qu'il ne quitte ma mère et nous nous étions beaucoup éloignés l'un de l'autre, comme souvent, mais me voir ainsi privé d'un tel éloge funèbre, ironique, texte que j'aurais pris soin de préparer pour pondre un vrai *stand-up* à la mémoire de ce vieux salaud de *baby boomer*. Eh bien non, je ne fus pas convié à la cérémonie, la peau de vache considérant sans doute, et à juste titre, que j'aurais mis par terre tout son bel édifice, tout ce beau soulagement que son faux chagrin ne parviendrait jamais à dissimuler.

« Michel, nous nous sommes séparés », osa-t-elle encore de sa voix de crécelle. Non, elle l'a quitté alors qu'il avait soixante-quinze ans et qu'elle en avait cinquante, marre de vivre avec un vieillard et probablement désespérée de pouvoir enfin goûter ses derniers instants de grâce supposée. Elle reprit : « Je ne voulais pas te quitter, mais tu me l'as demandé, pour moi, je t'en remercie encore, et pour Pierre qui ne voulait, ne pouvait plus vivre dans cette maison avec tes habitudes si casanières. »

À soixante-quinze ans, soit on est casanier, soit on est mort. En lisant ses notes, elle voulait dire : ses mauvaises manies de vieux, mais elle avait appris auprès de lui à manier la périphrase. Il m'a dit quelques jours avant sa mort qu'il l'aimait encore, dix ans après qu'elle l'eut abandonné comme un chien.

Bellotte et rebelotte : « Alors, je l'ai fait et nous avons réussi à trouver un équilibre avec Pierre et moi qui passions te voir régulièrement. Tes chats n'étaient pas toujours là pour accueillir la pâtée que nous leur donnions, mais ils se débrouillaient bien tout seuls », gloussa-t-elle. Malgré sa farouche volonté de passer au plus vite outre cette sinistre cérémonie, abréger le calvaire des condoléances, vivre enfin libre, débarrassée de ce quasi-grabataire qui portait des couches malodorantes, sa voix était chevrotante, indécise, vide.

J'eus honte d'être là, d'assister à ce mauvais jeu, car c'était un mauvais jeu de circonstances, de convenances absurdes qui n'avaient plus de sens dans ce contexte où, celle qui parlait, et qui n'avait évidemment jamais évoqué l'hypothèse d'un divorce pendant les dix années qui les avaient séparés, et pas plus l'existence de la donation entre vifs qui, mon frère et moi, nous avait spoliés de notre héritage, n'aspirait qu'à ce que cela se finisse au plus vite. C'était en tout cas beaucoup plus que je ne pouvais supporter, mais je le supportais quand même, restant à ma maigre et sale modeste place, flanqué de mes demi-frère et sœur là où auraient dû se tenir mon frère et ma femme. Ce fut donc Samuel, mon demi-frère qui alla au pupitre comme un impétrant monte pour la première fois à la Torah. Pâle, les lèvres bleues et tremblantes, hésitant comme un novice, avec sa moustache gay à la Freddy Mercury, mais tout de même résolu à faire son devoir, somme toute. Il fit bonne figure puisqu'il ne put laisser échapper ses larmes, ce dont la peau de vache s'était évidemment abstenue.

Sam n'avait pas réellement le choix. Il savait depuis le jour de sa naissance – c'était un garçon intelligent – que son père allait passer alors qu'il aurait à peine trente ans. C'était comme ça. Et il savait aussi qu'il serait tenu de faire ce discours à ses obsèques. Mais je savais moi qu'il n'aurait pas voulu le faire seul, il aurait souhaité, sans doute, que je prenne aussi la parole, simplement pour le soulager de sa peine, qu'il ne la porte pas tout seul, lui, l'aîné de cette seconde fratrie. Mais la peau de vache l'en avait empêché.

Alors, il parla ainsi : « Nous, tes enfants, papa, tous ensemble nous te remercions de nous avoir donné la vie. » Ses larmes submergèrent ses yeux de biche, ceux que sa mère avait eus à son âge, et je m'en voulus encore plus de ne pas être intervenu pour faire mon propre laïus. Dans ma colère, j'avais oublié que les renseignements sur le lieu, la date et l'heure des cérémonies avaient été distillés au compte-gouttes et tardivement. Sam renifla, s'empara d'un mouchoir opportunément glissé là dans la poche de son veston, s'essuya les yeux puis le nez, passa ensuite le tissu sur sa bouche sèche et sa moustache châtaine et enfin sur son front, puis reprit courageusement : « Nous savons, papa, que ta seule tâche, bien plus importante que celle d'enseigner la littérature, a été de repeupler le monde. Tu avais déjà fait deux fils, c'était déjà beaucoup. La vie t'a mené ensuite à d'autres sources, des sources de jouvence pour toi, je le sais. Et à ces sources sont nés tes trois enfants, dont je suis le premier, et le serai toujours. »

Plus une larme ne montait à ses yeux, il était désormais dans son monde, comme on affronte un dragon qu'il faut terrasser coûte que coûte. « Nous fûmes ainsi cinq à repeupler la planète de ses morts, ces morts assassinés, outrageusement assassinés. Lorsque je t'ai vu pour la dernière fois, vivant, tu n'étais plus conscient du mal qui te rongeait, et encore moins de moi-même, mais j'ai senti, en serrant tes doigts si longs et maigres, que ta mission ici était accomplie et qu'elle s'était terminée avec brio. Je t'aime, papa… » Il jeta encore un regard trouble, humide vers ses notes, mais y renonça bientôt, levant timidement le nez, hésitant à regarder l'assistance, il ne voyait plus rien d'autre que les larmes qui obscurcissaient ses yeux, mais surtout la perte irrémédiable de son père.

1

Hector m'appela peu avant sept heures ce matin-là. Un long silence, puis il me dit avec une infinie et délicate réticence – sa voix était blanche – que son maître vénéré était décédé durant la nuit. Une crise cardiaque subite, pendant son sommeil. Le médecin personnel de Sal, le docteur Israël, lui aussi un vieil homme que j'avais parfois croisé chez son patient, mais qui refusait de prendre sa retraite alléguant qu'elle le tuerait plus sûrement que la vieillesse, venait de quitter l'hôtel particulier et avait déjà délivré le certificat d'inhumer.

Tels furent les premiers mots d'Hector, ce matin-là, alors que j'étais encore engourdie dans la chaleur de mon lit. Abasourdie, tel un automate qui refuse d'entrer en fonction, je demandai, non, je chuchotai d'une voix pâteuse qu'il répète ses mots, comme si cette répétition, même prodiguée à l'infini aurait pu me faire comprendre ce que j'étais incapable d'entendre. Car il ne se pouvait qu'une telle nouvelle vienne m'atteindre juste là, à ce moment de ma vie, c'était beaucoup trop tôt ! J'avais juste eu le temps d'allumer la lampe de ma table de chevet et, malgré la lumière, j'avais tâtonné pour me saisir de mon téléphone, comme si j'étais encore dans le noir. Autour de moi, dans cette chambre, je ne vis que des ombres qui semblaient vaciller à la manière de celle des objets qu'une bougie éclaire. Je me redressai un peu plus, écartant d'un geste las de dégoût le drap blanc qui me couvrait, comme si celui-ci avait été le linceul de Sal. J'écarquillai les yeux, tentant péniblement de rassembler mes pensées, car ma nuit avait encore été peuplée de cauchemars, et une sensation de dégoût, de vide atroce me traversant comme un éclair foudroie un arbre, me rejeta vers la nuit noire, comme si celle-ci devait se poursuivre jusqu'à ma fin, et que cette dernière n'était qu'une simple étape dans le train infernal que je menais. Un gouffre s'était ouvert sous moi dont je ne pouvais jauger ni la profondeur ni la terreur d'y chuter, puis d'en toucher le fond, fracassée de désespoir, tant cet homme avait été pour moi le premier et le dernier parmi tous les autres. Salomon Spire, mon Protecteur intime depuis plus de dix ans, mon Bienfaiteur, mon père était mort une deuxième fois.

D'abord, j'avais refusé de m'en convaincre tout à fait, mais lorsque Hector parvint enfin à se reprendre et m'assurer que Sal n'était plus, je ne pus retenir une crise de larmes aussi horrible que celle qui avait suivi la mort de mes parents. Je ne croyais pas pouvoir survivre sans *eux* et encore moins sans *lui*, il était celui que je chérissais le plus au monde, et ce monde me l'avait enlevé.

Quelle terrible cruauté que d'ôter à un être les seules racines qui lui restent ! Car bien que Sal ne fût pas mon géniteur, il était celui qui m'était devenu nécessaire pour rester simplement sur mes deux pieds...

Le temps du chagrin cruel, une fois que la pleine conscience eut enfin pu douloureusement faire face à l'idée de ce chagrin, coïncida avec celui du deuil. Pendant huit jours, je ne sortis pas de mon appartement, me nourrissant de restes, les rideaux tirés, dans une pénombre moite autant due à l'absence de lumière dans cet endroit que j'avais entièrement calfeutré qu'à la mort de Sal. Chaque heure qui passa ainsi tout au long de ces trop longs jours fut ponctuée de sanglots, de gémissements craintifs, de cris étouffés, comme si j'allais devenir folle. Je me regardais parfois dans le miroir et y voyais une gorgone échevelée, les yeux rouges, le teint de cire, la mâchoire serrée écrasant un rictus angoissé. Parfois, parvenant tant bien que mal à me ressaisir, je me levais, buvais avidement un grand verre d'eau fraîche, arpentais rageusement les lieux, m'emparais de mon t-shirt ou de l'élastique de ma culotte (c'était mon simple appareil depuis ma réclusion) pour les triturer nerveusement, sentant encore poindre ce rictus sur ma bouche, comme si j'avais pu extirper de ces minables tissus la profondeur de ma détresse. Je ne réfléchissais pas, ne pensais même pas, mon esprit tout entier était accaparé par la terreur de ma chute imminente qu'appelait la mort de Sal. J'ai cru crever, je le jure ! Vers le 4e jour, je crois, c'était le matin, la concierge glissa une enveloppe sous ma porte. Je ne l'aperçus que par hasard lorsque mon regard hagard, mes yeux vitreux prêtèrent attention à cette tache blanche sur le plancher. Nu-pieds, à quelque distance de l'objet, je tendis ma jambe vers l'enveloppe, m'en saisis de mes orteils et l'attirai à moi. Je parvins à me baisser malgré mon mal de dos, m'emparai de l'enveloppe et l'ouvris en tremblant. Je crus à une invitation pour le vin d'honneur à la mémoire de Sal qui m'aurait permis de me remettre, de rejouer à la femme du monde, de celle que Sal m'avait appris à être ; j'en aurais été capable. Si le blason fantoche des Spire figurait bien sur l'enveloppe – quatre serpents, langues tendues, corps tordus terrassés par le feu d'une flamme – et sur le papier à en-tête qu'une main en colère, sans signature, avait rayé d'un trait : « L'enterrement de mon père aura lieu le 12 de ce mois à Westchester Hills. Nous ne souhaitons pas ta présence avant ce jour. » Nous étions le 4.

***

Près de six mois plus tard, alors que je n'attendais plus rien de la famille Spire après l'enterrement, le notaire de Sal me convoqua un lundi en début d'après-midi alors que de lourds nuages gris glissaient dans le ciel vaporeux et qu'une fois de plus, il allait pleuvoir une de ces averses d'été qui ne rafraîchit jamais l'atmosphère lourde et étouffante de cette ville. Me Olivier Curie de Castelneuf, le notaire dont l'étude se situait boulevard Saint-Michel, portait une large et profonde barbe de jais ; il aimait porter ses origines gasconnes en sautoir, car il semblait cultiver cette barbe fleurie comme son accent sarladais. Un type tout en rondeur, ce notaire, mais une rondeur rigide, sûre d'elle-même, autoritaire. Il chaussait parfois ses lunettes en écailles pour faire mine de regarder une pièce du dossier qu'il connaissait pourtant déjà. Ses petits yeux noisette aux paupières ourlées de longs cils noirs qui couvraient presque son regard, ses incisives écartées lorsqu'il me souriait, sa mine humble de noble pétrie d'intelligence madrée et son sens ultra-professionnel du notariat me firent l'effet qu'il escompta : j'étais en confiance. Il dit, une fois que je fus assise en face de lui et qu'il me lança un regard rond : « Je suis bien aise de vous recevoir, Madame Toledano. Il me tardait de vous faire part, avec la tristesse qui sied à ce type de formalités, des derniers souhaits du président Spire. »

J'avais vu Curie aux obsèques de Sal à Westchester Hills, le cimetière des riches juifs new-yorkais. Nous étions en février et le paysage jusqu'à la mer gris acier au loin était couvert de neige. Les branches massives des chênes vénérables étaient revêtues d'un lourd manteau blanc offrant aux lieux une étrange virginité alors que des dizaines de personnes en noir affluaient vers l'entrée du cimetière faite d'un massif assemblage de pierres grises. Le contraste entre le blanc de la neige et des visages et le noir des vêtements comme des lunettes était saisissant, mais semblait justement vouloir se mêler dans la grisaille froide de ces blocs cyclopéens dont la teinte mêlée évoquait celle de l'océan. Je l'avais aperçu dans cette foule sans savoir qui il était et m'avait paru étrange, non pas qu'il sembla seulement désolé de la perte d'un de ses plus gros clients, ou peut-être même d'une sorte d'ami, d'un confident, que sais-je ; non, il n'était pas à sa place au milieu de cette cérémonie. Il était là, sans l'être, ne connaissant personne, n'osait parler à quiconque, et je vis bien dans quelle sorte de détresse maîtrisée il se trouvait. Je l'étais aussi. Je ne l'avais jamais vu avant, mais sa mise apprêtée de notaire français avec sa fine cravate noir de deuil me fit penser à un personnage de Daumier.

Il m'avait causé de la peine de le voir ainsi esseulé et triste alors que j'aurais sans doute dû être seulement préoccupée par ces obsèques – mais qu'a-t-on à faire des morts quand les vivants sont là, sous vos yeux ? – et c'est avec le souvenir de cette gêne que je l'écoutais me déclarer ce que Sal avait décidé de me léguer : « Madame Toledano, vous n'avez pas été couchée… » dit-il, puis se ravisant, il s'excusa : « Pardon, veuillez excuser ma stupide maladresse. » Je le regardais d'un œil attentif sans même faire mine de relever sa bévue un peu mufle. Après une brève et salutaire pause, Curie reprit enfin, mais je l'entendis comme dans un rêve, observant soudain les portraits de ses ancêtres, aux mines de Bourbon-Parme dégénérés, le nez long, la lippe tombante, couvrir le large mur qui courrait sur plusieurs mètres dans son dos. Du 15e au 19e siècle, plusieurs générations de Curie de Castelnau se succédaient au rythme lent de l'histoire du notariat, accouchant finalement de ce robin bien loti dont le sang avait sans doute été mêlé à quelque nouveauté génétique tant il ne ressemblait pas à ces hommes, mais dont il aimait honorer le culte. Je compris cependant, pendant ma rêverie ancestrale, lorsqu'il me dit : « Vous n'héritez de rien », assura-t-il d'abord, mais comme effrayé par la nouvelle qu'il devait bientôt m'annoncer, il prit son courage à deux mains et lâcha, blême : « Le président Spire ne vous a néanmoins pas oubliée… Une assurance-vie à votre nom… Vous êtes la seule bénéficiaire. Près de 7 millions et demi, Madame Toledano », finit-il, comme extenué.

Curie, pétri de sa componction anxieuse, presque religieuse, de notaire finit par dire : « René, son fils, n'accepte pas ce don de la part du président Spire à votre profit. Il m'a menacé d'un procès si je libérais les fonds. Je lui ai expliqué que je ne les avais pas, mais, tout Conseiller d'État qu'il est, il fait mine de ne pas me croire ; il veut vous poursuivre en justice », ajouta-t-il, accablé à la perspective d'une telle agression judiciaire. Car les notaires détestent les procès. « Comment sait-il pour l'assurance-vie, si aucune clause du testament n'en fait état ? » demandai-je, totalement inconsciente de la fortune que j'étais en passe de toucher, car étrangement préoccupée par la manière dont je pourrais me débarrasser de cet ancien amant éconduit devenu odieux. « Son père a dû le lui dire », avança timidement Curie, alors que tout son visage sentait le mensonge, il était comme rentré dans sa propre barbe.

Sal n'était cependant pas le genre d'homme à mentir à son fils ; il avait dû l'en informer au détour d'une brève conversation à bâtons rompus alors qu'ils étaient seuls, ensemble, car je savais bien qu'ils se fréquentaient encore, bien que le fils haïsse son père. C'est en tout cas ce que Sal m'en avait dit avec cette résignation de l'inéluctable meurtre du père. Sal avait pourtant mis cette haine filiale sur le compte de la mort prématurée de la mère de René, qui avait succombé à un cancer – elle avait été une grande fumeuse – alors qu'elle avait tout juste quarante-cinq ans, comme si son père avait été responsable de sa mort. Mais même si Sal n'avait pas contribué à la perte de sa mère, ce dont je ne doutais pas, il était avéré que Junior détestait quand même son père. Rien ne pousse jamais vraiment à l'ombre des grands arbres.

Pourtant, ce fils-là n'aurait jamais dû prendre ombrage de ce don que son père m'avait fait, car il connaissait l'étendue de ses biens et de ce qu'il allait nécessairement hériter, seul, même s'il devait s'acquitter de droits successoraux monumentaux. Le château du 17e dans le Gers avec cent trente hectares de vigne à Armagnac, le chalet à Saint-Moritz, le Riad à Marrakech, le duplex avec vue plongeante sur Central Park, le manoir néo-gothique dans les Catshills et la villa de douze chambres à Key Biscayne, sans compter la maison de Saint-Jean-Cap-Ferrat suffisaient à dépeindre l'étendue de la fortune au moins immobilière de Sal Spire. Et je n'avais aucune idée de ses autres biens mobiliers. Participations, actions réservées, obligations d'État, stock-options, ses biens devaient être immenses et pourtant, son fils ne voulait pas que j'en tire le moindre kopeck. Sal ne m'avait jamais parlé de cette assurance-vie qui allait me rendre riche et dont ce sale gêneur voulait me priver.

« Quel est le motif de ce procès ? demandai-je à Curie.

— Une assurance-vie ne peut faire l'objet d'un rapport à succession », dit-il en jargonnant.

Je savais intuitivement ce qu'il voulait me dire, mais décidais de le forcer un peu dans ses retranchements de notaire.

« Pardon ? demandai-je.

— L'assurance-vie est hors succession, elle a un bénéficiaire qui n'est pas nécessairement un des héritiers, enfin un héritier unique en la personne de René Spire. C'est vous la seule bénéficiaire, Tsipora – il semblait fasciné par mon nom surgit de la nuit biblique –, pardon,

Madame Toledano. René veut remettre en cause les volontés du président Spire en prétendant qu'il n'avait pas toute sa tête lorsqu'il a décidé cela ; ça n'a pas de sens évidemment, mais tant qu'un procès sera en cours, et qu'un jugement définitif n'aura pas été rendu, je vous fiche mon billet que la compagnie d'assurance ne vous versera pas un sou. »

2

Le fils de Sal, appelé Sal Jr, avait toujours détesté son prénom, comment en aurait-il pu être autrement ? Il avait choisi son second prénom, celui de son grand-père maternel, René, pour faire carrière. Ah ! une belle carrière, presque à rebours de celle de son père, pur héritier : Science-po, ENA, Conseil d'État. Sal, sans doute qu'il détestait ces hauts fonctionnaires hors-sol, ne me l'avait jamais présenté même si, à l'occasion, il m'avait parlé de lui comme d'un sujet qui ne méritait pas vraiment d'être abordé, car je le croisai pour la première fois par hasard en sortant de l'hôtel particulier de la rue Agar après notre habituel thé du jeudi avec son père. J'avais déjà fait quelque pas dans la rue et m'apprêtais à emprunter la rue La Fontaine lorsqu'il me fit face. Trois mètres derrière lui, un grand type chauve tout habillé de noir qui devait être russe et armé, vu son ample vêtement et sa tête de moujik sibérien, le suivait. Nous étions à la mi-juin et, à cette heure, il faisait encore très chaud, de sorte que Sal Jr était légèrement vêtu d'une chemise en lin blanc et d'un pantalon du même tissu beige assorti à la couleur de ses mocassins qu'il portait nu-pieds. Il était aussi grand que son père et avait presque les mêmes traits de visage, la même expression dilettante, aussi ; mais, alors que Sal était d'une maigreur exagérée, son fils avait un cou de taureau que venaient lécher les poils virant au roux de sa poitrine. Il avait négligemment laissé ouverts les boutons supérieurs de sa chemise et je devinais sous la toison moirée qui couvrait son torse la naissance de ses pectoraux profonds et larges, car ceux-ci formaient, à l'attache des épaules, un galbe impressionnant. Il avait roulé haut les manches sur ses avant-bras dont, chose étrange alors que sa poitrine semblait couverte de cette robe presque ocre, ceux-ci étaient exagérément imberbes. Je pus donc aisément observer la puissance de ses muscles que relevaient des veines apparentes qui irriguaient sa chair comme le delta d'un fleuve. Alors qu'il se rapprochait de moi, prêt à nous croiser, je songeais alors à un homo, mais, au regard sérieusement amusé qu'il me jeta, celui qui ressemblait tant à l'observation minérale dont j'avais fait l'objet de la part de son père, je compris aussitôt que je finirais immanquablement par lui céder. Au moment de nous croiser Junior et moi, je fréquentais déjà la maison de la rue Agar depuis plus de trois années. J'avais aussi un peu traîné auprès de Sal, car je me délectais toujours qu'il me parle de Raphaël, du Titien ou de Véronèse, bref de tous ces génies que je ne connaissais que de nom. La leçon du jour portait sur l'œuvre et la vie dissolue du Caravage, me montrant en même temps ses toiles dans un grand livre qui lui était dédié, notamment sa méduse au cou tranché dont le sang giclait qui semblait le fasciner.

Il devait cependant savoir que son fils viendrait lui rendre cette visite ce jour-là, et à cette heure-là – Sal n'aimait pas les surprises, quelles qu'elles fussent – mais il ne hâta pas mon départ, comme s'il avait finalement décidé de renoncer à lui cacher mon existence. Mieux, Sal avait également osé lui donner mes coordonnées, sans même m'en avertir, car c'est son fils qui m'appela le lendemain pour m'inviter à faire connaissance en buvant un verre. Comme si ma personne devait être comprise dans l'héritage que lui léguerait son père. Junior n'avait pas, c'était le moins que l'on puisse dire, le physique d'un maître des requêtes au Conseil d'État – c'était son titre à la quarantaine – mais il est vrai aussi que les membres de cette honorable institution n'ont pas tous un banquier d'affaires pour paternel. Il m'invita à dîner au Grand Véfour où il semblait avoir table ouverte. J'étais enchantée par l'apparence, le charme et la conversation de cet homme. Junior avait un humour décalé, presque anglais tant il paraissait parfois absurde ou simplement noir, cynique. Je ris aux éclats lorsqu'il se mit à imiter ses vieux barbons de collègues, sérieux comme des papes ayant l'air de brochets pris dans la gelée.

De cet homme au visage hâlé, à la voix douce et chaude, et bien qu'il eût près de quinze ans de plus que moi, je songeai secrètement à faire mon amant. Comment une femme peut-elle résister à un homme riche, beau et intelligent ? Il ne fallait cependant pas hâter les choses ce soir-là, car il importait d'abord de garder la distance qui sied à une femme du monde, comme Sal me l'avait enseigné, puis de m'assurer de sa totale virilité, sa vigueur devrais-je dire, chose essentielle à mes yeux. Certains sportifs, comme Junior l'était – il nageait trois kilomètres par jour –, n'ont de puissance que musculaire tandis que tout le reste est décevant. Avec cet amant-ci, mes sens étaient comblés tant la richesse de son esprit avait déteint sur celle de sa manière de me faire l'amour, la force brute côtoyant une délicatesse rare chez un homme.

Après trois soirées en tout bien, tout honneur, il me proposa inévitablement de monter chez lui boire un dernier verre. Nous fîmes l'amour toute la nuit, nos ébats ne s'interrompant que pour boire le Moët qu'il ramenait de la cuisine de son duplex rue de Babylone, dans la somptueuse nudité velue de son torse de nageur, le sexe assez court, lisse, circoncis, mais massif, les fesses hautes et charnues, et son buste proéminent couvert de cette toison couleur d'un miel sombre, comme celle d'un grizzly, contre laquelle je pus m'abandonner comme jamais auparavant.

Le week-end suivant, Junior – il tolérait étrangement que je l'appelle ainsi – m'emmena dans sa maison nichée sur une basse colline dominant le cours paresseux du Cher, au volant de son Aston Martin. Il avait donné congé à son moujik, considérant qu'il était en sécurité à la campagne. La bâtisse, une gentilhommière du 19e siècle, m'avait expliqué Junior, était construite en tuffeau d'un blanc crayeux sur deux étages dont les hautes fenêtres étaient flanquées de volets couleur aubergine. La maison, surmontée d'un toit d'une ardoise de gypse presque noir, était nichée au milieu d'une grande clairière d'un bois de hêtres dont les cimes étaient doucement agitées par la lente brise estivale dans laquelle planait un vol de corbeaux lorsque nous arrivâmes au pied du perron, après que Junior eut garé la voiture.

En haut du perron, comme deux personnages balzaciens attendant leur maître avec une résignation impatiente, un couple de vieux domestiques vint à notre rencontre pour se saisir de nos sacs de voyage, mais Junior refusa de se défaire du sien, tandis qu'il tendit à l'homme mon propre sac. Celui-ci me sourit, de cet air de gêne délicieuse que prennent parfois les hommes rudes et âgés en présence d'une jeune femme. Non pas qu'il enviait Junior que je l'accompagnasse, mais bien qu'il fût simplement heureux que je fusse là, à ses côtés. Le vieil homme avait le visage buriné par les rides, le teint couleur miel, le nez camus et de larges oreilles décollées aux lobes immenses. Ses yeux d'un gris perle étaient peu expressifs, mais c'était sans doute dû au tic qui lui faisait sans cesse battre des paupières. « Pardon », dit-il après avoir posé sa lourde main grêlée sur l'épaule de Junior, en se saisissant de mon sac avec lequel il s'apprêtait déjà à tourner les talons pour remonter les marches du perron et rentrer dans la maison. « Paul n'est pas très causant », me dit Junior en souriant alors que la femme interpella mon amant avec des accents d'amour maternel : « Alors, mon p'tit, te voilà enfin revenu, c'est pas trop tôt ! ». Puis, elle me regarda de la tête au pied, d'un air admiratif, montra toutes ses vieilles dents jaunes et me lança : « Que le Seigneur vous bénisse puisque vous avez réussi à le faire revenir à la maison ! Ça doit faire trois ans qu'on l'a plus revu, le p'tit. Mais enfin, vous êtes là tous les deux et, ma foi, c'est le principal ! » Je sentis comme un malaise chez Junior bien qu'il rît de ces paroles. Je soupçonnai que ce léger trouble provienne de la manière dont cette femme l'avait ainsi infantilisé. Mado – c'était son petit nom – devait bien avoir soixante-cinq ans, le visage rond constellé d'un duvet blanc pareil à ses cheveux, un nez mutin en trompette et de fines lèvres gercées malgré la saison. Ses grands yeux verts assez rapprochés étaient surmontés de sourcils restés étrangement bruns. Elle était belle pour son âge, mais de cette beauté que seules possèdent les femmes de la campagne, celle que façonnent le soleil et le vent. Comme je ne voyais pas de fleurs entourant la grande cour gravillonnée où nous nous tenions encore, hormis d'immenses hortensias en tout début de floraison, je demandai à Mado : « D'où vient cette odeur de roses ? ». Elle me sourit avec la reconnaissance de celle qui rencontre quelqu'une ayant la même passion, jeta un bref coup d'œil attendri à Junior, et celui-ci lui dit alors d'un air entendu : « Va lui montrer, Mado, je m'occupe des sacs. » Sans plus hésiter, elle me saisit alors par la main et m'entraîna dans la maison. J'eus à peine le temps de contempler le décor des lieux où dominait un vieux mobilier de bois sombre que nous nous retrouvâmes elle et moi côté jardin où se trouvait un autre perron de pierres claires constellées de petits fossiles. Là, à nos pieds, un immense parc herbu, entrecoupé de rosiers grimpants multicolores qui embaumaient délicieusement en cette saison. Une symphonie d'odeurs et de couleurs, du rose, du rouge, du jaune, de l'orange, aussi. Le jardin courait en pente douce jusqu'à la rivière d'un vert aqueux parsemée de nénuphars et d'un étrange manteau d'algue glauque qui ceignait un ponton en teck refait à neuf.

Y était amarrée une barque à moteur, un petit Riva. Junior nous avait rejoint et paraissait ravi. Je lui demandai à quoi servait ce bateau, ce à quoi il répondit après un instant d'hésitation : « Mais pour la pêche pardi ! » Mon amant taquinait le goujon et le brochet avec un bateau à moteur, ce qui me surprit, mais je ne lui en fis pas la remarque. Mado, une fois qu'elle m'eut dit que Paul bichonnait ses magnifiques rosiers avec amour, précisant que leur taille était aussi essentielle que le fumier qu'il fallait épandre chaque année à la fin de l'hiver, s'éclipsa, prétextant qu'elle avait à faire en cuisine. « Je te laisse emmener ta belle à ta chambre, René », dit-elle alors qu'elle éloignait déjà sa petite silhouette d'un menu pas pressé. Je dis alors à Junior que je voulais prendre une douche après ce voyage éprouvant, car mené à fond de train, avant de prendre l'apéritif, comme il en avait émis le souhait devant Mado afin qu'elle prenne ses dispositions. Junior me conduisit donc à sa chambre en empruntant le grand escalier de bois presque noir qui sentait l'encaustique. En fait de chambre, il s'agissait d'une suite : une immense chambre à coucher de près de cinquante mètres carrés, un dressing où aurait pu évoluer un cheval adulte et une sorte de salon que je devinais être un home cinéma. Le design de l'ensemble était épuré style aluminium avec du mobilier Starck et, aux murs, pendaient des toiles abstraites toutes en couleurs qui tranchaient avec le minimalisme des lieux. D'un geste, une lueur incandescente nichée dans le regard, Junior me montra l'entrée de la salle de bains. Le lieu où je pénétrai après avoir ôté mes sandales m'apparut comme un havre de beauté et de calme. D'abord, la fenêtre était grand ouverte et laissait entrer une belle et douce lumière vespérale. Le jaune presque blanc des derniers rayons du soleil, à cette heure, balayait les magnifiques céramiques ornées de toutes sortes de motifs floraux, comme des acanthes, et animaux, comme des griffons qui tapissaient les murs, et en renvoyaient la lumière vers moi, en plus de celle qui m'atteignait directement de la fenêtre ouverte.

Enveloppée de cette étrange lueur dorée, je me mis nue. Je laissai tomber sur le tapi de sol carrelé de beige ma robe d'été en repoussant délicatement les fines bretelles de mes épaules. Le vêtement chuta le long de mon corps dans un frou-frou presque silencieux et gisait bientôt à mes pieds. Seulement vêtue de mes sages dessous blancs dont la seule excentricité consistait en un liseré de dentelle couleur paille, je m'en débarrassai également. Mes vêtements ainsi épars, je regardai attentivement mon corps dénudé à la couleur mate de cuivre dans les multiples miroirs de l'immense salle de bains lorsqu'un souffle de vent vint me lécher. Je jetai alors un coup d'œil par la fenêtre et vis que le bois de hêtres s'était mis à bruisser plus violemment, comme si ce vent soudain plus fort annonçait un orage. La fenêtre donnait sur le jardin et, plus bas, sur la rivière verte où les crapauds entamaient leurs chants d'amour, indifférents au vent qui soufflait crescendo. J'aurais dû me sentir comme un coq en pâte dans cet endroit magique si loin du trois pièces de tante Irène, pourtant je ressentis un malaise diffus que rien ne semblait pouvoir expliquer ni dissiper. Je me décidai enfin à prendre cette douche, en espérant qu'elle pourrait m'apaiser. Car, une fois que je fus entrée dans la vaste cabine à l'italienne tapissée d'une belle pierre ocre et que l'eau tiède commença à couler sur moi, je pus identifier l'origine de la gêne qui s'était emparée de moi. Le luxe tel que je l'avais découvert chez Sal n'avait pas le même goût ici. Je m'y sentais comme étrangère, malgré l'accueil chaleureux que l'on m'avait réservé, malgré la bienveillance attentive de Junior, malgré aussi la beauté des lieux, de ce jardin aux odeurs d'été et du cours paisible du Cher égaillé de ces coassements langoureux. Cependant, après vingt minutes d'une douche salvatrice, il sembla que mon trouble s'estompa. En sortant de la cabine, je cherchai une serviette du regard, mais n'en vis pas. Soudainement, comme dans une pièce de théâtre, comme si Junior sut à quel moment entrer en scène, je le vis derrière moi dans le miroir qui me faisait face. Il me fit un clin d'œil, avisa une porte-miroir presque invisible qu'il suffisait de légèrement pousser et s'empara d'une grande serviette d'une blancheur immaculée dont il m'enveloppa. Me pressant exagérément contre lui lorsqu'il me drapa, en frictionnant mon corps pour le sécher, je sentis son désir. Je n'avais pas envie de lui et il le vit sans doute, car il eut un léger mouvement de recul. Mais poussé irrésistiblement par ce désir, il finit par laisser tomber la serviette au sol et, toujours dans mon dos, s'empara de mes seins. Je saisis alors ses avant-bras pour me dégager de cette étreinte contrainte, mais il insista. Ne pouvant me retourner, je le cinglai des yeux au travers du miroir où je pouvais voir la dureté subite de son visage et y contempler le refus de la frustration que je lui infligeai. Au moment où je sentis son haleine que je n'avais pourtant jamais connue si fétide, il vit, dans le miroir, le dégoût qui tordait mon visage. Il me contempla alors, le visage décomposé, les ailes de son nez rendues blanches par sa fureur rentrée, après avoir lâché ma poitrine, se pencha ensuite au sol, se saisit de la serviette, me la remit sur les épaules et quitta l'endroit, sans un mot. J'avais mis un nom sur mon malaise : Junior. Moi qui avais passé les deux dernières années de ma vie à fréquenter compulsivement des hommes, je me retrouvais comme piégée parmi l'un d'eux.

L'apéritif que nous prîmes sans faire la moindre allusion à l'incident de la salle de bains, alors que nous étions assis sur la terrasse en bois exotique que Junior avait aussi fait aménager, ne dura pas longtemps. Comme le vent l'avait annoncé, la première pluie d'orage vint, ce qui nous contraignit à battre en retraite vers le jardin d'hiver où la table avait d'ailleurs été préventivement dressée. Bientôt, alors que nous dégustions le succulent sandre au vin rouge préparé par Mado, des éclairs vinrent strier le ciel et, quelques secondes après, le tonnerre fut sur nous. L'orage était littéralement au-dessus de nos têtes. Le craquement déchirant du ciel, ce lourd bruit mat, comme celui d'une explosion, me fit peur pour la première fois, moi qui n'avais jamais eu peur de l'orage. Une pluie diluvienne s'abattit bientôt qui battait violemment le jardin d'hiver dans un vacarme assourdissant.

Les éclairs étaient tels que nous nous serions crus en plein jour. Mado vint alors. Elle dit qu'il vaudrait mieux aller dans la salle à manger où nous serions tous à l'abri de l'orage. Junior m'interrogea du regard, j'acquiesçai et nous nous levâmes prestement avec nos assiettes dans les mains alors que Mado avait exigé de s'en occuper puisqu'il fallait, de toute façon, réchauffer les plats. Le manège qu'elle fit entre la salle à manger et l'office situé de l'autre côté du vestibule fut délicatement observé par Junior qui semblait ignorer mon regard curieux. Il aimait profondément cette femme. Elle était la réincarnation de sa mère disparue. Mais alors, pourquoi avait-il fallu que j'entre dans sa vie pour qu'il se décide à la revoir ? Qu'avais-je déclenché en lui pour que ma présence le réassigne auprès d'elle ?

Je m'étais finalement trompée. Mon malaise dans la salle de bains n'avait rien eu à voir avec Junior lui-même, ou alors seulement de très loin. Ce soir-là, alors que j'avais appris que Junior chassait aussi, en sa qualité de membre du très huppé club des Amis des Chasses de Chambord, et que j'étais un peu ivre d'avoir sans doute trop bu le Gevrey-Chambertin qui accompagnait le poisson, il me demanda à la fin du repas, et alors que l'orage avait pris fin, si je souhaitais aller me coucher. Cette proposition était assez incongrue dès lors que nous passions le week-end dans sa maison de campagne et que cette situation impliquait que nous nous mettions au lit ensemble. J'imaginai alors que l'incident de la salle de bains avait laissé des traces dans son esprit, en ce sens qu'il n'aurait voulu pour rien au monde me montrer si tôt après son désir, au risque de m'amener à nouveau à repousser ses avances. J'envisageai aussi qu'il eut un peu honte de son comportement puéril, incapable d'accepter cette frustration occasionnée par une femme, surtout venant de la part d'une de celles qui avaient collectionné les aventures comme d'autres enfilent des perles. À quel titre une femme qui avait eu des dizaines d'amants refuserait de se faire sauter dans une luxueuse salle de bains, qui plus est appartenant à un conseiller d'État qui deviendrait riche comme Crésus quand son père mourra ?

Junior, qui connaissait le Tout-Paris, n'ignorait rien de mon passé, auprès de son père. La question n'était pas sotte, c'est pourquoi je me la posai en montant, seule, les escaliers menant à la suite de Junior. Oui, pourquoi ? Les femmes, même lorsqu'elles n'en ont pas envie, et c'est courant pour la plupart d'entre elles, sont capables non seulement de simuler la jouissance, mais aussi même le simple désir. J'aurais pu aisément, je veux dire sans trop me forcer, laisser les grandes mains de Junior sur mes seins, les laisser les masser, rejeter la tête en arrière ou l'incliner béatement, dans un soupir de contentement, puis, m'emparant de l'une d'elles, la faire glisser doucement vers mon sexe. J'aurais pu aussi, tandis que les index et les pouces de ces mains se saisissaient des tétons dressés par l'envie même mimée, mener mes propres doigts à son propre sexe déjà dur.

À vrai dire, je ne m'étais pas reconnue. J'avais tant aimé ça. Était-ce que, hors le cadre de la rue Agar, sans la présence de Sal derrière le miroir sans tain, mon désir n'était plus, ou était autre ? C'était stupide puisque nous avions fait l'amour dans son appartement parisien. Ou alors était-ce que, installée comme maîtresse officielle, presque à la manière d'une compagne, je devais lui faire respecter les formes qu'impose ce statut qui ne pouvait souffrir d'être galvaudé ? J'étais montée parce que la question de Junior m'y avait invitée, et non, car j'avais sommeil. Je n'avais pas envie de dormir, car je ne me sentais pas tranquille, comme une naufragée qui, accrochée à un radeau de survie, sait que la terre est proche, mais ne la voit pas encore.

Je m'installai dans l'immense canapé du home cinéma après avoir choisi de revoir *Barry Lindon* et regardai le film, en attendant un peu fébrilement son arrivée. Que pouvait-il bien faire en bas, me négligeant ainsi comme une femme répudiée ? Était-ce sa minable revanche du camouflet que je lui avais infligé en lui refusant mon corps ? Alors que la scène déchirante de la mort de l'enfant venait de s'achever – sans doute la plus belle scène de cinéma –, je l'entendis enfin rentrer dans la chambre, me saisis précipitamment de la télécommande et éteignis aussitôt. Mais je me refusai à lui demander pourquoi il avait tant traîné. La voix douce de Junior dit : « Tu peux continuer à regarder, si ça te chante. » Il avait dit ça comme s'il lui était indifférent que je sois là ou pas, et cela me piqua au vif. Je n'hésitai pas, me levai et vins l'accueillir alors qu'il venait d'ôter sa chemise de lin rose assortie à son pantalon du même tissu rouge, et se dirigeait vers la salle de bains. Je l'interpellai d'une voix que j'essayais de faire la plus douce possible : « Attends ! ». Il s'arrêta, me regarda d'un air indéfinissable et, soudainement, alors que mon esprit n'y était pas du tout préparé, touché sans doute par les larmes du héros face à la mort de son fils, je ressentis un violent désir. La vue de cet homme grand, fait et viril, de sa mine qui avait viré à l'étonnement par ma douce injonction ressemblant à un ordre, m'avait transportée là où Junior devait probablement m'attendre.

Il me fit vraiment penser à un enfant alors qu'il avait, du moins en apparence, car il était à moitié nu, tout d'un adulte. Par pudeur ou par honte, il n'aurait sans doute pas retenté quoi que ce soit de la soirée, et de la nuit avec moi, et il fallait donc que je prenne cette initiative. Il sourit, comme un môme qui a fait une bêtise et pense que la sanction est inéluctable, puis constate sans trop y croire la mansuétude dont on sait finalement faire preuve à son égard. Je m'approchai de lui, le pris par la main et le fis s'asseoir sur le bord du lit. Il ne dit rien, me suivit docilement et s'assit sagement, le dos courbé, les avant-bras appuyés sur ses cuisses, mains croisées. Je m'agenouillai devant lui et fis glisser ses bras vers l'extérieur de ses jambes. C'est alors qu'il jeta ses bras en arrière afin que ses mains s'appuient sur le lit dans son dos et me présenta son bassin. C'est ce que j'attendais. J'ôtai son slip doucement tandis qu'il soulevait légèrement les fesses et m'emparai de son sexe que je fis d'abord aisément durcir avant de le placer délicatement sur mes lèvres puis de l'introduire dans ma bouche. Pendant tout le temps de cette longue fellation, je refusai de le regarder, contrairement à mes provocations habituelles avec mes amants. Soit que je gardai les yeux clos, soit que, les ouvrant à moitié, j'observai le large sexe luisant aller et venir au gré de mes succions. Cette nuit-là, comme si nous avions tous deux quelque chose à nous faire pardonner, nous fîmes plusieurs fois l'amour.

Le lendemain matin, après le petit-déjeuner, il voulut me montrer ses voitures de collection. Les bagnoles étaient soigneusement alignées dans un garage gargantuesque de cinq mètres sous plafond, lequel était ajouré de velux qui éclairaient les rutilantes autos du soleil matinal. Il m'expliqua qu'il ne collectionnait que les voitures de l'entre-deux-guerres et qu'il nourrissait une passion immodérée pour les Singer ayant couru Le Mans. Tout en caressant là une aile, ici un capot, qu'il testait la raideur d'une bande de cuir ceignant l'un de ceux-ci, le moelleux patiné d'un baquet de pilotage, il se promenait avec moi en me regardant avec un sourire interrogateur, comme s'il attendait que j'acquiesce à son béguin pour ces tas de ferraille. Je souris de cette tendresse enfantine, et me demandai, tandis que nous roulions désormais sur la route du château de Chenonceau – le plus féminin des châteaux de la Loire, disait-il – pour quelle raison étrange un tel homme était resté célibataire. Il aurait pu épouser n'importe quelle femme, mais s'il ne l'avait pas fait, c'était parce qu'il attendait de *la* femme imaginée qu'elle lui donne quelque chose qu'elle ne peut lui apporter pour la raison simple qu'elle-même l'attend de l'homme. Toutes les femmes aspirent à un homme qui leur aménage un nid, oui, mais ce n'est pas suffisant, car, dans la lutte obscure que se livrent les êtres d'une même espèce, la violence est nécessaire. Elle est le substrat de toutes velléités reproductives. Alors, sans cette violence masculine inhérente à la survie de l'espèce, la femme hésite, y va, puis renâcle pour finalement décider de ne pas franchir le pas décisif. Lui, parce qu'il était né fils de Salomon Spire avec une cuillère d'argent dans la bouche, peu instruit par son père de la dureté de la vie qui, il est vrai, l'avait lui-même peu endurée, ne pouvait tout simplement pas voir, et encore moins comprendre, que la méchanceté, le mal était aussi déterminant qu'invariant de la survie.

Il est vrai aussi que Junior m'avait assez vite montré son refus de vivre en couple avec moi alors que nous avions souvent évoqué un tel sujet lorsque je me sentais encore bien avec lui, refusant aveuglément de voir à quel point il ne pouvait me convenir. Il n'était pas en son pouvoir d'amarrer une femme à sa vie, car toute femme aspire à la violence des sentiments. J'aurais pu jouer le rôle de l'être violent, moi dont la personnalité s'était bâtie sur la perte des gens aimés et donc au faîte de ce que signifiait la lutte pour la vie, mais je ne pouvais envisager une existence privée du sentiment d'être aimée. Il aurait fallu que Junior m'en montre l'envie, qu'il exprime ce qu'il avait sur le cœur, qu'il me dise qu'il pouvait m'aimer. Mais il n'en fit rien. Personne ne le lui avait appris, et il n'avait pas su s'éduquer tout seul.

En définitive, ce qui clochait avec Junior, à part bien sûr son allergie à la violence comme sa mollesse affective, était qu'il n'avait aucun défaut manifeste, et ça le rendait sans qualités. Pendant ces quelques semaines que j'ai crues idylliques, avant que je ne me rende enfin compte de la neutre supercherie de cet homme, aussi incapable d'aimer que de l'être, je ne vis plus son père. Celui-ci ne m'appela pas, comme s'il avait su que j'étais avec son fils. Junior le lui avait-il dit ? J'en doutais, alors c'est qu'il l'avait deviné. Je ne craignais pas que Sal connût ma relation avec son fils et encore moins notre rupture, car je n'ignorais plus rien de la rancœur de Junior à l'égard de son père, et que, par voie de conséquence, cet amant tairait à jamais ce que nous avions vécu ensemble.

Mais c'est pourtant au moment où Sal recommença à m'appeler, croyant pour ma part qu'il était désireux que je reprenne du service rue Agar, activité interrompue par ma relation avec son fils, que je sentis chez Junior un lent glissement. Je n'avais pas encore eu clairement conscience, à cette époque, de l'impossibilité de notre relation, mais il est probable que Junior ait ressenti ce vide qui commençait à se creuser entre nous. Et comme c'est souvent le cas, cet espace entre deux êtres s'élargit, justement quand l'un d'eux fait mine de vouloir le combler. Je m'étais convaincue, petite fille sotte aveuglée par les apparences, qu'un tel parti ne pouvait se refuser. C'est donc bien lui qui me montra les premiers signes de la fin, devançant ainsi mes propres aspirations, et je soupçonnais son père d'en être à l'origine. Sal justement, lorsque je le revis pour la première fois après cette fausse romance, ne me parla jamais de son fils. Il me dit seulement qu'il avait acheté une galerie d'art à Saint-Germain-des-Prés, et que je pourrais m'en occuper, car il pensait que j'adorerais ça.

3

Pour un avocat, même un type comme moi qui n'a pas besoin de ça pour vivre grassement de ses rentes, ouvrir un nouveau dossier rémunérateur est toujours une bénédiction éternellement recommencée. Même le dossier d'un Juif. Oui, lorsque René Spire me demanda de le rencontrer au Lutétia, j'ai accepté de le voir, car ce ne pouvait être que pour des raisons professionnelles. Il savait que nous n'aurions aucun atome crochu et que cette proposition de rencontre était neutre. C'est ainsi que j'ai accepté de défendre un Juif. Je n'avais jamais, ô grand jamais, imaginé que ça se pût, et pourtant ce fut. Cet homme, sans aucunement me convaincre de la justesse de sa cause, car il avait échoué à me démontrer que son père fût sénile au moment d'abonder l'assurance-vie, pensait encore qu'il le pouvait. C'est sans doute cette ténacité d'ailleurs typiquement juive qui m'incita à accepter son dossier ; son pognon, aussi, sans doute car j'aime – comme à peu près tous ceux qui le peuvent – gagner de l'argent sans trop rien foutre, et ma position définitivement assise dans le monde me le permettait. Je facturai d'ailleurs bientôt au Juif Spire une demande de provision sur honoraires de 35 000 € HT, qu'il régla par virement sous huit jours, une fois que nous eûmes conclu l'affaire.

Mais à cet instant, j'observai Spire assis en face de moi, ses longues jambes croisées au bout desquelles se balançaient négligemment des John Lobb à doubles boucles d'un ocre pâle. Derrière lui, au-delà de l'immense bar en bois blond où s'agitait le personnel, se dressait cet immense mur de verre vertical sur lequel avaient été agencés des rayonnages horizontaux, du même matériau, exhibant des dizaines de bouteilles d'alcool de toutes sortes et de toutes provenances dont les couleurs chatoyaient à la lumière des platanes agités juste après ce mur dans la rue baignée de soleil. Il formait comme une gueule de Moloch, car, à ses deux extrémités supérieures, avaient été construits des œils-de-bœuf art déco, perçant la façade de l'hôtel et éclairant le bar où nous étions. Le tout formait une ouverture béante dans laquelle j'aurais voulu m'introduire pour y boire tout l'alcool qui s'y trouvait.

Spire a cette répugnante élégance de dandy, genre Lord Byron en plus massif et plus vulgairement juif aussi, ce port de tête si hautain qu'il en devient comique, grotesque. Il portait un costume de toile vert piqueté de chevrons marron, coupé à *Saville Row*, et une cravate en tricot couleur chocolat. Au poignet droit, une Patek-Philippe que je vis déborder de sa chemise blanche à poignet mousquetaire lorsqu'il lissa sa courte barbe couleur paille bien taillée, laquelle ne parvenait pas à dissimuler la large fossette qui fendait son menton, lui donnant un air étonnement viril, malgré ses cheveux mi-longs. Il devint moqueur ce menton lorsque Spire le hissa en l'air avec dédain tout en levant les yeux au ciel quand je lui posai cette question :

« Quels étaient vos rapports avec Madame Toledano ? demandai-je avec une innocence à peine feinte après qu'il m'eut exposé son cas dans ses grandes lignes.

— Que voulez-vous dire ? » tonna-t-il, en regardant autour de nous, comme si quelqu'un nous observait dans ce salon cossu où, à chaque fois que je m'y rendais, j'imaginais des officiers allemands déambuler en uniforme vert-de-gris, ou alors des rescapés des camps après la guerre.

Cet hôtel avait hébergé la *Kommandantur* du *Gross Paris* pendant l'occupation puis avait accueilli toute la misère du monde. J'avais vu, lorsqu'il tourna ainsi la tête, un strabisme dans son regard pourtant caché derrière les verres fumés de ses lunettes. Spire semblait sincèrement surpris tant par l'indiscrétion de ma question que par sa propre réaction. « Je veux dire, enchaînai-je nonchalamment, l'air assez inélégant de me moquer de lui, que vous n'avez pas besoin de l'argent de cette assurance-vie. » Je fis une pause comme pour ménager mon effet, tel un mauvais acteur, puis repris : « Je veux dire que si vous voulez que je lui fasse ce procès en votre nom alors que vous avez toutes les chances de le perdre, c'est précisément parce je pense que vous avez eu des rapports intimes avec elle. »

Comme rentier, synonyme de conseiller d'État et de fils de banquier d'affaires, il sait aussi bien que moi que l'argent n'est jamais un moteur, ni même une fin, mais un simple prétexte pour exercer toutes sortes de pouvoirs, par exemple flatter ses rancœurs. Spire dit alors :

« Je ne vois pas en quoi le fait que j'ai pu avoir des *rapports intimes*, comme vous dites, avec cette personne depuis que mon père l'a fait entrer sous son toit change quoi que ce soit au dossier que je souhaite vous confier, asséna-t-il, non sans raison. Mais si cela vous pose quelque problème, je saurais sans doute trouver un de vos confrères qui accepterait de soutenir ma cause sans poser ce type de questions inconvenantes, voire désobligeantes.

— L'avez-vous baisée, oui ou non ? », osai-je, car je sentais le type mûr pour l'implosion puisque je l'avais vicieusement contraint à se remémorer la fracture narcissique que lui avait causée la perte, non, la *défection* de cette femme.

Ça ne manqua pas ! Il quitta soudainement son assurance policée de Grand-Commis-de-l'Etat, et je jubilai intérieurement lorsqu'il me cracha au visage : « Mais le Tout-Paris l'a baisée, cher maître, mon père aussi, j'en suis sûr », éructa-t-il rouge comme une pivoine, son teint s'y prêtait.

Il avala son thé pour se calmer – c'était son *tea time* – et je fis de même avec mon bourbon. Je ne pouvais croire que les Spire père et fils se soient entichés d'une simple petite putain juive aux galbes parfaits, à la peau douce et aux caresses expertes. Ces gens-là étaient issus d'un tel milieu qu'ils n'auraient jamais cédé aux avances d'une gourgandine, d'une demi-mondaine, une de ces obscures gonzesses aussi girondes que fines mouches qui hantaient les palaces. Elle devait receler ce secret qui rend les hommes fous, une de ces énigmes indéchiffrables que propose le sphinx qui ne les laisse pas en paix tant qu'ils n'en ont pas percé ce mystère, ce qu'ils n'arrivent d'ailleurs jamais à faire.

Les Spire étaient connus dans tout Paris. Ils faisaient partie de ces juifs, français et riches depuis près de cent vingt ans, et ceux qui essayaient de fréquenter le monde des arts, de la haute finance ou du droit public se seraient damnés pour bénéficier ne serait-ce qu'un peu de leur faveur. Je connais si bien tous ces traîne-savates qui sucent roues et bites savamment.

L'un de mes amis m'avait raconté avoir assisté à une conférence donnée par Sal Spire dans les salons du Plaza quelques années auparavant, qui avait d'ailleurs fait l'objet d'un opuscule publié par un éditeur complaisant, car il l'avait publié sous pseudo, que je m'étais ensuite procuré. Spire alias Ajax y affirmait que l'art avait été dévoyé par la politique au XXe siècle et avait définitivement perdu tout intérêt au XXIe, car il se résumait désormais à de simples placements financiers. La première période qu'il décrivait entraînait le lecteur sur les traces des fauves, cubistes, surréalistes, de l'art dégénéré des nazis, du réalisme soviétique pour s'achever par le pop art, consternant avatar de la photographie qui avait réduit à néant toute tentative de représentation figurative. Spire, qui aimait Lucian Freud autant que Walter Benjamin, pensait que le figuratif, malgré la photo à haute définition, avait plus que jamais sa place dans la peinture. Il écrivait aussi que tout le monde avait été copié, que Goya avait copié Velasquez et Zurbaran, que la collection privée de Picasso était pleine d'œuvres impressionnistes, que le maître avait lui-même copiées. Que Degas et Cézanne allaient tous les jours copier au Louvre.

Pour Spire, la peinture s'était définitivement arrêtée à Pollock, Rothko *et* Freud. La seconde période était traitée avec un humour froid, car il savait, mieux que personne sans doute, la différence entre l'art et l'argent. Non seulement, les créateurs contemporains – il refusait de les appeler « artistes » – n'avaient aucun talent, mais parvenaient à dissimuler leur médiocrité sous des titres d'œuvres faits d'une langue jargonneuse, d'un sabir ridicule destiné à étouffer le spectateur crédule dans un doute existentiel dont celui-ci se gobergeait dans les dîners en ville, dans son entre-soi minuscule, qu'il s'imaginait pourtant si vaste.

Spire ne reprochait cependant pas à ces gens de tenter de créer – « Comment échapper à sa propre vanité ? », questionnait-il suavement – mais de se placer dans le sillage des squales de la finance pour faire monter leur côte. Ces requins-là se délectaient de gagner en plaçant leurs pions sur de minables faiseurs, car il suffisait qu'un de ces barons donne un ordre d'achat d'untel ou untel pour que tout ce petit monde minable frémisse de reconnaissance et de gain potentiels.

***

À la fin de cette houleuse entrevue avec René Spire, je me demandais, ce que j'aurais d'ailleurs dû faire depuis le début de ce brunch pendant lequel je bus encore plus que de raison, mais cette habituelle envie d'alcool me privait de toute vile euphorie d'ivrogne, la raison pour laquelle cet homme était venu me voir. Mon passé était connu, ma trogne d'alcoolo pouvait aisément être googlisée ailleurs qu'au Lutétia, et mes sombres passions étaient faussement dissimulées sous une activité professionnelle décousue. Ce conseiller d'État, fils d'archevêque juif, portant beau et tellement sûr de son fait, ne pouvait m'avoir choisi que pour une seule raison : cette femme était juive et, comme telle, devait constituer une cible de choix pour moi.

Je savais pourtant la partie perdue d'avance – j'enverrai un collaborateur se faire écharper à l'audience –, mais ma curiosité pour cette mystérieuse femme, moi qui n'aimais que les négresses, me perturba plus que je ne l'aurais voulu. Nous nous revîmes dix jours plus tard à mon cabinet installé dans ma villa du parc Monceau, alors que nos agendas concordaient. Nous conclûmes l'affaire et, en prenant congé de Spire, je ne pus pas m'empêcher de lui demander :

« Quel ce type qui vous accompagne ?

— Quel type ? répondit-il par une question.

— Celui qui scrute les murs en salle d'attente, lui dis-je, ayant discrètement observé l'écran placé dans l'un des tiroirs de mon bureau me permettant de regarder à loisir ce qui se passait partout dans mon cabinet. Le gars en question avait les orbites presque vides tant les yeux y étaient enfoncés. On ne pouvait d'ailleurs deviner la couleur de ses yeux. Des pommettes si slaves qu'elles semblaient asiatiques. La masse de son visage était à peine altérée par la petitesse de son nez cassé. À le voir, il faisait réellement peur.

— Ah ! il scrute les murs, ça ne m'étonne pas de lui, il y a quelques lithos de Steinlen, si je ne m'abuse, il doit apprécier. Le peuple martyrisé par la soldatesque. C'est tout russe, non ? Et il y a un Dufy, un autoportrait, très beau. Vous avez bon goût. C'est Evgueni, mon chauffeur, dit-il simplement, avec la légèreté d'un homme qui en estime un autre.

— Un chauffeur reste dans la voiture lorsqu'il attend son patron, avançai-je.

— C'est parce qu'il n'est pas seulement mon chauffeur. Vous voulez en savoir plus sur lui ? Je le sens. Je vais vous en parler, alors. Evgueni vient de Novossibirsk, c'est la capitale de la Sibérie, mais je pense que vous le savez. Lorsqu'il est venu en France en 1998, ne me demandez pas comment, car je ne le sais pas et ne lui ai jamais demandé, il avait déjà eu une vie bien remplie : un travail, une épouse, une fille, même. Il avait vingt-deux ans. La première chose qu'il ait faite en arrivant ici, c'est de s'engager dans la Légion. On l'a pris et il est rapidement devenu sous-officier dans une unité parachutiste. Contrat de cinq ans avec possibilité de rempiler et d'obtenir la nationalité française, ce qu'il fit, les deux, je veux dire. Il a fait deux mandats. Il voudrait que l'appelle Eugène, mais je n'y arrive pas. Pour moi, il est définitivement Evguéni Ivanovitch Stavroguine.

— Ces gens-là sont faits d'un genre d'acier que ni vous-même – je sais pourtant que vous avez sauté en parachute, dit-il mystérieusement – ni moi ne soupçonnons. Evguéni pourrait vous tuer et passer vingt ans en prison pour moi, dit-il en me fixant d'un air inquiétant. N'ayez crainte, je plaisantais, lâcha-t-il en se levant. »

Non, il ne plaisantait pas, car je renonçai à aller le raccompagner à la porte de mon cabinet, flanqué de son moujik. Mais avant de le quitter, je ne résistai pas à lui glisser :

« Pourquoi avez-vous besoin d'un garde du corps ?

— Je m'appelle Spire, cher maître, vous savez sans doute ce qu'implique de porter un nom juif, qui plus est de juif riche, répondit-il froidement en quittant mon bureau, sans un dernier regard. »

Le quittant, il fallait bien ensuite que j'en sache plus sur Tsipora Toledano, car je n'avais finalement rien osé demander à Spire. Stupide ! je passai une bonne heure à essayer de trouver sa trace et finis par identifier une galerie d'art. Une galerie de bronzes contemporains dont elle semblait être l'animatrice. Mais étrangement, il était impossible de trouver la moindre photo d'elle sur le Net. J'en étais frustré, non pas tant de ne pas savoir à quoi cette femme pouvait bien ressembler – je me l'imaginais somptueuse pour avoir réussi à séduire ces gens de la Haute-Société-Juive – mais bien par le fait qu'elle avait certainement et délibérément refusé de s'exposer devant un objectif, moi qui nourrissais depuis l'adolescence une passion sans borne pour la photographie. Chassant cette frustration, mais encore dévoré par la curiosité, je me suis finalement résolu à penser que cette femme – et cette galerie d'art – était la danseuse de Sal Spire, mais il me semblait aussi qu'ainsi placée au beau milieu de cet écrin artistique, le vieux Spire avait voulu l'ériger en égérie de la cause des femmes. Non pas qu'il se fut agi d'un combat *politique* mais bien d'une démarche *esthétique* qui mêlait nécessairement l'art et les femmes.

Ce rendez-vous avec Spire me laissa un goût amer dans la bouche et je profitai de ce vil prétexte pour me verser un verre de bourbon, une fois que je me fus rendu au bar mural que j'avais fait installer dans mon bureau, à côté du petit Matisse représentant un enfant marocain de la casbah de Casa courant dans une ruelle baignée d'une lumière ocre et tamisée. Cette petite toile n'est référencée nulle part, mon grand-père l'a acheté à des juifs aux abois en 43, et n'a jamais été répertoriée, mais elle est signée du maître, et elle est à moi. J'admirai le tableau et ce spectacle africain me fit faire volte-face non sans avoir d'abord bu une solide gorgée de whiskey. Je me précipitai vers mon téléphone, appuyai sur le bouton de contact de ma secrétaire – je refusais de l'appeler « assistante » – et lui dit, passablement excité :

« Laurence, à quelle heure le prochain vol pour Dakar ?

— Je vérifie, Maître.

— Faites vite, je reste en ligne. Elle connaissait mes habitudes et moins d'une minute plus tard, elle répondit.

— Dans trois heures, maître, ça va être juste, non ?

— Prenez-moi un billet. Alain est là ? demandai-je encore.

— Non, maître, il est en congé pour la semaine, répondit Laurence.

— Alors, commandez-moi un taxi, je pars. »

***

J'étais rentré dans la carrière comme la suite logique de toute mon existence passée. Je devais *faire* le droit, sans trop me soucier de celui qui était censé être seul à le créer : le législateur ; et le seul à l'interpréter : le juge. J'avais depuis longtemps décidé, en tant qu'anarchiste de pacotille puisque ma mère était riche, que je n'aurai ni dieu ni maître, mais je me résolus aussi au fait qu'il fallait que je trouve un homme capable de m'enseigner comment utiliser le droit afin précisément de m'en abstraire. Il se trouva que cet homme, cette figure trouble du prétoire pénal, cherchait précisément un jeune confrère tel que moi pour le seconder. J'ai postulé, et il me prit. Une aubaine !

La défense de rupture, disait-il, une rupture *politique* : il balançait des sacs de merde à la face de l'institution judiciaire, mais elle devait l'écouter puisqu'il incarnait *aussi voire d'abord* l'Institution. Et il avait raison, en avocat libre, indépendant, dans un processus démocratique incritiquable, car confinant au christique dont il jouait avec brio, l'homme était un seigneur de la guerre dont ses traits semi-asiatiques semblaient confirmer le statut. Il choisissait ses dossiers, ses *causes*, disait-il, le cigare rivé au bec, et ils étaient tous politiques, et tout aussi rémunérateurs. Il avait ce sourire de magot madré au teint jaune, des yeux minuscules qui ne filtraient pas le moindre sentiment, mais dont sourdait une intelligence redoutable, presque diabolique. Celle de ceux dont la conviction intime est que le mal – le meurtre politique, par exemple, même de masse – relevait d'une *nécessité ontologique* dès lors qu'il pouvait servir à abattre un mal plus *grand* encore. L'ennemi était identifié depuis longtemps entre lui et moi, sans même que nous ayons abordé le sujet, c'était pour cela que nous nous entendions si bien. J'aimais sa grandeur, cet idéal selon lequel la fin justifie tous les moyens, débarrassé des mièvreries humanistes, des fausses pudeurs de lâches.

C'est ainsi qu'il me fut donné l'honneur de connaître – et de défendre – Louis-Karim Sayed. Sayed a pris perpète. 30 ans incompressibles. Ponte de l'aile politico-militaire du FMLP (Front Marxiste de Libération de la Palestine), l'homme aimait aussi chasser lui-même ses ennemis, en un mot, tirer personnellement sur la cible. Celle que son commando avait logée, surveillée et tenait à la disposition du boss. Il n'est pas tombé pour ça, mais seulement pour complicité d'assassinat terroriste, les enquêteurs et les juges soupçonnant, à juste titre, que s'ils n'avaient pas de preuve du crime lui-même, leur intime conviction était qu'il avait personnellement tué ces diplomates. Mais on n'a jamais retrouvé les armes des crimes et personne n'a jamais parlé.

Je lui faisais face dans ce parloir de la centrale de Poissy. D'abord, lorsqu'il me vit à travers le plexiglas translucide, mais cradingue, le type tiqua : il devait s'attendre à ce que son avocat, mon patron, le petit magot génial fasse le déplacement jusqu'à la prison où il était enfermé dans l'attente de son procès. Sa barbe était noire et dense, bien que l'homme fût férocement marxiste, celle-ci ne relevait pas d'un rite islamique – il était chrétien – mais de son atavisme moyen-oriental. Un orgueil sombre, viril, outrageusement déterminé, décisif dans le processus de décision. Un pro du meurtre, il aimait ça, cela se voyait à son nez lorsqu'il me parla de son passé alors que je réussis à le mettre en confiance. Son nez d'arabe, fin à la racine, mais qui s'évase jusqu'aux narines, disait presque tout de lui sans qu'il ait eu besoin de prononcer le moindre mot. La masse noire que formaient ses cheveux, sa barbe et ses sourcils relevait d'une espèce de nébuleuse qui avait agrégé en elle toutes sortes de particules négatives.

L'essence de la particule, c'est l'électron. Il a une masse, oui, mais il n'est pas un : il est particule et onde, à la fois. C'est-à-dire qu'une particule physique, selon la mécanique quantique, peut-être une chose et une autre, simultanément. Comme la conscience naît de l'effondrement d'une structure quantique. Sayed relevait de la physique quantique, car il était un tueur courtois, mais toujours animé d'une rage froide, même son amabilité était glaciale. On ne pouvait voir sa mâchoire cachée par cette toison d'ours, mais il suffisait d'entendre le choc de ses dents dans sa bouche faite de lèvres si orientales, déchirées par endroits, pour savoir que cet homme était farouchement *vivant* mais dans une seule et inlassable quête de *mort*. Il a été condamné en 1988 et aurait donc dû être libre aujourd'hui, mais il se trouve que cet homme ne devrait jamais revoir la liberté, car tout le monde savait, lui compris, qu'il tuerait à nouveau, si on le laissait sortir.

C'était le premier beau dossier de pénal dur que je touchai chez mon patron, lequel obtenait en Suisse les financements nécessaires à la défense de types comme Sayed. Certaines influentes et riches personnalités helvétiques aidaient grandement à ces meurtres, tout en se fournissant une caution morale et politique avec l'aide qu'ils octroyaient à ceux qui luttaient amèrement, mais légitimement contre l'impérialisme américano-sioniste. Il est vrai qu'il y a une *Abomination américaine*. Le règne de la rentabilité-reine est exécrable ; cet amour immodéré du dollar est abject ; la volonté outrancière de profit, la cupidité est-elle juive ou seulement humaine ? Mais dans tout cela, où est l'*être* ? Nulle part. Le communisme a failli, le fascisme a failli, alors quelle autre idéologie que celle qui unit ces deux prétendus contraires aurait pu être autre chose qu'une religion, une religion avec un vrai Dieu ? Plus de deux milliards d'individus étaient en mesure de foutre à bas cette saloperie d'empire américain, s'ils étaient bien conseillés par des minorités agissantes et sans scrupules aux quatre coins de la planète – une sorte de nouveaux

Bolcheviks. Il y avait une alliance objective entre les *nôtres*, la gauche radicale et l'islam, une seule et même intense détestation nous animait tous : celle des juifs et du capitalisme décadent honnis, mais c'était synonyme, bonnet blanc ou blanc bonnet, n'est-ce pas ?

4

Les six heures de vol entre Paris et Dakar, me laissant sevré d'alcool et donc nerveux, me donnèrent le temps de ne plus penser à Spire et surtout à sa Juive, mais à ma tendre Aminata. Je m'imaginais déjà, un verre à la main, dans le spa extérieur du superbe penthouse avec double terrasse que je lui avais offert aux Almadies, la banlieue chic de Dakar au bord de la mer. Elle se baignait avec moi, mais toujours avec la plus grande pudeur, refusant mes avances et s'empêchant de prendre la moindre initiative. Aussi, l'eau bouillonnante s'arrêtant à la naissance de ses seins, la protégeait d'une trop grande proximité avec moi et de la vue des voisins, alors que la terrasse n'avait aucun vis-à-vis. Elle sortait toujours la première, en me demandant de fermer les yeux et contrôlait étroitement mon obéissance. J'en riais à chaque fois, et elle-même ne pouvait s'empêcher de sourire. Alors, je détournais le regard, observant la cime des palmiers qui bordaient la plage toute proche ou regardais voler les pélicans roses qui volaient entre la lagune et la mer. Une fois sortie du jacuzzi, vêtue d'une tunique de lin blanc brodé de rouge et de noir qui lui arrivait aux genoux, elle s'occupait de moi. Cela commençait toujours par une invitation à boire un autre verre, ce que j'acceptais à chaque fois. Puis, alors qu'elle se tenait comme dans une sorte de garde-à-vous, elle me tendait en souriant mon peignoir de lin bleu. Je m'y glissais, alors qu'elle avait détourné la tête pour ne pas voir ma nudité, mais faisait tout de même l'effort de hisser, malgré sa petite taille, le peignoir sur mes hautes épaules.

C'était son père qui me l'avait présentée au cours d'une soirée à l'ambassade de Côte d'Ivoire à Paris, le paternel d'Aminata y étant le 1er secrétaire de l'ambassade du Sénégal. Ma formation *tiersmondiste* auprès de mon mentor m'avait amené à pas mal bourlinguer en Afrique dont j'aimais l'ambiance nonchalante qui collait à mon alcoolisme, et les femmes, surtout les Sénégalaises. Et, parmi elles, je découvris Aminata. Elle n'était pas juste belle, elle était *la* femme. Sa beauté résidait dans la pureté et la finesse de ses traits ; cette sorte de rondeur féminine du visage qui fait que sa chair s'assemble si parfaitement à son contenu. La peau est lisse et pure, bien sûr, mais c'est surtout l'étrange lumière qui s'en dégage. Ce doit être parce qu'elle est très sombre, car aucun visage blanc ni métis n'irradie de cette manière. L'explication est que lorsque la lumière, les photons dont on connaît la vitesse, frappe cet ovale parfait, la surface ainsi irriguée de lumière ne l'est pas par pigmentation, pointillisme, mais bien par une onde qui en épouse parfaitement la forme. Elle semblait porter un masque d'or lorsqu'un rayon de soleil venait se saisir de son visage. Ce masque n'était pas plat, tant s'en faut, car la forme presque oblongue de sa tête semblait comme une croisée d'ogives gothique. La perfection de son visage me faisait l'observer sans cesse, à sa plus grande gêne. J'avais pris des millions de photos d'elle pour lesquelles la seule licence qu'elle m'octroyait était qu'on ne puisse voir que des parcelles anonymes de sa peau nue. Habillée, je pouvais la photographier sous tous les angles, restant tout de même dans la limite d'une *common decency*, disait-elle. Mais lorsque nous étions dans *son* intimité, celle qu'elle avait décidée et de l'instant où elle adviendrait, Aminata mutait. Dans cette jeune femme musulmane, réservée, voire timide, héritière pudique de sa mère comme fille aînée, s'opérait une métamorphose stupéfiante. Ce changement se voyait assez aisément à ses lèvres. En temps normal, celles-ci étaient d'un noir brun comme le reste de sa peau, de ce brun cuivré que portent les Wolofs, les lèvres étant cependant un peu plus sombres que la peau elle-même. Lorsqu'elle se métamorphosait, l'intérieur de ses lèvres rosissait d'abord légèrement puis prenait une teinte vermillon pour devenir presque carmine. Ses yeux immenses, noirs comme l'ébène, se mouillaient aussi là cet instant. Tout son *être* n'était tendu que vers ce seul but, celui de m'aimer et cela me faisait tellement l'aimer aussi. Elle seule, car je n'étais tout simplement pas capable d'en aimer une autre, et de bander pour une autre, aucune ne pouvait me donner le soulagement profond de m'oublier.

J'ai fait des pieds et des mains pour la faire venir en France, mais elle n'a jamais voulu. Elle me disait qu'elle ne pouvait pas quitter sa mère, ses sœurs, ses frères, sa tribu alors que j'aurais tellement voulu que nous vivions tous les deux à Paris, en Normandie, où elle voudrait, tout en gardant l'appartement des Almadies. Elle voulut d'abord que je me convertisse et nous pourrions alors nous marier. La société africaine est pétrie de contradictions. D'apparence, ce sont les hommes qui décident publiquement, mais dans le foyer privé, c'est une autre paire de manches, surtout en Afrique noire. La mère d'Ami était le creuset de toute la famille. Elle m'aimait bien alors qu'elle savait que je buvais comme un trou, mais elle savait aussi à quel point j'étais important pour sa fille, laquelle ne désespérait pas de me voir embrasser son islam sénégalais. Il faut avouer que le soufisme a quelque chose de tentant : peu de contraintes, notamment en matière d'interdits, une religion idéalement tropicale et des femmes au centre du jeu dans la confrérie à laquelle appartenaient le père, Ibrahima Seck, sa fille aînée Aminata et sa femme. C'est la mère d'Aminata qui a autorisé ce marivaudage, cette relation insensée entre sa fille et moi. C'était comme si cette mère avait misé sur le plus mauvais canasson pour le plus grand malheur de sa fille. Non, il devait y avoir autre chose, à part mon argent. Certaines mères, la plupart d'entre elles du moins, sentent qu'il n'existe aucune possibilité de contraindre son enfant à être ce qu'il n'est pas, et ne veut pas être. Aya ne voulait pas contraindre sa fille à ne pas m'aimer.

Mais Ami a eu raison de refuser ma ridicule invite à l'épouser, bien qu'elle me l'eût proposé, sous condition de ma conversion préalable à l'islam. En m'imposant ses conditions : conversion et exil définitif au Sénégal, elle savait que ce refus serait implicite. Non pas que j'avais vingt ans de plus qu'elle, de cela elle en avait pris son parti, mais que j'étais alcoolique. Un *vrai* alcoolique ne doit jamais se marier. Jamais. Un alcoolique ne peut imposer à son partenaire sa vie d'alcoolique, ce n'est pas possible. L'individu lambda n'a aucun but, sinon celui de mourir, et encore ce n'est pas un but, mais une fin. L'alcoolique n'a qu'un but : trouver de l'alcool et le boire. Les points de vue sont irréconciliables dès lors que l'un a un but et l'autre aucun. Certains se moquent cependant de cet axiome et convolent avec des non-alcooliques. Et souvent, ces brutes qui ne pensent pas, sauf à boire, cognent. La violence faite aux femmes est essentiellement celle de décérébrés qui l'étaient dès l'origine, et que la consommation outrancière d'alcool ne fait que favoriser.

Moi-même, je ne me suis jamais marié. Mes relations aux femmes étaient tarifées, et pas toujours avec des putes. Mais beaucoup quand même, et noires. J'allais à Dakar tous les mois pour un week-end pendant lequel je baisais les plus belles femmes du monde, avant de rencontrer Ami. Les plus sensuelles, en tout cas. Et elles embrassaient vivement, presque virilement, contrairement aux légendes de *L'État sauvage*. Les Noirs disent que les Blancs puent le cadavre, et les Blancs disent que les Blacks schlinguent aussi. Moi, j'aimais l'odeur de ces femmes, quelque chose de musqué, d'âcre, de neuf dans l'attente de l'homme. Elles étaient formidablement faites pour la sensualité, celle primitive dont, en Occident, nous nous sommes passés, au nom d'une civilisation pudibonde qui hait le cul tout en l'adorant. Ces femmes sont encore les seules à pouvoir nous transmettre, comme un passeur ferait traverser un fleuve sur un rafiot branlant, leur instinct de *vie*.

J'ai décrit le visage d'Aminata, il me faut maintenant, pour finir, en décrire le corps. Je sais, je n'ai pas eu le droit de la photographier, mais je l'ai tant vu que je peux, de mémoire, vous en décrire les contours. Ou bien, ne s'agissait-il pas de lignes, mais bien plutôt de courbes ? Je ne sais pas si une ligne courbe existe, surtout si l'on considère que la ligne est une droite géométrique faite d'intersections. Mais l'on sait aussi qu'une *ligne de front* existe et celle-ci n'est à peu près jamais rectiligne. Alors, il existe des lignes sinueuses, courbes qui, comme des bulbes, créent la matière, la chair. Celle d'Aminata était faite de courbes ligneuses, mais elles étaient comme elliptiques. Il me semblait que ses seins fussent la lune de sa croupe, comme si celle-ci fut sa terre. La rondeur de ses chairs renvoyait à celle de son visage en forme d'étrave de bateau, mais surtout j'avais l'impression que ce corps était organisé de telle manière que, comme un métronome, une balance atomique, un ordinateur quantique, chaque mécanisme d'extrême précision jouait un rôle primordial dans la translation du satellite autour de son astre. Ce n'était pas l'ivresse de l'alcool qui me donnait cette foutue impression d'une poitrine riche et suave tournant comme un Derviche autour de ses fesses, mais la fulgurance de sa perfection féminine. Elle était comme les astres, en mouvement perpétuel. Cependant, ce soir-là, dès mon arrivée dans la moiteur torride de Dakar qu'aucune clim ne pouvait combattre, malgré moi, comme l'image d'une femme qui danse devant mes yeux alors qu'ils semblent en voir une autre, j'y scrutais, pour la première fois, celle de la Juive. C'est ce que je ressentis lorsque je fus avec Aminata pendant cette nuit-là : j'en pénétrai le corps, mais c'était moi qui étais envahi de l'esprit tourmenté de cette Juive.

De retour à Paris, hanté par cette femme que je n'avais jamais vue, je bus beaucoup trop, sans que j'en sache réellement la raison. Car, comment aurais-je pu m'enticher d'elle, empêcher qu'elle ne contamine à ce point mon esprit ? Ce soir-là, j'aurais pu tomber dans un coma éthylique, mais ce n'est pas ce qui s'est passé. De l'ivresse totale, je suis passé au délire. Le *Delirium Tremens*. Je livre crûment, mais véridiquement ce que j'ai vécu, sans même me souvenir quand cela s'est passé, et c'est pourquoi j'utilise le temps présent. J'écris ça de tête :

« Soudain, je vois des insectes mordorés comme des scarabées se transformant en une sorte d'hybride de termites et de fourmis. Je les touche ces bestioles, ces vermines, elles se tiennent là dans mes mains moites de sueur. Mais elles évoluent encore, elles régressent en fait, en devenant de grosses larves blanches et grasses dont je peux aussi me saisir. Elles me regardent. Je n'en ai pas peur, au contraire. Elles sont une part de moi, comme sorties de mon propre corps, une excroissance organique de mon intimité la plus profonde.

Ces créatures doivent toutes être des femelles puisque, l'instant d'après, je vois sous mes yeux treize femmes debout dans la grand-salle du manoir de ma mère. Treize, ai-je dit, dont une seule est noire. Ce n'est pas Aminata, car cette femme est trop grande pour lui ressembler. Elles sont là, toutes de la même grande taille, habillées d'une vaste cape sombre qui leur couvre le corps entier hormis leurs poitrines qui saillent effrontément au travers d'opportunes ouvertures pratiquées dans le tissu. L'immense salle est plongée dans une demi-obscurité tandis que seuls des candélabres faits d'entrelacs de fer forgé disposés aux quatre points cardinaux diffusent une sombre lumière, et l'ombre portée des flammes vient lécher les seins nus et drus de ces femmes immobiles. Une musique est là, aussi. Le requiem de Mozart, le *Lacrimosa* enfle démesurément lorsque j'aperçois un homme apparaître dans la salle et se glisser furtivement vers elles. Il est aussi tout de sombre vêtu, mais il luit, comme une olive. Se présentant à elles, il leur tire une révérence puis s'approche prudemment. Il sort alors de son vêtement une liasse de papiers, lève ensuite la tête, mais je ne parviens pas à voir ses traits, et remet à chacune d'elles une sorte de parchemin, dont elles se saisissent vivement, avec, semble-t-il, la crainte d'y lire une terrible nouvelle. Lorsque l'homme sombre et luisant disparaît dans l'obscurité, elles se mettent à lire, toutes en même temps, d'un même geste mécanique. Je ne distingue pas non plus les traits de leurs visages dissimulés sous ces capuches de nonnes, mais vois bien, sens plutôt, au port anxieux de leurs corps, bien que cachés par cet ample vêtement, qu'elles sont toutes tétanisées par la peur, elles semblent trembler. Les dernières notes du requiem tombent et là, je ne vois plus ces femmes.

À leur place vient maintenant se mêler une foule d'hommes au torse nu. Ils ont des faciès patibulaires, le teint gras et olivâtre, portent d'énormes moustaches aussi noires que leurs pantalons bouffants, enserrant des ventres obèses. Ils semblent tenir par-devers eux quelque objet pesant, mais qu'ils dissimulent sous un tissu. À un ordre, comme une supplique, un simple cri rauque sorti de nulle part, ces hommes devant moi – ils sont réellement sous mes yeux à présent, je l'affirme, comme ces insectes, juste avant, et ces femmes, juste après – s'emparent de leurs armes et se mettent à s'en frapper avec une violence inouïe. Ces lames ne sont pas destinées à frapper un adversaire, mais seulement eux-mêmes. Elles sont constituées d'une poignée en cuir aussi sombre que la main velue de noir de ces hommes qui les enserrent. Certains n'y mettent qu'une main, d'autres les deux. Une fois que la poignée est ainsi saisie, on voit son prolongement fait d'une multitude de tiges de fer appareillées par des anneaux enchâssés les uns dans les autres. Au bout de ces tiges brillantes et souples ont été fixés des clous, de ceux que la maréchaussée jetait jadis sur les routes afin de faire crever les pneus des voitures de malfrats en fuite. Ces clous ont trois pointes et permettent ainsi aux coups portés à la volée en un tournoiement, un vrombissement incessant, presque insoutenable, d'être redoutablement efficaces. Bientôt, le sang gicle de toutes parts, des dos meurtris de ces hommes qui s'infligent ces sévices indicibles en un ahanement rauque d'animal sous le joug. Les chairs éclatent sous la violence des pointes acérées, cruelles, elles déchirent ces corps là où les bras se portent au hasard des coups reçus. Et bientôt, se superposant à ce que je crois avoir reconnu une folle foule chiite, je vois des pénitents, non, des flagellants qui, eux aussi, ont le torse nu et se lacèrent la peau du dos à coup de silice. Ils ont la tête dissimulée sous une capuche, comme les femmes précédemment, mais ils chantent. *Sancta Magdalena ora pro nobis*, *Sancta Lucia ora pro nobis, Sancta Johanna ora pro nobis.* Ils n'implorent que des saintes. »

5

Lila dormait sur le ventre, les bras logés sous l'oreiller tandis que sa chevelure sombre cachait tout son visage pourtant tourné vers moi. Un rayon de lumière baignait le bas de son dos qui créait deux petits creux d'ombre à l'endroit de ses fossettes. Puis, la courbure de son corps que formait sa chute de reins élevait comme un tumulus aux lignes douces, dissimulé sous le drap bleu roi qui courait ainsi jusqu'à ses fines chevilles brunes, car le hasard du tissu lui avait laissé les pieds dénudés, et ceux-ci, menus comme ceux d'un ange, semblaient vibrer à sa respiration régulière.

J'envisageai qu'il fût six heures du matin, car le soleil, encore très bas sur l'horizon, venait juste de poindre à la fenêtre dont j'avais oublié de tirer les rideaux lorsque nous nous mîmes au lit elle et moi, la veille au soir. Par un réflexe un peu puéril, espiègle, ingénu, en tout cas pas vraiment réfléchi, mais mû par l'érotisme nu de la scène qui s'offrait à mes yeux, je décidai de me saisir de ce drap dissimulateur en m'en emparant avec mes doigts de pied. L'odeur féminine de l'amour, tenace, presque âcre, imprégnait l'air de la chambre et semblait vouloir imbiber la lumière rasante du soleil tant ses rayons paraissaient lourds. C'est, bercée de cette avalanche de sensations où désir, lumière, odeur et ronron de la docile respiration de Lila se mêlaient, que je parvins à attraper le drap sans la toucher et, bientôt, ses fesses charnues et mates furent à découvert, et ce que j'avais seulement soupçonné lorsqu'elles furent cachées, me fut révélé comme si je le contemplais pour la première fois. La couleur de sa peau presque mordorée par le soleil qui continuait lentement sa course virait à une teinte café tant que la chair fut encore dans l'ombre. La lumière allait ainsi sur elle lentement, et cette vision impudique, mais idyllique me donna envie de la réveiller en embrassant son corps ainsi dénudé, mais je m'en abstins. Était-ce la gêne occasionnée par la découverte intempestive, forcée de sa nudité ? Non, cela ne pouvait être, elle ne pouvait m'en vouloir, car elle dormait, j'en étais sûre. Toujours est-il que, encore dans son sommeil, elle se tourna et se mit sur le côté, me faisant face. Elle avait appuyé sa tête sur son avant-bras droit, sous sa joue, le poing fermé à hauteur de sa tempe, et son sein lourd dont je pensais voir les pores dilatés était écrasé par le poids de son buste tandis que l'autre, tout aussi ample, mais libre de ses mouvements, vint vers son voisin d'un mouvement presque imperceptible. La large auréole havane qui cerclait un téton invisible recelait de minuscules et irrégulières protubérances qui parsemaient sa peau si brillante, à cet endroit. Son autre bras, le gauche s'était tout aussi naturellement logé le long de sa hanche à la rotondité de violoncelle, et sa main, puis ses doigts un peu trop courts reposaient délicatement affaissés sur sa chair nue, le pouce manucuré, tout blanc, pointant négligemment vers l'aine. Plus bas, après son sternum en creux que son ample poitrine semblait vouloir dissimuler, son nombril formait comme une fente au centre de son ventre, comme une ravine qui aurait ménagé deux basses rives, et, plus bas encore, une autre fissure plus longue naissait, cependant moins large qui coupait ses cuisses de bronze en leur milieu.

Cette fente-là n'était pas concave comme l'autre, mais bien convexe. La proéminence de son Mont-de-Vénus dessinait déjà les contours de sa vulve brune et, plus profondément encore, la tendre roseur de sa muqueuse que je feignais là de découvrir. La moitié de son visage était encore cachée par ses cheveux. Je pouvais cependant voir, après avoir abandonné de mal gré ce spectacle si beau que je sentais encore vibrer pendant son sommeil paisible, une immense paupière brune tendue de longs cils noirs, la rondeur de sa pommette, la courbure gracile de ses lèvres et seulement une moitié de son petit nez, mais long comme celui d'une musaraigne. Elle s'éveilla en jetant son bras gauche dans ma direction, sachant instinctivement où je me trouvais, dégagea d'un geste la vue de son œil gauche, me scruta, l'œil déjà vif, et dit : « J'ai faim. »

Je me levai nue et sans un mot, allai à la cuisine et confectionnai une omelette baveuse comme Lila en raffolait. Je savais qu'elle n'avait cessé de m'observer pendant le court laps de temps qui avait séparé mon saut du lit de mon entrée dans la cuisine. Depuis la mort de Sal, je ne pouvais tolérer que la présence de Lila, qui seule, par sa présence bienveillante, pouvait me réconforter de mon chagrin. Et elle avait alors senti que, peut-être, mon deuil m'aurait éloigné de mon inconduite qui, sans doute, la mortifiait même si elle ne savait pas le quart de mes écarts, et que je reviendrai enfin à elle. Lila se trompait sur ce dernier point, mais pas quant à la poursuite de ma vie dissolue dont je m'étais résolue à mettre fin. Lila était ce que Flaubert a appelé un *Cœur Simple*. Un être qui est souvent une femme, mais qui pourrait tout aussi bien être un homme. Cet être, ce *Cœur Simple*, est naturellement dépourvu de toute méchanceté, non pas qu'il en nie l'existence, mais sa bienveillance est telle, qu'il semble l'ignorer. Voilà, Lila ignorait le mal. Elle le savait bien présent, mais le dédaignait, comme une sainte ne voit que le bien. Lila était comme ces gens qui traversent l'existence en ayant une demi-conscience que leur seule présence ici fait du bien à l'humanité. Elle avait un visage, un regard si enfantin, si pur qu'elle observait le monde comme un chiot voit le sien. Je m'en voulais de ma cruauté à son égard. Car j'étais cruelle de lui imposer mes divagations incessantes, mais elle semblait ne pas vouloir y prêter attention, comme si elle souhaitait que sa vie dépende de la mienne. Quelle volonté ? devrais-je continuer à la faire souffrir parce qu'elle n'affichait aucun ressentiment à mon égard ? Elle était comme serve, comme ma propriété, alors que je ne voulais pas de cette propriété ni encore moins d'elle comme serve. Pour Flaubert, le *Cœur Simple* est à l'image de sa propre bonne. Lila était justement avec moi, corps et âme, comme une chienne le fût à l'égard de sa maîtresse, elle était capable des plus basses marques de soumission, car elle s'était convaincue que j'étais – et serai toujours – son seul amour, pour la vie entière.

Qu'y pouvais-je ? Je n'avais pas cœur à m'infliger son absence au seul motif que je la faisais souffrir quand nous étions séparées, ce qui avait souvent été le cas ces dernières années, mais je voyais bien aussi qu'elle et moi, nous nous sentions si heureuses et complices – amoureuses, en somme –, lorsque nous étions ensemble.

***

Ce fut Lila qui m'accueillit au collège Voltaire de Sarcelles après que la directrice m'eut présentée à la classe de 6e 3 en me désignant alors que je me tenais là, maigre, timide et gauche sur l'estrade : « Voici Tsipora, elle arrive d'Israël, faites-lui bon accueil », lança-t-elle à la cantonade à qui cette nouvelle arrivée semblait assez peu importer. Madame Garnier, la directrice, pourtant au courant de mon histoire puisque tante Irène la lui avait racontée, enfin selon ce que tante Irène m'avait elle-même raconté, ne prit pas le risque de l'exposer à la classe, craignant sans doute de choquer ces gamins. Ou pire de déclencher un mouvement de protestation lorsqu'il se fut agi d'Israël, certains de ces enfants-là sont déjà politisés à cet âge. Je fus immédiatement attirée, aimantée par les grands yeux noisette et rieurs de Lila qui respiraient la curiosité de me voir ainsi arriver dans cette classe alors que la rentrée avait déjà eu lieu depuis plus d'un mois. Je sus peu de temps après que je lui plus aussi, mais, à cet âge, l'attirance entre deux jeunes filles ne relève d'aucune complaisance, d'aucun embarras : elle est dans les regards qui s'échangent, dans les sourires puis les rires, jusqu'aux fous rires. Lila m'a appris à sourire et à rire de nouveau, elle m'a donné ce dont j'avais le plus besoin à ce moment-là de ma vie, la confiance en un autre être, chose que je pensais avoir irrémédiablement perdue avec la mort de mes parents. Lila m'avait souri dans cette salle de classe comme si elle l'eut fait pour la première fois. J'ai bien vu, presque tout de suite alors que je la regardais émerveillée de ce sourire si vivant, si beau et chaud, j'ai vu que ce sourire, presque un rire d'allégresse, n'avait été créé que pour moi, en raison de ma seule présence dans sa vie. Elle avait su, dès le premier coup d'œil, qu'elle serait à tout jamais mienne.

Lila, de son vrai prénom Leïla (elle l'avait d'elle-même désarabisé, en pensant à l'odeur que dégage cette fleur et aussi à la pesanteur de son atavisme musulman) était issue d'une famille d'origine marocaine dont le père avait pris la poudre d'escampette alors qu'elle avait à peine cinq ans. Dieu sait ce qu'il était devenu, mais on soupçonnait secrètement qu'il soit rentré au bled et y ait pris une autre femme, voire plusieurs. Deux de ses frères aînés avaient tantôt séjourné en prison pour trafics de stups tandis que le troisième, le plus proche d'elle en âge – ils avaient deux ans de différence et s'aimaient, selon elle –, avait eu de telles tendances meurtrières qu'il finit sans doute buté par un drone US, quelque part au Cham, comme ils appelaient l'endroit.

C'est ce qui se disait dans la famille pour expliquer qu'on n'entendait plus parler de lui. Il avait, paraît-il, quelque responsabilité au sein de l'EI, justifiant que les Américains se débarrassent d'un ennemi irréductible. Lila était donc la seule fille de la fratrie et, en cela même, l'objet d'intenses pressions de la part de ses frères, mais aussi de sa mère. Car, si inoffensive qu'elle paraissait être lorsque Lila me l'eut décrite, et si aimante de ses enfants, elle n'aurait pu supporter que sa fille fréquente une Juive, israélienne de surcroît. Elle avait placé le Coran sous l'oreiller de chacun de ses enfants lorsqu'ils furent suffisamment jeunes pour ne rien y comprendre. Et le Coran n'est pas tendre avec les Juifs. Fatiha, sa mère, se désolait chaque jour de la perte de son fils, tout en se convainquant chaque nuit qu'il était mort en martyr de l'islam. Lila, qui ne savait pourtant pas mentir, n'a jamais mentionné mon existence à sa mère, et encore moins à ses frères. Je ne sais si la violence de ces hommes a conduit Lila à n'aimer que les femmes.

Lorsque nous eûmes seize ans et que, rentrant toutes deux du lycée où nous étions en seconde – j'étais en filière générale alors que Lila avait intégré la section STMG – je l'invitais chez tante Irène (ce n'était pas vraiment ma maison, je le savais bien), au douteux prétexte de nous faire travailler notre anglais. Lila, je crois, ne m'avait pas crue. Nous allions être seules dans l'appartement de tante Irène, ce que je savais, car elle m'avait dit le matin même qu'elle devait assister à quelque réunion politique ou syndicale, je ne m'en souviens plus. J'avais prémédité cette fin d'après-midi depuis de longues semaines, car je bouillais d'un désir ardent à son égard, mais je n'avais pas osé franchir le pas avant cette journée-là. J'avais cependant bien vu qu'elle m'observait parfois à la dérobée, alors qu'elle croyait que je ne la voyais pas, que je ne voyais pas sa mine alanguie que seul le désir procure à une femme, même si jeune. Une fois dans ma chambre, porte close, verrou bloqué à tout hasard, je la regardai au fond de ses yeux troublés de biche apeurée et, une fois que je sentis définitivement cette envie irrésistible dans l'humidité de ses iris, je m'approchai doucement, l'attirai à moi et l'embrassai. Elle ne montra pas la moindre résistance. Elle savait pourtant que dans son monde clanique où la peur de la honte règne en maîtresse absolue, ce qu'elle faisait avec moi relevait du sacrilège voire du crime, mais je me persuadai que, dès le premier jour, elle avait voulu que je fasse ce premier geste. Et, de fait, elle se laissa aller à mon baiser non seulement sans aucune gêne, mais avec l'air déluré d'une sorte d'accomplissement naturel, rapprochant tellement ses hanches des miennes que nous frémirent toutes deux, prélude à un nouvel éclat de rire.

Je revois presque chaque jour, par bribes, les premiers gestes que nous nous prodiguâmes cet après-midi de fin d'été. Il faisait encore chaud et nos odeurs de brunes, déjà, après ce premier baiser, flottaient dans cette petite chambre. Nous étions désormais debout l'une contre l'autre, à peu près de la même petite taille, nos bassins à bout touchant. J'osai alors lui caresser le sein gauche, celui du cœur, le plus sensible, ma main ouverte allant de la base vers son extrémité, mais sans m'y arrêter. Certes, elle portait un t-shirt et un soutien-gorge, de sorte qu'il n'y avait eu aucun contact de ma main avec sa peau, mais je m'attendais quand même à ce qu'elle poussât au moins un soupir, qu'elle me montrât que mon geste suivait son désir. Étrangement, elle me regarda avec sévérité, ce qui me fit hésiter à poursuivre ma caresse.

C'est alors que je sentis sa propre main qui, sans que m'en rendis compte, avait quitté ma hanche pour mon entrecuisse. Je n'avais jamais senti un corps étranger sur mon propre corps, fût-ce sur le tissu de mon pantalon de toile, et encore moins à cet endroit. J'ai joui pour la première fois de ma vie à la délicate pression de cette main qui, d'un mouvement pendulaire, couvrait mon jeune sexe. Saisie par cet orgasme si inattendu, car quelle femme peut deviner ses effets si elle ne l'a jamais connu avant ? Tous les muscles de mon corps se relâchèrent l'un après l'autre, et je vacillai sur mes jambes molles comme du coton. Me voyant ainsi comme liquéfiée, Lila qui avait immédiatement quitté son air sévère lorsqu'elle vit l'effet de ses caresses, me fit m'asseoir sur mon lit, en tapotant la couette d'un air un peu ailleurs, comme ivre de sens. Je m'assis. Elle ôta son t-shirt, le jeta au sol et entreprit de me déshabiller. Nous fûmes bientôt nues, mais avions gardé nos culottes lorsque nous nous glissâmes sous cette couette bien trop chaude pour nos corps. Soudain, elle plongea. Je sentis mille baisers sur ma poitrine et mon ventre, puis elle ôta ma culotte dans une sorte de douce folie et, à la place, ses immenses lèvres pulpeuses m'enserrèrent comme une sangsue. La seconde suivante, je ne pus réprimer un cri, ce qui fit que Lila précipitât sa main vers ma bouche pour l'entraver afin que tante Irène ne puisse m'entendre à travers la porte, bien qu'elle ne fût pas là.

***

Tante Irène ne m'aimait pas. Enfin, je veux dire qu'elle ne m'aimait pas comme ma mère m'avait aimée – quelle femme pourrait réellement aimer sans avoir été soi-même mère ? Mais, même si tante Irène avait eu des enfants, elle serait quand même restée vieille fille. Son étrange sacerdoce éducatif et militant, syndical et politique, à qui le destin lui avait imposé ma présence dans sa vie, n'aurait pu supporter la présence d'un homme dans cette existence faite de délicieux sacrifices. Car tante Irène aimait les sacrifices, et c'est précisément ce qui lui fut encore donné lorsque j'arrivai chez elle.

Mais là, elle ne l'avait pas choisi, si tant est qu'on choisisse quoique ce soit. Depuis l'aube de l'humanité, des temps immémoriaux, lorsqu'un membre de la fratrie décède, celui qui reste doit recueillir la descendance du défunt. C'est ce que fit tante Irène lorsque l'État français l'informa de la mort de mes parents, et qu'il fallut me rapatrier en France, où j'étais née.

Directrice d'école, militante PS puis adhérente LFI, l'âme déchirée par le sort réservé aux Arabes par Israël, tante Irène avait détesté que son frère aîné chéri fasse son *Alya*. La famille de mon père était de Fez, et celle de ma mère aussi, Fez, terre de multiples pogroms, et du Mellah le plus misérable qui fût ; et ils ont quitté le Maroc en 1982 pour inaugurer une librairie juive où les ouvrages profanes côtoyaient les livres pieux, dans la *Petite Jérusalem* de Sarcelles. Je suis née à la maternité de Gonesse le 21 juin 1990.

Mon père David craignait Dieu et ma mère suivait le mouvement, nous avions eu dans la famille de mon père de célèbres maîtres marocains de la Torah. Tante Irène détestait tout ce fatras nationaliste et religieux et ne s'en cachait pas tant son aura de directrice d'école et de conseillère municipale le lui permettait. Cependant, je croyais trop bien comprendre que sa détestation des religions était à géométrie variable. Il y avait les religions *et* l'islam. L'islam, pour tante Irène, n'était pas vraiment une religion, ou alors comme le marxisme l'était, c'était le refuge naturel des damnés de la terre, l'ultime secours d'une humanité désemparée par les violences du capitalisme. Mais aussi, fine politique qu'elle était, 500 000 voix de plus glanées auprès du vote musulman, et c'était l'accès au second tour de la présidentielle. Et là, tout pouvait arriver. Tout cela était cousu de fil rouge et vert et je lui en voulais de faire ami-ami avec des gens qui haïssaient les Juifs, en somme de copiner avec ceux qui avaient tué mes parents, ou alors s'en étaient réjouis, sans même que tante Irène ne semblât envisager que ceux-là, ou d'autres gens de ce genre, avaient assassiné son propre frère.

Tante Irène portait les cheveux courts, évidemment, et leurs couleurs – car il fallait employer un pluriel au pronom – oscillaient entre un rouge passé et un violet mal maîtrisé par la coiffeuse qui l'avait affublée de cette horrible teinte de sorcière allant au sabbat. Elle était par ailleurs tout en rondeurs. Un corps gras, une tête ovoïde, des yeux noirs, des oreilles ourlées de poils sombres, et même un nez rond de pochtron alors qu'elle ne buvait pas. Mais son esprit ne l'était pas, rond. La violence de sa révolte contre les injustices du monde la rendait compulsive, hystérique. Moi, qui avais subi mieux que personne ce qu'avait été la plus terrible des injustices, je ne pouvais que dédaigner ses jérémiades. Je l'écoutais bien sûr, je vivais chez elle et tante Irène m'avait, pour ainsi dire, adoptée, mais cette écoute n'était pas sincère, elle était toute pétrie de la reconnaissance que je lui devais après m'avoir accueillie chez elle. J'y arrivais ainsi le 2 septembre 2000, môme conduite dans une voiture de la préfecture. À part le chauffeur et la dame qui me chaperonnait depuis ma descente d'avion, j'étais seule, car mon frère, lui, était resté en Israël. De trois ans mon aîné, né Joseph et devenu naturellement, hébraïquement Yossi lorsque nous arrivâmes là-bas, mon frère fut l'objet, à la mort de mes parents, d'intenses tractations diplomatiques entre l'État français et celui d'Israël. Joseph s'était, dès l'âge de dix ans, passionné pour l'étude de la Torah et avait tellement insisté auprès de mon père que celui-ci avait fini par l'inscrire dans une Yeshiva sur la férule du Rav Aharoni, un des leaders du *Shas*, le parti orthodoxe séfarade. La communauté religieuse avait refusé que l'enfant retourne vers cette terre française impie, et Israël n'avait pas accédé à la demande de restitution du gouvernement français, alors qu'il était pourtant encore mineur, et lui aussi né en France.

Mais mon frère ne me manquait pas. Il avait décidé de sa vie, et moi pas du tout de la mienne. Car, la mort de nos parents n'avait pas eu la même signification pour lui que pour moi, de sorte que Joseph étudiait désormais paisiblement la Tora tandis que moi, je me morfondais dans les noirceurs de la vie de tante Irène.

Avec le recul de ces vingt années depuis que nous nous sommes quittés sans que jamais, en fait nous ne nous soyons vraiment rencontrés avant que mes parents ne partent, Joseph n'a jamais rien su de ma vie, et encore moins de ma vie sentimentale, comment l'aurait-il su ? Je ne lui en aurais jamais parlé et lui ne m'aurait jamais interrogée. Mais il savait quand même ; il savait que ma vie de bâtons de chaise n'en était pas une. Nous nous parlions peu, mais parfois j'arrivais à l'attraper sur *Skype* et voir ainsi son visage si blême sous sa courte barbe noire, si tranquille aussi, ses yeux ronds de la même couleur que sa kippa en velours qui glissait sur le côté de sa tête, et qui me fixaient comme si j'avais été non pas sa petite sœur, mais un *être à changer*, du tout au tout. Car il savait. Dieu lui avait sans doute soufflé qui j'étais devenue.

Tante Irène avait été sévère avec moi. L'était-elle parce que j'avais envahi sa vie de célibataire (je ne l'avais jamais vue seule avec un homme ou une femme) ou parce que, assez simplement, elle était prof ? Sans doute un peu des deux, mais une fois que je m'étais essayée aux *gamineries*, comme elle disait, en lisant tout Pagnol dès ma classe de sixième, elle décida d'orienter mon éducation littéraire. Il faut dire aussi qu'elle était prof de français et avait tenu toute sa carrière à n'enseigner qu'au collège, là où les jeunes âmes étaient encore assez malléables. Mes premières lectures *sérieuses*, disait-elle aussi, avaient donc été *Les Misérables* et *Germinal*. Elle avait toléré Stendhal, pour son style, et Dumas, pour son métissage, mais tante Irène m'avait vivement déconseillé Balzac, un réactionnaire fini, et Flaubert, un horrible conservateur. Elle disait que le personnage de Madame Bovary était l'incarnation totale de ce que les hommes pensaient des femmes, des gourdes parées de tous les poncifs attachés à leurs jupons : légèreté blâmable et irresponsabilité pathétique. Alors, elle me fit lire Jane Austen, les deux George Eliot et Sand, Virginia Woolf, Colette et Yourcenar. À l'époque, je ne savais rien des mœurs de ces femmes-là, mais, les ayant lues, et bénie de mon histoire sensuelle avec Lila, je sus bientôt sur quel bateau tante Irène entendait m'embarquer. Mais en secret, je dévorais les auteurs russes, les génies germanophones du premier vingtième siècle et, en général, une littérature masculine qui me semblait plus universelle que celle des femmes, et le fait qu'elle avait été écrite par des gays n'y changeait rien, bien au contraire.

J'ai pleuré pour la première fois en lisant un livre : *Vie et Destin*. C'est pour ça, je veux dire, lorsqu'on a lu un roman comme celui-là, que je ne pouvais plus accepter que tante Irène me force presque à lire *Le Deuxième Sexe*, alors que j'avais à peine dix-neuf ans. Je renâclais donc à m'exécuter, même si j'avais fait mine de m'emparer du livre qu'elle m'avait tendu avec un air grave un peu ridicule pour le mettre sur la pile de ma table de chevet. Je n'aimais que la littérature, ses histoires, ses personnages, ses vies si bien décrites par les plus belles langues du monde. Alors, qu'avais-je à faire de ce livre militant ? La politique ne m'intéressait pas, c'était le rêve d'un ailleurs qui m'importait. Et vite !

Lorsqu'on est fille adoptive administrative de prof, on doit bûcher, et tante Irène me fit bûcher, mais, comme j'aimais tant lire – c'est aussi grâce à elle, je l'avoue –, je fus admise en Khâgne à Chaptal. J'ai ensuite tenté de passer le concours d'entrée à la rue d'Ulm, mais je l'ai manqué de trois places, je devais manquer de motivation ou de capacités en thème grec, car mon travail sur Dostoïevski avait été, je le pense sincèrement, remarquable. J'avais remis à ma sauce féminine un essai oublié de Steiner sur Tolstoï et Dostoïevski. L'idée y était que dieu et châtiment sont le propre de l'homme. Et, selon mon propre scénario préparé pour plaire au jury, Dieu était l'homme avec un petit « h », et c'était lui qui infligeait ce châtiment, aux femmes. Je mentais évidemment, car je savais par mon expérience personnelle que la femme a, de tout temps, été capable de faire le mal tout aussi bien que l'homme, voire mieux, mais il m'avait semblé que le *message* passerait comme une lettre à la poste auprès de ce jury aux ordres de cerveaux formatés par l'idéologie.

Il fallait bien cependant que je prisse trop de liberté et, à la fin de mon exposé, je déclarai à ces messieurs-dames que le roman français n'existait pas face au roman russe parce que précisément les Français avaient décidé d'occulter Dieu de leurs recherches romanesques, révolution française oblige. J'étais convaincue par ce que je disais, j'avais lu des dizaines de milliers de pages, et m'étais résolue à penser que l'œuvre artistique, quelle qu'elle soit, ne peut échapper à l'inquiétante étrangeté de l'inconnu, de la mort, du sang, de la violence. Puisque les sciences ne nous dévoilaient qu'au compte-gouttes ce qu'on pouvait savoir du monde, il fallait bien que l'artiste meuble cet espace vide encore béant d'une présence, mais qui fut cependant encore absente, seulement suggérée. Ce fut un tollé dans le jury : « Vous rendez-vous compte des propos que vous tenez, Madame ? », me demanda le président, un joufflu rubicond et dégarni de maigres touffes de cheveux blonds passé. Le type ne devait pas sucer que de la glace. Je dis alors : « Je conviens être iconoclaste, mais j'aimerais comprendre, et je ne comprends pas », dis-je en le regardant dans le blanc laiteux de ses yeux.

« Que ne comprenez-vous donc pas ? insista-t-il, excédé.

— Qu'il y ait cette volonté acharnée de l'homme de se priver de Dieu, je veux dire, dans la littérature. Les sciences n'expliqueront jamais tout, alors ne faut-il pas de l'irrationnel dans les arts, n'est-ce pas irrationnel que de créer, n'est-ce pas irrationnel que d'écrire ? », dis-je encore. « On sait pourtant bien que Dieu existe puisque beaucoup y croient. N'est-ce pas suffisant pour démontrer son existence ? » Sur ce, le jury se tut. Ils me regardèrent, trois hommes et deux femmes dont j'avais occulté les noms posés devant eux en de petits rectangles de présentation ridicules, et je vis dans leurs yeux à quoi tenait cette détestation jalouse. À part moi, alors que le jury avait coupé les micros et qu'il débattait de mon sort sans doute funeste, je pensais que l'exploration métaphysique de l'âme humaine étant le propre des plus grandes œuvres, rien n'existait plus après Sophocle, Shakespeare et Goethe, sauf les Russes. Quoiqu'il en soit, j'étais retoquée de Normal Sup' et sans le sou après cet échec presque voulu. Qu'aurais-je fait de mon enseignement, à part corrompre des âmes ? Normal Sup' conduisait à l'enseignement, et je ne voulais pas que mon passé puisse justement déteindre sur ces jeunes esprits. Qu'avais-je à leur apprendre, à part mon malheur ? Lila m'aida alors à trouver un job pour que je puisse payer mon loyer, car je ne supportais plus de vivre dans l'appartement de fonction de tante Irène à Sarcelles.

La jeune femme qui a tué mes parents – une étudiante en sociologie – apporta en taxi de Ramallah les explosifs dissimulés dans une guitare farcie de clous et de boulons au salopard chargé d'accomplir sa mission de martyr, de S*hahid*, comme ils disent là-bas. Cette femme, son histoire, ses motivations continuaient de me hanter lorsque j'habitais chez tante Irène. Il fallait que je change d'air, même si j'étais sûre que mes cauchemars ne me quitteraient jamais, car, non seulement dépourvue du moindre remords, la meurtrière par complicité avait aussi publiquement regretté ne pas avoir tué plus d'enfants. Sept d'entre eux sur quinze victimes – dont mon père et ma mère – ont été assassinés ce soir-là à la terrasse de restaurant sur King David, à Jérusalem. Mon frère et moi étions restés dans l'appartement où un étudiant nous gardait, car ma mère ne voulait pas que nous ne veillions trop tard, nous avions école le lendemain.

6

C'est ainsi que, en rupture de ban universitaire, ne parvenant plus à dominer ma détestation de l'éducation nationale et ma haine de tante Irène –, traître à son peuple par passion pour sa cause, je fus embauchée grâce à Lila par une société d'événementiel. Je fus recrutée parmi celles qui avaient le privilège d'assister aux journées et soirées VIP, et ce fut au cours de ce *brainstorming* entre pontes de la haute finance que je vis Salomon Spire pour la première fois, dans un salon privé du Ritz. Son costume tennis en flanelle gris souris, ses chemises blanches à col anglais, ses poignets mousquetaire, ornées de boutons de manchette en or fin ne déparaient pas parmi ses pairs, tous situés entre cinquante et soixante ans, sauf Sal qui en avait sans doute cinq de plus, et semblait être à son affaire parmi cet aréopage cossu qu'il dominait de la tête et des épaules. *Primus inter pares*, c'était son visage qui changeait de ceux des autres. Sa haute taille lui rehaussait la tête de telle manière que son cou, comme un périscope, lui faisait observer son environnement à la manière d'un échassier. Mais l'oiseau est souvent une proie, et c'est pourquoi il observe le monde avec inquiétude. Sal était, au contraire, un prédateur, mais lui voyait le monde comme s'il en était la proie. Levant un instant ses yeux vers moi alors que je servais un verre de jus d'orange fraîchement pressé à ces messieurs, il m'observa d'abord d'un air dubitatif, comme s'il n'avait pas cru ce, ou plutôt qui, il voyait, puis son regard se précisa en une étrange curiosité, pour enfin finir, semblait-il, en un vif intérêt. J'étais flattée par ce doux regard d'aigle. Il me sourit avec une tendresse que je n'aurais pas attendue d'un homme de sa condition, de cette autorité dont il faisait montre en ce lieu dédié à l'argent. Il sembla recouvrer un naturel humain qui n'avait plus rien à faire avec la finance, comme s'il se fut un instant détaché de son monde de grisaille mercantile, faussement doré. Je l'aimais dès le premier regard qu'il posa sur moi, si innocent venant de ce vieil homme pourtant au faîte de sa gloire.

***

Selon les canons post-modernes, une belle femme n'est pas celle qui offre une plastique que la technique chirurgicale peut changer à l'envie. Non, elle doit avoir autre chose, comme un rayonnement, une certaine beauté, sans ressentir le besoin de cette transformation artificielle, fût-ce d'un simple maquillage, elle doit posséder ce charme qu'aucune technique, aucun algorithme ne sont et ne seront jamais en mesure d'inventer. Tous les défauts physiques sont acceptés chez ces femmes, car ce n'est pas leur corps qu'on aime, même s'il est beau. Je sais que j'ai été odieuse d'orgueil lorsque j'ai parlé de mon travail sur mes auteurs russes chéris, mais je vais me rendre encore plus détestable en affirmant que je me sentais précisément dans ces canons-là depuis que le regard aigu de Sal Spire s'était posé sur moi ce jour-là, fortifiant un sentiment de supériorité qui n'était encore qu'esquissé en moi. Sans doute, celui-ci était-il né de ma relation avec Lila, qui s'était soumise à mon involontaire autorité avec cette paresse lascive.

Je n'eus pas la moindre nouvelle de Sal pendant les trois semaines suivantes. Ce jour-là, un homme m'appela en son nom pour m'inviter pour le thé dans son hôtel particulier de la rue Agar, à Auteuil. Sal n'avait pas dû beaucoup insister pour faire obtenir mes coordonnées auprès de mon employeur – on ne refuse jamais rien à ces gens-là. Mon instinct m'incitait à accepter, et je savais que je ne pouvais presque rien lui refuser, et devinais que j'accepterais tout de Sal Spire. Je fus reçue par un majordome tout de blanc vêtu, à la manière indienne avec une tunique blanche liée par un rang de boutons argenté, l'homme – c'était Hector – semblait venir de quelque île de l'océan indien. Ou peut-être de Pondichéry, ou de Madras. En tout cas, il parlait un français remarquable, non seulement sans le moindre accent chuintant, mais encore dans un langage châtié qu'on n'entendait plus du tout de nos jours. J'étais jeune et donc sans doute aussi bête que ceux de mon âge, mais mon amour immodéré de la littérature me faisait goûter ses mots comme ceux d'un génial écrivain, hésitant entre un 19e siècle puritain et un 20e siècle meurtrier. Hector arborait une chevelure et une barbe épaisses poivre et sel, finement taillées. Je fus aussi charmée par son sourire blanc et franc qui m'invita d'un geste et d'un mot : « Pardon », en se saisissant de mon manteau. Il me conduisit vers un petit salon qui se trouvait au rez-de-chaussée de l'hôtel particulier couvert de marbre et de dorures. Je suivis l'homme dans le dédale de cette maison et sentis une odeur animale, pas celle d'un homme, car je connaissais déjà celle d'Hector qui me précédait. C'était une odeur de chat. Lorsque nous passâmes près de l'escalier menant aux étages, je vis, couché sur une marche à mi-volée, tel un sphinx, un Siamois qui me regarda fixement, comme s'il m'avait généreusement concédé ce passage. Je lui fis un clin d'œil et l'animal aristocratique, sans doute gêné par mon impertinence, fila.

Le petit salon dans lequel je fus introduite était dédié à l'art khmer, des têtes de bouddha, en bas-relief ou en statue, en pierre en bois ou en céramique, tandis que la pièce était lambrissée d'un bois exotique presque rouge, et les meubles de même essence dont les fauteuils et le canapé étaient matelassés d'un tissu de cette étrange couleur carmine qui ne ressemble qu'à celle d'une rose. « Le salon rouge », m'annonça Hector, et je me vis contempler cette splendeur où toute la subtilité des mœurs humaines semblait vouloir y être reproduite. Là, un guéridon où trônait une fleur de lotus qui semblait en apesanteur dans son bain d'eau. Ici, posé sur la table basse, un énorme lézard en bronze finement sculpté, peut être aussi grand que nature. Encore ailleurs, dans une niche aménagée dans un des murs, un bouquet de lys d'un blanc nacré, plus terne que la fleur de lotus, émergeait d'un vase en cristal sculpté de trois dragons qui semblaient se poursuivre.

Quel ravissement ! c'était saisissant pour moi de me trouver assise seule dans cet endroit somptueux alors que, Hector s'étant éclipsé, une jeune asiatique en sarong, peut-être thaï ou plutôt philippine, fit son entrée pour me dire que son *maître* allait bientôt me recevoir, je lui souris, elle me sourit aussi de cet air indéfini que seuls ont ces gens-là.

Le thé, pris à cette heure pendant l'hiver, alors que la lumière déclinait peu à peu, me donnait une leçon de maintien. Je redressai mon dos afin de me tenir droite sur cette chaise sur laquelle je n'avais osé m'asseoir. Dans ce salon, les deux fenêtres à doubles vantaux munis de leur rideau de dentelle fine diffusaient à l'unisson une pâle lumière blanche. Et cette onde lumineuse, ce calme presque bouddhique me conforta si fort dans mon être que je sentis mon dos se redresser, comme d'une ancienne scoliose. Je n'étais qu'une petite juive orpheline venue du Maghreb, passant en coup de vent par Sarcelles et atterrissant comme une nouvelle immigrée ou émigrée, je ne sais, en Israël. Et là, j'étais de retour dans mon pays, là où j'étais née, déjà forte de l'amour que Sal allait me prodiguer pendant notre première rencontre en tête-à-tête.

Sal Spire, lui, était de ceux qui avaient fui la France dès septembre 39 pour se réfugier aux États-Unis, sûrs et certains que Hitler subjuguerait l'Europe, et les Juifs avec. Il était issu d'une famille de marchands d'art dont les aïeux avaient été proches de jeunes pointillistes – Signac, notamment – devenus impressionnistes à leur maturité, de Derain, aussi. Des Fauves, ensuite. Sal était né à New York le jour de Pearl Harbor et est resté américain dans l'âme – cela ne se retire plus lorsque c'est greffé dans le cerveau d'un enfant puis d'un homme, un vrai Américain qui met la main sur le cœur lorsque *Stars and Strips* est hissé. Sal n'était, semblait-il, retourné en Europe que pour le business, car, de marchands d'art, les Spire étaient devenus banquiers d'affaires après que son père, puis Sal se firent les dents chez Lehmann Brothers. Et, grâce à un carnet d'adresses mirifique, ils créèrent Spire & Co., banque-conseil qui s'était spécialisée dans la niche des deals franco-américains. On avait cependant gardé dans la famille cette nostalgie de l'Europe des terrasses où l'on buvait une Suze-cassis ou un cappuccino, ou encore un chocolat chaud chez Demel, à Vienne. Nostalgie d'un passé révolu, même si j'avais eu droit à mon chocolat chaud lorsque Sal eut décidé de me faire visiter Vienne et de somptueuses collections, quelques jours en hiver. Je l'ai dit : j'ai tout de suite aimé le regard qu'il a posé sur moi. Ce n'était pas celui d'un vieillard concupiscent ni celui d'un homme qui, au crépuscule de sa vie, aspire à la seule présence d'une jeune femme, il en voulait beaucoup plus, et je le vis. Je vis dans son regard marmoréen, ses yeux étaient presque gris tant ils étaient bleus, que tout son dessein était de m'aimer, et de me voir aimée, quelle qu'en soit la forme.

« Quel thé puis-je vous proposer ? demanda-t-il avec l'amabilité naturelle qui sied à ces gens lorsqu'il fut entré dans le salon rouge et s'assit sur un des fauteuils me faisant face.

— Lapsang Souchong », répondis-je doucement, mais sans hésiter, en m'assurant cependant que ma voix portât suffisamment pour le convaincre de mon assurance, alors que ma seule jeunesse – j'avais à peine vingt ans – ne suffirait pas à l'en persuader.

Ce jour-là, nous étions en hiver, en décembre, je crois, et l'air était glacial au-dehors. J'avais choisi, devant le miroir de la salle de bain, de porter ce qui serait le plus discret en tenue hivernale : un pantalon droit en laine bleue siglé de motifs cachemire d'un léger violet, un chandail en mérinos couleur lie-de-vin avec un col pigeonnant qui faisait mine de dissimuler sagement le haut de mes seins et des boots marrons qui me semblaient aller avec le haut. Je claquais tout mon blé dans les frusques. Le peu que j'arrivais à mettre de côté, dans mes missions VIP, je le dépensais en fringues. J'adore les vêtements, ils vous donnent la sensation, pas si illusoire que ça, lorsqu'ils sont beaux et bien coupés, que la finition est aussi propre que la qualité du tissu l'est, qu'ils vous mettent en valeur, qu'ils vous subliment en ce sens qu'ils deviennent, dans les yeux de l'autre, votre part la plus intime. Le vêtement volé par Nimrod, celui de Noé et de ses fils, donné par Dieu. Être vêtue, c'est être une femme.

Le maquillage, lorsqu'on a, comme moi, une chevelure de jais, brillante et volumineuse tout en étant fine et raide, ne laisse pas à l'improvisation. Le blush est inutile pour une peau satinée et mate comme la mienne, mes cils sont si et sombres qu'aucun mascara n'est nécessaire, mes lèvres presque plus charnues en haut qu'en bas affichent naturellement un rose presque vif que nul rouge n'aurait amélioré. Un simple trait de khôl à la base de chaque paupière, un voile de fard légèrement violine, et le tour est joué. Alors, je me suis rendu chez Sal Spire dans mon manteau en peau de mouton retourné, le col de mon chandail me servant d'écharpe, sans rien sur la tête, songeant qu'une averse de neige aurait pu piqueter mes cheveux et rendre leur noirceur moins sombre.

L'hôtel particulier de la rue Agar était élevé sur trois étages mansardés et surmonté d'un brisis en ardoise entre lequel étaient enchâssés trois œils-de-bœuf semblant observer les étages inférieurs. Sa façade était faite de briquettes rouges dont seuls les appuis de fenêtres au nombre de neuf étaient en pierre calcaire, presque blanche. Au-dessus de la ligne supérieure des dernières fenêtres courait une frise représentant une bacchanale, mais, percée entre le toit et cette étrange frise, je vis une niche lovée dans la façade en son milieu où on avait placé une statue pieuse, une madone transie.

« Du thé noir fumé, comme c'est étrange pour une jeune femme, dit Sal en plissant les yeux. Auriez-vous préféré que j'aimasse le thé au jasmin ou à la bergamote ? dis-je effrontée tant par la fougue de mon jeune âge que rendue plus sûre de moi par l'effet visible que je faisais à cet homme.

— Oh non ! non, en aucun cas, je succombe aux jeunes âmes originales. Et vous êtes une jeune femme originale. Il y a dans vos yeux si verts – je n'ai jamais vu des yeux si verts – quelque détresse qui ne me laisse pas en repos. Ai-je tort ? demanda-t-il avec une affectation sincère.

— J'ai perdu mes parents alors que j'avais tout juste dix ans. Un attentat à Jérusalem, dis-je, essayant de garder plus mal que bien un semblant de quant-à-soi. Je ne voulais pas pleurer devant lui.

— Je vois », dit-il blasé, comme si l'assassinat de Juifs relevait de l'ordre naturel des choses.

Il sembla brièvement réfléchir puis dit : « Tsipora, ce n'est pas votre nom de naissance, n'est-ce pas ? »

J'hésitai à répondre. Cela avait été toujours une très grande honte d'enfant que d'être obligée de changer mon prénom lorsque nous fûmes arrivés en *Eretz Israël*, comme disait mon père. Je me prénommais Emmanuelle, et j'aimais mon prénom. Mais non, mon père a voulu, sans que ma mère n'osât s'y opposer, que je prenne un prénom de vraie *Sabra*. Ce fut Tsipora. La dureté de la prononciation – ce « tsss » – si chinoise me choquait, elle n'était pas assez féminine, et le fait que tout le monde là-bas m'appelât Tsipi n'y changeait rien. Sal me regarda pendant cette réflexion silencieuse d'un air si pénétré que j'en fus gênée, comme si ses sens avaient été capables de pénétrer mon cerveau et d'y lire ce qui s'y tramait. Voyant bien mon embarras de me sentir si profondément auscultée, il sourit encore avec tendresse, se pencha vers moi dans une sorte de pose lyrique, les yeux et ses longs doigts osseux tendus vers le ciel, comme s'il savait qu'il allait dire une énormité, ce qu'il fit : « Tsipora, voulez-vous être ma fille ? ».

À la toute fin de sa phrase, son expression avait changé, elle était devenue grave, comme empreinte de responsabilité à mon égard. Je sus plus tard qu'il avait perdu sa propre fille dans un accident d'hélicoptère dans la Cordillère de Andes, mais, dans l'instant de cette question, je ne vis que ses yeux scrutant chaque mouvement de mon visage. Le sien était tout en longueur, sillonné de rides verticales, sauf celles autour de ses yeux en forme de pattes d'oie. Son nez fin, long et légèrement busqué lui donnait des airs de Dracula, impression confirmée par le tracé de ses lèvres dont un esprit chagrin aurait pu imaginer en voir saillir des canines de vampire. On aurait dit Christopher Lee. Ses cheveux, rares et gris, couraient jusqu'à sa nuque en formant de brèves boucles argentées. De très haute taille, il impressionnait dans sa robe de chambre en soie grège, son foulard noir et son porte-cigarette. On aurait dit Sacha Guitry en juif.

L'art. Sal avait une passion atavique pour l'art, même ce qui était en fait de la pure merde était quand même de l'art. Il disait que tout art était folie, et la folie était partout, elle était dans le monde et il fallait la reproduire, sans même que cette folie soit de l'art. Par ce raisonnement réflexif, il tentait d'excuser les malheurs du monde, il pensait pouvoir oser que seul l'art sauverait tout, même si c'était une folie. Je l'écoutais plus que je ne parlais. Il avait ce pouvoir – le seul à l'avoir – de me faire taire.

C'est plus tard, quand je compris qui était cet étrange personnage, alors que j'étais restée silencieuse face à cette proposition insensée, mais si touchante dans sa spontanéité presque naïve, que je compris que mon « adoption » avait relevé, chez Sal, d'un exercice artistique, esthétique, d'une volonté vaine de réparer le monde, par la beauté d'un geste, d'une seule question : « Voulez-vous être ma fille ? ».

Deux semaines après, je reçus une nouvelle invitation à prendre le thé. Cette fois-ci, Sal me reçut dans son petit pavillon de musique qui était en fait une sorte de jardin d'hiver qui avançait sur le jardin gris et froid en cet hiver interminable, et où trônaient ses trésors. Son piano, un Steinway dont le bois noir brillait sous les lumières et puis les Stradivarius qu'il collectionnait inlassablement. Un étrange vieux xylophone se tenait là aussi. Sal arrivait du bureau et devait y retourner, de sorte qu'il était carapaçonné en banquier d'affaires. Cette convocation à laquelle j'avais déféré sans me poser de question ne m'étonna pas, connaissant cet étrange personnage. Il avait quelque chose à me dire, mais sans qu'il sache comment le faire. Je fus encore flattée de rendre si hésitant cet homme et, comme j'avais pris confiance, étant désormais sa « fille », même si je n'en avais pas expressément accepté le titre, je lui dis :

« Monsieur Spire, si cela doit attendre, j'attendrai que vous soyez prêt.

— Je vous en prie, appelez-moi Sal, cela mettra plus de naturel dans notre relation et je serais alors peut-être plus à l'aise pour l'aveu que je voudrais vous faire.

— Buvons notre thé, nous pourrons toujours aviser ensuite », osai-je.

Il me regarda alors à la dérobée, ce qui ne lui ressemblait pas, sans mot dire. Nous bûmes donc notre thé, mais Sal ne fut capable que d'échanger des banalités sur la justice dans la littérature et nous nous quittâmes, lui agacé de se sentir incapable de me dire ce qu'il avait sur le cœur, et moi comme surprise, touchée par la tendresse que m'inspirait ce vieil homme si hésitant, alors qu'il semblait tenir le monde entre ses mains. C'est à ce moment que j'ai commencé à l'aimer, non plus seulement comme sa « fille », mais à la manière d'une femme.

***

Une semaine plus tard, je reçus un billet d'avion pour Nice, me conviant, toutes affaires cessantes, dans sa résidence de Saint-Jean-Cap-Ferrat où il résidait pour quelques jours. « Viens vite, je t'attends. Je dois être à New York après-demain », avait-il écrit en me tutoyant pour la première fois de son texto sec et nerveux. Alors que le taxi m'avait laissé aux portes de la propriété devant lesquels des mimosas géants fleurissaient et embaumaient l'air iodé de la mer proche, je le vis sortir à ma rencontre comme le pécheur attend son confesseur. Il avait la mine sombre dans ses vêtements aux couleurs pastel, ton parme, son foulard noué à la Picasso, cet air de vieillard qui, anticipant sa fin proche et entr'apercevant enfin l'être idoine, ne peut retenir plus longtemps l'expression de son désir silencieux. Le vent d'Est claquait contre les baies vitrées du salon donnant sur l'étendue bleu sombre moutonnante, amenant de sombres nuages gris noir du golfe de Gênes, et que la nuit tombait, nous étions assis dans le vaste salon dont les murs étaient couverts d'une chaux blanche spectrale. Après le dîner pendant lequel il avait tenté de m'expliquer quels étaient les ressorts de la cupidité humaine (il n'y était pas arrivé, lui qui pourtant ne pouvait rien en ignorer), j'avais accepté le Cognac qui m'avait été proposé. Lui, assis dans un Chesterfield couleur acajou, les jambes croisées et le verre d'alcool qu'il faisait doucement réchauffer dans sa vaste main osseuse de vampire, et moi dans le profond canapé de cuir beige. Sal me fixa avec une bienveillance gênée. Je sentis, je vis même dans ses yeux bleus, à quel dilemme il était confronté, sans que je sache encore quelle en était la nature. « Emmanuelle, je veux désormais que nous n'ayons plus de secret l'un pour l'autre », dit-il, en clignant des yeux et, détournant son regard un instant du mien, sembla observer la mer devenue noire dans l'obscurité de la nuit qui désormais était là. Il reprit, sans toujours me regarder : « Je veux d'abord que nous nous tutoyions comme il sied à un père et sa fille. Je veux aussi que tu saches que je te parlerai comme à une personne qui aurait toujours été présente dans ma vie. Je veux te dire que tu emplis, à toi seule, tout le vide de mon existence. Comprends-tu ce que je veux te dire ? » m'interrogea-t-il avec cette peur justement de n'être pas compris. Cela faisait beaucoup de « Je veux » de sa part et, s'il s'était agi d'un autre j'en aurais été répugnée, mais Sal me parlait avec une telle franchise, de cette sincérité dont on sait qu'elle n'est pas feinte, qu'il ne me resta plus qu'à acquiescer d'un signe de tête, en souriant et l'inclinant d'un air interrogatif. Lorsqu'il eut enfin osé m'avouer son dernier désir, celui qui, accompli, lui permettrait de mourir en paix, et qu'il vit que je ne rougissais pas à cette déclaration qui était aussi une proposition, il sembla s'enhardir puisqu'il rit, comme un enfant qui sait le bonheur imminent qui l'attend, sauf que pour lui, il s'agissait de sa dernière joie.

***

Je n'avais jamais été attirée que par Lila. Personne d'autre, garçon ou fille ne m'avait séduite, convaincue que j'étais de ne jamais trouver meilleur amour qu'elle. Pourtant, mes rencontres avec Sal, pendant la rituelle cérémonie du thé du jeudi, suscitèrent en moi un *goût* qui m'avait été, jusqu'à présent, parfaitement étranger : celui des hommes. Oui, l'amour de l'homme. Mon père de son vivant n'était pas un homme, il avait été mon père ; mon frère n'était pas un homme, c'était mon frère. Le seul homme que j'avais fréquenté, hormis eux, était tante Irène, mais ce n'était pas un homme non plus, du moins pas vraiment. C'est Sal, ce bizarre vieillard qui, pour une raison étrange, éveilla en moi un *désir nouveau*, une envie devenue bientôt irrépressible d'aimer les hommes, leur odeur, leur chair, leur sexe.

J'avais vingt ans et ne connaissais à peu près rien d'eux (mon père ne s'est jamais montré nu en ma présence tandis que je n'ai aperçu la nudité de mon frère que par inadvertance ou maladresse), et pourtant, presque soudainement, en tout cas, pas au terme du long processus de maturation de mes désirs que j'aurais pu imaginer, j'étais devenue une femme à hommes. Une femme qui ne pouvait supporter son existence sans la présence psychique, mais surtout physique – mais, n'était-ce pas pareil ? – d'un homme sur lequel tous mes fantasmes, ceux de ma petite enfance aussi, sauraient se déployer. Car, si la mort de mon père m'avait probablement attirée vers un homme comme Sal, en quoi l'assassinat de mes parents avait-il pu me rendre ainsi ? Mais je ne voyais aucune autre raison à cet amour insensé des hommes, cette passion charnelle et déraisonnable qui m'animait désormais et, grâce à cette sorte de don, qui les mouvait eux aussi.

Étaient-ce l'argent de Sal, sa culture, son amour de l'art et de moi-même qui m'avaient peu à peu, par petites touches, métamorphosée d'une jeune femme éprise de la douce Lila en un être voué à la passion dévorante des hommes ? Je mis aussi ça sur le compte de ma jeune arrogance juive. J'ai dit ce que mon personnage m'inspirait. Une sûreté de soi motivée par mon intelligence et ma beauté, une aisance de la vie dictée par mon terrible passé qui justement me rendait forte comme une lionne. C'est justement comme chasseresse que, de cocktails en soirées, de concerts en opéras, accompagnant Sal dans ses mondanités, je rencontrais le Tout-Paris, me rendant plus habile à chacune de ces nouvelles rencontres. Je vis instantanément dans les yeux des hommes que Sal me présentait comme sa fille adoptive la lueur d'envie, de lucre même que je leur inspirais. J'aimais passionnément ça. J'aimais le pouvoir que j'avais sur eux. Alors, sans presque nous concerter, Sal et moi convînmes de la mise en scène de cette *passion inexpiable*. La porte principale de l'hôtel particulier de la rue Agar avait ceci de singulier qu'elle permettait d'accéder à un vaste appartement, semblait-il, indépendant du reste de l'immeuble, mais dont une simple cloison située dans la chambre à coucher de cette dépendance les séparait et, au beau milieu de celle-ci, était encadré un grand miroir rectangulaire au cadre finement ouvragé à la feuille d'or. Le miroir était sans tain. Seuls Sal et moi le savions, lorsque mes amants et moi y étions. J'ignore ce que Sal pouvait bien faire derrière ce miroir, et je ne lui ai jamais demandé, car je ne m'en souciais pas puisque je n'avais qu'à penser à la possession dont j'étais l'objet de la part de ces hommes et, en leur laissant machiavéliquement la main dans ce processus de domination, c'était moi qui tenais le manche. Non pas seulement lors de l'acte lui-même, mais désormais à presque à tous les instants de ma vie, et de la leur. Sal m'avait inoculé un vice dont je parvins vite à deviner la puissance irrésistible, car, plus je fréquentais ces hommes, plus je réalisais qu'il était une part de moi-même, une part latente qui n'avait demandé qu'à surgir comme un fauve. Et je finis par aimer ces hommes plus que moi-même, et plus que Sal pouvait m'aimer. Ils étaient ma propre structure organique lorsque nous étions collés l'un à l'autre, trempés de sueur. Leurs sexes que j'érigeais en totems adulés m'étaient devenus aussi indispensables que l'amour de Sal, qui désormais, semblait-il, désintéressé des choses du monde hormis de moi, observait sans doute cela avec effroi. Je refusais à mes amants de les rencontrer ailleurs que rue Agar. Grâce à Sal qui, en quelque mois seulement, m'avait enseigné la vie en société et surtout le commerce des hommes, je repérais et choisissais mes amants à leur caractère. Ils portaient beau, mais étaient si faibles, tous. Les hommes que j'ai emmenés chez Sal étaient des faibles. Ils aiment les femmes, évidemment ; ils savent baiser, évidemment ; mais aucun de ces hommes-là n'avait la profondeur humaine de Salomon Spire. Était-ce parce qu'ils étaient tous goy ? Ils n'osaient pas *être*, ils n'étaient que représentation, ego, vanité, cependant, ils étaient beaux, spirituels et riches. Il est vrai que ces qualités vont souvent de pair, mais, chez ces hommes-là, il y avait un autre point commun : ils étaient tous mariés.

***

Je ne vécus qu'une seule exception à ce principe intangible que je m'étais fixé, consistant, pour les hommes que je fréquentais, à ne jamais envisager qu'ils puissent être à l'initiative d'une rupture. Pendant ces premières années passées sous le regard de Sal, dissimulé derrière le miroir sans tain, j'avais collectionné les amants comme un entomologiste les papillons, épinglés sur ce velours de couleur neutre, de manière à mettre en valeur leurs resplendissantes parures. Il fut même un temps, au début, alors que je n'étais qu'une novice incapable de savoir celui de ceux qui me contentaient le plus, je pouvais *posséder* plusieurs hommes à la fois. Mais, à l'époque de cet épisode-ci, j'étais devenue plus sage, moins jument juvénile et folle qui court dans le pré hors d'haleine d'un étalon à l'autre et qui, en définitive, veut tous les avoir à la fois. Je savais aussi qu'ainsi j'allais décevoir Sal, bien qu'il ne m'en parlât jamais, mais j'avais rencontré un homme qui, chose étrange pour moi, ne pouvait souffrir une infidélité, même s'il semblait ne rien savoir de mon instabilité, tout en n'en étant pas dupe. Je m'étais donc séparée de mes autres amants du moment, le plus souvent avec la brusquerie de ces femmes qui plaisent irrésistiblement aux hommes, et ne doutent pas que leur collection pourra toujours être aisément reconstituée.

Ce soir-là, Arthur était venu dans ma bouche, chose dont je raffolais et qui clôturait presque toujours mes ébats dans la chambre à coucher aux murs tendus d'un tissu grenat dont le sol était parqueté de points de Hongrie couleur noisette. Le miroir oblong de la coiffeuse en acajou d'une teinte plus foncée que les lames du parquet en châtaigner et située dans l'axe du lit me renvoyait l'image de ses fesses blanches, mais vibrantes de désir assouvi, tandis que, ayant englouti avec délice la semence expulsée de ce sexe incirconcis, j'en léchais assidûment les restes épars, tout en faisant aller et venir la peau dans ma main, couvrant puis découvrant ce gland rouge vif. Le râle rauque qu'il poussa au moment de jouir me procura une sensation indescriptible de joie satisfaite et de fierté contentée, car, comme sans doute ces guerriers primitifs qui mangeaient le cœur de leur ennemi, l'absorption goulue de ce liquide séminal me procurait la puissance d'une déesse païenne, comme si elle s'était abreuvée d'une laitance divine.

Ma tête était à présent lovée dans le creux de son épaule, car bientôt Arthur s'allongea à côté de moi sur le lit en bataille. Soudainement, me repoussant presque, il se mit sur le côté, le coude sur l'oreiller et la main sur la joue lui soutenant la tête. Il sourit, mais je vis une ombre passer dans ses yeux sombres, à la manière d'un défi, comme si notre relation charnelle n'était qu'un aimable jeu – ce qu'elle était, sans doute – face aux profondes vérités de son monde. Arthur de Beauveset, X-Mines distingué et ci-devant marquis de Ventabren, était originaire d'Aix-en-Provence dont il avait gardé une pointe d'accent provençal un peu paresseux. Son physique, tout aussi méridional que le mien, était celui d'un homme ayant allègrement franchi les portes de la quarantaine, sujet tout aussi bien aux caprices du démon de midi qu'à celle de l'empâtement du temps qui passe. Aussi, malgré un emploi du temps de ministre – il était PDG d'une société du CAC 40 dont j'ai oublié le nom – il s'entretenait assidûment et jouait au polo les week-ends de la belle saison avec ses habituels commensaux. Il était petit, sombre de peau, trapu avec une calvitie plus que naissante. Ce fut bien sûr Sal qui me le présenta comme quelqu'un qui doit être connu pour aspirer à évoluer dans le Monde, les hautes sphères de la société parisienne ; et son regard si doux et apaisé pour un tueur capitaliste m'avait ému. Il m'avoua plus tard que, sous la pression de ses actionnaires, il avait validé une charrette de 2 500 salariés, concoctée par son DRH. Sa virilité brune faite de cheveux noirs épais malgré leur éclaircissement, de sourcils exagérément fournis et d'une barbe sombre et épaisse avait achevé de me convaincre qu'il pourrait fort bien devenir mon amant. J'aimais les poils noirs de sa poitrine et de son ventre.

Il devint mon amant, mais pas assez rapidement à mon goût, car un homme tel que lui s'empêche. Oui, ce type d'homme s'empêche. Je le savais marié, père de quatre enfants (sa femme en attendait un cinquième et il envisageait très sérieusement de se faire pratiquer une vasectomie), et catholique fervent. Je lui demandai, alors que son sourire s'était estompé, mais que ses yeux sombres continuaient à briller, comme luisait la sueur sur sa poitrine pleine de poils après l'effort violent qu'il venait de livrer, et qu'ils avaient pris un air plus grave, presque compassé : « Tu vas à confesse ? ». Sa redoutable intelligence logique, mathématique, pour tout dire, avait été soudainement désarmée par cette question saugrenue dans ce contexte singulier où je m'étais à nouveau saisi de son sexe désormais au repos. Il repoussa ma main baladeuse avec délicatesse et je m'en voulus un peu d'avoir ainsi précipité les choses, alors que nous venions à peine d'achever le premier acte. Il répondit :

« Ce qui est formidable avec toi, Tsipora, c'est qu'on ne sait jamais ce qui va sortir de ta bouche. Pourquoi me demandes-tu ça ?

— Parce que je veux savoir si tu racontes quelque chose de nous à quelqu'un, dis-je d'un air ingénu, louchant entre ses jambes, et pensant en même temps à la probabilité que Sal fût en train de nous observer, à cet instant. Et nous écouter aussi, car, bien que je me sois fermement opposée à la "sonorisation" de l'appartement lorsque Sal m'interrogea à ce sujet, je n'avais eu aucune assurance qu'il m'ait entendue.

— Je ne veux pas savoir ce que tu racontes à ton psychanalyste, lâcha-t-il, comme lassé du tour que prenait cette conversation incongrue.

— Ce n'est pas la même chose, dis-je.

— C'est exactement la même chose, s'emporta-t-il soudain. Les psys ne font pas autre chose que ce que les prêtres ont fait pendant des siècles. Le démon n'est-il pas l'autre nom de la folie humaine ? Mais pour répondre à ta question, oui, tout bon catholique se confesse, ne le sais-tu pas ? me demanda Arthur.

— Bien sûr que si, je le sais, mais je suis curieuse de savoir comment réagit ton confesseur quand tu lui parles de nous. C'est un terrible péché que de tromper sa femme. L'adultère est, avec le meurtre et l'idolâtrie, le seul péché qu'il est interdit de commettre, quelles que soient les circonstances.

— Je le sais, et je le confesse comme tel, Tsipora. Mais ne me demande pas ce que mon confesseur en pense, car je ne le sais pas moi-même. Ce que je veux te dire c'est que, avec toi, ce n'est pas comme avec une autre femme. Je n'aurais sans doute pas trompé mon épouse si je ne t'avais rencontrée, lâcha-t-il mystérieux.

— Que veux-tu dire ? Le péché est le même avec moi ou une autre, demandai-je, ou alors c'est par pitié que tu me baises ?

— Que vas-tu chercher là ? non, dit-il, tu es une jeune femme à qui on a ôté ses parents dans des circonstances terribles, comme un oisillon tombé du nid, si tu préfères. Il est légitime que tu sois recueillie comme un animal abandonné, qu'on accède à tes désirs, toi qui n'as pu vivre la quiétude insouciante de l'enfance. Car ce sont bien tes désirs profonds que d'être possédée, et ainsi protégée par un homme, n'est-ce pas ?

— Sal me protège, avançai-je.

— Spire est vieux, Tsipora, il ne sera pas tout le temps là pour toi. Pour ma part, hormis pour toi, et seulement pour toi, je ne suis pas suffisamment porté sur la chose pour me détourner du droit chemin, dit-il laconiquement. J'ai toujours pensé que les cavaleurs invétérés étaient des homosexuels refoulés. »

Il se tourna vers moi, en me saisissant par la taille. Son corps trapu me lançait une odeur musquée presque boucanée mâtinée d'un relent de sueur et de Guerlain. C'est alors que je me mis à caresser son sexe de l'index et, cette fois-ci, il ne me repoussa pas.

« Tous les hommes sont portés sur la chose, affirmai-je, alors que le va-et-vient de mon doigt sur son sexe se faisait plus rapide entre cuisse, aine et ventre.

— Bien sûr que non, affirma-t-il. Seuls ceux fascinés par la matière sont de cette sorte. Ceux qui sont gouvernés par l'esprit n'en ont pas besoin.

— L'esprit et la matière, c'est pareil, c'est une seule et même chose vue différemment. Regarde, à l'instant, ton corps réagit à ma caresse aussi parce que tu me vois nue devant toi, que je te vois nu devant moi, et nous parlons de choses sérieuses. Le corps dépend de l'esprit, c'est entendu, mais l'inverse est vrai aussi.

— À la manière dont tu joues avec mon sexe, je sais que tu ne peux pas privilégier matière ou esprit, mais la sexualité *propre*, précisa-t-il avec une emphase qui me déplut, est précisément ce qui unit les deux. Ce ne sont pas seulement des concepts, il s'agit de la vie de l'homme. Les Juifs ont, semble-t-il, résolu cette énigme, cette équation, surtout depuis la création de l'État d'Israël », dit-il songeur, puis reprit :

« J'ai pensé à quelque chose l'autre nuit, car je n'arrivais pas à dormir.

— Ah oui, et à quoi ? » demandai-je, agacée par son air rêveur qui semblait le mener loin de moi. Les polytechniciens ont ceci de particulier qu'ils peuvent parfois ne ressembler à rien, mais ce rien n'est en fait précisément que le vôtre, tant leur intelligence dépasse la nôtre. Alors j'attendais qu'il sorte de sa rêverie, tandis que son sexe n'enflait pas. Il dit enfin : « Toi qui as failli rentrer à Normale Sup, tu as dû lire *La Montagne Magique* et *L'Homme sans Qualités*, sans doute », postula-t-il. Je ne répondis rien, mais le regardai d'un air distrait, avec à présent son membre de nouveau subitement dur dans ma main. J'entrevoyais ma victoire. Il dit alors : « Vois-tu, Mann et Musil sont de la même génération, ils écrivent dans la même langue et sur cette même période qui précède la grande boucherie de 14-18. Ils sont aussi sans doute parmi les cinq plus grands écrivains du premier 20e siècle. Des génies, même, selon moi. Et ce qui m'est apparu cette nuit-là, alors que j'avais lu ces deux chefs-d'œuvre depuis plus de quinze ans, est que l'un est juif et l'autre pas. Et chose étrange, dit-il, en se détendant de manière presque lascive, je n'aurais pas pensé à ça avant de te connaître. Alors que j'aurais dû. »

À ces mots, je tiquai doublement, me méfiant d'abord par instinct de cette bizarre référence judaïque, alors que je sentais bien que c'était là où il voulait m'amener, et lorgnant ensuite son sexe cette fois-ci tout raide dans ma main. Je lui dis :

« Où veux-tu en venir ?

— Je veux en venir que dans Musil, tout, du charpentier tueur de prostituée, de Rachel se faisant trousser par le négrillon, du héros qui butine toutes ces femmes, chacune dans son genre d'ailleurs, mais quand même toutes folles, pour finir dans les bras de sa propre sœur, tout est sexuel. Chez Mann, l'idée d'amour est seule présente. Il n'y a que l'esprit, pas la chair, et le désir est relégué là où il doit être. Dans la seule matière. »

Je considérais cette idée comme stupide car qui peut prétendre que le désir ne participe pas de l'esprit des hommes et de leur matière. Aussi, le lui fis-je savoir, mais pas de la manière qu'il l'attendait :

« Mais Musil n'était pas juif, dis-je.

— Pardon ? s'exclama-t-il, stupéfait. Il a quitté Berlin en 33 et l'Autriche en 38, c'est qu'il était juif ! poursuivit-il, comme vexé de ce mauvais tour que je lui jouais alors que c'était bien lui qui avait voulu évoquer ce sujet scabreux.

— C'est sa femme qui l'était, Arthur, pas lui. Il a sans doute suivi sa femme, c'est légitime, non ? On peut même penser que c'est sa femme qui lui a permis d'écrire *L'Homme sans Qualités »*, avançai-je enfin.

Arthur ne dit plus rien. Je l'avais fait bander tout en lui damant le pion. Quelle plus belle satisfaction pour une femme comme moi ? Et c'est alors que, comme certaines d'entre nous le font souvent en pareil cas, il fallait que je le contente, comme si j'avais été coupable d'une quelconque faute. Comme je le fis plus tard avec Junior. Mais qu'aurais-je pu faire d'autre alors que son sexe était à présent dressé dans ma main ? Je descendis alors doucement ma tête le long de son buste et de son ventre, les couvrant de brefs baisers avant de l'avaler. Là, il gémit, ferma sans doute les yeux, et, comme dans un rêve, lâcha : « Je crois à l'éternité de mon âme. » Nous baisâmes pour la dernière fois ce soir-là, car, deux jours plus tard, je reçus de sa part un immense bouquet de roses et un bref billet sur lequel était inscrit : « Pardonne-moi ! ». Quel pardon lui devais-je ? Le pardon de son orgueil bafoué ? Sans doute, car aucun homme n'accepte sa propre faiblesse, qu'elle fût de la chair ou de l'esprit. Jamais je ne le revis. Seul Junior succéda à cet homme, puis plus aucun lié aux Spire.

7

Outre son alcoolisme, j'ai hérité de ma mère un double legs : son obésité et son argent. Pour ce qui est de son embonpoint – c'est ce qu'on disait tout bas d'elle dans la famille –, en fait un terrible surpoids voire une simple et évidente obésité, mon père m'avait raconté avec la gêne blafarde qui sied à ce type de confession faite à la dérobée, l'air de rien, mais avec un sourd reproche qui vous colle ensuite aux basques, que j'avais failli tuer ma mère. Oui, tuer ma mère. En naissant avec près de six kilos, je lui avais infligé une épreuve telle, se privant elle-même de péridurale pour d'obscures raisons, qu'elle n'eut plus jamais d'enfant après moi, et me força à rester fils unique.

Elle avait pourtant toujours été grosse dès avant ma naissance et on aurait pu penser – je veux dire, j'aurais pu penser – qu'une femme avec un tel *embonpoint*, de si massifs et profonds bourrelets de chairs d'un rose fané, striés de vergetures bleues, saurait sereinement accoucher d'un bon gros garçon comme je vins au monde. Il n'en fut rien. Je suis sûr que ma mère m'en a toujours voulu de l'avoir tant fait souffrir. Non qu'elle essayât ensuite de *me* faire souffrir, pas plus même qu'elle me détestât pour ça, mais je sentais bien, à son regard bas et récalcitrant, qu'elle me fuirait pour toujours. C'est un étrange sentiment de honte qui hante un fils que sa mère fuit. Quelle faute avais-je donc commise ? Aurais-je dû me battre la coulpe parce que né charpenté, gras et en bonne santé ? Non.

Elle ne devait s'en prendre qu'à elle-même, à ses gènes d'abord puis à ses lubies de dame patronnesse intégriste, de chaisière mal dégrossie prétendument inondée par la lumière du Christ, mais bien moins que par le Campari qu'elle buvait comme de l'eau. Je finis cependant par m'y habituer. On s'habitue à tout, n'est-ce pas ? Les Juifs se sont bien habitués à Auschwitz, je ne pouvais faire moins avec ma propre mère. J'ai donc aussi pris mon parti de la nourrice où je fus placé presque dès ma naissance. Dans nos familles, même à mon époque, les mères ne nourrissaient pas leurs enfants, ça ne se faisait toujours pas depuis que le jeune futur Talleyrand-Périgord eut chu de la commode où on l'avait négligemment placé, comme on pose un objet, sans surveillance, pour expier toute sa vie la difformité de son pied meurtri. Rien de tel ne m'était arrivé, car j'ai bien senti, au premier coup d'œil de larve que j'ai lancé à cette femme qui avait la charge de me faire marcher sur mes deux pieds, que je ferais d'elle ce que je voudrais.

Romania n'était pas belle. Un visage anguleux enserrant un nez ridiculement pointu de rongeur, des yeux noirs de charbon qui ne disaient rien de bon de son passé, et, pour finir, un menton en galoche qui lui en donnait presque un double alors qu'elle était maigre comme un sprat. Cependant, chez certaines femmes, rares, leur maigreur ne fait rien à l'ampleur de leurs seins, et à cette capacité qu'ils ont de nourrir un enfant. Au contraire, cette maigreur l'illustre, la met en valeur, la sublime. Romania était de ces femmes au crucifix qui pend au bout d'une chaîne, laquelle pend aussi entre les deux seins dont elle m'a nourri. Je ne me souviens même pas d'elle, mais ne l'oublierais jamais. Elle a été ma vraie mère. Elle est morte d'une tumeur mammaire alors que j'avais à peine douze ans, sans que je ne parvienne à la pleurer lorsqu'on me l'apprit, ni même à m'affliger de sa disparition. Je refusais même de penser que mes succions puissent être la cause de son cancer.

***

J'étais gros, mais fort. On peut bien se moquer d'un petit grassouillet, sans relief autre que ses formes adipeuses, mais on n'emmerde pas celui qui vous tient tête. Et je tenais tête. Je le faisais parce que je fus très tôt sûr de ma force physique, mais surtout de mon intelligence qui non seulement m'assurait des succès scolaires, mais aussi me faisais voir par tous les autres comme une sorte de modèle. J'avais beau avoir été un authentique pochetron dès mes dix ans, lorsque je picolais en douce le vin de messe comme enfant de chœur à la paroisse Saint-Ferdinand – probablement l'église la plus laide de Paris, avec Sainte-Odile, à la Porte d'Asnières – l'abbé Leblond ne jurait que par moi.

Premier au catéchisme, hypocritement français lorsqu'il s'agissait de sourire aux rombières en zibeline, confit dans une dévotion feinte à l'évangile et surtout au Sauveur, je jouais mon rôle à merveille. Quelle jubilation ça avait été que de voir tout ce petit monde qui allait bientôt émigrer vers Saint-Nicolas-du-Chardonnay, la fraternité Saint-Pie X et sa messe en latin, ma mère en tête de cortège, oriflammes flambant au vent, m'entourer de tous ses attentions, ses compliments, ses petits cadeaux : chocolat, pièces de monnaie voire billets pour les plus généreux. Je sus alors ce que l'humanité avait de plus vil : la concupiscence. Je sentais chez tous ces gens-là un désir rentré, atrophié, rendu à l'état de *bonzaï,* en raison précisément de leur refus d'entrer dans le monde, d'être leur *être*. Rien de la foi qu'ils affichaient comme une bannière aussi saugrenue que dérisoire n'était véritablement humaine. Ils n'avaient pas foi dans l'*individu*. Ils revendiquaient la souffrance du Christ pour leur compte sans *réellement* l'aimer, non pas le Christ, mais sa souffrance.

Pendant les vacances, nous allions dans le manoir de ma mère dans le Cotentin. J'étais presque livré à moi-même dans cette demeure immense, toute bâtie en granit gris perle, car seul le fils des régisseurs du château qui logeaient dans un des communs me tenait compagnie quand il n'était pas attelé aux travaux des champs ou à la traite des cent et quelques laitières du domaine. Yvan avait cet air si typiquement normand qu'il n'était que ça. L'accent chuintant, il commençait toujours ses phrases lorsque nous nous trouvions à l'étable, dans la cour ou au chenil (il n'entrait jamais dans le logis seigneurial, sauf quand on l'y invitait) par un : « Vas-tu bien ? » qui me faisait sourire lorsque je lui répondais que tout allait pour le mieux. C'était alors lui qui me souriait, de cet air naïf qu'ont les jeunes paysans lorsque le fils, pourtant si peu noble, de la Comtesse daigne s'adresser à eux. Il avait mon âge ou presque, mais toute son allure, empreinte de lande, de pré et de mer – c'était tout son univers avec les champs de maïs – me faisait irrésistiblement penser au Jarl Rollon renversant le trône bâti à la hâte pour le roi de France à Saint-Clair-sur-Epte. Yvan, sans doute, aurait été de la garde personnelle de Rollon, son homme à tout faire, même les plus basses besognes, lieutenant fidèle qui aurait préféré se faire trucider que de voir son seigneur et maître en danger. Il aurait aussi pu être de cette courageuse piétaille du Duc Guillaume, battant les Saxons d'Harold à Hastings, exténués qu'ils étaient après être revenus à marche forcée de Stamford où le roi d'Angleterre avait battu une armée de Vikings norvégiens débarquée sur les côtes nord de l'Angleterre.

La blondeur de ses cheveux de paille desséchée, sa peau, toujours mate, déjà burinée par le vent et la pluie avant l'âge, ses yeux aussi bleus, clairs et perçants me troublaient. Non pas que je pus céder à ses charmes, pourtant véritables, mais le citadin que j'étais, ignorant des choses essentielles que la nature vous enseigne saison après saison, se sentait terriblement petit auprès de lui. Moi, le minable boy-scout, dandy mods avant l'heure, nihiliste à souhait et volontiers rebelle voire anarchiste malgré mon embonpoint, je ne lui arrivais pas à la cheville, malgré sa si basse extraction. Il savait ce que je pensais de moi et de lui, et il savait aussi très bien qui il était.

Nous allions ensemble, dès que j'eus treize ans, en tracteur, sur le petit John Deere vert qu'Yvan menait comme un chef et dont il me laissait parfois le volant quand il pensait que c'était sans danger pour nous et pour l'engin dont il n'aurait jamais pu imaginer qu'il puisse le garer, accidenté dans la grange. Le chemin que nous prenions sur ce tracteur parcourait un vaste espace entre forêt et mer. Lorsque nous quittions le manoir, l'horizon n'était que vert, mais lorsque nous descendions un peu vers la vallée des Vierges, à travers le feuillage des arbres, nous voyions le bleu de l'océan. Car à l'ouest de la presqu'île, ce n'est pas la Manche mais l'Atlantique qui moutonne presque toujours à cet endroit, même en été.

Nous atterrissions à l'anse de la Goélette où il y avait un rade minable et cradingue, qui servait les mineurs et puait l'alcool. Oui, les mineurs, voyez-vous ça ! Pernod pour tout le monde, tant qu'on payait ! Parfois, quand une bourriche d'huîtres arrivait d'on ne sait où, la grosse patronne outrageusement maquillée, dont le string mauve dépassait de son atroce legging noir, proposait du Muscadet, mais, de manière générale, les ivrognes collés au bar à longueur de journée, comme des mouches scotchées à un rouleau de colle, ne buvaient que du Pernod. C'était un rite pour moi que de voir ce petit ballon doseur se remplir du liquide dont la couleur astringente, spermatique, l'aspect même laissaient deviner toutes les avanies de l'alcoolisme. Il est vrai que les gars, vieux comme jeunes, y mêlaient assez peu d'eau et sortaient toujours tous torchés du troquet. Moi aussi, avec Yvan, lorsqu'on avait pris notre cuite après huit doses nous remontions sur le tracteur en nous gondolant comme des bossus, sûrs de nous foutre dans le fossé ou, au mieux, nous faire gauler à notre arrivée là-haut tant nous étions incapables de nous tenir debout convenablement. Mais nous passions finalement entre les gouttes – Yvan savait se tenir, même ivre –, et le lendemain matin, je me réveillais péniblement vers 11 heures pour m'entendre dire par Clémence, la sœur aînée d'Yvan, qui faisait fonction de cuisinière au manoir que son frère était au boulot depuis 8 heures. C'est alors que j'évitais la conversation et sortais de la cuisine pour aller me prélasser au soleil sur une chaise longue, sirotant mon café au lait de vache recueilli fraîchement le matin même. La terrasse du manoir fait de ce granit gris indestructible était pavée de dalles en pierre blanche, laissant une langue de terre le long des murs du logis où poussaient fuchsias et hortensias de toutes sortes. Je me foutais de ces plantes, sauf qu'elles étaient censées embellir la grisaille de la pierre taillée dans des carrières près d'ici. Car la pierre était plus que grise, elle virait parfois presque au noir, du côté occidental d'où les grains arrivaient, été comme hiver. Parfois, cette pierre rêche et triste était maigrement parée de lichens jaunes qui venaient se nicher dans les angles, je ne sais ce que ces lichens cherchaient dans ses anfractuosités. Je voyais que la pierre ne rejetait pas la lumière, comme celle des Cathédrales, elles étaient devenues grises aussi, comme le granit. Je rêve en secret de la pierre miel du Parthénon, celle qui ne fait pas seulement réfléchir la lumière, mais la crée.

Je trimais quand même à la ferme malgré mes murges précoces. Je le voulais bien, car sinon, j'aurais pu ne rien foutre et personne ne m'en aurait voulu. À l'époque, je trouvais naturel d'être pâtre. Oui, un bouvier normand, un type qui s'occupe des vaches pour les mener, au taureau, mais, le plus souvent, à la traite. Vers la fin d'après-midi, Yvan me siffla un air de cavalerie lorsqu'il me trouva assis sur l'un des vieux abreuvoirs en pierre reconverti en jardinière pleine de bégonias, je courrais alors de mon pas de gros vers mes bottes en caoutchouc. Avec deux garçons de ferme, d'évidents subordonnés d'Yvan bien qu'ils eussent peut-être deux ans ou trois ans de plus, nous allions alors chercher les vaches au pré, parfois à quelque trois bornes de là. Le comportement de ces animaux n'est pas nécessairement grégaire. La vache sait faire preuve d'individualisme, il ne faut pas croire. Parfois, quand tous ses congénères sortent des prés pour aller se faire tirer le lait – il faut bien comprendre que c'est un besoin vital pour ces mammifères – certains rechignent, et on ne sait pas pourquoi. Alors, comme il faut bien qu'elle rentre, il faut la choper, mais la vache vraiment récalcitrante ne se laisse pas aisément attraper. Il faut y aller avec un charme que seul Yvan était capable d'avoir. Les garçons de ferme et moi-même étions admiratifs de voir Yvan faire venir la bête à lui. Il lui enserrait son large cou laineux de son bras couvert de veines apparentes puis, passant leurs cornes, il leur caressait rudement le chanfrein et le mufle en leur claquant une bise sonore sur le stop de l'animal, avant que celui-ci ne le suive docilement.

Chacun armé d'un voire deux bâtons de noisetier – Yvan avait en plus un nerf de bœuf à la ceinture –, nous menions assez aisément ces bêtes des prés de l'Est au manoir à l'Ouest. Nous empruntions des chemins tortueux, noueux, immémoriaux où les bêtes étaient toujours passées laissant leurs bouses faire le sel de la terre et laisser naître de somptueux massifs de mûres noires et sucrées que chacun picorait au gré de ses pas, en septembre. Un bestiau pareil, c'est un demi-quintal, au minimum. Quand elles évoluent toujours lentement dans ces chemins creux, leur postérieur dicte leur allure. C'est le cul de la vache qui la mène. Une fois au manoir, elles allaient en stabulation pour la traite où les garçons de ferme se faufilaient entre les bêtes pour coller à leur pis l'aspirateur à lait. Leur pas pesant et bruyant sur l'aluminium ajouré des passerelles où elles circulaient avant d'être enfin soulagées de ce poids oppressant leurs mamelles, m'évoquait la sourde et inéluctable marche du monde.

Le chenil, quant à lui, puait la merde. Une fois encore, c'étaient les garçons de ferme qui nettoyaient le lieu comme on lave les écuries d'Augias. Dans ces fermes, les chiens ne sortaient pas, sauf quand on le leur demandait, et généralement pour partir à la chasse. Alors, les clébards, fous de joie, vous sautaient au cou comme de jeunes singes excités à qui on offrait une escapade dans la forêt vierge après avoir végété de longs mois dans leur cage. Ils couraient dans tous les sens à en perdre haleine jusqu'à ce que leur seul maître, monsieur Gringoire, le père de Clémence et Yvan, ne les calme d'un sifflement strident sortant de la bouche toute remplie de ses deux index. Le père Gringoire était le maître de chasse. C'était lui qui connaissait les coins giboyeux, secs ou humides. C'était lui qui sortait les fusils du râtelier pour les inspecter avec minutie, presque amoureusement. Il n'aimait pourtant ni les armes, ni tuer le gibier, mais cela ressortait de sa culture profonde, et c'était celle dont il avait besoin. Moi, à treize ans, on ne me laissait pas porter un flingue, mais je tenais à accompagner le père Gringoire et mon paternel dans ces chasses dans le bocage que ces deux-là connaissaient comme leur poche. Je ne tirais pas, mais j'entendais ces détonations lorsqu'ils mettaient la bête en joue et appuyaient sur la détente. J'en frissonnais de plaisir. Non pas que l'animal fut tué, blessé ou indemne, mais le vacarme déclenché par ces tirs qui troublaient le silence de la nature me rendait libre. Le son mat de la détonation, en plus de vous vriller le tympan a un terrible effet stimulant. Il vous cloue de peur ou vous sublime.

Bientôt, je fus convaincu qu'il me fallait aussi *mon* chien. Pendant une de ces balades silencieuses que m'imposait parfois mon père, un jour de crachin normand, alors qu'un fort parti de mouettes criaillait au-dessus de nos têtes, nous trouvâmes un mouton affreusement mutilé, une carcasse sanguinolente qu'aucun animal n'avait même daigné bouffer. Les mouettes, peut-être, allaient s'en repaître. Mon père leva d'un doigt la visière de sa casquette en velours, observa longuement la bête morte, et me dit :

« Des chiens.

— Des chiens ? demandai-je, étonné.

— Une meute de chiens. Ils ne se connaissaient peut-être pas avant. Ils ne se reverront peut-être jamais plus, mais ils se sont trouvés là, ensemble, sortis de leur ferme. Pour tuer. Regarde, ils ne l'ont même pas entamé, seulement égorgé et après ils se sont joués du cadavre une fois vidé de son sang. Pour le seul plaisir de tuer. Tu as vu ?

— J'ai vu, papa. Mais ça pourrait être des loups ? demandai-je encore.

— Il n'y a plus de loups ici depuis belle lurette, fiston », finit-il avant de reprendre son pas.

Suivant mon père qui avait noué ses mains derrière son dos en reprenant sa marche, tête baissée, je restai bouche bée et immobile. Ce n'était pas la vision du corps inerte et décharné sous mes yeux qui m'émouvait, mais les surprenantes paroles de mon père. Pour la première fois, il m'avait parlé de la mort. C'était tout autre chose que de voir un vulgaire cadavre de mouton, c'était, pour la première fois, la pensée consciente de ma propre fin.

Mais on ne meurt pas quand on a un chien, et j'ai eu mon chien. Chasse oblige, j'ai été obligé de choisir entre setter et braque avec une préférence pour les braques, mais pas ceux de Weimar, car ils sont nuls à la chasse. Mon père trouva donc un élevage de braques allemands près de Caen et nous allâmes chercher le chiot dans sa SM Maserati, et je fus la première odeur humaine adoptive que mon chien sentit, lorsque mon père nous ramena au manoir. La nuit, dans l'immense manoir, Iago dormait en bas dans son panier d'osier, mais dès que tout le monde était au lit, je descendais les quelques marches de l'escalier en colimaçon en granit pour lui lancer un bref chuintement, lequel déclenchait sa cavalcade vers moi. Même lorsqu'il ne fut plus un chiot, il arborait toujours cet air inquiet lorsqu'il arrivait dans ma chambre, porte pourtant fermée, comme si on l'avait épié. Il agitait alors sa courte queue et sautait sur mon lit, en ronflant comme s'il s'était endormi à l'instant même de se lover en boule dans ma couette.

C'est au moment où j'ai découvert la chasse puis Iago que je me suis passionné pour la photo. Il y a, dans la photographie, à figer un être pour toujours, comme dans la mort. Comme ce mouton crevé qui n'a plus jamais quitté mon esprit. J'aurais aimé le photographier. J'ai commencé par shooter mon chien puis tout ce qui m'entourait, de près ou de loin. Ciel vide ou simple insecte. À l'époque, c'était de l'argentique avec chambre noire pour développer. J'en avais emménagé une dans une des caves voûtées du manoir, près de celle destinée au vin, au cidre et au calva. J'attendais avec impatience, pinces à linge en main, que les bacs de solvants dévoilent le mystère et me laissent enfin pendre mes clichés sur la corde à linge que j'avais tendue, afin que je les voie apparaître sous mes yeux ébahis. J'étais un magicien et le spectateur de ma propre magie. J'avais quinze ans et revis alors la scène pendant laquelle j'avais pris ces photos, quelques semaines avant les vacances. « Garde ta culotte », dis-je.

Isabelle était déjà en train de passer ses longs doigts fins aux ongles délicats dans l'élastique pour faire lentement, honteusement pensai-je, car si peu consentante, mais néanmoins désireuse de ne rien me refuser, descendre le fin tissu qui dissimulait encore son intimité. Elle était déjà presque nue. Ses longs cheveux bruns qui viraient au roux, ses taches de son constellant son minois aux traits fins, ses magnifiques dents saines capables de faire éclater des glaçons sans peine que dévoilait son sourire enfantin encadré par de fines fossettes qui apparaissent sur ses joues, ses seins ronds et petits, tout en elle éveillait mon désir. Surtout, elle avait une peau ferme et blanche de gymnaste. Sous elle sourdaient la vigueur de ses muscles et la puissance de ses tendons ; la langueur de ses sens. Mais une étrange pudeur m'interdisait que mon Olympus se saisisse de son sexe ; il ne devait figer que la forme de ses jambes, de ses bras, la gracilité de son cou, lequel était baigné de ces cheveux caramel qui sentaient la vanille et le miel. J'ai senti tout cela en la photographiant. J'ai fait une très belle photo d'elle, de profil, son nez long lui donnant des airs d'Athéna Niké.

« T'es sûr ? demanda-t-elle.

— Catégorique, tu gardes ta culotte.

— Bien », acquiesça-t-elle, comme à regret.

***

On ne peut pas vaincre le gène de l'alcoolisme, mais j'ai triomphé de celui de l'obésité. Au moment même où je séduisais Isabelle dans le seul but de la coucher sur celluloïde, je nourrissais le projet de cesser d'être un gros sac comme mon atavisme et ma fainéantise m'y conduisaient inéluctablement. Mais la volonté est souveraine. Elle est plus que votre *être*, vous pouvez penser exactement ce que vous voudrez, c'est elle, en dernier ressort qui vous fera vivre, et vaincre. Il n'est pas question de pensée consciente, ici. C'est votre *être* qui vous commande d'être ainsi.

Chaque cellule doit programmer sa mort, sinon elle deviendra un cancer mortel. Et mes cellules, mon *être* a décidé, seul, que je devais perdre au moins vingt kilos si je voulais atteindre mon objectif. J'y suis arrivé et c'est comme ça que j'ai réussi à faire mon service dans les paras à dix-huit ans, après mon bac, en demandant à mon père de repousser de deux ans mon entrée à la fac de droit, ce que, en bon officier préretraité, il a accepté sans rechigner. J'étais bon, j'ai postulé à un poste de chuteur-opérateur, et on m'a pris. Chut-op, on dit dans le jargon militaire. C'est quelque chose, même en temps de paix, d'être largué d'un zinc en chute libre, aller au sol sans encombre, et évoluer derrière des lignes ennemies certes fictives, mais qui, dans mon esprit, étaient bien réelles, meurtrières même. J'évoluais comme un poisson dans l'eau, en pleine nuit avec mes seuls repères sur la carte de la zone d'atterrissage que j'avais mémorisée après avoir fermé les yeux lorsque j'étais encore dans la carcasse du zinc. 5 000 pieds, on peut y aller. Je savais faire, prendre la masse d'air froid en pleine gueule quand la vitesse monte doucement avec la chute vertigineuse vers le sol noir pour atteindre les 220 km/h réglementaires, vitesse maximale. Les gencives prennent le frais, les yeux, derrière les lunettes antichocs, s'écarquillent de plus en plus que la zone d'impact s'approche à vitesse grand V. L'altimètre à mon poignet est clair, il faut ouvrir maintenant. Les quelques G causés par la subite remontée de mon corps après l'ouverture de la petite « ombrelle » noire qui vous fait tomber beaucoup plus vite qu'un parachute normal ne m'ont jamais retourné l'estomac, comme chez certains. Le saut, j'ai aimé ça à m'en damner, et quand en plus on te file un flingue et tout l'équipement qui va avec, j'étais le roi du pétrole !

***

Ce doit être à cause de mon amour de la guerre, fût-elle un simulacre de combat, une lubie de riche oisif qui ne verse son sang que quand il se blesse, que je déteste les Juifs. Le Juif n'aime pas la guerre. Pourtant, ils devraient savoir qu'une société sans guerre ne fait que pourrir, au sens d'une véritable décomposition du corps social, comme le poisson pourrit par la tête. En Israël, là-bas où l'état de guerre existe concrètement, ils l'ont très bien compris, une société sans danger est une civilisation morte. Les Juifs n'ont rien d'israélien hors Israël, ils sont encore en diaspora. Et lorsqu'il l'est, ce Juif est industrieux même lorsqu'il s'agit d'un intellectuel qui ne connaît rien au business. J'exècre leurs manières de Juif qui fait mine de ne pas y toucher, mais qui y touche, et comment encore ! Le Juif veut toucher à tout. Lorsqu'on l'a sorti du ghetto, il a commencé à faire de la musique, de la littérature, de la philosophie, de la peinture aussi. Et là aussi, il a excellé ! Ça n'avait pourtant plus rien à voir avec leur loi intransigeante, mais avec l'art, la sensibilité, la civilisation chrétienne. Que connaissaient-ils de tout cela ? Alors, comment d'adorateurs de cette loi divine punitive, de bedeaux serviles aux injonctions rabbiniques, de pauvres hères, portefaix minables en haillons, ont-ils pu atteindre ces sommets ? 52 prix Nobel. Mystère. Chez eux, il paraît que tout le monde savait lire : hommes, femmes et enfants, dès le plus jeune âge, car on envoyait ces mômes étudier le texte à coup de bâton que le maître aussi intraitable qu'irascible leur infligeait. Les filles, elles n'y allaient pas, mais elles scrutaient sur les lèvres de leurs frères les mots qu'ils avaient lus toute la journée et qui déformaient leur bouche, répétant inlassablement le texte, le triturant, le malaxant comme on le ferait d'une pâte à pain.

Alors que ma haine des Juifs était à son comble, j'avais à peine 18 ans, juste avant que je parte à l'armée, un copain qui allait bientôt quitter notre univers, me fit écouter de la musique noire. Je n'avais à l'époque pas une once de culture africaine ou antillaise, et encore moins musicale, mais pas non plus celle d'un skin borné, je venais d'une bonne famille où on écoutait Schubert. Le premier choc a été *Sinnerman* de Nina Simon. Laszlo me tendit le CD avec gourmandise, muni de la certitude que cette musique-là allait m'envahir, et ce fut bien le cas. La voix rauque de cette femme, sa peine, son amour, sa révolte me parlaient avec une aisance qu'il me semblait que j'étais le seul à les comprendre vraiment. Puis ces chœurs masculins, la rythmique lancinante, cette chute comme une cascade d'eau vive, toute la vie des hommes y était précieusement convoquée. Le second choc, ce fut la musique de Fela. L'omniprésence des cuivres tonitruants, les percussions lancinantes, les lignes de basse, presque sexuelles, la puissance du chœur féminin, le clavier ou le saxo alto maniés par le Maître quand il ne chantait pas de sa voix insondable, me transportait ailleurs, là où l'homme *est*.

On pourrait déblatérer des platitudes sans fin sur la culture orale africaine qui ne pouvait s'aligner face à la technicité écrite, scientifique de l'Europe, cause de sa colonisation et de son acculturation. À quoi bon ? Le mal est fait et il ne sert à rien, pour l'avenir, d'y revenir. On aurait pu aussi, en amont, gloser sur la prétendue infériorité de la race noire, l'Amérique nous en donnait encore l'exemple, mais quel sombre con pouvait encore croire à ces niaiseries-là ? Le vrai est que j'ai tellement aimé la musique, le tempo de Fela que, en douce, je suis allé à son concert en 84 au Zénith, à Paris. Le Maître était engoncé dans un habit bleu fait d'une seule pièce qu'il portait comme une combinaison avec une fermeture-éclair qui, à la fin du concert, descendait sous son nombril, fumait sur scène. C'était l'époque où les stars faisaient encore ce qu'elles voulaient. Et il chantait, entouré de dizaines de musiciens, aux percussions, aux cuivres, aux cordes. Les hommes, tous habillés de jaune et le chœur des femmes dans des robes mauves, voletant au rythme de leurs hanches. C'était féerique, et c'est là que j'ai vraiment vu les femmes du chœur. Le chœur a, semble-t-il, survécu à la modernité, grâce à Fela, mais a-t-il encore un avenir ? Je découvris ce soir-là, lorsque le kaléidoscope des spots multicolores courait sur leurs chairs cuivrées, sur les formes amples de leur corps suintant de sueur et de vie, que j'aimais les femmes noires. Elles dégageaient cette animalité tapageuse, bienveillante, femme changeante et mère constante, ça m'ouvrait l'âme.

***

J'allais oublier d'évoquer l'argent de ma mère. Le domaine dans le Cotentin avec ses 1 500 hectares crachait chaque année, au début du 20e siècle, quelque 100 000 francs-or. Monsieur le Comte, mon aïeule n'a pas tardé à investir cet argent *durement* gagné sur la terre et sur les hommes qui y travaillaient, et à le placer à la bourse. Une culbute soudaine s'est faite lorsque Monsieur le Comte a revendu du franc, avant la chute du cours à la suite de l'élection du Juif Blum en 36. L'argent ainsi gagné a ensuite été réinvesti dans la pierre parisienne. À sa mort, ma mère ne savait même pas le nombre d'appartements dont elle était propriétaire.

J'ai aussi oublié de dire que mes deux parents sont morts au même instant. Un accident de voiture. Un camion qui perd son chargement de poutrelles en béton précontraint et voilà qu'elles viennent fracasser le pare-brise de la SM Maserati, puis de pulvériser le corps de mon père et de ma mère. Effroyable carnage. J'avais vingt-huit ans et héritais de tout.

Je dois tenir ce côté corps de garde de mon père qui était officier dans la glorieuse armée française, celle deux fois décimée à Sedan, sauvée des eaux par les alliés pendant la Grande Guerre, balayée par le coup de faux de Guderian et ses *Panzers*. Dois-je poursuivre en parlant de l'Indochine et de l'Algérie ? Mon père avait fini sa carrière dans les armes comme colonel. Il était de l'aviation et respectueux de la tradition républicaine, mais né à Alger en 35, il n'a jamais pu admettre qu'on le chasse de sa terre natale. Membre actif de l'OAS, il avait trempé dans diverses tentatives de meurtre qui lui avaient valu d'être condamné à dix ans de réclusion criminelle, avant d'être gracié. Mon père et ma mère se sont connus lors d'une manifestation silencieuse qui s'était déroulée dans les milieux ultramontains aux premiers temps de Vatican II alors que mon père était en permission à Paris. Entre la fille de nobles normands et le jeune officier nationaliste et ambitieux, tous deux animés par la même foi en un Jésus revenu de l'amour, presque autoritaire, et la même haine du nouveau monde chaotique qui était en train de se dessiner sous leurs yeux horrifiés, la flamme était identique.

L'un voyait aussi l'intérêt d'un excellent parti, l'autre celui d'une vie bien rangée de femme d'officier, dame patronnesse de bon aloi et, de ce fait même, nécessairement alcoolique. Mais je n'ai cependant jamais vu ma mère ivre tant elle savait se tenir, corsetée dans ses conventions glaçantes, mais son atroce haleine ne me trompait jamais. Elle m'embrassait rarement tandis que je la voussoyais, alors c'était moi qui, enfant trop curieux, venais tourner autour d'elle comme une guêpe, à son grand déplaisir, pour humer ce fumet que je trouvais fétide, mais qui maintenant me permet de vivre.

Bien que mes parents sussent qu'on ne me trouverait plus jamais dans une église de mon plein gré, ils m'ont quand même inscrit dans une institution catholique dès mon plus jeune âge et, bien qu'ayant fait toute ma scolarité dans le privé, j'ai fait mes années de collège puis de lycée à Fénelon. C'était au début des années 80. À cette époque, mon père a été nommé par l'état-major de l'armée de l'air délégué à la formation tactique des pilotes de l'armée libanaise. Celle-ci ne disposait que de Mirage et seuls les Français pouvaient former ces pilotes à ces appareils. C'est comme ça que nous nous sommes retrouvés vivre en famille à Beyrouth en 82. La guerre civile venait de prendre fin, les Israéliens avaient fait envoyer Arafat à Tunis. Les amis phalangistes de mon père, affidés de la famille Gemayel, m'aimaient bien, moi le jeune Français, noble par ma mère de surcroît. Je les écoutais volontiers, assis devant leur narguilé, dire tout le mal qu'ils pensaient des Juifs et des Palestiniens. Ces derniers avaient tenté de prendre le pouvoir au Liban, comme ils avaient essayé de le faire en Jordanie, et aucun Maronite digne de ce nom n'aurait laissé ces gens faire à leur guise dans le pays sacré du cèdre. Oh non, ils ne l'ont pas laissé faire, car avant même que les huiles de l'OLP fuient, les soldats chrétiens ont investi les camps de réfugiés palestiniens du Sud Liban pour massacrer vieillards, femmes et enfants. Il n'y avait plus d'hommes. Les Israéliens ont laissé faire. Bon débarras, ont-ils pensé.

De Beyrouth, je ne me souviens que de la poussière, de la poussière d'hommes, partout. Non, je me souviens aussi de la route de la Corniche, je me souviens aussi des quartiers sud chiites où mes protecteurs chrétiens à peine majeurs, armés jusqu'aux dents, m'avaient amené pour me faire voir la misère. Et puis il y a eu Drakkar, et c'est pour ça qu'on est retournés en France. En octobre 83, le 23, si ma mémoire est bonne, 241 militaires américains et 58 soldats français ont été tués, la plupart des légionnaires. Des camions-suicide, si chers à ces funèbres chiites. Ma mère a mis le holà à ce traquenard dans lequel on tuait sans vergogne des soldats français en mission pacifique, et convainquit mon père de rentrer dare-dare en France.

En revenant de là, de ce cloaque oriental malodorant et sanglant, ô combien sanglant, où je suis pourtant depuis si souvent retourné – l'amitié n'a pas de prix –, j'ai intégré Fénelon-Sainte Marie en classe de première après ma seconde passée au lycée français de Beyrouth. Je commençais à lire beaucoup à l'époque et j'ai naturellement intégré la classe littéraire du lycée. On m'avait fait lire *ad nauseam* les mémorialistes du 19e, Balzac, Stendhal, Flaubert et puis vint Zola, qui a essayé de réinventer le misérabilisme d'Hugo, et je n'en pouvais plus de cette écriture socialiste, ampoulée, plongée dans une naphtaline vaporeuse, irréelle lorsque j'ai découvert le *Voyage*. Finis les univers pommadés et pédérastes de Proust et de Gide, finis *Les Rougon-Macquart* ou *Les Thibault* copié-collé Français des *Buddenbrook* allemands, Céline foutait tout aux orties. Céline inventait non pas une nouvelle littérature, tout le monde s'en foutait de la clique gidienne de la NRF, mais, plus simplement et génialement encore, une nouvelle langue. C'est après que j'ai découvert *Bagatelle* et *Les Beaux Draps*. C'est ensuite que j'ai lu Rebatet et ses *Décombres*. Il y a quelque chose de suicidaire dans cette prose, je le sais. Drieu La Rochelle, suicidé. Et qui mérite peut-être qu'on aille au poteau, je le sais aussi. Brasillach fusillé. Mais quel plus beau mérite que de tomber sous les balles de l'ennemi ! Car ils avaient tous un même ennemi. Et nous avons tous le même ennemi. À Beyrouth, on haïssait les juifs. Les chrétiens, évidemment les premiers. Le meurtre du Christ était tenace chez eux, dans la rancœur qu'ils avaient pour ce peuple. Car c'est un peuple, pas seulement une religion comme les naïfs le croient. Enfin, non, je me trompe, ce n'est pas un peuple, c'est plus qu'un peuple, c'est un Esprit – j'utilise à dessein une majuscule – car quel autre peuple peut être ainsi dispersé et rester quand même sans avoir un esprit à tous ses membres ?

Quant aux musulmans, l'appréhension physique des deux mosquées par les juifs en 67 les a rendus fous. Ils étaient déjà fous, avant, et encore plus quand le grand mufti Al-Husseini copinait avec Hitler, mais avec ce forfait indigne, ce vol d'un lieu de culte fantasmé, c'est devenu insoutenable pour eux. Leurs lieux saints profanés à jamais, car ils savaient que jamais plus les juifs ne partiraient.

Les juifs. On les pare de toutes les vertus, comme s'ils avaient toujours été la conscience de l'humanité. Ce sombre aliéné d'Hitler disait que la conscience était une invention juive. Quelle connerie ! Cette conscience n'est pas née avec eux, elle est de loin beaucoup plus ancienne. Des chants poétiques de l'Inde à la Perse millénaire, l'indo-européen est le premier à Sumer. Il est le premier qui invente l'écriture et le droit, le premier qui invente ces légendes dont se targue l'Ancien Testament comme si c'était lui qui avait inventé le Déluge. Il est le premier à mettre en scène le Prêtre et le Guerrier. Autrefois, quand il fut un Peuple, l'Hébreu avait ses prêtres et ses guerriers, voyez le Grand-Prêtre dans le Saint des Saints de son Temple, voyez les trompettes de Josué qui font tomber les murs de Jéricho, mais, avec sa nuque raide, l'Hébreu n'a accepté de respecter que la sagesse grecque – on raconte dans le Talmud qu'Alexandre le Grand en personne serait allé consulter des sages juifs – pas la violence injuste des Romains. Alors, tout a été détruit. De royaumes souverains, il n'est rien resté, du Temple non plus, sauf le mur occidental. Seule la Loi a subsisté, comme la glaise vous colle aux semelles.

L'injonction permanente, oppressante dans les commandements de la loi. C'est pour ça qu'ils excellent, car ils savent nativement, naïvement ce qu'est la loi, le contrat, la bonne foi. Et ils l'imposent. Il semble qu'ils aient créé leur propre loi naturelle. La loi naturelle des Juifs. Disons que c'est du Darwin puissance mille, car si l'on considère que la conservation de soi, et de l'espèce accessoirement, est l'alpha et l'oméga de tout instinct, on n'a jamais fait mieux.

Mais il faut aller plus loin dans le raisonnement. Tous ces nains ne voient pas plus loin que leur indigne jalousie. Ils ne voient que la richesse des Juifs, ils ne voient que d'odieuses racailles capitalistes. Et l'envie avide d'en croquer aussi. Minable. Ils ne voient pas que le poison s'est instillé petit à petit, subrepticement, l'air de rien. Ils refusent même de voir que la femme moderne est *juive*. Non pas qu'elle le soit *réellement* juive, mais l'émancipation de la femme est un fait juif, car les Juifs sont des femmes. Ils sont des femmes parce qu'ils refusent la souffrance. Tout *homme* normalement, je veux dire moralement, constitué, non seulement accepte la souffrance, mais la désire. Les Juifs, non. Les femmes non plus, elles la subissent seulement. Il se trouve donc que le hiatus le plus décisif, le plus profond, entre chrétiens et Juifs – et entre homme et femme – réside précisément dans ce rapport à la souffrance. Le peuple juif a beaucoup souffert, tout le monde le sait. Les femmes ont beaucoup souffert, on le sait aussi. Mais on s'en fout. Il faut un goût pour cela, une appétence à la souffrance. Qui veut goûter à la souffrance, qui la désire si chèrement, à part le vrai *homme* ? Les Juifs exècrent l'idée même de violence et la souffrance qu'elle induit. Moi, je l'aime, et je crois que les musulmans aussi.

Pour autant, j'ai rencontré des juifs qui aimaient aussi la violence, s'en nourrissaient même. Mais, c'était une réaction, pas une action consciente, choisie, mûrie. Le premier qui m'a marqué, il faut dire que je n'en avais jamais vu auparavant, était un poltron. À Fénelon, on avait l'habitude de se foutre sur la gueule avec les juifs de Pollès. Une boîte à bac, on appelait ces bahuts comme ça à l'époque. Un ramassis de fainéants, de fils de riches y était fouetté de 8 heures le matin à 6 heures le soir pour leur apprendre à obtenir le précieux diplôme, à l'époque où on ne le donnait pas encore à tout le monde. Rejetons de grands noms français ou de diplomates africains, vrais futurs repris de justice et de la dope, sauvés *in extremis* par l'argent de papa, et des juifs, par dizaines. À cette époque, les activistes judéosionistes du Bétar ou de l'OJD, je ne l'ai jamais su, avaient brisé les membres de Fredriksen et vitriolé la gueule de Caignet. Nous, les gars de Fénelon, soutenions la FANE à fond, alors les bastons étaient incessantes avec ces juifs qui déboulaient du haut de la rue de Naples avec leurs battes de baseball, prêts à en découdre.

Lui, le poltron, ne prenait jamais part aux bagarres. Il observait et semblait diriger sa troupe, comme un général d'ancien régime assis sur son cheval aurait commandé les mouvements de ses troupes. Et je le voyais juché, les deux pieds sur la selle d'un scooter et jubiler, en levant un poing rageur au ciel et hurlant de plaisir quand il entendait le son crissant d'un bris de mâchoire ou d'un membre d'un des nôtres.

Il était petit, même de loin, ça se voyait, un visage tout en angles, une tête d'oiseau de proie. Des cheveux longs, raides, fins, coiffés en ailes de corbeau, ce nez de rapace, et cet anneau en or à l'oreille droite, comme une pie qui se serait incrustée son propre butin, si elle avait eu des oreilles. Je n'ai pas pu voir le fond de ses yeux, mais, sans nul doute, ils devaient puer cette arrogance juive. Un type se tenait toujours à côté de lui, une masse. Comme si ce type énorme, déjà dégarni à son âge, était là dans le seul but de protéger le poltron, le nabot juif qui lançait ses ordres, tout en vitupérant contre nous, en contrebas de la rue. Mauvaise position stratégique. Ils portaient tous des *dubons*, ces blousons de l'armée kaki ou de la police israélienne bleue, comme s'ils s'étaient crus en héros d'une cause qui les dépassait, tous ces jeunes cons de riches qui rêvaient de casser du facho. « On ne touche plus aux juifs ! » hurlaient-ils lorsqu'ils menaient leurs assauts.

Le poltron, je l'ai revu en fac de droit. À Assas. En 85, les juifs parisiens qui voulaient faire du droit n'allaient pas à Assas. Nanterre la Rouge pour ceux du 8ᵉ, du 16ᵉ et de Neuilly et Paris I pour les centraux. Le GUD d'Assas dont j'étais un des animateurs et, assez modestement, le théoricien, n'aurait jamais accepté qu'un juif s'y inscrive. Nous étions un syndicat étudiant assez puissant pour convaincre un administratif de squeezer un impétrant ou de le dissuader de retenir une candidature, même bénie par un prof. Avec les juifs, c'est simple, et on se trompe rarement : ils sont reconnaissables à leur nom. Et nous avions donné aux administratifs, car nous n'allions pas nous-mêmes vérifier le blase de chaque impétrant, une liste exhaustive des noms qui devaient être blacklistés. Nous nous étions d'ailleurs amusés à identifier le maximum de noms juifs, en déclinant notamment les sonorités ashkénazes, préfixes et suffixes : Gold, Silber, Blum, Tal, Berg, Stein, et, de fait, la black liste recelait des centaines de noms suspects, les « Ben » (fils de) étaient tout aussi faciles d'identifier sous ces noms séfarades.

De toute façon, nous nous cassions le tronc pour rien, car les juifs ne voulaient pas venir chez nous, et nous avions alors une fac *judenrein*. C'était un de mes titres de fierté voire de gloire à Assas. Jusqu'à ce que le poltron apparaisse. Un dysfonctionnement quelconque a fait que Klein a réussi à s'inscrire à Assas. C'est peut-être parce que Klein n'est pas nécessairement un nom juif, et que nous avons peut-être oublié de l'inscrire à tout hasard dans la black liste. Après tout, le chauffeur de Heydrich s'appelait bien Klein, et c'est donc sans doute habité de ce souvenir lointain que j'ai pu omettre de coucher ce nom sur le papier, celui que j'avais fait remettre aux administratifs par l'un de mes fidèles. Klein a réussi à foutre tout le monde dans sa poche grâce au shit qu'il vendait aux étudiants. Je l'ai vu, mais ne pouvais rien prouver : il marchandait sa came sur les bancs du Luco. Malin comme un singe, on ne le voyait jamais en pleine transaction. J'appris bientôt qu'il profitait des bancs discrets, loin des promeneurs, pour arranger son affaire, et donner ensuite un rendez-vous précis dans un endroit connu de lui seul pour y réaliser son deal. Je le fis suivre plusieurs fois par un de mes gars, différent à chaque fois afin qu'il ne soit pas repéré, mais, soit que Klein devina être filé, soit qu'il rentra simplement chez lui, nous n'avons jamais réussi à le prendre la main dans le sac. Il quitta Assas à la fin de maîtrise, non sans avoir profité non seulement des cours des meilleurs profs de droit de France, mais aussi des étudiantes, car, en plus de vendre du shit, il avait acquis une réputation de Don Juan auprès des plus belles filles de la fac, ce métèque, et j'enrageais d'imaginer ce Juif pervertir les unes par ses charmes vénéneux de youpin et les autres par sa saloperie de came.

8

Une fois que je fus dans cette salle d'audience où j'étais entré comme en reculant, je ne vis que sa chevelure noire. La femme était assise sur le banc du public, à gauche de la salle aveugle baignée d'une lumière artificielle, froide et blanche assez déplaisante, comme celle de tous ces bâtiments modernes, mi-acier, mi-verre. Tout autre détail de ce lieu, tel que les avocats qui parlaient entre eux, la vieille et grosse greffière antillaise qui apportait la lourde pile de dossiers sur un chariot, les plaideurs qui attendaient l'air anxieux, n'avait plus aucune importance à mes yeux. Ceux-ci, comme si ma volonté n'y était pour rien, étaient irrésistiblement aimantés par cette étrange masse sombre, envoûtante, qui tranchait si fort avec l'éblouissante clarté du lieu. Mon étrange fascination pour cette chevelure noire se nourrissait d'un souvenir. Oui, d'un souvenir que je n'arrivais cependant pas à me remémorer, mais bien qu'occulté par je ne sais quel phénomène d'oubli, cette obscure réminiscence m'adressait des signes de sa présence enfouie, comme une anamnèse. Et plus je regardais la chevelure noire, plus je sentais ces signes prégnants.

La femme aux cheveux noirs écoutait son avocat, un rouquin longiligne à lunette d'écaille et au nez cassé couvert de tâches de son, debout, l'air soucieux, les mains derrière le dos. Il semblait lui expliquer comment les débats allaient se dérouler, penché sur elle de manière un peu trop concentrée, mais observant néanmoins mon arrivée du coin de l'œil, comme on jauge un futur rival. Les juges n'étaient pas encore là. J'approchai en robe, dans l'allée séparant les bancs du public, ma serviette à la main pleine de mon dossier vide, tentant d'afficher une mine neutre et sobre, mais feinte, car je ne pouvais pas détacher ma vue de la chevelure noire.

Comme elle avait peut-être vu l'œil en coin que son avocat m'avait lancé – ou alors était-ce qu'elle sentit ma présence ? – la femme tourna la tête dans ma direction puis, me quittant immédiatement du regard, sembla à nouveau écouter son avocat, qui n'avait pas cessé de parler malgré la distraction de sa cliente. En tout cas, je l'avais distraite, c'était déjà ça. Car les quelques secondes qu'elle me concéda si furtivement me persuadèrent que j'étais le découvreur d'un trésor, le trois-quarts de son visage me livrait à cet instant ce qu'il y avait sans doute de plus beau au monde. Du peu que j'avais vu d'elle, je sus cependant que cette femme devait avoir au moins quinze ans de moins que moi, voire vingt. Mais maintenant que je m'étais assis derrière un des pupitres réservés aux avocats situés entre l'estrade dédiée aux juges et les bancs du public, je pus sans trop de mal avoir confirmation que j'avais à faire à une jeunesse. « Pas de mouron pour mon serin », me dis-je. Lorsque les juges entrèrent après la sonnette d'usage annonçant leur venue et que tout le monde se fut levé, je la vis de profil, arborant un nez ptolémaïque.

L'appel des causes achevé, la chevelure noire sut alors qui j'étais puisque je m'étais présenté au tribunal, moi le répugnant avocat de l'ignoble assureur qui refusait de lui lâcher son argent. Elle fit d'ailleurs comme si je n'étais pas là. Le tour de notre affaire vint et, une fois que ses protagonistes se furent exprimés avec toute la véhémence surjouée d'usage, le président me demanda : « Maître Klein, voulez-vous ajouter quelque chose ? » Je fréquentais assez régulièrement cette chambre du tribunal pour connaître ce juge, et nous nous apprécions depuis quelques années déjà. Non pas qu'il y eut une quelconque complicité entre nous – c'était impossible entre magistrats et avocats –, du moins en public –, mais enfin il m'aimait bien cet homme entre deux âges, myope et chauve, la calvitie d'ailleurs caricaturée par des oreilles décollées, et je le lui rendais bien. Le magistrat savait quelle était la position habituelle des assureurs lorsqu'un tel litige leur était soumis, et c'est donc par simple courtoisie qu'il m'interrogea ainsi. À sa question, je restai coi, car j'étais infoutu de lâcher mon couplet habituel consistant à me maintenir dans la plus stricte neutralité, en m'en rapportant à la louable sagesse du tribunal.

Et là, soudainement, je fis ce que je n'avais jamais fait de toute ma carrière : aller à l'encontre des instructions de mon client. Je pris fait et cause pour la chevelure noire, soutenant sa thèse, arguant qu'il était inconcevable voire ridicule d'envisager ne serait-ce qu'un seul instant qu'un homme de la trempe de Salomon Spire ait perdu la tête en abondant cette assurance-vie. J'en fis des tonnes sur la notoriété de Spire, sur le fait que, jusqu'à sa mort – « une grande perte pour le pays », osai-je –, Spire avait contribué à toutes sortes de causes caritatives (j'avais lu par hasard sa nécro dans Le Monde) et que ce don désintéressé à la bénéficiaire de cette assurance-vie, une femme sans doute remarquable pour qu'il l'ait ainsi choisie, était l'ultime preuve de sa générosité. Il fallait donc évidemment que le tribunal déboute René Spire de ses demandes excentriques, dis-je enfin, conclusion qui occasionna une moue de dépit agacé de la part du jeune avocat que son patron avait envoyé au casse-pipe. Comme le président savait qu'il allait rendre une décision allant dans le sens de ma plaidoirie, il me sourit à peine, comme s'il avait été gêné de me voir dévier de ma pratique habituelle. Il donna la date de son délibéré, remercia les présents et appela l'affaire suivante.

Pendant mon laïus, j'eus tout loisir d'observer la chevelure noire puisque je la désignais ostensiblement du geste, mais elle ne me regardait toujours pas. Elle avait les yeux dans le vague, comme si son esprit flottait à la recherche de quelque chose. J'en ignorais tout, évidemment, mais je compris confusément que cette chose-là était partout, dans le bleu du ciel, dans son immensité, dans la profondeur de la mer ou dans celle de la terre. Oui, c'était ça : cette femme semblait happée, possédée par une irrésistible force tellurique. L'expression de ses yeux était emplie de tous les éléments primordiaux. Non pas seulement la petite humanité, c'était l'univers entier qui semblait vouloir se tenir dans ce regard vert émeraude, et ce de manière si naturelle qu'il ne lui fallait aucun autre *être* qu'elle pour atteindre cette perfection.

Je m'étonnai, en m'en inquiétant, de la manière soudainement si brusque avec laquelle elle me regarda enfin lorsque j'eus terminé de plaider sa cause et que je me fus rassis. Elle m'observa alors assez longuement, comme un géant contemplerait un nain. Je n'avais pourtant pas mérité une telle dureté de sa part, n'avais-je pas été son soutien inattendu ? Mais cet air soudain si revêche n'avait, semble-t-il, rien à voir avec moi, ni d'ailleurs avec le sens dans lequel le tribunal rendrait son jugement, ou même que je m'étais opposé officiellement à ses demandes dans le dossier que j'avais remis aux juges, alors que j'avais plaidé aux antipodes de ce que je leur avais écrit.

Puis, elle et son avocat quittèrent la salle d'audience. J'observai comment elle était habillée, ce que j'avais omis de faire jusqu'à présent, fasciné par cette chevelure noire et le visage qu'elle encadrait. Classiquement vêtue, elle portait un tailleur sombre sur un chemisier vert très clair, un pantalon à pinces assorti à la veste, ainsi que des souliers à boucles rehaussés d'un bref talon. Elle ne portait aucun bijou, ni aux oreilles ni au cou, sauf une bague en or blanc à l'annulaire gauche dans lequel était enchâssé un petit diamant rose. Je n'avais jamais vu des mains aussi belles.

L'ampleur de ses vêtements m'avait empêché de deviner les contours de son corps, mais cela avait peu d'importance dès lors que de tels immenses yeux brillaient si intensément et que la teinte de son grain de peau mat semblait façonnée par je ne sais quel sculpteur de génie. Et puis il y avait cette chevelure, épaisse et sombre comme une forêt, la courbure sinueuse et élégante de ses lèvres charnues, les légères fossettes à la commissure de celles-ci, son nez de déesse grecque, la blancheur virginale de ses dents, je savais déjà tout de son visage. Mais quels étaient son ventre, ses jambes, ses seins, ses fesses ? Quels étaient ses pieds, ressemblaient-ils à ses mains ? Quelles étaient les jointures de ses membres dont j'avais seulement deviné la subtile délicatesse ? Quelle était son odeur, aussi ? Je n'osais prendre contact avec elle, c'était trop pour moi, tant j'étais sorti groggy du tribunal, sonné comme un boxeur par le choc de la beauté sauvage de cette femme. Avant tout, il fallait que je la connaisse, que je découvre qui elle était pour, peut-être ensuite, être capable de l'aborder, fût-ce à distance. Je commençais donc, une fois revenu au bureau après cette audience, par fouiner dans le dossier que j'avais à peine ouvert avant de le plaider. Tsipora Toledano. Quel nom ! Tsipora, la Madianite, la fille de Jethro qui séduisit Moïse en personne, alors qu'il avait bien autre chose à faire dont courir après l'agneau rebelle qui le conduira à devenir le pasteur de son peuple. Moi, au contraire, je n'avais que ça à faire : j'étais veuf, mes enfants étaient adultes et j'avais finalement toujours voulu une femme comme elle dans ma vie. Comme souvent avec les femmes que j'avais rencontrées, l'attirance inaugurale ne pouvait mentir. Peu importait leur caractère, qui inévitablement finissait par me décevoir, il suffisait d'un simple détail physique, d'un seul sourire même, pour que je tombe irrésistiblement amoureux.

Toledano est un nom juif de Fez, au Maroc, mais le prénom Tsipora n'est pas de celui qu'on donne en diaspora. Il faut être une *sabra* pour s'appeler comme ça. Cette femme était nécessairement israélienne et, d'un coup, son air farouche dans cette salle d'audience me revint comme une évidence, comme celle d'une femme hors du commun européen. Celle d'une totale imprévisibilité pour un tiers non israélien, quel qu'il fût ; aux mouvements de son visage, de ses yeux, de son être profond dont j'avais entrevu l'audace pendant cette audience, j'avais bien senti la passion indomptable de son âme que trahissaient ses lèvres ourlées d'une moue cruelle. Mais c'était au monde qu'elle en voulait, pas à moi, je le savais.

La troisième nuit qui suivit cette rencontre, je rêvai d'elle allongée dans un bain moussant. Trivial, mais suggestif. L'imagination n'est-elle pas l'intelligence en érection ? disait le poète. Mon inconscient avait mis assez peu de temps pour imprimer dans ses strates complexes et mouvantes, et ce de manière si profonde, non seulement l'image de cette femme, mais également le symbole qu'elle représentait déjà pour moi : plus qu'une bouée de sauvetage, un môle.

Dans ce bain, elle avait les cheveux négligemment relevés sur la tête à l'aide d'une simple pince, des anglaises noires couraient sur ses petites oreilles, ses genoux ronds dépassant légèrement du liquide chaud et trouble, son corps à la texture parfaite luisant sous les huiles et, émergeant aussi de l'eau sur laquelle la mousse formait quelques îlots, je vis ses seins. Ils semblaient flotter à la surface et, comme ces rochers basaltiques, la partie supérieure du mamelon était d'une couleur plus sombre que sa base, comme bistrée. Bien sûr, il fallut que je l'imagine enfin sortir de ce bain. Une partie de mon esprit, patient et opiniâtre, voulut retarder l'évènement tant la lascivité de cette femme allongée nonchalamment, les yeux clos, dans cette baignoire fumante était un spectacle merveilleux, mais l'autre partie, celle affamée du désir de la voir dans son entièreté, la fit émerger de l'eau. Alors, j'entrai en scène, tel un chevalier invisible, déployai une serviette et, avant de l'en envelopper, admirai, les yeux baissés, la richesse de son intimité. D'amples seins ronds, orientaux tant leur teinte café au lait m'évoquait le couchant, le galbe parfait de ses hanches et le sexe aussi noir que ses cheveux. Du moins, mon esprit l'imaginait ainsi, car il s'interdisait d'envisager que ce corps fut vampirisé par l'épilation pathologique de la femme moderne.

La nuit suivante, obsédé pendant toute la journée par le souvenir de cette femme, à nouveau sujet à mes habituels maux de ventre, je rêvai encore d'elle. Je l'imaginai cette fois affublée de porte-jarretelles rouges assortis à ses autres dessous. Je ne les vis cependant qu'une fois qu'elle fut rentrée dans son appartement, échevelée, vêtue d'une robe du soir assortie à la couleur de ses cheveux, qu'elle eut balancé au loin ses escarpins aussi sombres d'un pied rageur et qu'elle eut enfin défait la ceinture de cuir autour de ce vêtement qui l'enserrait à la taille, puis déboutonné celui-ci. Alors qu'elle venait d'ôter son soutien-gorge avec la même violence, la laissant en culotte et bas noirs au beau milieu de ce salon, je vis bien à son visage en colère qu'un homme en était la cause. Et, toujours dans mon rêve, je jubilai à l'idée qu'il l'eut quittée puisque cette séparation me laissait le champ libre. Une fois éveillé, je me demandai si les fantasmes que cette femme suscitait en moi n'étaient pas dus au fait que ces yeux farouches m'avaient inspiré une certaine crainte. Comme si j'avais pu être séduit par cette peur. Je me demandais également si cette crainte était fondée, présageant que cette femme me cacherait toujours quelque chose.

Il fallait de toute façon que je garde la tête froide parce que j'avais dépassé la cinquantaine et que cette femme était bien trop jeune pour moi. Mais, à sa pensée, mon esprit s'échauffait et ces rêves en étaient la preuve, je parvins à faire abstraction de cette différence d'âge rédhibitoire en me projetant de manière insensée, je le confesse, dans mon adolescence. Celle-ci avait été bercée de fantasmes de femmes nues et de la fervente contemplation des sublimes Miss de Play-boy dont les posters tapissaient ma chambre d'ado. J'achetais en douce, fût-ce en piquant le pognon nécessaire, toutes les revues érotiques masculines de l'époque : Play-boy, Lui, Penthouse, Men Only, Mayfair, Privé, New-look, Club, Union… etc. J'avais considéré Hugh Efner comme un immense précurseur, presque un génie. Ce type avait quand même inventé, dès la fin des années cinquante dans une Amérique pudibonde, le moyen de faire un immense argent en faisant poser des femmes à poil ! Hefner avait cependant progressé par étapes, car, s'invitant à la libération sexuelle du temps, il n'avait pu les convaincre de se dénuder entièrement qu'au début des années 70. Dès mes douze ans, j'aurais baisé sans hésiter toutes les femmes qui posèrent chaque mois entre 72 et 90, décennie au cours de laquelle les filles commencèrent à se faire refaire les nichons et à s'épiler la chatte. Et là, déçu de ce tournant malheureux des mœurs occidentales, je renonçais définitivement à contempler ces femmes et à acheter ces revues.

Quoiqu'il en soit, mon sens de l'adaptation phénoménal, car presque instantané avait dicté à mon inconscient la teneur des rêves que je devais faire après cette rencontre : imaginer cette femme dans des poses les plus suggestives qui se purent et dans les tenues sexy les plus vintage qui soient – celles précisément que j'avais admirées sur papier glacé étant ado. Grâce à cet obscur travail de l'ombre, oscillant entre mémoire et désir, mon esprit put se convaincre qu'il n'y avait en définitive aucune différence d'âge entre elle et moi. C'est donc muni de cette certitude de dingue que seul peut donner le sentiment de victoire de l'inconscient aveugle triomphant de la pensée minablement raisonnable que je me décidais à lui envoyer un email à l'adresse électronique qui apparaissait sur le site de la galerie d'art. J'hésitais d'abord, car l'adresse en question était on ne peut plus anonyme, du type *contact* ou *info*, je ne sais plus, avant l'arobase. De sorte que j'avais peur que mon message soit lu par un autre qu'elle. Et c'est sans doute en partie à cause de cette crainte que je fus d'abord incapable de lui écrire quoi que ce soit.

La première phrase qui me vint à l'esprit était si cul-cul-la-praline que je renonçai aussitôt. Il fallut que j'attende trois jours pour être en mesure de lui écrire un bref mot presque seulement potable, j'avais expurgé les extraits les plus pleins de platitudes, comme à regret :

Madame,

Il se trouve que je vous connais depuis déjà longtemps, bien avant que je vous voie dans cette horrible salle d'audience. Je mentais effrontément, mais voulais tenter de lui inspirer confiance quant à mes intentions, car elle n'aurait rien eu à craindre d'un homme qu'elle connut de longue date, même si ce n'était pas du tout le cas. Mais n'avais-je pas deviné un peu de sa vie dans mes rêves, surtout celui pendant lequel j'avais entrevu qu'un homme la quittât ? *Me pardonnerez-vous d'avoir défendu la cause de mon client ? Vous avez bien vu que j'ai agi sur instruction et que, s'il ne tenait qu'à moi, vous auriez déjà touché votre satané argent depuis longtemps. J'ai en partie trahi mon client, et mon serment, pour vous, vous le savez, vous m'avez entendu plaider ! Mais trêve de vaine discussion juridico-financière, car il est une chose que je ne peux – veux – continuer à me – vous – dissimuler : vous avez ferré mon âme, sans le vouloir, sans doute. Vous allez me trouver ridicule, puéril, stupide même, mais je ne fais que penser à vous, à vous imaginer parler, marcher, respirer, et cela me trouble terriblement. Le comprenez-vous ? Non, probablement pas, et vous aurez sans doute raison. Je ne sais rien de vous à part votre beauté, votre stupéfiante présence au monde, mais cela fait tout, n'est-ce pas ? Si je pouvais envisager ne serait-ce qu'un simple accusé de réception à ce petit mot, je serais le plus heureux des hommes. Ne me laissez pas languir, je vous en prie.*

Antoine Klein

Cette prose minable, débile à souhait, m'exposant ainsi tout nu sous le jour d'un petit avocaillon transi d'un amour fébrile, je la détestai dès qu'elle fut envoyée. Ce n'était pas seulement son style, ampoulé et vieilli, qui m'angoissait, mais aussi et surtout la manière avec laquelle je m'étais avancé : comme un condamné présente sa tête sur le billot. Car, même si elle cédait à mes avances, ce dont je doutais fortement à ce moment, cette femme serait mon éternel maître auquel je n'aurais qu'à obéir. Bien que mes maux de ventre aient encore repris après cet épisode du mail foireux, je me résolus finalement à ce destin. N'était-ce pas écrit que mon existence devait bientôt être illuminée *et* humiliée par ce soleil noir ?

Je reçus le message suivant dès le lendemain de mon envoi alors que je l'attendais comme un con devant mon écran, en rongeant mon frein, scrutant mon chat de temps à autre, lequel me lançait des regards lourds de reproches : « Laissez-moi tranquille ! », m'intima-t-elle. C'était un ordre, bien sûr, mais aussi un accusé de réception, selon moi. Elle aurait très bien pu ne jamais me répondre ; or, elle m'avait répondu, certes avec un râteau en pleine gueule, mais quand même, elle m'avait répondu. Alors, j'insistai en ce sens, lui expliquant, moi son aîné, qu'elle n'avait peut-être pas tout compris de l'ampleur de mon attachement à elle, prélude d'un amour naissant, mais déjà si fort, qu'elle ne pouvait décemment pas le repousser par ce misérable congédiement. Je persistais donc dans cette mièvrerie, certes ridicule, mais sincère. Voici quelle fut sa réponse : « Cessez de m'emmerder avec votre psychologie à deux balles, je sais très bien ce que je fais, et n'ai pas besoin de vous pour le savoir. Continuez à défendre vos causes insoutenables et foutez-moi définitivement la paix ! »

Que pouvais-je répondre à cette saillie venimeuse qui me renvoyait à ma détestable condition de vieil imbécile ? Rien, et je me décidai alors à cesser de lui écrire. Mais ce type de résolution ne vaut pas grand-chose lorsqu'on songe à une femme comme à un aliment dont on se nourrit, dont on ne peut pas se passer sans crever ; il ne s'agissait pas de satisfaire le vain plaisir narcissique d'un homme sur la pente savonneuse, mais bien d'envisager le seul moyen de ma survie. Et puis l'omniprésence psychique de cette femme suscitait en moi un tel trop-plein que je devais l'écoper chaque jour, comme on le fait d'un vieux rafiot bouffé par les voies d'eau. Il fallait définitivement que je la revoie, et le plus vite possible. Le lendemain, après avoir longuement hésité, je lui adressai le message suivant, faussement ingénu et découragé : « Soit, je vous laisse tranquille. » Et trois jours plus tard, contre toute attente car j'étais alors au bord de ce gouffre aussi obscur et profond qu'est la résignation, elle me répondit : « Cessez de me laisser tranquille ! »

Je dus relire cette phrase étrange, brève, mais alambiquée une douzaine de fois avant d'en comprendre véritablement le sens, comme ces ivrognes qui ne parviennent qu'à tâtons à mettre leur clef dans la serrure. D'abord cette injonction, cet impératif de maître d'école tançant un élève chahuteur qui m'avait glacé puisqu'il sonnait comme sa précédente réponse ; puis, contredisant la dureté du premier membre de la phrase, la suite se faisait insidieusement caressante, c'était une invitation, une sublime apostrophe : « Es-tu vraiment capable de m'aimer, Klein ? ». « Oui ! », répondis-je à voix haute devant mon écran. Mais je me refusai à lui répondre tout de suite, trop craintif, tremblant même à l'idée d'un quelconque futur avec cette femme beaucoup trop jeune. Car la raison pratique avait repris ses droits : à la cinquantaine, l'homme stressé que j'étais redoutait les défaillances de l'âge. Tout le processus physico-chimique d'autopersuasion qui s'était mis en place pour me convaincre de mes maigres chances auprès d'elle, s'était écroulé comme un château de cartes lorsque je fus mis face à cette question de ma capacité à l'aimer. Non pas que j'en fus incapable, non, je ne désirais d'ailleurs que ça, mais un amour platonique n'aurait pu suffire à une telle créature. Puissance et endurance étaient requises, et je craignais d'en manquer.

9

Cette perte de pouvoir aussi irrésistible qu'irrémédiable sur le fonctionnement de mon propre corps était née à la mort d'Anja. Oui, sa mort m'a privé de ma puissance, comme Dalila, en lui coupant ses tresses de cheveux, avait rendu Sanson sans force. Et ce déficit de force physique et psychique m'amena à m'interroger sur sa cause. Je vis alors que le problème lorsque je parlais d'elle, ou même que je pensais à elle, était que je ne savais quel temps employer. Je sais, lorsqu'on parle d'un mort, on emploie le présent, mais lorsque je pensais à *ma* morte, je n'y arrivais pas. Je la cherchais dans le passé et parfois dans le futur, mais jamais dans le présent. Il n'y avait donc pas de temps présent pour *ma* morte. Elle était intemporelle puisque morte à jamais, mais je savais bien qu'elle avait vécu, à mes côtés. Alors il était impossible de la vivre que comme morte puisqu'elle était vivante. Et elle était d'autant plus vivante que je gardais d'elle un souvenir très amer où, comme l'huile refusant de se mélanger à l'eau, s'entrelaçaient sans se toucher le bonheur des jours anciens et l'agonie de son souvenir.

Car, au fond, ce qui reste de ceux que vous avez aimés, et qui vous ont fait mal, même après leur mort, ce n'est pas le passé sans nuages, celui-là est vite oublié, mais la douleur non pas de la perte de l'être autrefois cher, mais celle, posthume, de sa vertu. J'avais cru dur comme fer dans la vertu d'Anja, et la prémisse de cette croyance est née en Suisse lorsque je fis pour la première fois en sa compagnie le voyage vers son pays natal. La neutralité ordonnée et proprette du lieu m'inspirait la plus grande confiance, en raison sans doute de mes origines germaniques. Et je fus conforté dans cette confiance quand je rencontrai le père d'Anja. Jörg tenait le plus bel hôtel de Grächen, une petite station de ski située à quelques kilomètres de la très huppée Zermatt, dans le Haut-Valais germanophone. Il était, sans surprise, un montagnard suisse, fier d'être de ses montagnes et du fric qu'elles lui rapportaient. Comme à peu près tous les Hauts-Valaisans, il aimait assez peu les étrangers, sauf lorsqu'un type comme moi, acoquiné à sa fille unique, lui faisait parler de son pays, ce qu'il semblait apprécier, et, tout compte fait, moi aussi j'aimais l'entendre m'en causer, même si son rude accent m'empêchait de tout saisir ce qu'il me racontait de ces bois pentus, du gibier qu'il chassait, des vents glacials qui tournoyaient en hurlant sans fin durant l'hiver, des fleurs d'été et des alpages verdoyants parsemés de vaches, grasses et heureuses. Jörg ne ressemblait pas du tout au grand-père d'Heidi. Il était sec comme un coup de trique ayant, plus jeune, entrepris quelque escalade sur le Matterhorn, et même dans l'Himalaya. Le type était un fondu d'alpinisme. À l'image de sa passion pour la très haute montagne, il avait un visage long, en lame de couteau, muni de rides causées par la fréquentation de ces sommets, la peau burinée, les cheveux coupés en brosse, le nez fin et long, de doux yeux bleu roi rendus brillants par la contemplation incessante du soleil, et un léger cheveu sur la langue.

Je parlais l'allemand, ma mère m'avait appris cette langue. Mais on a beau savoir parler un idiome, il en existe d'autres qui, bien qu'usant des mêmes mots et surtout empreint du même esprit, car il y en a un attaché à chacun de ces mots, ne sont pas réellement compréhensibles. L'allemand de celui qui allait devenir mon beau-père relevait de cette catégorie. Lorsqu'il m'en faisait signe d'un clin d'œil suivi d'une circonvolution de l'index, je l'accompagnais dans son atelier où nous buvions des bières en refaisant le monde tandis que lui, entre deux rasades et deux cigarettes, sculptait ses exubérants masques de bois. Une vieille tradition valaisanne. Son atelier fait de bric et de broc, plumes, pommes de pin, plantes diverses empotées, sentait le conifère et donnait sur la vallée souvent baignée, à cette heure de la journée, par une lumière pâle, presque sans couleur, alors que le soleil couchant rosissait le haut des montagnes, à l'ouest.

J'aurais peut-être dû commencer à me méfier lorsqu'Anja, un soir d'hiver où nous logions dans l'hôtel familial et qu'elle était enceinte, me raconta l'histoire de sa mère, alors que nous étions confortablement installés sous ces immenses couettes blanches, et ces oreillers, tout aussi immaculés, sur lesquels nos têtes reposaient. Pourquoi décida-t-elle, enceinte, de me parler de sa mère ? Mystère. La maman, Tea, avait quitté Hambourg à vingt-huit ans lorsqu'elle eut tout connu de la vague sexuelle libertaire qui s'était abattue sur l'Allemagne à cette époque. Beate Uhse. C'est au côté de cette femme, inventeur génial de la pornographie européenne moderne, que la mère d'Anja avait découvert la licence absolue qui avait régné à cette époque. Tea était l'assistante personnelle de Beate et la secondait dans tous ses faits et gestes. Elle était la copine, certes subordonnée, mais quand même la confidente de la célébrissime outre-Rhin Beate Uhse, la productrice-star du porno made in Germany. Tea avait d'abord adoré ce monde nouveau, déjanté, riche de coke et de nouvelles promesses pour l'humanité, de celle unique, sublime qui transcenderait toutes les différences. Mais de l'excès naît l'excès. Et Tea n'a pas songé tout de suite que ses dévoiements bizarres, *happy* mais creux comme un navet, allait la conduire dans ce gouffre de sauvagerie sexuelle. Presque dix années et des centaines d'hommes, des petits, des grands, des gros aussi, dont elle ne souvenait pas du premier prénom. Elle avait été actrice et spectatrice, au sabbat le plus cru qui soit, presque criminel, tant l'outrance y était de mise. Tea avait raconté à sa fille qu'il ne suffisait pas que ces boucs tringlent des ados de 14 ans – Tea en avait 18 lorsqu'elle plongea dans ce monde – au vu et au su de tous, il fallait aussi qu'ils le fassent sous LSD, la décharge était plus forte.

***

Je garde un souvenir assez précis et frappant de cette époque-là. J'avais huit ans, et donc l'âge de raison puisque j'avais déjà appris vers mes six ans ce qu'avait été le sort des Juifs d'Europe, en même temps que celui de mon grand-père – lorsque nous passâmes en famille une partie de l'été sur le golfe de Valinco. L'été 76 a été caniculaire. Le propriétaire de la maison qui la louait appelait mon père du titre de « Maître ». Je ne savais pas pourquoi, alors qu'il n'était que professeur des universités, mais j'admirais cette déférence. Vers le soir, un jour alors qu'il faisait encore clair en cette très chaude soirée d'été, j'étais assis sur un pouf, moi le môme curieux au milieu de ces adultes qui ne parlaient que de politique, à scruter cette étrange faune censée me transmettre le bâton-relais de l'humanité.

En face de moi se tenaient Jean-Loup et Ida. Le couple occupait à eux deux un banc en fer forgé sur lequel avaient été parsemés des coussins roses qui leur permettaient de se tenir à l'aise. À l'aise en effet, ils l'étaient ! Lui était encore en maillot de bain, et elle aussi. Il faisait chaud. Enfin, surtout lui était à l'aise, car elle ne bronchait pas, et on ne savait pas si elle concédait ou aimait ses attouchements permanents, ses caresses sur la peau du dos, des épaules, du cou. À ce stade, c'était encore décent, mais, de fil en aiguille, je vis sa main qui était pourtant tantôt sagement posée sur l'épaule d'Ida glisser subrepticement vers son énorme poitrine. Là, je vis bien que la main de cet homme s'était glissée sous le soutif, et qu'il malaxait allègrement son néné. Le plus étonnant pour moi était que personne ne bronchait en face de ce manège incroyable. Car enfin, je n'étais pas tout seul à observer ce couple : rien n'avait échappé aux yeux des trois familles réunies sur la terrasse de cette villa. J'observais mon père qui riait. Lui ne me voyait pas. Ma mère riait aussi, non pas qu'elle eut accepté que mon père lui réserve le même sort, mais les mœurs étaient telles que cela se faisait, et qu'on en riait, non pas du pelotage lui-même, mais du fait qu'on parlait politique pendant que ça se faisait. Avais-je deviné dans le désintérêt de mon père à l'égard de cette absence de pudeur sa propre liberté de mœurs dont je découvris, bien des années plus tard, qu'elle avait consisté à forniquer avec toutes les femmes alentour, trompant sans cesse ma mère ? Là, à huit ans, je compris seulement que la pudeur, la timidité qui m'animaient ne pouvaient plus avoir cours.

***

Et puis, comme une illumination, la grâce vint à Tea, celle de l'enfance perdue, enfin peut-être pas, mais sans doute une sorte de retour à l'enfance, avait-elle raconté à sa fille. Tea l'avait vécu comme une rédemption lorsqu'elle se décida enfin à quitter Hambourg sans préavis, pourchassée dans toute l'Allemagne par Beate qui ne pouvait plus se passer d'elle. Arrivée comme par mégarde à la gare de Brig, après avoir manqué sa correspondance pour Bâle où elle devait se rendre chez une amie à qui elle s'était confiée et qui avait accepté de l'accueillir comme on accueille une pécheresse, Tea monta dans un bus sans trop savoir où il allait la mener. Le bus la mena à Grächen sur la route de Zermatt, et à Jörg. Il avait alors déjà quarante ans passés et était resté célibataire, peu porté sur ces choses-là, et surtout désireux de ne pas décevoir le paternel qui avait lui-même hérité de l'hôtel Edelweiss. Bien que, ou plutôt parce que décédé, le défunt père, Pirmin, hantait encore les lieux. Une carte postale, cet hôtel. Une façade tout en bois sombre avec deux rangées de balcons fleuries de géranium en été et tout de blanc vêtu pendant l'hiver. Sans conteste, le plus beau chalet du village. Jörg n'aimait rien d'autre que la montagne et son hôtel, ses clients aussi bien sûr pour l'argent qu'ils lui faisaient gagner, mais surtout la montagne et son hôtel. Lorsque Tea arriva à l'Edelweiss ce soir-là d'avril 1977, Jörg furetait dans les tiroirs du meuble de la réception, cherchant une clef qui ne s'y trouvait pas.

Anja m'avait raconté l'histoire de sa mère comme si elle l'avait elle-même vécue. C'était fascinant de constater à quel point une fille peut s'approprier la vie de sa mère. Et j'aurais peut-être dû penser lorsque je connus les anciennes mœurs de Tea qu'un atavisme pourrait bien poursuivre Anja, une possibilité profonde de dédoublement des sentiments. Voyant arriver cette jeune femme au visage beau, blanc et rond, aux yeux cernés et au sourire pâle, vêtue d'un manteau en laine grise, trop léger pour la montagne même en avril, Jörg s'arrêta dans sa vaine recherche et lui demanda ce qu'elle désirait. La station ayant fermé pour la saison d'hiver, il fallait revenir vers la mi-mai où l'hôtel réouvrirait ses portes. Elle lui répondit qu'elle cherchait une place pour travailler, même peu rémunérée, du moment qu'elle fût logée et nourrie. Si le Bâlois est calviniste, le Haut-Valaisan est catholique. Et lorsqu'on est catholique et célibataire (comme quand on est calviniste et seule), on accueille volontiers la jeune femme pauvre, éplorée, et désirable, on lui donne le gîte et le couvert, on lui promet qu'elle devra, en échange, rendre tous les bons services à la maisonnée, cela va de soi, et puis enfin, on l'épouse. Jörg n'a jamais rien su de la vie dissolue que sa sainte femme avait vécue avant de le connaître. Anja, si, et moi aussi, mais jamais je n'aurais osé lui raconter ce que je savais de sa femme.

***

Comment décrire Anja ? Et d'abord, son nom. N'oublions pas que le « j » se prononce comme un « i » ou encore un « y », de sorte que la vocale en voyelle renvoie naturellement, comme en glissant, en écho, à la consonne qui précède elle-même la même voyelle. Quel plus beau prénom de femme ? Avant que la chimio ne les abatte, ses cheveux d'un blond vénitien prématurément piqueté de fils d'argent glissaient sur ses épaules en une ondulation florentine. C'étaient des vaguelettes d'or brillant de mille feux lorsque le soleil venait les caresser.

Le soir aussi quand la lumière se faisait plus rare, ils continuaient de diffuser une énergie lumineuse, comme s'ils avaient absorbé celle du jour et en restituaient les bienfaits la nuit tombée. Elle avait hérité des cheveux de son père. Lorsque leur chute fut devenue inéluctable, elle décida d'acheter une perruque aussi laide que celles que portent les femmes juives orthodoxes, et je lui en voulais ouvertement de ne pas laisser la nature suivre son cours, mais elle me rétorqua sans doute à raison que sa dégénérescence cellulaire n'était pas un phénomène naturel.

Ses yeux, eux, n'ont jamais changé. Ils sont restés jusqu'à la fin ce qu'un homme aime le plus chez une femme. Ils étaient d'un bleu profond, une sorte de bleu mat, enchâssés dans des paupières en amande, et semblaient inaltérables, comme une côte de granit. C'est moi qui les lui ai fermés, mais je n'aurais pas dû. J'en souffre encore, et c'est pour ça que j'en parle maintenant : pour ne plus y revenir.

Je l'ai vue, la première fois, au pied du mur de Berlin en train de démolir à coup de piolet d'alpiniste le faîte de cet étrange rempart tandis qu'un homme, visiblement son mec, la portait sur ses épaules. Je veux dire qu'elle était assise sur elles et que ses jambes enserraient son cou, et donc que son sexe était en contact presque charnel avec la nuque de cet homme. Elle était tellement occupée à tenter de fendre le béton, qu'elle se déhanchait dans une gigue dingue, là-haut, manquant de chuter si le géant, qui la soutenait comme Atlas ne l'avait pas retenue *in extremis*. J'étais là aussi et, malgré la nuit qui était déjà tombée, je vis sa chevelure blonde échevelée s'agiter si haut – le type sur lequel elle était juchée devait bien mesurer 1 m 90 – pour tenter de parachever le travail de destruction historique que les circonstances imposaient. De temps en temps, elle se tournait furtivement vers le trottoir où jouait Rostropovitch. J'écoutais la musique, bien sûr, mais ne regardais pas le maître, c'était cette étrange nymphe blonde gesticulante, comme une sorte de fée clochette devenue folle, qui me fascinait.

Je n'ai jamais su pourquoi Anja a décidé de quitter cet homme apparemment sain et fiable qui l'accompagnait ce soir-là – je n'ai jamais osé le lui demandé –, et dont je sus qu'il était dans sa vie depuis déjà cinq longues années lorsqu'elle me dit un jour qu'elle voulait venir me rejoindre en France. Fausse modestie, sans doute, qui m'avait animé en ce temps. Mais, avec le recul rétrospectif, ce questionnement narcissique avait été châtié par la douteuse renonciation d'Anja à son premier amour, et par mon propre cocufiage.

Lorsqu'elle fut descendue des épaules de ce type hors d'haleine tant elle avait pioché de béton, et couverte de ces éclats crayeux qui mouchetaient son visage et son manteau déjà gris, elle ne me vit pas tout de suite. Chacun sait cependant que lorsque quelqu'un vous regarde, vous le savez, vous le sentez même si vous ne voyez pas son regard. Alors, elle sut que j'étais là et elle sut aussi, à cet instant, qu'au-delà de toute forme de raison, elle devait être mienne, c'était comme ça.

J'appris donc beaucoup plus tard que le gaillard en question se prénommait Peter. Sur cette pierre, je bâtirai mon église, disait l'Autre ! Et ce fut donc de cette pierre-là qu'elle descendit, comme on descend du sommet d'une cathédrale par un étroit escalier en colimaçon, pour retourner au lieu qui vous a vu naître et où vous retournerez, nécessairement. La venue d'Anja à moi avait été tout le contraire du parcours de sa mère. Tea s'était élevée en escaladant la montagne. Anja avait choisi de descendre vers moi, observant avec une curiosité candide la fange hideuse du monde. Elle ne voulait pas rester dans l'esprit éthéré, iréniste dans son arrogance, qui peuplait les sommets, et dont elle descendit provisoirement du haut des larges épaules de cet homme. Mais il me fallut cependant bien constater, à la fin, que son infidélité chronique était la preuve qu'elle n'y avait que partiellement renoncé.

Peter avait le regard clair, sûr, allemand. Je le voyais à son attitude digne, fière et galante, même si nous étions déjà dans la pénombre. Une fois au sol, chancelante de désirs accomplis, elle se secoua comme un chien s'ébroue, frotta vigoureusement son manteau, regarda dans tous les azimutes, et me vit, comme si elle m'avait regardé depuis mon arrivée sur cette scène de théâtre, comme si elle m'avait toujours regardé. Le violoncelle s'était tu et moi, seul dans cette cohue, cette masse de gens gagnés par une irrésistible excitation, je voyais ce jeune peuple fou refluer dans toutes les directions. Je ne lâchai cependant pas du regard la chevelure blonde et virevoltante dans cet amas gris, car la nuit était définitivement là maintenant, et le froid aussi. Soudain, alors qu'elle avait échappé à mon regard, elle réapparut, cingla la foule, seule, se tint devant moi avec ses yeux immenses, le visage moucheté de taches blanches, riant au bon tour qu'elle avait fait à son cavalier en lui faisant faux bon. Elle s'approcha doucement, me susurra son nom à l'oreille après avoir pris appui de ses mains sur mes épaules – *Anja* – et je me contentai, en souriant de bonheur, de lui dire le mien, mais au complet – *Toni Klein* –, en lui précisant que j'habitais Paris. Elle dit alors, de son accent suisse : « *Klein, das ist so süss* ! ». Ce mot « *süss* », en allemand, évoque bien plus que le goût sucré. C'est le mot qu'il faut employer lorsqu'il s'agit de flatter un jeune enfant, un chiot ou un chaton. Ou de désigner un Juif. Avec mon nom ridicule, j'avais une fois de plus endossé le costume du faible. Mais elle semblait aimer ça, et moi aussi. C'est elle qui me retrouva à Paris trois semaines plus tard, sans que je susse jamais par quel miracle elle y était parvenue, et alors que j'avais depuis belle lurette abandonné toute idée de la revoir un jour.

***

L'idée qui me vint alors que je sus tout de ses secrets après la mort d'Anja fut de rencontrer Peter. Étrange idée, non ? que savais-je de lui ? Lui aussi devait être marié, avoir des enfants, lui aussi avait dû mentir, se cacher, trahir. Il avait dû souffrir aussi, car Anja et lui avaient échangé jusqu'à la fin.

Je l'avais bien lu dans les transcriptions de leurs messages. Et s'il souffrait, seul et moi aussi, pourquoi ne pas joindre nos souffrances à nos souvenirs ? Je songeais, moi qui connaissais si bien les Allemands que nous aurions bien pu finir par boire des bières dans une obscure *Kneipe*, à rire des outrances ridicules d'Anja. Il n'en fut rien, bien sûr, comment pouvais-je faire confiance à un type qui avait sans doute tué ma femme ?

Dois-je dire aussi qu'avec Anja, il y avait eu, en sus de sa trahison, tromperie sur la marchandise elle-même ? Comme un produit qu'on commande, dont on s'imagine les vertus vantées depuis des générations, et qui, outre son obsolescence programmée, ne correspond pas du tout à la représentation de la femme germanique telle que ma mère me l'avait enseignée et surtout comme je me l'étais imaginée. Une femme germano-suisse ou helvético-allemande, devait nécessairement incarner l'ordre absolu, dans le genre *Ordnungssinn bringt Gewinn* (c'est la rime qui est succulente plus que le sens de la phrase, l'idée étant de faire se confondre sens de l'ordre et victoire, ce que les Allemands réussissaient assez bien) comme ma mère l'avait si magnifiquement incarné. Anja, non, c'était son côté artiste, car elle dessinait avec talent et arrivait même à vivre très bien de son art – elle vendait ses dessins dans toute la presse européenne. Mais moi qui avait été élevé dans une maison vraiment allemande avec le soin que ma mère apportait à toutes choses, notamment l'obsession méticuleuse de la propreté, je ne supportais pas le bordel qu'Anja laissait partout, que ce soient les couches pleines de merde des enfants, ou un objet déballé puis à moitié installé dont l'emballage gisait dans un coin pendant des semaines, ou encore un casse-croûte expédié à la va-vite et dont les restes dégueulasses traînaient sur le plan de travail de la cuisine.

Anja ne brillait pas non plus par son courage. Un jour, nous venions de débarquer de l'avion à Pointe-à-Pitre et nous nous sommes rendus à la Darse afin d'y prendre le bateau pour Marie-Galante où les pélicans nous accompagneraient de leur vol majestueux, comme ça avait été le cas l'hiver précédent. Les enfants n'étaient pas nés. Comme le cash était rare sur l'île, je décidais de tirer quelque argent au distributeur du Crédit Agricole. Anja était près de moi, en me demandant de me hâter, car le bateau allait bientôt partir – il devait lever l'ancre quarante-cinq minutes plus tard et nous avions donc largement le temps –, lorsqu'un ado qui ne devait pas avoir plus quinze ou seize ans me braqua. Outre son flingue qui semblait de pacotille, l'expression creuse et cuivrée de son visage, de ses yeux gonflés, injectés de sang, était la preuve de son incapacité définitive au meurtre crapuleux. Comme un con sans doute, je l'ai invité à tirer, l'air dur du mec à qui on ne la fait pas, du moins pas de la part de ce môme, tout en lui assénant que je ne lui filerai jamais le code de ma carte. Il flancha presque instantanément, baissa son arme et fila. Ces quelques secondes assez intenses me firent oublier Anja, mais une fois que le gamin se fut tiré, je pensai immédiatement à elle. Je lançai un regard panoramique autour de moi et vis, au loin, sur ma droite, une femme blonde qui courait. Rares sont les femmes blondes qui courent sur la Darse de Pointe-à-Pitre en plein cagnard de midi. Elle avait été championne de 400 m de son lycée et là, on la voyait comme à l'entraînement, elle levait bien les genoux pour donner plus d'ampleur à sa foulée, et bientôt je ne la vis plus. J'avisai un bar à glace et m'installai en terrasse attendant mon athlète couarde préférée. Elle revint évidemment, aussi exténuée par sa course et la chaleur tropicale que par sa lâcheté, et nous montâmes ensuite sur le bateau. Je ne lui fis aucune remarque, et encore moins un reproche, elle non plus n'évoqua plus jamais le sujet.

Avec la mort d'Anja, j'endurais un double chagrin : le premier était d'avoir perdu ma femme, la mère de mes enfants, et le second se lovait, insidieusement caché dans le doute de son amour à mon égard, dans mon atroce jalousie que sa mort ne pouvait apaiser, au contraire. Quand on est jaloux, on peut tuer, se quitter ou aimer encore plus. Là, plus rien de tout cela n'était possible. La mort de l'accusée éteint l'action publique et toute possibilité de poursuites, mais la mort de la femme aimée qui vous a trompé avec tant de constance, tant de régularité dans l'affront n'est d'aucun effet sur le remords, la honte, la rancœur qui vous tenaillent. Ils vous poursuivent parce que vous ne pouvez vous empêcher de penser que c'est de votre faute.

Mais j'avoue que le deuil d'Anja, la souffrance de sa perte ont été presque tempérés par les découvertes que je fis après sa mort. Tout de même, un cancer du col de l'utérus l'avait emportée en quelques mois et les médecins ne m'ont rien dit de la cause courante de ce type de maladie. Je n'ai pas eu la curiosité d'esprit – ni la volonté, peut-être – de me renseigner trop avant. Ils m'ont d'abord fait croire que cela pouvait arriver à une femme de quarante ans qui avait eu des enfants jeune. Ils m'ont ensuite fait gober qu'ils pourraient la sauver, même quand les cellules malignes ont commencé à métastaser. Ils m'ont menti. Ils m'ont menti par omission parce qu'ils auraient dû me dire qu'une saloperie de virus *sexuellement* transmissible avait eu raison d'elle. Un virus qui avait végété dans son corps pendant des années sans lui causer le moindre trouble, qui lui avait même permis d'être mère, mais qui néanmoins était *là*. Qui lui avait transmis ça ? Moi qui en étais porteur asymptomatique ou un autre, qui l'était tout autant, mais qui pourtant, peut-être, lui avait inoculé ce poison, endormi dans son corps avant de créer ces lésions précancéreuses et devenir la tumeur tueuse.

C'est seulement lorsqu'elle ne fut plus là que je mis à faire des recherches sur les causes de ce type de cancer. Le papillome humain – c'était le nom de cette vérole de virus – l'avait tuée et quelqu'un en portait la responsabilité, c'était scientifiquement certain. Il fallait donc que je sache qui puisque je m'étais alors résolu à me faire tester, et j'étais négatif.

***

C'est simple, tout est dans les téléphones modernes, il suffit de donner l'appareil à un flic haut placé que vous connaissez, ce qui était mon cas, pour vous dégoter toutes les informations s'y trouvant, surtout celles que son propriétaire a pris le plus grand soin de dissimuler. Fred, mon copain flic, avait été mon coturne pendant notre service militaire dans la gendarmerie comme scientifique du contingent. Le gars était un Drômois taiseux et pince-sans-rire, l'air d'un hérisson portant des lunettes rondes couleur cuivre. Je l'aimais bien par son humble intelligence, et c'était réciproque, car s'il enviait sans doute un peu le côté flamboyant (et rémunérateur) de mon métier – j'étais déjà avocat, à l'époque –, nous avions parcouru les bois ensemble, flingue en main, pendant nos classes. Nous n'allions pas si vite oublier ces moments de franche rigolade, celle de soldats qui savent qu'ils ne le seront jamais, ni d'ailleurs les cours de droit pénal que nous donnions à des sous-offs bas de plafonds, obsédés par les larcins des gitans, qui sont au monde rural ce que la racaille est aux cités.

Fred, après une carrière de commissaire – il préparait le concours d'entrée à Cannes-Ecluses lorsque nous faisions notre service militaire –, avait su monter dans la hiérarchie pour se hisser, lui le fils de prof de collège (ses deux parents enseignaient dans le même établissement à Valence, l'une les maths, et l'autre l'histoire-géo), jusqu'à l'état-major de la direction nationale de la sécurité publique. Il avait donc le bras long et ne mit pas longtemps à obtenir toutes les infos dont j'avais besoin, même si je sentis bien que, lorsque nous nous vîmes et qu'il me rendit le téléphone, il hésita à me parler franchement. Mais depuis l'armée, il n'aurait rien eu à me cacher, j'en aurais fait de même.

Le résultat de ces investigations était édifiant : Anja aimait un autre homme, bien qu'elle lui ait écrit qu'elle m'aimait également. Cette femme, la mienne, en l'occurrence, avait donc aimé deux hommes à la fois pendant vingt ans, pourquoi pas ? Mais si cet homme semblait avoir pu s'en satisfaire, tel n'était pas du tout mon cas, bien que je ne susse rien de ce forfait du vivant d'Anja alors que lui, nécessairement si. Nous avions tout de même eu deux enfants ensemble, ce n'était pas rien. Le choc a été rude, bien sûr, terrible même. La mère de mes enfants avait aimé un autre homme, avait baisé avec lui pendant que nous étions mari et femme, je l'apprenais après sa mort, et elle en était sans doute morte !

« Si elle n'était pas claquée de cette saloperie de maladie, c'est moi qui l'aurais butée, nom de dieu, c'est sûr ! », me dis-je après avoir lu et relu la reproduction des échanges entre les tourtereaux, et découvert toutes les preuves de son ignoble forfait. Mais, si elle avait survécu, je ne l'aurais probablement jamais su pour la raison nécessaire et suffisante que je n'étais pas naturellement jaloux tant elle me donnait tous les gages affectifs et sensuels de sa fidélité.

Lorsqu'elle allait seule en Suisse ou en Allemagne, jamais je n'aurais soupçonné qu'elle me trompât, car elle m'appelait tous les jours en me disant que je lui manquais, que j'aurais dû l'accompagner, qu'elle reviendrait bientôt pour que je la serre dans mes bras. Quel cynisme ! ou alors était-ce sincère ? se pouvait-il que je lui manquasse tout en se faisant baiser par un autre ? Découvrant le pot aux roses six semaines seulement après sa disparition, je me refusais à y voir de la duplicité lorsque je me remémorais ses effusions qui me la rendaient si attachante, d'une part parce que je n'avais plus personne sur qui passer ma colère et, d'autre part, parce qu'elle devait elle-même y croire lorsqu'elle écrivait qu'elle avait deux amours dans sa vie, et que si elle avait choisi l'un en apparence, l'autre restait dans son cœur. Connaissant les vertus (et les vices) de l'autopersuasion, je savais qu'il n'y a pas de pire menteur que celui qui se cache la vérité. Mais où était la vérité d'Anja ? La vérité existait-elle même, dans son cas, ou dans un autre ? Anja avait pourtant dû, dans le plus grand secret, dans ses rêves agités ou durant ces moments pendant lesquels nous faisions sauvagement l'amour lorsqu'elle revenait de ses voyages, être la proie d'affreux déchirements de l'âme. Que ne m'avait-elle pas tout avoué ? Car je lui aurais peut-être tout pardonné.

***

La salle Pleyel était pleine. On ne voyait pas un fauteuil libre dans toute l'enceinte qui descendait en gradins vers la scène où se tenaient déjà les musiciens, accordant leurs instruments dans une cacophonie un peu comique. Le Chef se faisait attendre, de sorte que la salle bruissait de cet étrange mélange de voix chuchotées et d'instruments grinçants, qui bientôt allaient seuls interrompre ce brouhaha. Soudain, Barenboïm entra en scène et les musiciens se levèrent alors tous en cœur tandis que des applaudissements nourris dus à l'arrivée si attendue du *maestro* crépitaient autour de moi.

C'est alors que, au beau milieu de ce bruit, je la vis. Elle était assise trois rangs plus bas, sur ma droite, et je ne voyais d'elle que la masse sombre, mais brillante de ses cheveux noirs. Durant tout le temps où Barenboïm dirigea, dos à la scène, assis et parfois debout devant son piano, le 4e concerto pour piano de Beethoven, je ne cessai de penser alternativement à la prochaine disparition de ma femme, assise à côté de moi, la perruque de travers, le teint cireux de paraffine, les lèvres gercées, et à la chevelure somptueuse de cette femme que je reconnus bien plus tard dans cette salle d'audience.

Anja m'avait demandé de l'emmener *une dernière fois* au concert et m'avait laissé le choix de l'œuvre et du lieu. Elle aimait follement Beethoven, car son père avait empli son enfance de sa musique et ce fut ainsi que je réservais ces deux places, *pour l'éternité*. Alors, comment le pouvais-je ? Comment pouvais-je me passionner de manière si perverse pour cette chevelure inconnue alors que ma propre femme se consumait à mes côtés ? Étais-je assez calculateur qu'il me fallut jeter mon dévolu sur une autre avant même qu'Anja ne parte ? Étais-je assez cynique pour la faire déjà passer par pertes et profits ? Ou alors était-ce seulement la trouille bleue de me retrouver seul ? Ces questions me taraudaient tant que je ne pensais même plus à la musique qui se jouait sur scène, pourtant ouverte à tous mes sens. Mon esprit, mon regard étaient tellement accaparés par la masse sombre de ces cheveux et l'énormité de mon remords qu'ils étaient incapables de traiter les informations sonores et visuelles que j'étais censé leur transmettre.

C'est le sourire pâle d'Anja qui me sortit de cette congestion mentale. Il me fit l'effet d'une telle compassion à son égard que je cessai soudainement de m'interroger, de penser aux cheveux noirs, de les regarder même. Anja le vit et rapprocha alors son épaule de la mienne où elle posa tendrement sa tête. J'étais prêt à chialer, mais la musique m'en empêcha, il fallait que je garde ma contenance devant cette beauté, il fallait que je sois digne des cheveux noirs, d'Anja, digne de l'humanité. Digne de toute espèce vivante qui ne veut pas mourir, ni même souffrir.

Soudain, à la dernière note du piano, le *maestro* se leva et quitta la scène tandis que celle-ci était plongée dans le noir. Anja vint alors se blottir dans mes bras et je l'enlaçais avec tendresse, submergé que j'étais encore par cet étrange sentiment de culpabilité. Mais Barenboïm revint bientôt, vêtu de frais avec sa queue de pie à l'ancienne. Il monta sur la petite estrade qu'on avait installée pour compenser sa petite taille à la place du piano qui avait été promptement escamoté. Le Premier violon, un homme grand et chauve, le salua, et son salut lui fut rendu avec une courbette déférente. Le Premier violon est essentiel dans toute œuvre symphonique, mais dans la 9e tout particulièrement. Puis, tous les musiciens regardèrent fixement le *maestro* qui ne jeta pas un regard à la salle, contrairement à son entrée avant le concerto. Barenboïm leva légèrement sa baguette afin d'appeler les musiciens à l'obéissance la plus totale et ils obtempèrent, l'air grave et pénétré. Ils connaissaient le privilège de jouer une telle œuvre, mais la manière dont se tint le Chef d'orchestre avait quelque chose de grotesque. La queue de pie de son habit se courbait au gré de ses fesses rebondies, lesquelles semblaient dédaigner l'assistance, comme si elles seules devaient être offertes au public, comme si ce dédain fessier était l'essence même de l'art de mener un orchestre symphonique.

Je n'avais même pas vu nettement le visage de cette femme aux cheveux noirs et pourtant je brûlais de le revoir, j'avais l'impression floue qu'elle m'avait regardé, bien qu'elle fût accompagnée d'un homme aux cheveux clairs mi-longs, tournant gauchement la tête vers moi, pendant que le baryton à la peau aussi noire que les cheveux de la femme, chantait le final de l'*hymne à la joie*. L'écoute de cette symphonie me débarrassa de mon trouble et de ma pitié envers Anja. Je me rendais compte qu'il fallait que je fasse mon deuil. Que mon âme dût se détacher de celle mourante, qu'une autre devait la remplacer. C'était comme ça. J'avais été transporté tant par la splendeur de la voix de cet homme que du fait de ce sentiment prémonitoire bien que ridiculement théorique d'aimer cette femme un jour.

10

Je n'aurais jamais pu soupçonner que j'allais faire un jour la rencontre du frère du poltron près de vingt ans plus tard. Je l'avais même oublié depuis bien longtemps, ce Juif, obsédé du cul et dealer, lorsque je rencontrai Henri pour la première fois. Mais cette fratrie insoupçonnable, je ne la vis que bien plus tard lorsqu'enfin le poltron revint vers moi, inéluctablement.

Avec Henri, nous nous sommes aperçus un dimanche matin à la fin du printemps vers les onze heures au club house du golf de Saint-Nom où j'avais mes habitudes ; il venait de terminer sa partie et j'allais commencer la mienne. Nous étions grands tous les deux et nos regards se sont télescopés, tant personne n'était réellement à notre hauteur dans cette salle. Il avait un visage en lame de couteau, des restes vivaces d'une ancienne acné, des traits taillés à la serpe et, étrangement pour un homme de type si aryen, la ligne des oreilles sous celle du nez. Un drôle de gars aux petits yeux bleus perçants, aux cheveux rares, mais parfaitement blonds, à la lippe fine et subtile, au nez fort. Il me fit immédiatement penser à Yvan. Le genre de type avec lequel on peut aller au feu, sans crainte d'une défection, et rares sont ces hommes. Je m'étais attaché à lui bien avant, mais sa condamnation pénale qui avait suivi sa radiation de l'ordre des médecins ont définitivement forgé en moi une image de lui toute faite d'un courage vain. Étrangement, il ne m'a jamais demandé le moindre conseil lorsqu'il fut aux prises avec la justice, et, tout aussi bizarrement, je n'ai jamais voulu non plus aborder ce sujet.

Il était un médecin de droite, c'est courant un médecin de droite. Un peu moins quand ils sont d'extrême droite, voire carrément nazis, comme Céline ou Mengele. La première fois que nous échangeâmes sérieusement devant un verre de bourbon au club-house – il ne buvait jamais avant midi –, Henri exprima une idée de bon sens, que je devinais pêchée dans son vivier anglo-saxon. Alors que nous buvions en nous observant, il me disait penser que l'intelligence est, selon toute vraisemblance, comme la beauté, ou la force physique et mentale d'ailleurs, transmis exclusivement par les gènes. Il dit alors : « De sorte que, si on hérite de ce type de gènes, il y a de fortes chances que le rejeton les ait. » Ça tombait sous le sens. Il reprit : « Alors, prenons le cas inverse où les gènes ne sont pas intelligents, je n'incrimine pas les gènes, ils n'ont rien fait, à personne, ils sont, c'est tout. Non, je n'incrimine d'ailleurs rien ni personne, mais je ne peux faire autre chose que constater que ces gènes-là font tout le destin de chaque être, nom de Dieu, jura-t-il. »

« Le gène de la bêtise, lui, vous est transmis, j'allais dire inoculé, pour votre plus grand malheur. Il vous voue à enfanter d'autres tarés qui vont eux-mêmes produire d'autres tarés. Et autant de pauvres », se crut-il obligé de préciser. « C'est comme ça », conclut-il, avec un fatalisme, qui était encore plus amer que le mien.

Je lui rétorquai tout de même que, bien que les privilèges fussent abolis, la condition sociale, l'apport culturel et matériel des parents étaient quand même essentiels pour la réussite d'un enfant. Il n'en croyait rien. Il soutenait que c'était justement le manque d'intelligence des parents qui faisait que leurs enfants baignaient dans cette inéluctable médiocrité. Il disait ensuite que le fait de s'acheter des écrans plats, livrés à la dictature, au mensonge, à la drogue des télévisions, était précisément la preuve de cette bêtise crasse qui caractérise tous les êtres humains. « C'est comme ça », répéta-t-il, résigné.

Sa conception du monde, sa *Weltanschauung*, comme il disait me fascinait – ce n'était pas du darwinisme social, mais la nature en marche qu'il décrivait – et il me semblait difficile, je veux dire autant intellectuellement que biologiquement, d'y échapper. Un con ne pouvait générer qu'un con, c'était évident. Et pour un demi-con, c'était pareil, comme d'ailleurs pour un demi-intelligent, aussi. À la fin de notre conversation, alors que nous étions sur le point de nous quitter sur le parking où il allait monter dans sa Porsche 911 noire, je lui proposai le tutoiement, ce qu'il accepta d'un signe poli de la tête mâtiné d'un sourire pâle. Alors que je regardai sa voiture s'éloigner, je pensais à quel type d'intelligence il avait voulu faire allusion, mais il devait sans doute penser à toutes ses formes, mêmes les moins sophistiquées.

Ce jour-là, avant son départ, nous convînmes aussi de faire une partie le dimanche suivant. Le parcours de Saint-Nom, un dix-huit trous, pas trop ardu pour ne pas vous rendre chèvre, vous contraignait néanmoins à une certaine humilité. Nous jouâmes en silence les trois premiers trous et c'est au trou numéro quatre – un par 4 justement – qu'il embraya sur ses réflexions quant à la *condition de l'homme post-moderne*, selon ses propres mots.

Henri se mit d'abord à parler botanique : « Chez les végétaux, dit-il, aucune influence d'une société corruptrice, aucune construction culturelle, collective ou individuelle. Seulement la nature vive et entière, pleine de sève en vue de sa conservation *et* de sa reproduction. » Il insistait là-dessus en bon scientifique, car il n'envisageait pas que la vie put se passer d'une quelconque transmission, même posthume. « Les générations spontanées n'existent pas », disait-il aussi. « N'était-ce pas l'essence de la vie que de se poursuivre, quoi qu'il en coûte ? » demanda-t-il. Il dit ensuite, après avoir balancé un swing assez réussi, car il parvint à atteindre le fairway en évitant le bunker de droite :

« Quand tu plantes une ligne de salades ou de tomates, après que tu as fait pousser tes semis avant de les mettre en terre, tu constates toujours une perte. Il y a quelque chose de mort-né dans l'ADN de ces graines, de ces plantes qui ne poussent pas rond. C'est pareil chez nous, les bêtes, puisqu'on aspire aux mêmes choses, conclut-il.

— Pas chez tous les animaux, lui dis-je. Pas de tares chez les insectes sociaux.

— Qu'en sais-tu ? Les abeilles et les fourmis ont des codes génétiques tels qu'elles n'ont absolument aucune marge de manœuvre, comme les plantes, finalement. Ce n'est pas la société qui les aliène, ce sont leurs gènes, dit-il comme une simple évidence, comme s'il fait humide quand il pleut. Il était médecin et sans doute plus versé que moi dans ces choses-là. Je pensais alors aux faux-bourdons et à leur place dans la ruche.

— Moi, je crois que les animaux sont aussi influencés par leurs congénères, dis-je.

— Oui, mais il ne s'agit pas de ça. Évidemment que les autres nous influencent. Évidemment que la culture influence la biologie, sans doute, mais les autres nous influencent-ils en mal ? C'est toute la question. Les mauvais gènes influencent, entretiennent sans doute les mauvais gènes des autres. Mais je pense que les abeilles n'influencent pas en mal les autres habitantes de la ruche, et surtout pas la reine, qui est le cœur du système. Bien sûr, un bourreau va influencer en mal celui ou celle qu'il aura battu, humilié, violé, mais combien de ce type d'hommes ou de femmes pour des milliards d'individus comme toi et moi ? Il n'y a aucune nécessité ontologique, existentielle à faire le mal dans le génome de tout organisme vivant, sauf chez l'homme. Alors, le mal, inné ou acquis ? Ou les deux, en même temps ? Je penche personnellement beaucoup vers l'inné. » Je pensai alors à ces chiens qui avaient tué ce mouton sans raison. Henri avait donc tort, et je me demandais alors si la violence gratuite était réservée aux mammifères. Il reprit, je le laissai faire : « Mais Rousseau s'est pointé, l'inévitable Rousseau avec ses doux yeux bleus, après que dieu et l'église ont été déjà salement groggys, pour nous dire, dire à la postérité – et ça a marché, sacré nom de Dieu ! – qu'il fallait oublier cette histoire de péché originel, car désormais, l'ultime explication à la corruption de l'homme était dans les vices de la société, sans même envisager un seul instant que la biologie, la nature, en somme, faisaient quand même encore leur modeste loi. Exit le péché, trop culpabilisant, haro sur la vilaine société corruptrice qui est la cause de tous les maux de l'homme ! » Il s'exclama en élevant la voix, mais sembla garder quand même son flegme britannique, seule une roseur apparut sur ses joues. Il continua : « En fait, il n'y a ni péché ni corruption sociale. Le vice est bien dans le gène », finit-il par dire, l'air pénétré, alors que son teint avait repris sa blancheur habituelle. « Tu vas trop loin, lui dis-je, la société de l'argent, du gain, corrompt nécessairement. J'étais sûr de mon fait.

— Alors, dis-moi pourquoi de très modestes gens se lèvent au petit matin, qui pour faire des ménages, qui pour travailler sur des chantiers, des marchés ? Crois-tu qu'ils ne voient pas la richesse partout qui leur échappera toujours, crois-tu qu'ils ne sachent pas que d'autres gagnent de l'argent à ne rien faire, riches et pauvres, d'ailleurs ? » dit-il, en me regardant avec l'air de dire : « Je ne te reproche pas d'être rentier, c'est ton destin et tu n'y peux rien, mais pense à ceux qui triment sans broncher, alors que d'autres trucident des vieilles ou violent des enfants. Non, la misère n'est pas la mère de tous les vices, je ne suis pas d'accord ! » Il foira son putting au trou numéro 5.

Ce type m'épatait. Non pas qu'il fut plus intelligent que moi, même s'il en avait tout l'air, non pas non plus qu'il eut ce physique si germanique qui m'impressionnait un peu, ou qu'il était auréolé de ses fonctions de professeur de médecine, mais sa tranquille assurance intellectuelle me bluffait. Qui aurait pu penser qu'il tombât pour viol ? Moi, peut-être. Car cette sûreté de soi, cette arrogance dominatrice, cette vanité à peine dissimulée pouvaient me laisser croire qu'il se fut pensé au-dessus de certaines lois, au-dessus des autres. En tout cas, à un stade tel d'impunité inconsciente, que tout lui était permis. Il est aisé aussi, après-coup, de se dire qu'on a eu raison, mais ses propos d'alors semblaient tellement receler le vice que lui-même décrivait dans ses propres gènes, son propre vice. Il semblait si bien le connaître, et j'étais moi-même expert en cela, de sorte que je savais aussi avoir en moi ce que lui-même connaissait si bien en lui.

Au trou numéro 6 – un par 5 plus que compliqué –, sans doute le plus difficile du parcours, car l'eau est omniprésente au départ, mais, avec un bon swing, en deux coups, on pouvait trouver le green. Henri y parvint en affichant un birdie lorsqu'il rentra son putt et l'inscrivit sur sa carte en souriant, puis reprit : « Rousseau. Je ne veux même pas lui jeter la pierre, il était sans doute de bonne foi et convaincu par sa théorie, mais quel mal a-t-il fait ! Il est l'homme du romantisme, et du romantisme est né, en Allemagne surtout, mais finalement partout ailleurs, le fascisme. » Je connaissais un peu le sujet : « Rousseau a enfanté le fascisme ? » lui demandai-je ironiquement, sans bien savoir où il voulait en venir, tout en sachant qu'il touchait là le cœur de mon propre sujet. Son visage pâle se rembrunit un peu, pas trop, il me regarda avec attention, sans la moindre animosité, mais aussi sans aucune aménité, et répondit : « Je suis sûr que tu aimes Wagner. Tu ne me l'as pas dit, mais je le sais, je le vois dans tes yeux. Wagner est à mi-chemin, musicalement bien sûr, mais pour les Allemands, c'est essentiel, entre Rousseau et Hitler. Il y a dans le romantisme que Rousseau a inventé de toutes pièces, c'est cela son génie, et que Goethe a tenté de réenchanter par l'art, en vain d'ailleurs, quelque amour de la mort, comme dans le fascisme, le communisme, l'islamisme, non ? » demanda-t-il ingénument, un de ses rares sourires dans le regard, qui ne se lisait pas sur sa bouche.

Je ne savais que répondre, ballotté que j'étais entre Rousseau, Wagner et Hitler. Si le lien entre ces deux derniers était évident, j'étais bien placé pour le savoir puisque je haïssais les juifs, je n'avais évidemment jamais fait le lien avec le premier. Cependant, alors que j'avais sorti mon driver du caddie, je pensais qu'il condamnait en fait toute forme d'idéologie. En bon évolutionniste, il considérait, sans doute à juste titre, que le pragmatisme faisait loi. Mais je n'avais jamais entendu ce type de discours dans la bouche d'un médecin, lesquels étaient généralement incultes. Je ne lui ai que peu parlé de moi, je ne sais d'ailleurs pour quelle raison, à part peut-être tout simplement parce que lui parlait beaucoup. Et moi, j'écoutais, alors que quand j'avais été le Max patron du GUD d'Assas et désormais Me Maxime Michaux, l'avocat des causes les plus indéfendables, c'était moi qu'on écoutait.

Henri remisa ses cheveux blonds plaqués en arrière après une légère brise que cette fin de printemps avait occasionnée ; les arbres du parcours bruissaient des feuilles s'agitant, et des oiseaux qui y nichaient en piaillant. Il me sourit encore puis dit encore : « Comme si la mort pouvait être un remède à la vie. Le socialisme, c'est aussi et même *d'abord* le romantisme. Tu te souviens du slogan de Mitterrand en 81 : "Changez la vie !". Tout cela dans la droite ligne de nos déconstructeurs géniaux, ceux qui pensent que le totalitarisme est l'allié du capitalisme, sans faire même mine de voir que le totalitarisme est bien pire sans qu'avec le capitalisme. Le capitalisme n'est n'allié de personne, sauf de lui-même. »

Sans transition, sauf à ce que Henri me contraigne à faire le lien immédiat entre capitalisme et États-Unis, il dit : « J'entends que la *cancel culture*, le *woke*, viennent des campus américains. Rien n'est plus faux, les *vraies idées* viennent toujours d'Europe. Ce sont des Français – Derrida, Foucault, Bourdieu pour ne pas les nommer – qui ont enchanté jusqu'au délire les facs US, personne d'autre. On l'appelle d'ailleurs la *French Theory*, non ? Je comprends ce besoin d'oxygéner des sociétés asphyxiées, de se débarrasser des oripeaux des fascismes, de voir partout des clones d'Adolf Hitler, mais les *Structures de Domination* qu'ils dénoncent sont de l'essence même de toute vie en société – je veux dire, n'importe quelle société, pas seulement celle des hommes –, précisément parce que toute société ne peut fonctionner autrement qu'avec une structure impliquant nécessairement des dominants et des dominés. Une hiérarchie, si tu préfères. C'est là le seul point où créationnisme et évolutionnisme se rejoignent, d'ailleurs. Et quand, en plus, ces génies de la déconstruction sont venus se prosterner devant une engeance sanguinaire comme Khomeini, tout fut dit. *Ite missa est* », conclut-il avec cette étrange phrase latine que j'avais entendue toute mon enfance. Il avait doublement raison. Rousseau, l'icône absolue, le héros du contrat social, avait été le fondement du fascisme *et* du socialisme parce qu'il avait été l'inventeur de l'idéologie. L'idéologie consiste toujours à considérer la société ou certaines de ses parties comme coupable et, en ce sens, la société devait être malléable. Si elle est mauvaise, *méchante*, on peut, on doit, comme un mécano, lui tordre le bras pour qu'elle ne le soit plus, sans même penser que c'est l'homme qui l'est. « Mais l'ordre social est naturel, dit-il encore. Il n'a besoin d'aucune loi, sauf les lois naturelles », dit-il enfin. « Quelles sont-elles ? » demandai-je. Il me fixa de ses yeux bleu roi, sembla hésiter, puis me dit : « Contrainte et nécessité ».

Au 15, il balança la balle dans le sable et me dit, pas déstabilisé par ce mauvais coup, que ce qui le chagrinait aussi, lui, le mandarin qui donnait ses cours du haut de sa chaire de chirurgie obstétrique, était l'état de l'université dans ce pays. La médecine semblait encore à l'abri de ça, car on y enseignait des sciences dures – « le droit aussi est épargné, non ? » me demanda-t-il, l'air anxieux. Mais quant aux sciences humaines, les savoirs académiques partaient en quenouille, pourris par des idéologues, des militants névrosés, rebuts d'une société qui non seulement tolérait la médiocrité, mais la favorisait, confondant connaissance et conviction. Ou plutôt les mêlait pour en faire une bouillie tout juste dégueulée de ces gosiers incultes. « 92 % d'une classe d'âge au bac, ça fabrique des gens qui ne savent pas écrire », disait-il alors qu'il venait de mettre encore sa balle dans le bunker du 16 – un par 5 redoutable, car le drapeau est à moitié aveugle. « Les sociologues d'aujourd'hui ne savent même plus écrire et, en plus, ils voient le monde comme ils voudraient qu'il soit, ce qu'il n'est pas. Qu'ils lisent Weber, Durkheim, Simmel, Levin, Elias, ça, c'était de la sociologie. » Sur les cinq, je soupçonnais que quatre furent juifs, et je ne n'avais lu que Weber, qui ne l'était pas dans son incarnation du génie protestant. Je commençais donc à me demander à quel type d'individu j'avais à faire en la personne d'Henri, car je l'aimais déjà sans doute déjà trop alors que je le connaissais si mal.

Au 18, là où il fallait à tout prix éviter la rivière, Henri changea encore de sujet et, du coq à l'âne, il dit, revenant à la botanique : « La plante, c'est la plus totale liberté dans un espace physique fini et, en fonction de son patrimoine génétique et de son environnement, elle peut croître ou péricliter. Elle n'a aucune liberté. Mais l'homme, lui, n'est pas dans un espace fini, ce n'est pas vrai. La terre a beau faire 40 000 km de circonférence et donc d'être limitée à sa finitude de planète, l'homme a un champ d'expérience infini dans le monde. L'infini de l'homme est son essence. Mais cet infini nie tous les autres hommes. La plante, elle, n'est pas cupide, comment le pourrait-elle ? L'homme, si. La cupidité, la jalousie, la bêtise, la paresse sont les qualités les mieux réparties parmi les hommes, mais alors pourquoi ces mauvais penchants vont à l'encontre de l'homéostasie ? *Avec le désir suprême de croître*. Personne, je veux dire aucune forme de force politique, aucune collectivité, aucun être même ne sont en mesure d'annihiler ce désir ou même de le restreindre. En fait, je pense que la liberté est absolument étrangère à l'égalité, et celle en droit, que tu connais bien, est elle-même illusoire. Pour en terminer avec Rousseau, reprit-il de plus belle, Voltaire, que je ne porte pas dans mon cœur, mais pour d'autres raisons, avait raison de dire que notre Grand Romantique, le terreau nourricier de toutes les abjections politiques, était comme le chien qui mord la main qui l'a nourri. Rousseau est toujours vivant, car il continue de mordre ceux qui le nourrissent », conclut-il, le regard perdu vers je ne sus quoi.

Henri jouait plutôt bien au golf, son drive était puissant et droit, mais c'était dans le petit jeu qu'il n'était pas bon. Sortie de *rough* ou de *bunker*, le Fer 7 ou le *Sand wedge* ne lui réussissait pas. Pas plus d'ailleurs que le putting. C'était dans l'approche qu'il était faible, ce qui était très étonnant pour un chirurgien de sa trempe. Mais nous étions heureux d'être là tous les deux au soleil parmi les arbres centenaires à frapper gaiement dans cette balle qui ne va jamais où on le veut vraiment. J'avais gardé de mes exercices militaires la force morale et la droiture physique que requiert la pratique de ce sport, malgré mon alcoolisme.

Bien sûr, avant qu'il ne se livre ainsi à moi, je l'ai interrogé. Un type pareil avec une gueule comme celle-là ne se rencontre pas tous les jours, et il fallait bien que je sache qui il était. Il était réticent à parler de sa parentèle – il ne s'était jamais marié, comme moi – et hésitait à évoquer sa généalogie. Il disait avoir pris le nom de sa mère, une aristocrate prussienne portant le noble nom de Frey von Kölnitz (lors de notre première rencontre, il m'avait remis une carte de visite portant ce nom et ses titres), car il ne goûtait guère le nom de son père, trop commun, disait-il, mais sans même m'en faire part, ce qui aurait dû être le moins. Sauf que le jour de ce premier parcours en commun où je le battis de trois coups, alors que nous étions tous deux au vestiaire et que lui fut sous sa douche, je vis dépasser de la poche de sa veste, prêt à tomber au sol, un document, semble-t-il, officiel. Anticipant la chute, je faisais en sorte de remettre la carte à la place qu'elle n'aurait jamais dû quitter, mais je ne résistais pas à la curiosité de regarder le document en question. Henri Klein. C'était donc bien son nom à l'état civil. Pourquoi m'avait-il menti ? Je l'ignorais, comme je n'ai jamais imaginé, à ce moment, qu'il ait pu y avoir un quelconque lien de parenté entre lui et le poltron, dont le nom survint pourtant des ténèbres alcoolisées de ma mémoire. Je n'ai pas fait le lien, car, comme Henri lui-même me l'avait précisé, ce nom était somme toute commun. Il est vrai aussi que ma première rencontre avec Henri se tint vingt ans après ma sortie de la fac et que j'avais complètement oublié ce triste dealer juif. Une homonymie, une simple coïncidence qui allait pourtant bientôt se transformer en histoire vraie.

***

Malgré ce mensonge absurde sur lequel je n'ai jamais voulu revenir, laissant pudiquement à Henri sa part d'ombre, comme il me laissait la mienne, celui-ci est devenu mon ami intime, et c'est pour cela que je l'ai invité sur mon bateau. J'étais un fan de voile depuis tout môme, mon père barrait notre petit Menhir et moi, j'allais à la voile lorsqu'il me le demandait. Pas de foc. Il avait régaté en baie d'Alger bien avant le début des Evènements et aimait encore sortir en mer même si celle de Normandie n'était pas vraiment du même acabit que la traître méditerranée. Mon père ne voulait pas autre chose qu'un petit bateau à partager avec son fils plutôt qu'un paquebot de 30 pieds, comme nous le suggérait ma mère si fortement alors qu'elle ne savait rien de nos goûts. Lorsque je proposai à Henri ce tour en bateau, il fut enthousiaste ; il me raconta que son propre père avait lui-même régaté dans le golfe du Morbihan vers ses dix-sept ans, y gagna quelques courses, et lui avait fait découvrir les délices de la voile, la glisse au vent sur l'eau. Il ajouta qu'il ferait un équipier modèle.

Nous partîmes en juin, si je me souviens bien, vers le 15. Nous étions tous autour de la cinquantaine, et tous aussi assez amortis. Mon bateau, un 75 pieds de chez Bénéteau qui ressemblait à une Rolls tant j'avais mis des fortunes dans son grément, son accastillage et son aménagement intérieur. Ce bateau à pont de teck aussi vaste que puissant lorsque le vent venait le chatouiller me rappelait les virées avec mon père sur notre coque de noix. Il était à l'anneau à Granville, mais je me refusais à le skipper. Le capitaine d'un bateau en mer, qu'il soit seul ou accompagné, ne peut se permettre aucune erreur tant l'élément sur lequel il vogue lui est foncièrement hostile. Je savais le faire, mais je buvais bien trop pour me passer d'un pro chevronné, à tout moment du jour et de la nuit, car on faisait de la navigation de nuit ; Gilles veillait au grain.

Il faisait beau et chaud cet après-midi-là lorsque nous croisâmes au large de Groix après être partis de Granville une semaine plus tôt et avoir fait le tour de la Bretagne du Nord au Sud. Des dauphins, d'un dos bleu plus foncé que la mer cristalline au-dessus de ses bancs de sable par douze mètres de fond, vinrent à notre rencontre. Une fois à l'ancre, nous décidâmes d'aller à l'eau, à poil. Les dauphins croisaient à quelque vingt mètres de nous. Henri sembla d'abord hésiter, observant les autres puis, se décidant enfin, n'attendit pas son tour pour se foutre à la baille, mais, peut-être était-ce une obscure curiosité de ma part, je ne pus m'empêcher de regarder son sexe lorsqu'il se déshabilla, il avait pris le parti de rire à l'idée de nager parmi les dauphins qui vinrent bientôt nous houspiller délicatement de leur rostre une fois que nous fûmes tous à l'eau, riant aux éclats : il était circoncis.

Au soir, alors que le bateau était à l'ancre à quelques encablures du port de Crozon à Belle-Île, et que Gilles qui avait fait un saut au port avec le canote du bateau, flanqué de mon copain Alex pour y acheter de quoi nous préparer le repas, s'affairait aux fourneaux, nous buvions l'apéro d'excellente humeur. Parmi mes invités, il y avait Alexandre Legras qui portait très mal son nom, car il était épais comme un stockfisch, une bouille pourtant toute ronde mouchetée de taches de son, un petit nez en trompette qui se mariait bien avec de minuscules yeux verts et des cheveux dégarnis qui viraient au roux sous l'effet du soleil. Alex travaillait dans la finance et, comme moi, mais probablement pour d'autres raisons, détestait les juifs. C'était un excellent marin, mais pas aussi bon que Tug. Tugdual de Kerautern, comme son nom l'indiquait, était breton et noble. Il avait engrossé une des bonnes du manoir familial du Guilvinec et s'était enfui avec elle à Paris où, proprement renié par son père, il s'était fait tout seul pour finir par monter une boîte fabriquant des composants électroniques aujourd'hui florissante et sur le point d'être vendue des millions. Sa tête énorme, ses cheveux frisés d'un noir celte, son tarin digne de Cyrano et ses mains grandes comme des battoirs lui donnaient un air assez effrayant, mais je l'aimais comme un frère, car il était mon plus proche compagnon de beuverie. Enfin, Léo était assis à la droite d'Henri. Léonard Whitelock avait un père anglais, et en avait toutes les manières surtout les plus détestables pour un Français tel que moi. Lui non plus ne laissait pas sa part aux chiens lorsque nous picolions ensemble sur mon bateau ou ailleurs, mais, même sévèrement cabossé par le gin qu'il buvait pur, il gardait un flegme et surtout son humour décapant qui bien souvent virait au noir, ce qui me faisait hurler de rire lorsque je voyais sa tête affublée de sa fine moustache déjà grise d'ailleurs assortie à la couleur de ses yeux que l'alcool avait prématurément rougis. Lui, tout comme moi, ne travaillait pas ou peu : sa mère avait été une des héritières de British Steel, à l'époque où ce groupe était encore à son apogée. Très blanc de peau, presque diaphane, Léo avait des yeux qui ressemblaient à ceux d'Henri, et d'ailleurs ils semblaient parfaitement s'entendre. Il me faisait penser à un lévrier et, comme d'usage, il avait un élevage de Whippets, ou plutôt sa femme, Mary, était éleveuse de cette race de lévriers nains.

J'ai toujours été fasciné par la physionomie des chiens lorsqu'on les comparait à leur maître. La ressemblance parfois stupéfiante entre le maître et le chien avait été merveilleusement décrite par Daumier, et je me souvenais aussi de cet autoportrait de Courbet où le chien au pelage noir et luisant était le sosie canin du peintre lui-même, assis à ses côtés. Ressemblai-je à mes chiens ?

Je m'étais bien gardé d'aborder le sujet scabreux de la bite d'Henri depuis cet après-midi-là et nous devisions gaiement du destin de l'humanité, Henri restant discret, car il participait pour la première fois à nos agapes nautiques. Ce fut lui cependant qui embraya lorsque l'un d'entre nous – je ne sais plus lequel, mais je crois que c'était Alex – affirma que la mixité ethnique mondiale allait dans le sens de l'histoire, dans le sens de la démographie, seule science humaine à peu près fiable. Henri acquiesça d'un bref signe de tête, alors que nous en étions à notre 3e ti-punch après le vin du dîner, et que Tug ouvrait une nouvelle bouteille de rhum. « Sans doute, dit-il avec son habituel tic de langage, mais on ne peut pas transiger sur *notre* culture, insista-t-il. » Nous étions ensemble sur ce bateau depuis près de huit jours et le tutoiement entre Henri et eux était devenu naturel dès le premier soir. Alex, qui avait quelques idées en la matière, lui demanda de préciser ce qu'il entendait par le mot « culture », comme si Goebbels en personne l'avait utilisé. Henri nous regarda tous, afficha son pâle sourire habituel, l'air de dire : « vous êtes tous des cons », et je ne doute pas que c'est ce qu'il pensait, puis dit : « On nous serine à longueur de temps avec l'identité, comme si l'identité, c'était le fascisme. Mais si identité rime avec culture, moi je suis preneur ; et si la mixité ethnique, comme tu dis Alex, est inéluctable, la disparition de *notre* culture ne l'est pas, elle. On joue toujours du Beethoven partout ! »

Tout le monde opina après avoir bu son verre en silence. Gilles se permit même d'intervenir, ce qu'il faisait rarement plus par timidité – les bons marins sont toujours réservés – que par déférence à l'assemblée de ces hommes bien nés : « La bouffe, c'est sacré ! » dit-il alors que, déjà passablement entamés, nous riions de bon cœur.

Henri oubliait simplement que cette mixité ethnique inéluctable entraînerait forcément des changements de mœurs qui deviendraient à force des habitudes, des paroles puis des actes que la paresse humaine ne ferait qu'entretenir. Alex qui avait décidé de se faire l'avocat du diable reprit le premier, mais il semblait gêné. Alors, Henri lui dit :

« Laisse-toi aller, d'un regard amusé.

— Henri, reprit Alex, tu connais le procès qui est fait à l'occident : colonialisme, esclavagisme, guerre, génocide. C'est ça que tu appelles la Culture ?

— Et à cause du sac de Nankin, des horreurs nipponnes pendant toute la guerre en Asie, il n'y aurait pas ou plus de culture japonaise ? C'est une plaisanterie, dit-il en souriant. Tu parles de colonialisme, mais alors parlons des conquêtes de l'islam des Moluques à l'Atlantique. Et à ma connaissance, les peuples colonisés à coups de cimeterre n'ont jamais recouvré leur indépendance culturelle. Tu parles d'esclavagisme, mais alors parlons de la traite transsaharienne où des millions d'êtres, plusieurs dizaines, selon les historiens, ont cheminé sous le fouet en traversant le désert d'ouest en est pour arriver – ceux qui y arrivaient, évidemment – en Égypte et, pour les hommes, s'y faire châtrer. C'est la faute de l'Occident, ça ? Je vous passe le génocide arménien que seuls les Turcs contestent encore, la révolution culturelle maoïste et son digne héritier : les charniers de Pol-Pot, les 800 000 hommes, femmes et enfants massacrés en moins de trois semaines à coup de machette par les Hutus. C'est l'occident, ça ? dit-il dans une anaphore répétée avec un calme olympien. Dois-je rappeler par ailleurs que l'esclavage, malgré une interdiction officielle récente, continue d'être allègrement pratiqué en Mauritanie et que les esclaves sont toujours des Noirs ? Que les dictatures du Golfe persique le pratiquent aussi, à leur manière bien sûr, dès lors que les ouvriers y "travaillant", dit-il en courbant ses deux index en l'air pour mimer des guillemets, sont privés de leur passeport à l'arrivée, sont payés des salaires de misère et risquent tous les jours leur vie parce que là-bas, le droit du travail, ça n'existe pas pour ces pauvres hères. Qu'on arrête de me bassiner avec les fautes de l'Occident. Comme je l'ai dit à Max la première fois, non la deuxième fois, qu'on s'est rencontré, tu te souviens, Max ? »

J'opinai sans mot dire, et il reprit :

« La société et donc la culture ou vice versa, peu importe, n'ont rien à voir avec les vices des hommes. Le vice est individuel, la vertu collective. Elles ont donc tout à voir avec leurs propres qualités. Et lorsqu'on érige, dans la société, la vie, la beauté, l'amour ou même la pure technique comme ses propres qualités, alors la culture est *la* seule richesse. Platon, Raphaël, Mozart, Pasteur, Dostoïevski, et j'en passe. Ils pèsent bien plus que les quatre années de boucherie dans les tranchées ou même que les crimes de guerre et les génocides européens. Staline était vicieux, Hitler aussi, comme Mao ou Pol-Pot, et les foules bêlantes et apeurées les ont suivis dans leurs vices. On a toujours les mêmes foules bêlantes aujourd'hui, mais elles sont moins apeurées, car le capitalisme tolère les peureux quand ils consomment, et ils consomment tous… »

Il s'arrêta soudain, presque gêné. « J'en ai trop dit. Je monopolise la parole, c'est très impoli », dit-il, gardant son teint pâle malgré le soleil qui l'avait légèrement halé. Je voulus immédiatement le mettre à l'aise tant sa démonstration me semblait imparable au premier abord et je dis : « Henri, tu nous intéresses », tandis que les autres ne mouftaient pas tant, eux aussi avaient été saisis par la lucide simplicité du propos. Alors, il acheva son discours, celui qu'il avait sans doute mûri depuis des années et qui, pour la première fois, sourdait comme une source vive. « Je n'aime pas le sentiment de culpabilité, de repentance », dit-il enfin après un assez long silence que seul troublait le bruit des drisses au vent qui, dehors, s'était établi et dont on sentait bien, même au mouillage, le clapot sous le bateau. Pourquoi devrais-je être le comptable de mon père, de mon frère ; pourquoi devrais-je endurer une peine si je n'ai rien fait ? La culpabilité est très chrétienne, n'est-ce pas ? Le sentiment de culpabilité n'est pourtant pas nécessaire à l'accomplissement de l'homme, dit-il enfin. Puis, passant du coq à l'âne, mais en fait le rapprochement semblait assez logique entre *notre* culture et la *Kultur* allemande, il dit, à notre plus grande surprise, que les Allemands avaient plus perdu avec Hitler que les juifs eux-mêmes.

Contrairement à nous, il n'était pas saoul, je le voyais bien. C'est donc qu'il était fou. Il dit encore :

« Si l'on compte les millions de soldats morts ou disparus, les civils massacrés ou morts sous les bombes – et je ne parle même pas des dizaines de milliers de femmes violées –, le peuple allemand a plus, sinon autant, souffert que les juifs, dit-il calmement, c'est un fait. Les chiffres officiels publiés par l'ONU dépassent les 9 millions de morts, si l'on compte les Autrichiens, précisa-t-il, affichant son habituel sourire pâle.

— Oui, peut-être, mais c'est un seul et même homme qui a commis tout ça, dit Tug.

Henri décida de prendre la balle au bond.

— Peu importe. C'est le nombre de victimes qui compte, n'est-ce pas ? »

Non, pas nécessairement, pensai-je.

Je voyais déjà que la discussion allait dégénérer, car Tug et Léo s'étaient décomposés, et pas seulement sous l'effet de l'alcool. Il semblait qu'ils voulaient lui sauter à la gorge en lui assénant que les Allemands avaient choisi, suivi, aimé même leur Führer, et qu'ils s'étaient eux-mêmes précipités dans l'abîme, presque de leur plein gré.

Je craignais qu'aucun de mes compagnons n'ait vu la bite circoncise d'Henri, comme moi je l'avais vue et c'est pourquoi ils n'ont pas soupçonné une seule seconde qu'il pouvait être juif. S'ils l'avaient su, probablement, auraient-ils abondé, qui sait ?. Un Juif qui prend fait et cause pour le peuple allemand, c'était improbable. Je me suis encore bien gardé d'évoquer ça, mais je comprenais en revanche désormais la raison pour laquelle Henri tenait tant à associer identité et culture. Pour lui, être le descendant d'une aristocrate allemande et fils d'un Juif signifiait moins que l'immense culture commune à ces deux mondes.

Henri était un homme respectable lorsqu'il tomba. Il jonglait entre l'université où il donnait ses cours magistraux, plus jeune médecin nommé professeur de chirurgie obstétrique, l'hôpital avec ses interventions quotidiennes le matin et son cabinet en ville où il devait *voir* vingt patientes jour, et il fut accusé d'être un *prédateur sexuel*. Sous couvert de son art, brisant le serment qu'il avait prêté, il aurait eu des gestes *inappropriés* à l'égard de certaines de ses patientes. Je n'en croyais pas un mot. Il disposait, et depuis longtemps, de tout un stock inépuisable de femmes folles de son charisme. Ses dix tours du monde pour ses colloques, ses symposiums de par la planète, sans femmes, sans enfants, livré à lui-même et à ses désirs, rien ne le prédisposait à quelque violence à l'égard d'une femme. Et pourtant, il fut placé en garde à vue puis mis en examen pour viol aggravé, en raison de ses fonctions de médecin. Henri fut mis au trou, car la juge refusa la demande de remise en liberté que son avocat lui avait soumise juste après son incarcération, invoquant de probables pressions sur les témoins pour justifier sa décision de ne pas accepter un simple contrôle judiciaire ; la chambre de l'instruction confirma en appel. Henri resta à la Santé cent douze jours avant qu'ils ne le laissent sortir pour son procès. Ce fut à ce moment que je l'ai recueilli.

11

Après la disparition d'Anja, mes amis s'étaient acharnés à lui trouver une remplaçante. Ils organisaient des rencontres entre les membres de la *communauté* qui essayaient de refaire leur vie, le plus souvent après un divorce plutôt qu'un veuvage. Mais enfin, on ne refait pas d'enfants à ces âges et il s'agissait plutôt de tenter de chasser sa solitude, d'avoir une fin de vie décente, mutualisée, voire aimante, que de se coltiner une nouvelle lune de miel. Nous ne vieillirions pas seuls, c'était la règle tacite de ces rencontres. La première, qui fut aussi la dernière, fut celle d'Elsa et portait le patronyme assez laid de Finkielstein. Elsa Finkielstein, divorcée Goldberg était médecin – *docteure*, je veux dire –, gastro-entérologue. « Drôle de spécialité », me suis-je dit. Comment pourrais-je, moi aussi, m'intéresser à des estomacs malades, tant ces terribles pathologies – l'idée même d'un cancer de l'estomac, même affectant un tiers, me paralysait de trouille – étaient à l'opposé de mes préoccupations ? La première fois que je vis Elsa ce soir-là, elle me fit cette impression assez commune qui consiste dans la certitude d'avoir déjà rencontré cette personne ; Elsa cependant était plus âgée que moi de quelques années, de sorte que j'aurais très bien pu la croiser au cours d'une de ces soirées de carabins où m'avait parfois entraîné mon frère lorsque nous étions étudiants. J'étais assez physionomiste pour me souvenir d'un visage aperçu des années plus tôt.

Mon ami, Lionel Chouchan, qui m'avait invité ce soir de novembre froid et pluvieux, avait gardé de bonnes relations avec Elsa et son ex-mari Philippe ; il invitait alternativement l'une ou l'autre pour un pot, et parfois un dîner dans le seul but de leur trouver une nouvelle moitié, en vain jusqu'à présent. Chouchan aussi était médecin, mais lui ne soignait pas, il était radiologue et c'était sans doute parce qu'il ne lui fallait aucune empathie pour exercer ce métier hautement rémunérateur qu'il se piquait de jouer à l'entremetteur, flanqué de son épouse Myriam, qui se contentait de passer les plats.

Lionel, je l'avais connu en Suisse, dans des conditions dramatiques puisque je lui avais sauvé la vie en le dégageant *in extremis* d'une coulée de neige à Zermatt dans laquelle il avait été englouti et dont j'avais échappé de justesse, en skiant prudemment sur la crête du couloir alors que lui s'était aventuré en son cœur. Depuis, Lionel et sa femme me vouaient une sorte de culte, une vénération parfois un peu gênante. Ils m'invitaient à toutes les fêtes juives, mais surtout à Pessah où, pendant le Seder, leurs frères, sœurs, cousins, cousines, par leurs manières hilarantes de fêter la sortie d'Égypte, réchauffaient mon âme d'Ashkénaze veuf. Depuis la mort d'Anja, ils étaient si attentionnés que, si j'avais eu un pépin, je les aurais d'abord appelés eux plutôt que mes propres enfants.

En fait d'Ashkénaze triste, Elsa n'était pas ce qu'on appelle une belle femme, car son nez bien trop grand, ses cernes violets sous ses yeux gris, ses muselières si masculines, sa peau diaphane et sa maigreur ne pouvaient susciter du désir, mais il se dégageait d'elle une sorte de grâce faite de faiblesse et de naïveté qui me touchait. Je vis du coin de l'œil qu'elle m'observait en douce pendant que Lionel monopolisait la parole, en commentant les sondages des futures élections présidentielles américaines, sujet incontournable tous les quatre ans dans la *communauté*. Je décidai de lui sourire, mais sa timidité lui fit baisser les yeux et je ne vis plus que le fin dessin de ses lèvres se crisper sous ses cheveux blonds cendrés, et son nez qui était sans doute, à lui tout seul, son plus affreux complexe.

Chouchan, lui, avait pris vingt kilos en dix ans et ressemblait à un poussah repu. Au cours de ces années, son goitre, d'abord discret, s'était étagé sur trois niveaux dont on ne savait lequel était le plus flasque. Des lobes d'oreille démesurément grands et pendants comme celui du Bouddha, ses yeux autrefois plutôt agréables à voir étaient devenus porcins au fur et à mesure que la graisse avait envahi son visage et, seul au milieu de cette face de poisson-lune, un nez fort d'aigle semblait seul vouloir résister à cette invasion adipeuse. Myriam, c'était tout l'inverse. J'avais connu autrefois une femme plutôt bien en chair, mais, comme par étrange jeu de vases communicants, elle avait fondu aussi sûrement que Lionel avait enflé. Étrange phénomène de phagocytose, à la manière de ces insectes qui aspirent la moelle de leurs victimes sans en endommager la structure externe. Elle était désormais maigre comme un clou, et Lionel m'avait avoué qu'il avait demandé à son joaillier personnel, un dénommé Goldfarb, de reprendre le diamètre des bagues de sa femme. Et elles étaient nombreuses, car il semblait que les tares physiques des Chouchan les poussaient à toujours plus de luxe, comme si leur dégénérescence devait être comblée par la richesse matérielle. La maison où ils habitaient Villa Hallé était entourée d'un jardin immense, ceinturant la demeure, laquelle, bâtie en meulière, s'élevait sur trois étages dont le dernier se réduisait à un simple studio ceint de quatre fenêtres.

Ce soir-là, puisqu'il faisait froid et humide, Lionel avait fait allumer un feu et, alors que je regardai Elsa du coin de l'œil, j'en profitai pour me rapprocher des flammes qui crépitaient dans l'âtre afin de m'y réchauffer. J'ai toujours été fasciné par le feu. La maison était construite de manière très originale, car on se serait cru dans un bateau renversé. Toute la charpente de la maison avait été élevée comme une pyramide. De sa base, appuyée sur ces épais murs en pierre, venait se projeter vers le haut comme une flèche gothique constituée d'un fin entrelacs de poutres, de bastaings et autres pièces de bois, une tour, comme une coque de bateau à l'envers, coupée de ponts qui faisaient office d'étages.

Elsa perçut sans doute cet instant où, bercé au gré des flammes, admirant cet admirable ouvrage en bois, que mes faiblesses étaient proches des siennes. C'est probablement là aussi qu'elle se décida de franchir le pas. Moi, je ne savais pas trop à quoi m'en tenir. Sa grâce m'émouvait, mais elle avait tellement l'air d'un oisillon tombé du nid que je me demandais si relever ce petit animal de sa détresse était vraiment ce que je voulais à présent faire de ma vie.

Les Chouchan avaient la délicatesse de ne jamais inviter Elsa ou Philippe seul. Ce soir-là, il y avait bien une dizaine de personnes qui fréquentaient le buffet dressé dans le salon où un couple à la peau noire servait respectueusement ces messieurs-dames. Les Chouchan, pour donner le change, maintenaient toujours une certaine parité, et pas seulement parmi leurs domestiques. De sorte que les invités, tous célibataires, divorcé(e)s ou veufs – j'étais le seul –, il y avait autant d'hommes que de femmes. Mais, bien sûr, celui qui prit la parole après Lionel fut un homme. Stern.

Stern portait la barbe. Oh ! pas une barbe religieuse, non, une barbe réglementaire dans le sens où lui l'entendait. Dans le sens où l'on porte la barbe, c'est à la mode. Mais il était terriblement juif, et ça se voyait dans sa barbe. Il ne portait pas de kippa, mais on voyait dans sa barbe qu'il aurait dû en porter une. Il semblait tellement juif. Férocement juif. Stern faisait de la chirurgie cardiaque lourde et était considéré par ses pairs comme le *nec plus ultra* de la médecine moderne. Aussi, les trois quarts des gens présents étant médecins, lorsque le bonhomme parlait, on l'écoutait, et moi aussi. Alors que nous étions à peu près tous autour du buffet, je m'étais éloigné du feu à regret, et Elsa aussi je pense, Stern dit : « Trump ne sera jamais élu. » On m'avait dit que Stern jouait du violon, et plutôt bien, lorsqu'il n'opérait pas, ne courait pas les symposiums, ne s'occupait pas de ses trois filles qu'il avait eues avec son ex-femme Hannah, ou ne gérait pas bénévolement les finances du Consistoire. On m'avait dit aussi que Stern était farouchement pro-Hillary, une femme, vous pensez bien, face à ce simulacre d'homme civilisé, un promoteur immobilier, en plus !

Mais on voyait bien aussi que Stern portait si bien son nom : ce type rayonnait par sa profonde intelligence qui devait sans doute à voir affaire avec les instruments complexes qu'il maniait dans son travail, lequel requérait une précision extrême. Et aussi peut-être avec l'instrument de musique qu'il se plaisait à jouer. Un visage oblong que ceinturait cette étrange barbe dont je ne savais toujours pas s'il la portait par coquetterie ou par conviction. Mais il avait quand même tout l'air d'un rabbin. Un nez saillant, des mâchoires fines qui se prêtaient au port du violon, un cou long et maigre, et des pommettes hautes qui lui donnaient des airs de fils de la steppe. Il reprit puisque personne n'avait dit le contraire : « Je vais vous dire : je me fous que ce soit Clinton ou une autre, mais quatre ans avec Trump, non ! L'Amérique mérite mieux que ça ! », s'exclama-t-il, en fixant l'assemblée de ses yeux fous de rabbin.

Je regardai encore Elsa qui ne pipait mot. Puis, comme si les gens en avaient eu assez du discours de Stern, ils s'égaillèrent, sauf Chouchan et moi qui restâmes là, et Elsa qui déjà ne cessait plus de m'observer, inquiète. Chouchan dit : « Toni, toi qui as fait Science-po, qu'en penses-tu ? ». Lionel me flattait aux yeux du rabbin, car comme Stern ne me connaissait pas, il fallait que Chouchan me fasse mousser auprès de lui pour rendre crédible ma parole dont il savait qu'elle serait sans doute assez éloignée de celle de Stern. Et puis, Lionel, de droite par atavisme, radiologue de surcroît, ne se sentait pas de faire, seul, pièce au rabbin. D'ailleurs, qui a envie de faire pièce à un rabbin, à part un fou ou un autre rabbin ? Moi oui, car je n'aimais pas beaucoup sa manière collet monté de donner la leçon, sûr de son authentique bon droit qui puait le contentement de soi, et surtout le dégoût de l'opinion de l'autre. Je refusai de l'attaquer de front, et pris donc le parti d'aller dans son sens, du moins dans un premier temps : « Trump est sans doute un sinistre clown, c'est un homme d'affaires, un bateleur, après tout. Ce n'est pas le candidat qui est important, mais la majorité qui va peut-être l'élire. Et, s'il est élu, ce seront les pauvres qui l'auront fait. »

Stern savait sans doute tout de la géographie électorale américaine, sinon il n'aurait pas embrayé sur la défaite annoncée et souhaitée de Trump. Il savait aussi évidemment que le gendre de Trump en était et que, sans nul doute, la politique américaine vis-à-vis d'Israël en aurait été modifiée, si Trump avait été élu. Avant qu'il n'ait pu reprendre le crachoir, je dis : « Ce sont quand même les pauvres du Middle West qui vont voter pour lui. Clinton va choper les deux extrémités côtières, les plus riches, mais le centre et le sud vont voter pour Trump. Des centaines de milliers de Noirs vont voter pour Trump, c'est sûr », ajoutai-je, attentif à l'effet que ma provocation allait susciter chez le rabbin. Mais il ne dit rien, me regarda avec morgue, et bien que j'eusse joué de la corde sensible juive avec la sempiternelle question israélienne, il refusa de rentrer dans ce débat, considérant sans doute à raison que, quel que soit le président américain, l'État hébreu n'avait pas de souci à se faire. Alors, le rabbin avisa une femme qui venait de se faire resservir une coupe de champagne au buffet, et nous quitta, comme si nous n'avions jamais existé. Lionel me regarda de ses petits yeux porcins consternés, je lui souris, regardai encore Elsa et vis dans son regard qu'elle avait apprécié que la conversation ne se soit pas envenimée.

***

Elsa et moi avions un *immense* point commun : nous étions petit-enfant de déportés. Ses grands-parents maternels avaient été enlevés au cours de la rafle du Vel' d'Hiv, sa mère ayant pu échapper aux flics français grâce à la cachette où ses parents – ultime lucidité – l'avaient enfermée de force ce matin-là de juillet 42. Elle m'avait raconté l'histoire de sa mère bien avant, mais là, alors que nous venions de nous réveiller et qu'elle semblait juste sortie d'un rêve, cette pensée morbide la revisita. Sa tête reposait sur ma poitrine et elle jouait comme un enfant avec les poils couvrant mon ventre. Elle semblait vouloir les lisser entre ses doigts comme elle l'aurait fait avec un peigne, je la laissai faire. Le jour se levait et à travers les persiennes, je voyais la lumière filtrer, mais pas suffisamment pour que nous voyions distinctement nos traits, alors que nous étions si proches. Tout à coup, elle gémit, soupira et quitta le contact de mon corps, s'étira de tout son long sur le dos et installa sa tête sur le gros oreiller blanc. À présent, sa longue chevelure cendrée qu'elle relevait parfois en un chignon sévère s'étalait sur la taie immaculée en un entrelacs de boucles grises. Car je sentais bien, à son humeur lasse, à la langueur de ses mouvements, quel accablement commençait à la tourmenter. La lumière n'était pas suffisamment vive pour que je puisse voir plus que l'esquisse de son visage, mais son nez, lui, semblait vouloir focaliser toute l'attention des photons présents dans cette chambre. De sorte que de sa tête on aurait dit une île presque submergée tandis qu'un seul arbre, en son milieu, tendait vers le ciel. Elsa gémit et soupira à nouveau.

Elle leva le bras gauche et porta le dos de la main à son front, frôlant un instant son nez, geste visant à apaiser l'horrible pensée qui était en train de la submerger, comme si cela aurait pu la chasser. Elsa dit alors d'une voix presque inaudible : « Je n'aurais jamais pu faire ça à mon enfant… non, jamais je ne l'aurais abandonné. » Je mis un certain temps à comprendre le sens de son propos. Je m'étais tellement focalisé sur sa détresse, désormais révélée, car il faisait presque jour, que je ne pensais pas qu'elle dirait quelque chose tout de suite. Mais bientôt, me revint en mémoire l'histoire de sa mère. Je venais de me réveiller, de sorte que je ne parvenais pas à comprendre comment une telle pensée noirâtre avait pu si précocement germer dans son esprit juste ouvert au monde conscient. Et alors même que, l'instant d'avant, elle lissait les poils de mon ventre. Mystère de l'être féminin. Il s'agissait des premiers mots qu'elle prononçait depuis son réveil. Je lui demandai, après quelques instants, car il me fallut le temps nécessaire à absorber le choc provoqué par cette phrase : « Qu'en sais-tu ? Ils voulaient sauver cette gamine de la folie criminelle des hommes, et elle a survécu, et elle t'a enfanté, c'est un prodige, Elsa ! » La mère d'Elsa était morte quelques années auparavant et n'avait jamais parlé à sa fille de sa prime enfance. Elsa l'avait apprise de son père. Je ne sais pas pourquoi ces gens-là – je compte mon propre père parmi eux – ont refusé d'en parler, et je ne sais encore moins pourquoi la génération suivante l'a si mal vécu, alors qu'elle était à des décennies des tueries de masse.

À l'époque, la môme de trois ans, laissée seule dans un placard à balais fermé à clef, avait tant pleuré que les voisins de palier s'étaient décidés à faire ouvrir la porte de l'appartement par un serrurier, et avaient recueilli la petite. Aussitôt baptisée par un curé compréhensif, puis éduquée dans la religion catholique et romaine, Claudine, à qui on n'avait cependant pas caché ses origines, était revenue vers les *siens*, en se mariant au Juif Finkielstein, lui aussi victime de son temps, mais dont seul le père avait disparu à l'Est. Elsa était donc un pur produit contrefait de l'Histoire.

Elle dit encore alors que le jour éclairait désormais nettement son visage triste : « Non, Antoine, je n'aurais jamais pu faire ça. Laisser mon enfant…, j'aurais préféré mourir avec lui. — Mais tes grands-parents ont été tués, et elle non ! », dis-je, à présent ulcéré par ce stupide entêtement alors que sa grand-mère avait justement sauvé sa mère d'une mort certaine. Aucun enfant de trois ans n'était revenu de là-bas. Mais Elsa ne semblait même pas se rendre compte, dans sa folie, que si sa grand-mère n'avait pas suivi son instinct, elle ne serait jamais née.

Elsa avait eu deux garçons un peu plus âgés que mes enfants dont l'un, l'aîné, Paul devenu Saül, avait fait son *Alya* une fois majeur et qu'il eut passé son diplôme d'ingénieur, augurant un proche futur cataclysmique pour les Juifs dans une Europe bientôt démographiquement islamisée. L'autre, Pascal, était médecin, comme sa mère, engagé dans l'humanitaire avec Médecins sans Frontières, il poursuivait des missions de par le monde. Elsa était très fière de ses fils, et une fois que nous finîmes par nous rencontrer, hors les auspices des Chouchan, puis de nous connaître, au sens biblique du terme, elle ne cessa plus de me parler d'eux, car quel meilleur moyen d'éviter d'en dire plus sur soi et la Shoah ? Mais elle n'y arrivait pas toujours.

Je savais par expérience que la Juive ashkénaze est soit moche, soit barrée, et parfois voire souvent les deux à la fois. C'était le cas d'Elsa. Malgré toute sa bonne volonté, elle n'a jamais pu échapper au gouffre qui, chaque jour de sa vie ou presque, s'était ouvert sous elle, et avait inexorablement fini par l'engloutir. Ce gouffre constitué d'abord du Crime Absolu englobait aussi son nez. Ses enfants n'y changeraient rien, malgré tout l'amour qu'elle leur portait. J'aimais aussi cette femme pour cet amour immodéré. Était-ce à cause de son âge, de son nez, de son teint gris, de son corps de limande, de sa faiblesse ou de la mienne ? Un peu de tout ça sans doute, j'étais difficilement parvenu à manifester la virilité de ma jeunesse avec Elsa. Mais en bon médecin, elle me trouva toutes sortes d'excuses somatiques possibles et, presque comme une mère, tenta de me consoler de ma honte à observer avec dégoût cette chair mollassonne devenue inutile, sauf pour pisser. Elsa attribua ces naufrages à répétition à la perte d'Anja que je ne pourrais pas remplacer si facilement, qu'il fallait que je m'arme de patience et qu'un beau jour, cela reviendrait. Je n'en crus pas un mot, mais fis comme si, même si je ne pouvais me résoudre à cette fatale impuissance.

C'est donc tout naturellement que je me suis tourné vers la chimie, c'était mon côté allemand – les Allemands ont inventé la chimie moderne. Mon hésitation porta d'emblée entre deux molécules dont on dit communément qu'elles ont la même fonction, mais ce n'est pas vrai. Le Tadalafil n'a rien à voir avec le Sildénafil. L'un bloque l'enzyme pendant une durée plus longue et permet de conserver la même vigueur pendant plusieurs jours tandis que l'autre est à effet instantané et fonctionne dans un laps de temps très bref. J'optais donc pour le Cialis, celui des 72 heures (40 mg), qu'Elsa me prescrivit à regret, le regard déçu et coupable lorsqu'elle me tendit l'ordonnance signée de sa main diaphane.

On le sait peu, car personne n'ose en parler, et pour cause, mais aucun n'est dupe. Ni les hommes ni les femmes qui en sont tous deux victimes. La cinquantaine active, je veux dire pourrie par les soucis de toutes sortes, file aux hommes un contrecoup de bambou terrible. Cette flamboyante rigidité qui leur semblait presque naturelle jadis devient rare, épisodique, glaçante aussi, tant cette faiblesse sonne comme un crépuscule. Elle n'est plus là qu'au réveil, parfois, pour disparaître aussitôt que la conscience s'éveille à ce monde inhumain. Tous les hommes de ma condition et de mon âge à qui j'en ai parlé m'ont dit la même chose : ils ne bandent plus sans ces pilules de jouvence. J'ignore si, autrefois, ce type de défaillance existait. La littérature la plus licencieuse des trois derniers siècles n'en donne aucun exemple. Cela signifie-t-il que ce trouble de l'érection n'existait pas jadis, ou alors était-il dissimulé, ou alors encore apparaissait-il seulement après un usage excessif ? Oui, il fallait bien se convaincre que l'espérance de vie était telle à l'époque qu'on pouvait bander jusqu'au bout, avant de mourir de vieillesse, même à cinquante ans, avant que n'advienne ce satané monde moderne. De nos jours, rien de tel n'était plus possible.

Le Cialis me permit donc de me rassurer pendant les quelque huit mois au cours desquels Elsa et moi nous nous fréquentâmes avant qu'elle ne se décide à rejoindre son fils aîné en Israël et quitte la France, sans doute pour toujours. Elle ne me manqua pas, car j'étais arrivé à la conclusion – et elle n'y était sans doute pour rien – que, hormis pour procréer et assurer une descendance, les hommes et les femmes n'ont strictement rien à voir ni à faire ensemble. Les passions tristes des uns, les passions sombres des autres, la fausse faiblesse des uns, la force naïve des autres, tout cela était simplement irréconciliable, c'était comme un mariage forcé, une union de circonstances qui avait d'autant moins de sens aujourd'hui, que les femmes s'étaient mises à mal singer les hommes, et réciproquement. Le Cialis n'eut évidemment aucun effet sur mes maux de ventre et j'en parlais à Elsa, bien sûr. Elle me recommanda l'un de ses confrères – un médecin ne soigne pas un proche, selon le serment d'Hippocrate – et je m'adonnai alors la première série des nombreuses endoscopies que je me fis pratiquer ensuite. RAS, évidemment.

12

Jusqu'à mon coup de foudre pour Tsipora, ma vie avait donc pris un tour calamiteux, comme livrée à la loi statistique de l'emmerdement maximal. Car, outre la double perte d'Anja, j'encaissais bientôt à nouveau un choc par l'aveu que me fit mon fils Jonathan après la perte déchirante de sa mère – ils s'aimaient tant. Il venait d'avoir vingt ans, et me regardait de ses yeux clairs dans un étrange demi-défi. Joni avait hérité de ceux en amande asiatiques de sa mère et de la couleur de ceux de son père. Je n'ose le décrire, car, à part cela, il semblait être mon sosie, en plus grand. Je l'aimais comme un père aime son fils, mais aussi comme un Narcisse vieilli qui aimait en lui sa propre image juvénile, et songeais, sans doute à tort, qu'il m'aimât comme une prolongation de lui-même. Qu'il aimât l'image que je pouvais lui renvoyer, comme représentation de son propre avenir. Une transmission, en somme.

« Faut que j't'parle », maugréa-t-il. Moi, papa cool, je lui répondais en exagérant un peu l'accent anglais – il adorait cette langue : « *Yes, son* ? » Il parut un instant décontenancé, puis un peu excédé, mais sembla vouloir se calmer et me sourit, découvrant ses dents blanches si typiquement suisses. Il aurait voulu introduire son affaire de manière bien différente, mais ma réaction, ou peut-être autre chose, l'avait quelque peu désarçonné, en ce sens qu'il se sentit obligé de réviser ses plans et de me les présenter avec un peu plus de rondeur.

« Il faut que je te parle, reprit-il, articulant distinctement chaque syllabe. » Ça, il me l'avait déjà dit et je me permis de le lui en faire la remarque lorsqu'il me quitta du regard, s'assit au bar du salon, se chercha la bouteille de malt avec deux verres et m'invita à m'asseoir à côté de lui, en me lâchant un sourire assez peu convaincant, tout en pianotant de ses doigts le fauteuil de bar à côté du sien. Cette invite était touchante, il avait quelque chose d'important à me dire, lui qui s'était tu presque toute son enfance. J'étais inquiet, mais impatient, je voulais désormais savoir ce qu'il voulait me dire, tout en supputant que je le sache déjà. Cette sûreté qu'il avait tenté de manifester au début de notre entrevue s'était volatilisée parce qu'il pensait peut-être – il était mon fils, après tout – que je savais déjà ce qu'il avait à me dire, et dont jamais je ne lui en aurais parlé avant que lui ne le fasse. Je ne fus donc pas surpris lorsqu'il m'annonça son homosexualité.

Joni reprit : « C'était une épreuve, papa. J'en ai chié, mais à quoi bon continuer à dissimuler, à te mentir », commença-t-il, dans un sourire pâle, alors qu'il avait avalé une rasade de whisky pour se donner du courage. Comment pouvais-je lui en vouloir ? Non de m'avoir caché qu'il eut un secret, mais surtout son secret lui-même, pourquoi ne m'avait-il rien dit, n'avais-je pas été si proche de lui depuis qu'il était là si près de moi, son père, et qu'il fallut que je m'éloigne de sa sœur que j'aimais tant, pour être avec lui justement ? Sa mère, qui devait avoir contribué pour je ne sais quelle raison à son éloignement de moi, avait été mise au courant longtemps avant qu'elle ne nous quitte, et sa sœur aussi. J'avais été le fils du curé, le double cocu de l'histoire, dès lors qu'Anja m'avait trompé toutes ces années et aussi contribué à cacher l'homosexualité de notre fils. Elle était morte, mais je continuais à le lui reprocher.

Joni dut flairer ce sentiment de trahison qui se lisait sans doute dans mon regard, même si je n'ai jamais informé mes enfants des frasques de leur mère, car il me parla avec une réserve émue, mais forte : « Je n'ai rien compris jusqu'à mes dix ans », dit-il, après avoir bu une nouvelle rasade de whisky. « Avant, je ne voyais que de jeunes filles séduisantes, la plupart étaient belles, j'aimais leurs formes, leurs mouvements féminins. Je les aime toujours, mais ce n'est pas ce que je désire. Les filles m'ennuient, elles sont séduisantes, mais elles m'ennuient », répéta-t-il, comme s'il était possible qu'il puisse s'agir du seul motif de sa préférence pour les hommes. Je ne savais que dire et brûlais qu'il me révèle qu'il aimât un homme, mais lui ne savait comment me le dire. Je restai silencieux et l'invitai, d'un regard, à poursuivre. N'était-ce pas ce que j'avais de mieux à faire ? Il dit alors : « J'ai un homme dans ma vie, papa. Je suis un homme et j'aime un autre homme. Y verrais-tu une objection ? » dit-il sans la moindre conviction, l'emploi du conditionnel l'indiquait, comme si la faiblesse qu'il avait affichée en m'avouant son homosexualité l'avait préservé de toute critique quant à son comportement général, comme homme.

« Aucune, dis-je sèchement.

— Vraiment ? me lança-t-il d'un air faussement entendu, suspicieux même, l'œil déjà ivre.

— Je te le répète, aucune. Tu fais et tu feras exactement ce que tu veux de ta vie, je n'ai simplement pas à m'en mêler. Tu es majeur, Jonathan.

— Je pense au contraire que tu risques de m'en vouloir à vie. Je pense même, vois-tu, que si maman est morte, c'est parce qu'elle n'a jamais été capable de t'avouer ce qu'elle sait depuis que j'ai quatorze ans, quand je lui ai dit qui j'étais. Je pense aussi que, si je suis homo, c'est à cause de toi !

— Et pourquoi diable ? disais-je excédé à l'idée qu'on – cette cabale familiale – puisse m'attribuer cette responsabilité-là. Merde ! » dis-je.

Il se tordit les mains après avoir bu une nouvelle rasade de whisky. Il ne semblait pas encore ivre, seul son œil droit brillait.

— On en a encore parlé avec Si. Elle pense aussi que tu m'as trop contraint à devenir un homme sportif, viril, sûr de lui, arrogant même, avec tous les stéréotypes de genre, comme toi, répéta-t-il comme un perroquet, tout en faisant une sale moue de dégoût, semblant presque immédiatement regretter ce qu'il venait de dire et de mimer. Ses yeux de faible le trahissaient.

« Laisse ta sœur en dehors de tout ça, s'il te plaît, dis-je ayant repris mon calme.

— Non, on ne la laisse pas en dehors de tout ça, comme tu dis ! Si est ma sœur aînée, je l'aime comme moi-même, et j'écoute ce qu'elle me dit. Surtout depuis que maman n'est plus là. Tu sais mieux que moi à quel point Si est fine, intelligente, sensible…

— Cesse avec tes simagrées, viens-en au fait, l'interrompis-je. Tu es gay, et alors ? Tu as un mec que tu aimes et qui, je l'espère sincèrement, t'aime aussi, et alors ? Vois-tu, je m'en fous. Je me fous de savoir si tu suces des bites, je me fous de savoir si tu traînes dans des backrooms, je ne veux que le bonheur des miens. Ton bonheur, Joni ! »

J'étais convaincu qu'on pouvait être gay et heureux.

Le môme en resta bouche bée. Je n'avais pas voulu ni dans le ton ni sur le fond produire le moindre effet de nature à le diminuer, et ma tirade lui avait paru si sincère – elle l'était – qu'il me sourit à nouveau tristement. « Parles-en à Si, papa », dit-il bientôt lorsqu'il put enfin recouvrer un peu de contenance.

Celle que mon fils appelait Si était donc ma fille, Silke. Un prénom farouchement germanique choisi par Anja pour compenser le nom biblique que nous allions donner à notre futur enfant. Oui, il était loin d'être né cet enfant puisque la petite arrivait à peine au monde où il fallait la prénommer. Silke, je l'appelais toujours comme ça alors que son frère et sa mère ne l'appelaient que Si. Ma fille avait hérité de ce diminutif caressant depuis qu'elle m'avait dit, à cinq ans, qu'elle voulait jouer *au* piano, avait-elle répété, pas *du* piano, mais *au* piano.

Nous avions considéré sa mère et moi, piètres mélomanes, qu'il s'agissait d'une lubie de petite fille et qu'il ne fallait pas y porter trop attention. L'enfant avait cependant l'air d'avoir de la suite dans les idées, car elle ne nous lâcha plus tant que nous ne l'eûmes inscrite à un cours de piano puis, après trois ans de solfège à apprendre à jouer sur l'instrument d'un autre, elle reprit son assaut pour que nous lui achetions son propre piano. Elle était douée, c'est vrai, mais refusa de rentrer au conservatoire et commença, avec son demi-queue que nous avons fini par lui offrir, à ne jouer que du Rachmaninov – elle n'aimait que lui, moi pas. Je lui demandais de jouer des partitas de Bach, voire du Schubert ou du Chopin, mais elle ne voulait pas en entendre parler. Et je finis par haïr ce piano. Silke rentrait de McGill à Montréal où elle venait de passer je ne sais quel diplôme de maths reconnu sur le sol nord-américain, lui permettant ainsi de contribuer à des publications dans les revues autorisées anglophones, toutes en ligne évidemment. Elle avait passé l'agrégation de maths l'année précédente – sortie dans la botte, ce qui ne me rendait pas peu fier – et j'aimais l'idée qu'elle aille se frotter au vaste monde.

J'ignorais tout de la théorie mathématique des codes dont elle était, paraît-il, spécialiste, sauf qu'elle avait permis, toujours paraît-il, de savoir que pas moins de vingt rédacteurs différents successifs étaient à l'origine de l'écriture du coran, et ce sur plus de deux cents ans.

Au fur et à mesure des mails quelle m'envoyait pendant les deux semestres qu'elle passa là-bas, je fus contraint de constater qu'elle ne faisait pas que des maths. Elle m'expliquait d'un ton assez docte, et donc passablement désagréable qu'elle avait enfin découvert une autre manière de voir la société, elle voulait dire, sans doute, de manière différente de celui de son seul prisme mathématique. Enfin, je le croyais. Je ne répondais que peu à ces messages qui enflaient parfois démesurément, en enfilant des perles. Dit autrement, ils étaient de plus en plus nombreux, mais surtout beaucoup plus véhéments, violents, même.

Je finis par apprendre de son frère qu'elle avait découvert les *gender studies*. Une jeune femme de vingt-trois ans, intellectuellement, culturellement et économiquement surarmée, ne pouvait, en tout état de cause, faire un autre choix que celui des *gender studies*. C'est pour ça que je ne répondais que laconiquement à ses laïus interminables écrits dans un sabir *hype* mais imbitable. Je n'ai jamais rien su du lien qui devait nécessairement unir, du moins dans le cerveau de ma fille, les maths et le piano, et les *gender studies*. En fait, la théorie mathématique et la musique classique – toutes choses pour lesquelles je n'avais pas le moindre don – participaient, selon moi, du génie fondamental de l'humanité, et je ne comprenais définitivement pas comment il était possible de séparer les êtres humains selon des critères de genre ou de couleur de peau. La jeunesse est souvent éprise de justice, et c'est louable, mais lorsque le souci de l'intérêt de certains conduit à l'exclusion, voire à la haine des autres, je n'étais plus d'accord.

C'est ce que je finissais par lui dire, ce qu'elle prit très mal, me reprochant ma condition d'hétérosexuel blanc, m'exonérant généreusement, mais, sans nul doute, momentanément de ma condition de demi-juif. À son retour en France, pour la fin du semestre d'hiver, la cohabitation dans la maison familiale devint si compliquée, que je fus contraint de lui louer un petit appartement à Paris. Les matheux, quand ils n'ont pas la bosse du business, gagnent peu, quel que soit leur niveau d'excellence, même et surtout enrichis des *gender studies*. C'est d'ailleurs pour mon argent qu'elle revint à la charge lorsqu'elle me demanda si je ne pouvais pas l'inviter à déjeuner à la maison ce dimanche-là. J'acceptais évidemment, comment aurais-je pu refuser un repas à ma fille ? Elle vint donc, les mains vides, le sourire cauteleux et las, et une furieuse envie de ne pas s'asseoir dans ce salon qu'elle avait pourtant tant aimé pendant son enfance. En fait, je sentais une envie d'en découdre de sa part. Je la priais tout de même de s'asseoir, mais elle s'exécuta de mauvaise grâce, en éloignant d'un geste agacé le chat qui rôdait là. Lorsqu'elle fut assise, je pus l'observer à loisir et vu d'abord à sa silhouette qu'elle avait maigri. N'osant aborder la conversation tant elle me regardait d'un œil dur, je poursuivis mes observations en constatant qu'elle ne portait plus le moindre bijou alors qu'elle avait été atrocement coquette étant petite. De maquillage, point non plus.

J'avais, assise en face de moi, une ascète à la beauté oubliée. Autrefois, ses cheveux châtain foncé couronnaient un visage vif qui ressemblait à un cœur stylisé tant ses joues formaient un arrondi parfait et que son menton fin et long réunissait ces deux anses. Autrefois, ses yeux bleus étaient souvent cachés par la frange qu'elle refusait de couper jusqu'à ce que sa mère lui en intime l'ordre, toujours en suisse-allemand. Autrefois, elle m'aimait comme une enfant aime son père.

« Je peux te parler avant qu'on mange ? demanda-t-elle poliment, mais d'un soin faux.

— Penses-tu que ce que tu as à me dire devrait me couper l'appétit ? Il y a un bon poulet à pattes jaunes au four, précisai-je sans conviction, la bonne ironie n'y était décidément pas.

— Non, non. Je ne mange plus de viande, de toute façon. Je voulais seulement que tu saches ce que je suis devenue en Amérique.

— Je crois le savoir un peu, osai-je.

— C'est bien toi ça, tout savoir sur les autres sans rien savoir de toi-même ! Faites ce que je dis, ne faites pas ce que je fais, c'est ça, hein ? Éculé ton truc, en fait, t'es plus vraiment en vie, t'es déjà mort. »

À ce stade de la conversation, soit je la virais de chez moi, mais comme c'était aussi chez elle, je ne le pouvais pas, soit je la laissais faire, vrillant d'hystérie naissante, en lui donnant du grain à moudre, ce que je fis : « J'avoue mes défauts, Silke, tu les connais bien, mais tu sais aussi que j'ai aussi quelques qualités, notamment celle de savoir aimer. De t'aimer toi, notamment », précisai-je, pas convaincu que cette déclaration ait quelque effet sur elle. L'amour que je lui avais rappelé me laissa le temps d'enchaîner, car je vis bien que cela la troubla. Je repris sur un ton conciliant : « J'observe comme toi le monde autour de moi, autour de toi aussi, et j'ai beau chercher, je n'y vois pas un réel progrès.

— Qu'est-ce que tu racontes, *what's a shit'up* ! Le progrès est partout, tout le temps ! Le progrès est dans le temps qui passe même.

— Nous ne parlons peut-être pas du même progrès, Silke, lui dis-je alors qu'elle était de plus en plus excitée, son nez autrefois calme et mutin s'était salement retroussé comme des babines de fauve. Si tu considères le progrès scientifique, tu as sans doute raison, mais s'accompagne-t-il toujours d'un progrès humain, un progrès de la condition humaine, je veux dire ? Je crains que non, concluais-je.

— Mais papa, c'est pareil. Le progrès scientifique permet de soigner des maladies qu'on ne pouvait pas soigner avant. Et tu me dis que ça n'améliore pas la condition humaine. Bien sûr que si ! Tu es un vieux con, avoue-le, je ne t'en veux même pas ! Mais chaque jour qui passe, que dis-je, chaque heure qui passe vous relègue, toi et les tiens, vers les abymes du passé ! s'exclama-t-elle.

— Sauf que *ta* société où le droit de chacun est roi nous conduit à *la guerre de tous contre tous*, Silke. Et ce n'est pas ça le progrès humain. On a vu ce qui a été le progrès humain au 20e siècle. Depuis la Grande Boucherie de 14-18 aux chambres à gaz, on a vu quel a été le progrès, dis-je, de plus en plus échaudé par l'outrance de cette mijaurée.

— Tu ne vas tout de même pas recommencer à nous emmerder avec ta Shoah. C'est du passé tout ça. Ce que recherche la jeunesse aujourd'hui, c'est l'harmonie entre tous les humains, quelles que soient leurs différences. Tu devrais y penser plus souvent au lieu de ressasser le passé comme un vieux con réac ! »

La naïveté de ma fille, ou plutôt son aveuglement coupable devant l'éternel aveuglement des hommes incapables de tirer les leçons du passé, comme d'ailleurs son ton désagréable sur la forme comme sur le fond me firent renoncer à poursuivre une polémique qui ne menait à rien. Je sus cependant que ma fille ne fut pas, de près ou de loin, ébranlée par le discours que je lui avais tenu. Voyant que je baissais les armes, elle me dit qu'elle allait repartir en Amérique, à New York cette fois, et qu'elle avait besoin d'argent pour le voyage. Je lui dis que je lui ferais un virement sur son compte dans les prochains jours, et c'est alors tout sourire qu'elle aborda le sujet de l'homosexualité de son frère, en me demandant de quelle manière j'avais appris la nouvelle. Je coupai court en lui répondant que j'avais déjà épuisé la question avec l'intéressé lui-même et que je ne voyais pas l'intérêt d'y revenir avec elle. Elle parut déçue que je ne montre pas le moindre dépit, mais n'insista pas.

Ce soir-là, appelant un Uber pour la ramener à Paris, elle prit congé de moi comme si nous allions nous revoir dès le lendemain, en me faisant une bise chaleureuse. Lorsqu'elle me quitta, je fus ébranlé par notre rencontre. Son discours sur la générosité humaine semblait paradoxalement marqué du sceau de l'indifférence. L'égoïsme humain appelle l'indifférence, et je ne devais donc pas en être surpris, mais, chez elle, il s'agissait d'une indifférence de nature *politique*. Oui, car si tout son *être* semblait vouloir aller vers l'autre, une autre partie cependant semblait le haïr. Oui, haïr, politiquement. Je vis la haine dans les yeux de ma fille, une haine sélective, de celle qui cajole d'une main et tue de l'autre. Je n'en dormis pas de la nuit et, bien sûr, je n'entendis plus parler d'elle, sauf à me rappeler le surlendemain l'argent que je m'étais engagé à lui virer.

***

« C'est dégueulasse, ce qu'ils vous font, Antoine », dit-elle, l'air consterné, en lisant le mail de Silke me réclamant *son* argent. Pourquoi le lui avais-je montré ? Je ne sais pas. Peut-être voulais-je, en l'absence d'Anja, qu'une femme mûre, bien que n'ayant pas eu d'enfant, le lise, et me donne son avis. Un avis éclairé d'une femme telle qu'elle. Véro n'avait pas voulu rentrer dans ce triste jeu consistant, pour un père dont la fille le fuit de toutes les manières tout en lui réclamant du blé, à prendre quelqu'un à témoin.

Véro voulait en venir au fait, tout de suite, et ne pas avoir à s'occuper des pets de ma fille. Car, au fond, Véro considérait tout ceci, toute cette désinvolture injurieuse de la jeunesse vernie comme de la merde. C'était autre chose qui la préoccupait. Elle considérait qu'ayant créé le cabinet, personne n'aurait pu me contraindre d'en sortir contre mon gré.

Je dis : « C'est le jeu des jeunes loups qui sentent l'odeur du sang, Véro, ne vous en faites pas. Vous savez bien que je m'en suis toujours sorti, lui assurai-je de manière sans doute assez peu convaincante.

— Quand même, c'est dégueulasse », répéta-t-elle à part elle. Véro, ma fidèle assistante, fille de militaire d'origine polack dont le père avait côtoyé la famille Kopa à leur arrivée dans les mines puis les forges de Lorraine, la rectitude et l'amour du travail bien fait chevillés au corps. Une femme admirable.

« Véro, ces gens-là ont besoin de beaucoup d'argent pour assurer leur train de vie. C'est comme ça. Je suis minoritaire, mais c'est moi qui les ai faits, ils ne l'oublieront pas. »

J'avais été, une fois de plus, trop optimiste. Ces sagouins, au seul motif que j'avais perdu mon plus gros client, étaient en train de m'assécher avant de me traîner devant le bâtonnier sous d'injustes motifs afin ensuite d'acheter mes parts à vil prix. J'avais beau les avoir « faits » comme je le répétais connement à Véro, c'étaient eux qui me la faisaient doublement à l'envers. Non seulement ils n'envisageaient aucune gratitude, ce qui aurait été le moins dans un monde resté normal, mais en plus ils voulaient me saquer comme un malpropre.

La vie est étrange. J'avais été l'avocat de l'entité absorbante – une grosse foncière pesant plusieurs milliards de chiffre d'affaires – et devais donc nécessairement, naturellement, pour tout dire, devenir le conseil de la future entité issue de cette absorption. Pas du tout : l'entité absorbée imposa ses propres conseils et, du jour au lendemain, je n'ouvris plus un seul nouveau dossier au nom de ce client pour lequel je n'en avais pourtant jamais perdu aucun, et qui constituait les deux tiers de mon chiffre d'affaires.

L'étrangeté de la vie a aussi tout à voir avec son ingratitude. L'un de mes jeunes associés, celui qui était le mieux placé dans la course effrénée au *leadership*, celui aussi que j'avais formé le premier, et celui enfin qui montrait la plus grande hâte pour me sortir du *partnership*, je l'avais retrouvé un jour, dix ans auparavant, au bureau, comme mort en ce petit matin blême de mai. Il avait passé la nuit-là sur un mauvais matelas qui relevait du tapis pour chien. Des monceaux de boîtes de médicaments jonchaient sa table de travail. Je n'avais aucune idée de ce qu'il avait absorbé, mais ne sentais pas *réellement* son pouls lorsque je m'en fus saisi. J'appelai immédiatement les secours qui arrivèrent bientôt. Je me souviens de l'avoir accompagné en lui tenant la main jusqu'au camion de pompiers dans la rue. Alors que, le surlendemain, les médecins du service de psychiatrie de l'Hôtel-Dieu ont autorisé les visites, je vins le voir, il m'assura que tout allait pour le mieux, que tout était en ordre, et qu'il serait rapidement sur pieds.

Lorsque je sortis de sa chambre, assez peu rassuré et nauséeux, je croisai l'une de ses sœurs que je connaissais alors qu'elle allait le visiter. Nous nous embrassâmes puis elle sembla hésiter entre toquer à la porte de la chambre de son frère ou me prendre à part. Elle opta en hésitant pour moi, s'empara de mon bras et me conduisit ainsi vers les jardins de l'hôpital. Là, assis tous les deux sur un banc, elle me demanda ce que je pensais de la situation de son frère. « Thomas doit quitter sa femme », dis-je. À ces quelques mots, elle me regarda d'un air étrange. Puis, comme illuminée par une sorte de révélation qu'elle avait nourrie depuis longtemps, de celle que vos mots ont rendue audible, elle dit enfin : « Crois-tu qu'il le fera ? ». Je n'en savais rien. Je savais seulement que sa nature lui avait fait rencontrer un incident de parcours : sa femme, et qu'il pourrait contourner l'obstacle. Thomas quitta finalement Amélie sans même que nous n'abordions jamais ensemble ce sujet ô combien sensible. Il trouva une autre femme, loin d'être aussi faible que lui et Amélie, avec laquelle il fit deux enfants en plus des trois qu'ils avaient eus de son premier lit. Thomas s'équilibra considérablement, et devint le tueur que je sais, celui qui flingue son père, qui se débarrasse enfin du chef de la horde. Peut-être, son intransigeance, son âpreté à mon égard étaient causées par le souvenir aigre de sa terrible faiblesse, celle que j'avais contemplée, affolé en le voyant ainsi gisant, lové tout habillé sur son grabat, agonisant.

13

Je ne voulais pas assister au procès de mon frère. Comment aurais-je pu rester là, assis sur les bancs du public de cette salle d'audience puante de rancœurs et de sueurs froides ? Comment aurais-je pu assister à cette intolérable mise au ban, ignoble exposition publique dont les gens allaient se repaître d'impudeur ? Ç'aurait été infamant que de contempler mon frère sur le banc des accusés, poursuivi pour viol. Oui, ç'aurait été comme si moi aussi j'avais comparu devant ces juges, comme si j'avais été livré *nu* à la vindicte. Quel étrange phénomène psychique étrange vous enjoint de vous associer à l'accusé lui-même, à souffrir *pour* mais surtout *avec* lui ? C'était comme si je portais une part de responsabilité dans le destin tragique de mon frère. Je ne voulais à aucun prix de cette culpabilité, mais quelque chose en moi me poussait à ce faux mimétisme, car là il ne s'agissait pas de se protéger, mais bien au contraire de s'exposer, à la manière d'un homme qui voudrait se sacrifier pour un autre en voulant être cet autre, mais ne le peut précisément parce qu'il ne l'est pas.

Je n'avais jamais envisagé ce qu'était la vie d'un détenu, et je n'avais pas plus imaginé ce qu'avait vécu mon frère en passant ces longs mois en prison. Peut-être m'étais-je convaincu qu'il le méritait, après tout, et donc que je n'avais plus à me soucier de lui. Mais maintenant que j'étais informé de la tenue de son procès, cette indifférence m'apparaissait précisément coupable. C'était une sorte de trahison à laquelle je me serais livré si j'avais persévéré dans le déni de son sort. Aussi, me demandais-je si, peut-être, Henri avait voulu que je sois là, qu'il sente mon soutien, ma présence fraternelle. Merde, j'étais son frère, quand même ! pourtant, n'aurait-il pas été couvert de la honte la plus amère s'il m'avait vu, moi son cadet, l'observant, humilié dans sa cage de plexiglas, comme un animal de cirque, livré à la dure rigueur de ses juges, aux imprécations du parquet, aux reproches haineux de ses victimes et au regard pervers du public ? Probablement, et c'est pourquoi aussi je refusais d'assister à cette mascarade où tout serait joué d'avance.

Mais j'y pensais tout le temps et en souffrais chaque jour mille morts. Il y avait aussi une autre raison à ma réticence. Nous n'échangions plus beaucoup lui et moi depuis qu'il avait refusé de venir aux obsèques d'Anja, malgré mon insistance. Pour justifier son refus, il avait prétendu qu'on assistait à ce type de cérémonie dans le souvenir du mort jadis aimé, mais lui n'avait jamais aimé Anja, sans même, semble-t-il, envisager que c'étaient les vivants – son frère, en l'occurrence – qu'on accompagnait dans leur chagrin. Henri haïssait Anja, non pas parce qu'elle était une mauvaise personne selon ses goûts – elle n'en avait jamais été une selon les miens, avant que je ne découvre le pot aux roses – mais bien parce qu'elle était ma femme, et qu'elle m'avait soustrait de son exclusif amour, ou plutôt de son malsain besoin de possession. Il la détestait aussi parce qu'il avait soupçonné chez elle, dès le début, sa duplicité, celle que je n'avais découverte qu'après sa mort.

Il m'avait dit un jour alors que nous étions déjà des gens installés, lui dans sa carrière de médecin et moi dans celle d'avocat : « Ta Suissesse n'est pas franche du collier, et je sais de quoi je parle ». Nous étions en fin de repas au restaurant, il avait cet air satisfait du type repu, mais gardait cette dureté dans le regard qui, aussi loin que je m'en souvienne, était sa principale qualité. Je m'apprêtai à lui dire sèchement qu'il ferait bien mieux de s'occuper de ses affaires en laissant ma femme tranquille, lorsqu'il darda encore plus ses yeux acier sur moi, comme si l'intensité de son regard me dissuaderait de réagir. Il se redressa alors sur son siège, étira son long buste et me contempla avec dédain. C'était sa manière à lui de me signifier que j'étais un faible, et que mon destin était nécessairement, du fait précisément de ce statut peu enviable, d'être trompé. Je le détestai à cet instant. Il le vit à mon silence glacé et à ma mâchoire qui s'était soudain contractée. Du dédain, il passa à une franche répugnance à la manière dont il tordit la bouche. Je ne sus si j'en étais personnellement l'objet, ou si ce dégoût était seulement dirigé contre Anja. Toujours est-il qu'il me fit l'impression d'un officier SS dévisageant un Juif en barbe et caftan crasseux. Henri avait cet air hautain et cruel qui m'avait toujours effrayé, mais il m'estimait. Il savait que j'avais quelque chose de précieux en moi. Non pas qu'il m'enviât, il n'aurait jamais changé sa peau pour la mienne, mais il regrettait chez lui l'absence d'une richesse d'âme, d'une vie intérieure, sans doute. Tout cela lui était étranger, il était comme un bloc de granit froid posé au milieu du monde, et celui-ci devait tenir compte de sa résistance à l'érosion.

« Tu n'as jamais bien accueilli les femmes de ma vie, Henri », lui dis-je, regrettant instantanément mes paroles. Quelle connerie de ma part ! Depuis quand un homme attend de son frère aîné qu'il bénisse ses relations féminines ? C'était bien la preuve qu'il avait raison : j'étais un faible qui ne pouvait se passer du regard bienveillant du frangin pour assumer sa propre vie. Henri était mon aîné et comme tel, non pas qu'il eut un droit d'aînesse, mais quand même, sa position lui donnait un certain droit sur moi. Quel droit ? Celui qui résulte du pouvoir conféré à un individu d'en transformer un autre – son frère – du fils-fils à sa maman en un faux dur. Je veux dire quelqu'un qui n'est plus seulement cet être, ce *petit chose* qui passe des heures dans son berceau sans vagir, mais sourit quand on daigne lui jeter un regard. Il fallait que je reste comme ça, humainement, naturellement bon, mais il importait aussi de manière décisive que je suive l'enseignement de mon frère. Il était la *force*. Ça a été cette force brutale que je me suis coltinée tout au long de mon enfance, et c'est cette force qui, sans doute, m'a procuré la mienne.

La serveuse vint, une brune assez forte aux cheveux mi-court dont le cou était affublé d'un long tatouage lui courant jusqu'à l'oreille, et qui se prénommait Vanessa – c'était le prénom inscrit sur son badge. Elle nous servit la deuxième tournée de Cognac que je regrettais déjà d'avoir commandée, et nous regarda de cet air timide, mais veule que prennent parfois les gens de peu en contemplant l'oisiveté bourgeoise. Il était 15 h passées, et elle n'avait sans doute qu'une idée en tête : que cesse ce service interminable. De fait, la salle de restaurant de la Closerie des Lilas où nous déjeunions régulièrement mon frère et moi était encore presque pleine. En ce début d'avril, un soleil encore timide éclairait la salle par ses immenses verrières. À notre gauche, un couple de vieux décatis déjeunait dans un silence de sépulcre, mais, à notre droite, une table de quatre réunissait des types qui parlaient entre eux en arabe de manière très animée. Des hommes d'affaires bien habillés qui dégustaient un Pomerol, en parlant putes. Je n'eus pas besoin de comprendre leur langue pour savoir de quoi ils parlaient. Ils devaient être libanais, je pense, car ils glissaient souvent des mots de français dans leur conversation, et je surpris d'évidentes allusions aux rencontres parisiennes tarifées de ces hommes bruyants. Henri avait l'air agacé par leurs manières orientales, discourtoises à l'égard des autres convives. Lorsque la serveuse fut partie, je me dis que je lui laisserai un généreux pourboire, et c'est alors qu'il me répondit, mis en colère autant par mes mots que par la désinvolture de nos voisins :

« Arrête de m'emmerder avec ça, tes copines ne valaient pas non plus tripette !

— Je t'emmerde, au contraire », répliquai-je comme un âne.

Et je poursuivis sur cette brillante lancée : « Tu n'as pas été le grand frère idéal pour moi. Tu m'as beaucoup fait chier, terriblement fait chier, Henri. Mais il faut croire que j'ai dû aimer ça puisque j'ai continué à t'aimer plus que de raison, malgré tout.

— Je t'aime aussi, qu'est-ce que tu crois ? questionna-t-il, l'air de dire que je le savais bien, mais qu'il fallait aussi que je comprenne sa forme singulière d'amour à mon égard.

— Je crois surtout que tu le voudrais bien, mais que tu ne le peux pas », dis-je enfin.

Il leva les yeux au ciel, soupira profondément, puis me regarda en affichant un triste sourire, tandis que ses sourcils blonds formèrent comme des accents circonflexes sous le fort pli du front. Il se saisit de son verre de Cognac, en but une brève lampée, le posa délicatement sur la nappe blanche et me dit : « Comme tu voudras, Toni. » Il avait hâte d'abréger cette pénible conversation, et moi aussi, mais il ajouta quand même à voix basse, en se penchant vers moi : « Je ne sens pas du tout ton Anja. Elle cache quelque chose, je l'ai vu, elle n'a pas le regard franc », conclut-il d'un ton qui était plus qu'amical, c'était celui d'un frère. Il voulait me dire que j'avais les yeux de Chimène et que seuls les siens pouvaient réellement voir la réalité des choses, mais surtout des êtres. Puis il me demanda : « Tu payes ? », comme si son augure était monnayable d'un repas. Je payai.

***

Lorsqu'Henri fut renvoyé en procès à la suite de l'ordonnance rendue par la juge d'instruction dont il refusa d'ailleurs de faire appel, comme s'il avait quelque chose à se reprocher voire à expier, je pensais à ses paroles prophétiques quant à Anja.

Je pensais aussi qu'il fallait quand même que je sache quel allait être le sort de mon frère. C'est mon fils Jonathan, lequel étudiait le droit en même temps que ce sale procès qui me proposa d'assister aux audiences et de me rapporter fidèlement le déroulement des débats. J'hésitais, bien sûr, il s'agissait d'autoriser mon fils à suivre le procès de son oncle pour viol. Mais c'était à sa demande et on voyait bien qu'il brûlait d'en être. Alors, je lui donnais mon accord, et il fut donc mon œil et mon ouïe pendant les trois premiers jours du procès.

Sept femmes étaient assises sur le banc des parties civiles. Joni, qui avait hérité de sa mère un don pour le dessin, les avait croquées en quelques coups de stylo bien sentis. Mon fils dessinait bien, car les traits, mais surtout les caractères des femmes, pouvaient se lire à merveille sur ses esquisses. Après que j'eus regardé son travail avec l'admiration d'un père, il m'interrogea du regard afin de savoir s'il devait m'en dire plus que ce que ses dessins suggéraient. Je l'invitais à parler, curieux de savoir ce qu'il pouvait bien en penser.

Il dit alors : « Oncle Henri est impassible, c'est ce qui m'a d'abord frappé. Il reste droit comme un "i", assis sur son banc, c'est incroyable, ajouta-t-il. On dirait une statue de cire, tu vois, comme au musée Grévin. On a l'impression qu'il n'est pas vraiment là en fait, tu comprends ? Quand on l'interroge, il répond toujours qu'il n'a jamais violé aucune de ces femmes, même si on le questionne sur tout autre chose. Il ne dit rien d'autre. C'est vraiment bizarre comme atmosphère parce les femmes semblent bien plus mal à l'aise que lui. Les juges le sentent bien aussi, mais ils ont au dossier les preuves qu'il y a eu des relations sexuelles.

— Comment est son avocat, demandai-je ?

— Aussi mal à l'aise que les autres, qu'est-ce que tu peux faire avec un client pareil ? C'est une tombe, il n'essaye même pas de se défendre ou de demander à son avocat de le faire. Il n'y a pas eu viol, selon lui, elles ont pris du plaisir, mais s'il y a eu viol, c'est qu'elles ont pris plaisir au viol.

— Quel est ton avis ?

— Je viens de te le donner.

— Mais encore ?

— Bénéfice du doute, c'est ça qu'on dit au pénal, non ? »

Je n'y tins plus. Un soir, je dis à Joni que j'irais assister à l'audience du lendemain. Il me regarda, interloqué, comme si j'empiétais sur son terrain, lui désigné comme observateur en chef, je lui volais sa mission. Mais avec sa souplesse naturelle, il me dit alors : « Bien, fais comme tu veux, mais, à partir de demain, ça va être chaud : les femmes vont témoigner, dit-il d'un air entendu, je peux venir ? »

En fait, ces femmes ne ressemblaient pas tout à fait à celles qui étaient représentées sur les croquis de mon fils. Étrangement, ce sont-elles qui attirèrent d'abord mon attention et mon regard plus que mon frère, comme si je n'étais pas pressé de le revoir. Elles semblaient être si différentes les unes des autres qu'on se perdait en conjectures sur le fait de savoir ce qui aurait toutes pu les rapprocher de lui. Car, dans mon idée, il paraissait évident qu'une unique chose les liait à Henri. Était-ce celle commune à toutes ces femmes d'un viol voulu ? Non, ce n'était pas possible. Le viol est un crime, et a tout d'un meurtre, mais il ne peut l'être, du moins sous cette qualification, lorsqu'il s'agit de savoir si ces femmes n'avaient pas *voulu*, précisément parce qu'elles étaient chez leur gynéco faiseur de roi, se soumettre à sa loi.

***

La place située à ma gauche lors des obsèques de mon père aurait dû échoir à mon frère Henri. Henri, un nom de roi pour un bâtard, un *Mischling* comme disaient les nazis, mais un *Mischling* ayant tout l'air d'un aryen. Mon père avait dû, par cette ridicule déférence à l'égard de la Fille aînée de l'église et à ses siècles de culture, Fille qui avait chaleureusement accueilli son propre père en son sein, après que celui-ci eut donné quatre ans de sa vie dans les tranchées, volontaire dans la Légion étrangère et naturalisé français par décret du Président de la République en 23, donné un gage de sa loyauté absolue à ce pays en nommant son fils aîné ainsi. Côté allemand de la famille, ce prénom, Heinrich, était démonétisé depuis le terrible Himmler. Il fallut lui trouver un pendant positif : ce fut Henri Heine. Sauf que mon frère n'avait rien, mais alors rien à voir avec le poète.

Premier-né en France d'un Juif français et d'une Allemande luthérienne en 63, Henri avait été prédestiné au triomphe de sa primogéniture. Son arrivée dans la famille fut accueillie comme une bénédiction bien que l'on n'y crût plus en Dieu depuis longtemps. Il avait été une sorte de jeune héros grec, le bel exemple né vingt ans après la guerre d'un couple contre nature, mais que l'amour avait rendu naturel, et objet de toutes les attentions. Le dorlotement jubilatoire dont Henri a bénéficié avec gourmandise n'a duré que le temps de sa solitude de premier enfant de la famille, c'est-à-dire quelques trop brèves années jusqu'à ce que j'arrive, moi, le deuxième né. Henri était l'aîné d'une famille silencieusement dévastée par la mort en déportation du père de mon père. Isaac ou plutôt son personnage, sa représentation était devenue une icône aussi chérie, comme mari, mais haï, comme père. Collabo juif du régime de Vichy, en plus copain avec les huiles antisémites, dans cette famille qui n'attendait qu'une chose : que l'aîné d'Isaac, mon père, lui donna ce premier enfant. Ce fut mon frère.

Henri est devenu médecin. Puis il est devenu le Professeur Klein, agrégé de médecine. Puis enfin, il prit le nom de notre mère, lorsqu'il eut passé la trentaine. Frey von Kölniz, c'était son nom désormais officieux, car il n'avait pas encore réussi à faire modifier son état civil.

Je n'ai jamais réellement su ce qui pouvait pousser un médecin sortant de l'internat à devenir gynéco. Mais il est vrai aussi je n'ai jamais su non plus *réellement* ce qui animait mon frère. Il avait ce côté étrange des êtres qui n'aiment pas. Oh ! bien sûr, il faisait mine, très bien, d'ailleurs. Mais qui connaissait le personnage comme moi, je l'avais côtoyé tout au long de ma si pénible enfance, sous sa coupe tyrannique et violente, n'aurait pas été dupe. Cet être-là ne disposait pas des facultés psychiques nécessaires à l'épanouissement du sentiment d'amour. C'est simple à comprendre, quiconque n'a pas ce don ne le peut pas, tout simplement. Et Henri ne l'avait pas. Je tentais de me convaincre que la gynécologie devait quand même avoir à faire avec l'amour des femmes. Sans doute, mais l'explication n'était pas suffisante, car, pour un homme, fut-il médecin, examiner à longueur de journée la vulve et le vagin de ses patientes recelait tout de même une *inquiétante étrangeté*. Il adorait son métier consistant à faire naître des enfants – en les accouchant – de parents qui ne pouvaient pas en avoir. Il excellait dans les techniques de pointe consistant à introduire dans l'ovocyte le spermatozoïde-roi qui allait féconder cet œuf. Bien sûr, ses patientes, enfin devenues enceintes puis mères, lui tressaient des lauriers sans fin. Non pas qu'il fut meilleur technicien que ses confrères, mais il avait une subtile manière d'accompagner le processus de façon à ce que ces femmes se sentent comme dans un nid, un cocon, où elle n'aurait plus qu'à couver leur progéniture. Il avait ce génie pour rassurer les femmes, les convaincre qu'elles seraient immanquablement mères, grâce à lui.

Il y avait donc, dans ce procès, quelque chose qui clochait, du moins d'un point de vue strictement pénal, car s'il y avait eu ne serait-ce que l'ombre d'un consentement, même le plus infime que le cerveau humain puisse envisager, aucune incrimination ne semblait possible. Une femme aime son gynéco lorsqu'il lui permet de réaliser son rêve de maternité et qui, par fidélité aimante et par reconnaissance du ventre au sens le plus *plein* et noble du terme, par substitution du père de l'enfant, elle devient la *propre* compagne de son médecin. Et lorsqu'une telle femme continue néanmoins de venir le consulter, elle ne peut, selon moi et en conscience, être aujourd'hui assise sur le banc des parties civiles. Elle ne peut avoir été prise de force dans ce cabinet entre table de gynécologie et spéculum ! Quels avaient été leurs actes, quelles avaient été leurs réactions, quel avait été leur degré de consentement, n'étaient-elles pas toutes majeures ?

Ce jour-là justement, Paola R., déposa. Joni qui était assis à côté de moi me donna un léger coup de coude dans les côtes et me glissa à l'oreille : « Celle-là, elle est gratinée ». Je lui souriais pâlement, franchement mal à l'aise pour le novice que j'étais, en lui renvoyant sans conviction un faible coup au même endroit. C'était une grande et belle femme brune avec une légère coquetterie dans son regard noisette. Elle avait les pommettes hautes, le menton fuyant et le front large qu'elle dissimulait derrière une frange de cheveux brillants. Elle n'avait pas quarante ans et avait des yeux qui auraient pu être rieurs si cette femme n'avait pas été obligée d'être là, dans cette satanée salle d'audience où elle savait qu'elle devrait tout raconter à nouveau. C'est quand elle ôtât ses lunettes noires à la demande du président que je le vis.

Il faut préciser ici que ce crime – le viol est un crime passible de la cour d'assises – avait été correctionnalisé. Qu'est-ce à dire ? Tout simplement que la juge d'instruction et le parquet s'étaient entendus pour éviter un juré populaire. C'est de plus en plus courant, car les femmes victimes de viol rechignent à livrer leur vie à des gens comme elle. Une cour d'assises, des jurés populaires, c'est un théâtre. Avec des juges professionnels, c'est autre chose, ils vous questionnent, ils font mine de vous comprendre, ils semblent compatir parfois.

C'est ce que fit le président, un vieux briscard, matois à souhait et proche de la retraite : « Madame R, il est essentiel pour le tribunal que vous puissiez lui dire à nouveau ce que vous avez déjà dit pendant l'instruction de ce dossier. Il importe que vous soyez en mesure de confirmer aujourd'hui, dans cette salle publique – la justice est rendue au nom du peuple français, précisa-t-il –, vos dires sur procès-verbal. Vous comprenez ? » sans attendre sa réponse, le président enchaîna : « Le Tribunal a une première question à vous poser. »

Il fit une pause salutaire pour Paola R., car elle était subjuguée par la diatribe du magistrat, sur le fond comme sur la forme, il avait une voix de stentor. Paola était sonnée et ne semblait même pas comprendre que le juge l'interrogeât ainsi. Elle avait déjà tout dit, il n'était pas question qu'elle recommence. Elle fit cependant face à la question qui allait lui être posée : « Les faits sont troublants, dit le président en chaussant ses demi-lunes, et examinant ses notes. » J'étais loin de lui, presque de profil, mais je pouvais observer ses bajoues qui vibraient au son de sa voix, le teint couperosé, les paupières flasques cachant presque de petits yeux gris, une improbable bosse posée au milieu du front, un nez fort virant à droite et un crâne peu garni de courts cheveux blancs et filasses.

« Je cite *in extenso* votre propre agenda, Madame R. Il se trouve que le jour où vous dites que le prévenu vous a violentée dans son cabinet, celui-ci justifie qu'il était au Brésil pour un colloque médical. Votre agenda, Madame R. ne mentionne d'ailleurs aucun rendez-vous avec le prévenu à la date que vous indiquez. Que pouvez-vous répondre à cela ? » J'observai alors mon frère comme si ce fut pour la première fois. Je pensais qu'il savait que j'étais là même si je m'étais dissimulé dans la foule. On ne jugeait pas tous les jours un professeur de médecine pour viol. Moi-même m'étais presque refusé à le regarder comme si j'avais attendu que son regard me trouve. Henri avait, c'est vrai, cet air de statue de cire, mais lorsqu'il entendit le juge parler ainsi, je vis un coin de sa bouche se tordre d'un rictus aussi comique

que désabusé. Et je pensais à son fameux rictus venimeux, qu'il m'avait encore montré pendant ce déjeuner à la Closerie des Lilas.

Il souriait, et il sourit plus encore lorsque Paola répondit d'un accent traînant, l'air que prennent parfois certaines femmes lorsqu'une question les dérange : « Je ne sais plus. J'ai dû me tromper, ça m'arrive, avoua-t-elle. Mais ce que je sais, c'est que, ce jour-là, cet homme-là, dit-elle en le désignant d'un index rageur, tremblant, a sorti son sexe, il était déjà gros lorsqu'il me le montra. Il bandait déjà. Il me l'a présenté comme une sorte d'offrande, il me regardait avec des yeux de fou, en feu, j'ai refusé ces avances obscènes, il a insisté, s'est saisi de ma tête et m'a forcée à le... ». Paola ne termina pas sa phrase.

Puis, elle se ressaisit : « ... Après, il s'est violemment emparé de moi par les jambes, a joué avec son sexe sur moi et m'a pénétrée. N'est-ce pas que *tu* m'as pénétrée, espèce de salaud », hurla-t-elle, les yeux vitreux, à l'adresse d'Henri qui demeura imperturbable, ce que je n'aurais jamais été capable de faire si je m'étais trouvé à sa place. Le président ordonna le silence au brouhaha qui suivit ce dérapage incontrôlé. Le malaise était palpable. Cette invective disait tout ou rien. Tout, c'était la colère, la haine même d'une pauvre victime à l'égard de son bourreau ; rien, c'était la rancœur d'une femme frustrée d'amour, jalouse de ses congénères, au bord de la crise de nerfs d'avoir sans doute accepté de plein gré cet engrenage sexuel insensé d'abord, puis judiciaire, ensuite l'ayant traînée dans cette salle d'audience aux relents fétides d'âmes mortes.

Le président reprit en main les débats d'un simple, mais ample geste d'apaisement, sans prononcer le moindre mot. « Madame R., le tribunal ne comprend pas comment, alors que le prévenu vous ausculte, qu'il pratique un examen clinique sur votre personne, il soit en même temps en mesure de vous présenter sa verge de la manière que vous décrivez.

— Mais, relisez ce que j'ai déjà dit. J'ai dit déjà plusieurs fois qu'il a soudainement cessé de m'ausculter. Il a posé ses instruments, a déboutonné sa blouse puis son pantalon et a sorti son sexe. Il était rouge vif, violacé, précisa-t-elle, sans que le président ne relève.

— Vous voulez dire, Madame R., que le prévenu s'est déplacé de l'endroit où il se trouvait à vous ausculter pour ensuite vous présenter sa verge ?

— Oui.

— Et vous n'avez rien fait pour l'en empêcher ?

— Non.

— Pourquoi ?

— Je ne sais pas. J'étais tétanisée, je ne pouvais croire ce que je voyais, j'étais ailleurs, dit-elle enfin. Le président n'entendait pas s'arrêter là.

— Madame R., le prévenu vous a-t-il menacé physiquement ou psychologiquement ?

— Non. Enfin, si.

— De quelle manière ?

— Enfin, il a agité sa bite raide et brûlante près de mon visage pour que je la… C'est vrai, je l'ai sucée, je n'en pouvais plus de cette bite brûlante, je l'ai avalée, il fallait que je m'en débarrasse ! Puis il m'a prise… ! Puisque vous me questionnez comme ça, alors que je ne suis que *sa* victime, je jure sur tout ce que j'aie de plus cher qu'il m'a violée ! », dit-elle avec un calme glaçant, un sourire terrible sur ses lèvres gonflées de rage.

La femme qui déposa ensuite ne ressemblait pas à Paolo R, pas plus qu'aux dessins de mon fils. Bien qu'elle fût tout aussi brune, Ingrid B. avait le type eurasien proche de celui de Tea. Autant Paola avait nettement le genre italien, sans même qu'on sache son prénom, autant Ingrid avait tout l'air d'une métisse de Hong-kong. Petite, mais large d'épaules, le nez en trompette, un ovale de visage digne d'une estampe japonaise que confirmait de minces traits de sourcils noirs, une bien jolie femme aussi.

« Madame B., le tribunal voudrait savoir pourquoi, alors que vous indiquez une certaine date pour le viol que le prévenu aurait commis, vous retournez cependant le consulter à trois reprises après les faits. Comment expliquez-vous cela ?

— Il doit s'agir d'une erreur, je ne l'ai vu que deux fois après, affirma-t-elle sûre d'elle-même, souriant presque.

— Non, Madame B., vous êtes bien retournée trois fois dans son cabinet après les faits, le tribunal en a la preuve. Pouvez-vous, s'il vous plaît, nous raconter ces rendez-vous tels que vous les avez vécus ?

— Quoi ?

— Les faits, Madame B, et ensuite de dire au tribunal pourquoi vous êtes retournée en consultation chez le prévenu après les faits de viol. Mais d'abord, les faits, Mme B.

— Quels faits ?

— Les faits de viol, Madame B.

— Oui, les faits…, hésita-t-elle. Nous sortions de son cabinet de travail attenant à son bureau alors que je venais de me rhabiller. C'était en été, en juillet, je crois, je portais une jupe et soudain je sentis sa main sur ma fesse. Puis sa seconde main sur mon autre fesse. Je lui ai demandé de cesser.

— Qu'a-t-il fait alors ? demanda le président.

— Il n'a pas cessé de toucher, de fouailler mes fesses, enfin !

— Avez-vous tenté de le repousser, d'appeler à l'aide, la secrétaire n'était pas loin.

— La secrétaire ? Elle est de mèche avec lui, ce sont deux pervers qui vont si bien ensemble, gémit-elle.

— Ensuite, que s'est-il passé ?

— Il m'a couchée sur la table de son bureau.

— Comment cela ?

— Comment cela ? Mais en me maintenant sur ce bureau avec ses bras, ils tenaient les miens, vous comprenez ? Il a soulevé ma jupe, s'est emparé de ma culotte, l'a tordue puis s'est emparé de moi, vous comprenez ! »

— Vous a-t-il couché sur le ventre, comme vous le dites au procès-verbal ?

— Oui !

— Avez-vous tenté de le repousser là aussi ?

— Je ne pouvais pas, il me tenait. Vous ne voulez donc pas comprendre ! hurla-t-elle à l'adresse du président qui semblait faire tout ce qui était en son pouvoir pour essayer de comprendre justement, comprendre singulièrement ce que ce cas-là avait de particulier par rapport aux autres.

— Le tribunal comprend que le prévenu vous a touché les fesses avec ses deux mains, que vous avez refusé ses avances, mais qu'il a insisté. Le tribunal comprend plus mal comment, alors que le prévenu vous somme de vous coucher sur le ventre pour vous violer, vous obtempérez. Enfin, j'essaye de me mettre à votre place, Madame B., si un individu, quel qu'il soit, me contraignait à faire ce que je ne veux pas faire, je me rebellerais, dit-il d'un ton égal presque innocent. Je me défendrais, je fuirais. Pourquoi ne vous êtes-vous pas défendue, pourquoi n'avez-vous pas fui, Madame B. puisque, dites-vous, il ne vous a pas forcée ?

À cette question, je sentis alors qu'Henri me regardait depuis un certain laps de temps que je n'aurais pas su définir. Il m'avait sans doute repéré depuis le début, mais là son regard s'était fixé sur moi, comme s'il avait voulu me prendre à témoin. J'étais un témoin en effet, mais pas dans le sens où lui l'entendait. Il me riva de ces yeux outrageusement bleus, fit un signe de menton entendu à mon endroit, sourit encore de sa manière si sardonique et je revis, dans le long instant de ce regard chargé de sentiments à mon égard, celui qu'il me lança de sa jeune tête blonde, près de quarante ans auparavant.

14

Ce jour-là, nous étions tous trois allongés sur le ventre, le corps collé à la moquette beige du bureau de mon père. Les mains sur les joues rouges, les coudes au sol, nous attendions que le film veuille bien correctement s'enclencher. En cette matinée de samedi printanière et ensoleillée, mes parents étaient sortis faire des courses avant de partir pour le week-end dans notre maison de campagne près d'Illiers-Combray, du côté de Chartres, un patelin de cinq cents âmes, paumé nommé Méséglise.

Les rideaux marron chocolat du bureau avaient été tirés sur les deux fenêtres de la pièce de manière à nous ménager le maximum d'obscurité. Mon frère et moi n'étions pas seuls. Jeannot était là. Nous n'allions plus jamais à la campagne avec mes parents sans emmener avec nous au moins un voire deux de nos copains. Ou plutôt, il y avait toujours un privilégié qui était de toutes nos pérégrinations, et c'était le pote de mon frère. En fait, le garçon en question était presque devenu un membre de la famille, non pas qu'il fallut ménager les relations d'amitié d'Henri aux dépens des miennes, mais ce môme était tout simplement irrésistible. Je me souviens de ces déjeuners d'été à Méséglise, dans le jardin où les églantiers fleurissaient et embaumaient, une table de dix personnes, peut-être douze voire quinze quand des amis de mes parents, et leurs enfants, venaient à la maison. Une longère comme on en voit souvent entre Perche et Beauce, tout en longueur, face au sud, tandis que la façade nord n'abritait qu'une simple et maigre fenêtre là où il y avait un semblant de salle de bains toujours froide et pleine d'araignées. Jean dit Jeannot, c'était le nom de cet olibrius, était capable, à lui tout seul et sous mes yeux ébahis, non seulement d'attirer à lui l'attention de tous ces adultes, mais encore, par son talent, son comique naturel, né si l'on peut dire, de faire marrer cette tablée entière avec ses blagues et ses calembours. Il imitait Coluche à merveille. Il avait un don que personne autour de cette table ne possédait, c'était évident, et je me réjouissais toujours qu'il fût là, surtout à cet instant où il s'est agi de mater ce film de cul subtilisé à mon père.

Harem Harmony était le titre de ce film volé, enfin, emprunté seulement, car j'aurais tôt fait de remettre l'objet à sa place sans que quiconque ne sache qu'il fût déplacé, après son visionnage. Le minuscule écran qui servait de boîtier permettant de fermer le projecteur Super 8 recelait sur sa face intérieure une bande de film réfléchissante qui permettait de mater le porno que nous avions découvert. Enfin, que j'avais découvert parce que son appropriation était le fruit de ma seule curiosité. Par un instinct que je qualifiais moi-même de pervers du haut de mes douze ans, je m'étais convaincu que l'armoire de mes parents, située dans leur chambre conjugale, recelait quelque inavouable secret. C'est pourquoi, quand je suis tombé sur le jackpot et que j'en ai immédiatement causé à mon frère en me précipitant au deuxième étage de la maison – la chambre de mes parents était au premier avec, attenant, le bureau de mon père – afin qu'il voie de lui-même la pochette de plastique violet, couleur *sex shop*, et sa bande de pellicule magique lovée au fond, je jubilais tel un jeune singe pour son premier rut.

Le bruit de crécelle de la bande qui s'enclencha tandis que le projecteur éclairait la scène du générique, les lignes blanches, irrégulières qui striaient le film, pour tout dire la qualité douteuse d'un film de cul en super 8 de la fin des années 70 nous sauta aux yeux – nous étions aussi à moins de 30 cm des images projetées. Leur mauvaise qualité n'enlevait cependant rien au fond de celles-ci et nous étions excités comme des puces à zieuter ce mauvais décor à la « les mille et une nuits » peuplé de chattes et de bites poilues, et de culs aussi, dont j'apercevais que l'un d'eux était affublé d'un gros bouton rouge du plus mauvais effet. C'est au moment où je repérais cette horrible tare sur la fesse charnue de cette femme blonde – évidemment, elle était danoise – qu'un homme moustachu affublé d'un turban ridicule malaxait pourtant vigoureusement que, certainement distrait, alors que mon frère et Jeannot étaient à leur affaire, j'entendis du bruit dans la maison. Et je fus le seul à l'entendre, car les deux autres, visiblement, ne comprenaient rien d'autre que les images qui défilaient sous leurs yeux grand ouverts. Je me levai précipitamment, filai à la porte que j'avais laissée entrouverte par précaution et obtins confirmation que nous n'étions plus seuls, dès lors que mes parents parlaient en bas. Malgré mon départ précipité, ces deux cons n'avaient rien remarqué, les yeux rivés sur le film où coïts, fellations et autres cunnilingus se succédaient à un rythme ininterrompu. Je décidai alors honteusement de les abandonner à leur sort, sans un mot d'avertissement. S'en suivit une brève cavalcade dans l'escalier, un passage en trombe devant mes parents qui ne comprirent rien à ma précipitation, je déboulai dans le jardin sans mot dire et m'esquivai par la porte arrière de la maison, là où se trouvait le garage et la voiture de mon père, prête à partir.

Je mis au moins trente minutes, peut-être un peu plus tant la trouille de revenir me tenaillait, avant de retourner vers la maison de l'endroit où je m'étais enfui, comme un pleutre. J'eus honte de moi. Je vis la voiture garée sur le trottoir avec les deux têtes hirsutes typiques des années 70 de mon frère et Jeannot à travers la lunette arrière. C'est là qu'il dut sentir ma présence, car Henri tourna la tête dans ma direction et me sourit d'un air ironique. Ils n'avaient manifestement pas été brutalisés, du moins je l'espérais. Je vis ensuite que ma mère était aussi déjà assise dans la voiture, sur le siège du passager, et je vis enfin mon père. La portière côté conducteur était ouverte et il avait déposé son pied droit sur le châssis de la bagnole, sa main était posée à plat sur le toit, mais je vis tout de suite, une fois que je me fus timidement approché, que ses doigts tambourinaient impatiemment sur la tôle. « Monte », dit-il. Je montai, il monta, mit le contact et nous partîmes.

Je sus finalement en voyant de près la mine de mes voisins sur la banquette arrière qu'ils avaient tous les deux pris une rouste monumentale – mon père traitait Jeannot comme son propre fils. Et je vis qu'ils m'en voulaient tous les deux de m'être barré comme un lâche en les laissant dans la merde que j'avais moi-même déclenchée. À leurs regards, je sentis qu'une fois arrivé à Méséglise, je n'allais pas pouvoir échapper à leur vengeance. C'était quand même moi qui avais manigancé cette séance de cinéma hot et qui m'en étais échappé, les laissant seuls face à la colère de mon père.

Quelques mois plus tard alors que nous étions près de la rentrée des classes, en septembre, je décidai, seul et désœuvré, de tenter une nouvelle expédition dans l'armoire de mes parents, cette armoire bleue dont je savais intuitivement que le dernier étage n'avait pas encore livré tous ses secrets. Juché sur l'escabeau de la maison, je finissais par dénicher une bande cachée. Elle était livrée à elle-même, entre deux draps, comme si une seule personne – à part moi, bien sûr – avait su où la trouver. Cette fois-ci, j'attendis d'être seul à la maison pour regarder ce nouveau film. La scène se déroule à l'île de Ré, pendant l'été en train de s'achever, probablement. La pinède est calme, ensoleillée, on entend le bruit de la mer au loin, et on voit le sable jaune de la dune au-delà de la propriété semée de grands pins qui luit sous une vive lumière. Le caméraman a depuis longtemps ajusté sa cible, et il se rapproche. Ce corps de femme est celui de ma mère, allongé sur un transat. Elle est nue, les yeux fermés, la respiration régulière. Elle semble réellement dormir au soleil. Le caméraman ne fait même pas mine de filmer autre chose que ce corps, aucun décor, c'est moi qui me l'imagine. Il s'en rapproche encore, j'entends la respiration de ma mère et la sienne, et puis il zoome. Je ne vois désormais plus rien d'autre que son sexe, et il est comme vivant. C'est la première fois que j'observe, en gros plan, un sexe de femme vivant. Et c'est celui de ma mère. Chaque jour de ma vie qui va passer, chaque sexe de femme que je vais regarder, même seulement auquel je vais penser sera celui de ma mère. C'est pourquoi, bien plus tard, le tableau de Courbet m'a fasciné. Non pas qu'il fut beau, non. L'esthétisme de la toile est secondaire bien que formidablement réaliste, c'est le message que le maître souhaite faire passer qui est important, et le titre en est l'éloquence, plus peut-être que le modèle lui-même dont on ne voit même pas le visage, mais qui laisse voir ce pauvre teint de peau cireux, crayeux. Le caméraman, lui, n'a eu aucune envie de faire passer un quelconque message à la postérité. Il n'a d'yeux que pour ce sexe, qui en plus de lui prodiguer ses charmes la nuit devait aussi le laisser faire, le jour. Le caméraman n'avait pas envisagé que son propre fils puisse lui aussi voir ça. Et il avait encore moins imaginé que ce fils entendrait là un message qui n'était peut-être même pas intelligible pour lui.

***

Le message en question se dessina concrètement pour moi l'hiver suivant. Envoyé en colo avec Henri au ski, à six ans, sans ma mère, c'était plus que je ne pouvais le supporter. J'ai fait une allergie à la montagne qui ne me quitta que quand je finis par prendre mon courage à deux mains et retourner six ans plus tard dans cette colo où mon frangin avait déjà ses habitudes. Il faut se représenter ces soirées de colo d'hiver des années 70, une époque où l'écran n'existait pas, où les gens s'aimaient ou se détestaient, sans toujours se le dire, mais avec la claire conscience de ses sentiments, et de ceux de l'autre. Il était facile de se cacher, mais l'appartenance au groupe, l'instinct grégaire qui préside à presque toutes les situations humaines, la volonté de flirter, d'aimer, fût-ce un instant, une semaine, étaient forts, en ce temps-là. Ce soir-là, dernier jour de la semaine avant le retour vers Paris, le lendemain, tous les ados sans exception étaient présents dans le sous-sol du chalet aménagé en dancing tandis que l'un des monos, casque sur la tête et les yeux défoncés, lançait les premiers 45 tours labellisés *Motown*.

Depuis déjà plusieurs jours, j'avais observé une jeune fille qui m'avait fait forte impression. Elle était belle, bien sûr. Des cheveux dont la frange boudeuse était du même éclat noisette que ses yeux. Un petit nez légèrement en trompette – j'aimais – constellé de taches de rousseur presque ocre – j'adorais. Et puis quelle allure ! Elle portait ce soir-là un ensemble en jean sur un t-shirt noir avec la langue rouge vif des Stones qui se mouvait sur la courbure de ses jeunes seins. Mais, plus provocateur encore, elle avait chaussé des bottes en daim – des guardians, on appelait ça – dont les talons lui donnaient bien cinq centimètres de plus que sa taille. Quelle fille ! C'était me sortir des sentiers battus des gonzesses bourgeoises de mon collège, toutes destinées à épouser un ingénieur de chez Bouygues, en lui donnant au moins trois mômes. Là, je sentais bien que j'avais affaire à une nana hors du commun. Elle le fut en effet, car elle a fini dans les bras de mon frère qui, l'air de rien, l'avait circonscrite à mon insu, sans que je voie quoi que ce soit de son manège. Les voir ainsi étroitement enlacés, s'embrasser, se susurrer des mots doux à l'oreille ne m'avait même pas mis en colère. Même si l'animal – mon frère était grand et blond, tandis que j'étais petit et brun – me lançait des coups d'œil explicites : « Je sais que tu la voulais, mais c'est moi qui l'ai eue. »

Je le détestais, bien sûr, mais comme j'avais toujours détesté mon frère, et pas plus que depuis qu'il avait jeté le grappin sur cette fille que je convoitais comme un dingue. J'étais seulement triste, terriblement triste et c'est à ce moment pathétique de ma jeune existence, à cet instant où j'aurais voulu me planquer dans une plinthe qu'une fille que je n'avais jamais remarquée avant, ou si peu, vint à moi dans le frou-frou de son pantalon de satin mauve, de ses petits pas enchâssés dans de menus chaussons chinois de velours noir.

Anne était rousse, enfin plutôt blond vénitien, comme elle voulut plus tard que je qualifie la couleur de ses cheveux, et elle aussi avait des taches de son sur le nez. Elle était moins belle que la fille aux santiags, mais elle a quand même saisi ma main qui reposait sur mon genou tandis que j'étais assis en spectateur de mon humiliation, et m'entraîna presque de force sur la piste de danse, tant j'y étais réticent puisque les deux autres y roucoulaient encore.

Là, alors que *Europa* de Santana déversait ses torrents de guitare sirupeuse, Anne posa ses mains sur mes épaules tandis que spontanément, par réflexe reptilien, sans même réfléchir tant je ne le pouvais pas, je me suis saisi de ses hanches fines et osseuses. J'osai si peu aller plus loin qu'elle le sentit et se rapprocha encore un peu plus de moi. Ce fut d'abord l'odeur de son corps – s'agissait-il de son le parfum ? Je ne le sais – qui me frappa. La longueur, la prégnance des sensations furent telles qu'elles me persuadèrent que le siège de cette incroyable fragrance, d'une pureté absolue, était dans ses cheveux et j'y logeais mon visage, près de son oreille, de manière aussi à éviter l'inéluctable. L'inéluctable vint cependant. Anne voulut m'embrasser et j'y consentis en acceptant de poser mes lèvres sur les siennes, c'était naturel après tout. Je l'avais fait des milliers de fois avec ma mère. Anne s'empara de mon visage avec ses mains douces comme on recueille de l'eau dans une conque, mais avec assez de véhémence pour qu'elle se donne le rôle de maîtresse de cette étrange cérémonie. Lorsque nos lèvres vinrent enfin à se toucher, elle darda sa langue, la précipita dans ma bouche comme un animal affamé et fit d'elle de tels mouvements que je fus obligé de me plier à son rite. Tandis que cette langue douce et chaude, cette chose intime allait plus avant dans mon être profond, je devins un homme. J'avais compris. L'instant d'après, ce fut ma propre langue qui se darda et chercha la sienne dans les entrelacs infinis de ce premier vrai baiser.

Elle sembla d'abord surprise par tant de hardiesse, mais, comme le font les filles puis les femmes ensuite, Anne s'en amusa d'un sourire, recula d'un pas et se saisit de mon bras pour nous entraîner hors de cette salle trop bruyante. Les dortoirs n'étaient pas mixtes, mais me tenant par la main, elle me conduisit à celui des filles alors que nous montions en silence les deux étages du chalet. Le dortoir était vide et obscur, car tout le monde était en bas. À pas de loup, nous heurtant aux objets qui traînaient çà et là au sol, elle finit par dénicher une lampe de poche, l'alluma et, d'un rire un peu hystérique, Anne me montra son lit. Elle s'y allongea d'un air lascif et provocateur, me laissant comme un con à attendre ses ordres. Anne ne me donna aucun ordre, elle plaça la lampe de poche de manière à ce qu'elle puisse l'éclairer tout entière, en l'accrochant aux montants du lit superposé.

J'étais toujours debout à attendre auprès du lit lorsqu'elle décida d'ôter son pantalon de satin tandis que ses chaussons chinois n'étaient déjà plus qu'un souvenir. Je vis alors dans le halo de cette étrange lumière, ses fines cuisses roses, la rondeur de ses genoux, le velouté de sa peau et la blancheur pure de sa petite culotte.

Elle l'ôta dans un sourire énigmatique dont, toutes ces années plus tard, je n'ai toujours pas compris le sens. Toujours est-il que je voyais son extrême intimité, comme celle de ma mère. Anne avait les cheveux ondulés et cela impliquait que sa toison caramel soit à l'avenant. Les poils frisaient presque en remontant vers le haut du pubis, comme un goémon docile aux ondulations de la mer. Un calme absolu animait ce jeune sexe. Aucune aspérité, aucune circonvolution ne le privait de sa qualité première : être lisse, délicieusement lisse, un être vivant à tout jamais interne et qui, pour cette raison justement, gardait son éternelle pudeur, et sa beauté. Là était donc le secret message : la subtilité absolue de l'organe sexuel caché. Le Saint des saints que personne ne peut jamais *réellement* pénétrer. De Lascaux et Chauvet à Delphes, le sexe féminin est la seule étrange énigme que pose le Sphynx à laquelle seule la Pythie peut répondre, c'est une femme.

***

Ces femmes devaient, sans doute, avoir aimé mon frère, d'une manière ou d'une autre, tout en le haïssant aujourd'hui. On sait à quel point les femmes peuvent manifester cette jalousie, cette sotte concurrence, qui s'était nécessairement installée entre elles tout au long de l'instruction puis, plus encore, pendant ce procès où elles étaient contraintes de se contempler, de se jauger, de se juger les unes les autres. L'hypocrisie qui régnait dans cette salle d'audience disait tout de son ambiance. Je surprenais d'étranges regards de certaines d'entre elles, pas de toutes, vers mon frère. L'une, une blonde un peu décatie, au nez refait et aux lèvres collagénées mais qui avait dû sans doute avoir son heure de gloire, avait l'air de l'appeler au secours alors que son mari était visiblement dans la salle où on le voyait suer sous son costard-cravate lorsqu'on interrogeait sa femme. Joni n'avait pas menti : c'était un mauvais jeu que ce procès, un théâtre d'ombres dont rien de valable, de moralement satisfaisant ne pourrait sortir. On sentait bien que ces femmes n'avaient pas aimé l'homme, mais sa fonction thaumaturgique, qui était bien plus que du charisme. N'était-ce pas son autorité de praticien que ces femmes vénéraient parce que toutes, sans exception, avaient eu affaire à lui pour enfanter, parce que toutes l'aimaient pour cela ? Mais cet amour-là n'est pas permis. Cet amour-là est hors-la-loi alors il faut bien le chasser, le détruire irrémédiablement, par voie de plainte pénale, par exemple, histoire de se raconter à bon compte qu'on a cessé d'être faible. Mais il fallait bien condamner. La parole de la victime est sacrée ; de sorte qu'Henri fut condamné à cinq ans de prison. La peine la plus bâtarde qui se puisse, car si les viols étaient caractérisés, on pouvait, on devait aller jusqu'à dix ans de prison ferme, soit ils étaient inexistants, et on devait le relaxer. Mais, comme toujours, dans ces matières, le doute ne profite jamais à l'accusé. Il suffit d'une rumeur, d'un frôlement, d'une esquisse pour que votre tête se retrouve sur une pique. Je connaissais pertinemment tous les vices de mon frère : il n'était pas un violeur. La condamnation d'Henri que j'ai vécue comme la mienne, sous mes yeux lors du prononcé du verdict en compagnie de mon fils me fit immédiatement penser à la déchéance de ma mère. Ce sentiment devint de plus en plus vif alors que je quittai le palais de justice, devancé par Joni qui était allé sortir la voiture du parking pour me ramener chez moi, à Louveciennes. Il adorait conduire, et surtout me conduire. Pourtant, le destin de mon frère n'avait pas grand-chose de celui de ma mère. Était-ce le souvenir de leurs similitudes physiques, la peine que j'éprouvais à le savoir au ban de la société, presque identique à celle que la tumeur tueuse de ma mère m'avait causée ? Elle ne me quitta plus de toute cette soirée. Mon fils, lui, m'amena à bon port et repartit, après m'avoir embrassé comme un fils embrasse son père, lorsque la vie les mène au même terrible constat, malgré la différence d'âge, qu'on est seul au monde. Je ne l'interrogeai pas sur la suite de sa soirée, mais je savais qu'il allait rejoindre son amant et, non seulement je n'en étais pas gêné, mais je m'en réjouissais. Il fallait que, malgré la détresse que me causait la chute de mon frère, liée si étrangement à la mort de ma mère, je m'installe dans la satisfaction tranquille et désintéressée de l'amour paternel. Je vis ainsi Joni s'éloigner en voiture, avec, pour ma part, la conscience chevillée au corps du travail bien fait à son égard. Je lui fis un dernier signe de la main qu'il ne vit sans doute pas, et rentrai, le temps se couvrait, et le chat me regardait, assis derrière la baie vitrée.

***

Bien qu'elle fût déjà vieille au moment où cette saloperie de tumeur l'a crucifiée, ma mère avait encore ce port altier que l'on ne rencontre que chez les aristocrates de vieille souche. Grande, autrefois blonde comme les blés d'une chevelure éternellement coupée au carré, devenue, avec le temps, comme le sable gris de sa Baltique natale, les pommettes basses et plates si germaniques, le nez fort et droit, la bouche charnue et carmine, les yeux bleus identiques dans la couleur et la forme oblongue à ceux de mon frère, tout en elle rappelait la femme allemande. Pas une vulgaire petite Souabe à l'accent douteux, brune, petite et basse du cul, mais bien la statue de la fille d'un hobereau de Silésie, un Juncker, que ses ancêtres avaient colonisé à force de buter du Slave, en croupe des chevaliers teutoniques. Elle avait d'ailleurs tout d'une Walkyrie soudainement échappée d'un opéra de Wagner, car, à son port de comtesse, elle ajoutait une voix d'une gravité telle qu'elle ne pouvait être due aux seules cigarettes mentholées qu'elle fumait sans cesse. On aurait réellement dit Marlène Dietrich élevée au grain silésien. Ma mère avait cet air dédaigneux des vieux nobles. Sortant du procès de mon frère, j'avais senti dans son arrogance celle de ma mère, cette fierté indigne du moment présent, cet esprit de supériorité consistant à considérer tout être différent comme fondamentalement privé de la profondeur de l'âme allemande, et donc inférieur culturellement. Les Allemands, une fois réunifiés sous le joug prussien, ont toujours – bien avant les nazis – considéré les *autres* comme des êtres inférieurs. Les massacres de masse en Afrique australe au début du 20e siècle en sont la preuve. Pour autant, Haute Philosophie et Grande Musique étaient les deux mamelles du génie allemand, du génie humain. En plus, les Allemands avaient aussi inventé le capitalisme protestant puis rhénan, maîtrisant sciences et économie, comme peu de peuples. Ma mère, elle, dans la logique fidèle, biblique, luthérienne, que lui avait inculquée sa propre mère a toujours cru qu'on aime un seul homme dans sa vie, jamais plus. Il est d'ailleurs possible de ne jamais le trouver et de vivre seule et triste le reste de ses jours, mais justement, ma mère avait trouvé cet homme avec mon père. Qui aurait pu croire qu'une telle femme allait tomber éperdument amoureuse d'un petit Juif qui, au sortir de son service militaire sur le lac de Constance où ils s'étaient rencontrés par hasard, allait devenir un vulgaire petit instit ? Personne, sauf elle. Car elle voulait croire en lui, elle croyait à son intelligence qui la subjuguait, mais aussi dans son irrésistible paresse qu'elle mettait sur le compte de la mort de son père en déportation. Elle le houspilla tendrement, mais avec suffisamment de force pour que mon père finisse par reprendre ses études, soutienne sa thèse, et devienne professeur des universités. Ma mère, pétrie du plus profond *impératif catégorique* qui soit – être sincère, ne pas mentir, ne pas trahir – n'aurait sans doute jamais imaginé aimer deux êtres à la fois. Était-ce même de toute façon possible ? Pas chez elle, et pas chez moi non plus. Personne n'a jamais su les raisons intimes qui l'ont jetée dans les bras de cet homme, car qui sait de toute façon ce qui fait un couple ? Mais il y avait sans doute eu en elle, malgré cette sûreté de soi et de son bon droit inné d'aristocrate déchue par la guerre, une immense culpabilité pour les Juifs assassinés.

Ma mère est née le 1er septembre 1939 à 5 h du matin ; au moment même où son père grimpait sur le *panzer* qui allait le mener à affronter les lanciers polonais à cheval, sous les ordres de Rommel, qui commandait l'armée du centre. La Pologne laminée, les Prussiens rongeaient leurs freins. Leur propension au militarisme, grisée par les victoires de Sadowa et de Sedan, était le cœur de l'Allemagne impériale enfin unifiée, de ses mœurs les plus profondes, les plus vils aussi parce que l'honneur devenant ainsi l'alpha et l'oméga de toute une culture, d'une langue même, il ne pouvait que pousser au meurtre. Bien avant Hitler. *Barbarossa* fut une bénédiction pour toute une génération de va-t'en-guerre, des hommes blessés dans leur sale honneur déplacé, vexés d'un bien inutilement revanchard traité de Versailles ; ils voulaient en découdre, montrer qu'ils étaient les plus forts dans l'art de tuer. Et elle le montra, la génération des tueurs. On a dit que la Wehrmacht n'a jamais, de près ou de loin, prêté la main aux tueries à l'Est. C'est faux. Tuer relevait du devoir. Je le sais, mon grand-père me l'a dit, et j'ai toutes les raisons de le croire. Il a lui-même tué des innocents. C'était un vice en soi évidemment, mais il y avait autre chose. Le soldat allemand prenait un réel plaisir à exécuter un ordre, une manière de laisser-aller, une façon de vivre, de concéder l'autorité à un supérieur pour ne surtout pas porter la moindre responsabilité sur ses actes de simple soldat agissant sur ordre.

Armin Frey von Kölniz, mon grand-père maternel, contre l'avis de son propre père, général haut-gradé et membre de l'OKW en sa qualité de responsable du transport des troupes et du matériel, courut donc pour sauter dans son char dont il était le chef en sa qualité de jeune lieutenant. Chef de char, c'est un emploi terrible, il faut gérer le stress des servants lorsque le feu des blindés ennemis roule autour de vous comme le diable qui vous aspire dans son antre, car vous ne voyez rien de ce qui se passe autour de vous. Le père d'Armin, mon arrière-grand-père, était donc le général du train militaire allemand jusqu'à ce que Heydrich d'abord puis Eichmann ensuite, après l'assassinat du premier, sur autorisation expresse d'Himmler et donc du Führer lui-même, s'emparent de la maîtrise des voies ferrées. Terrible erreur qui coûta sans doute la défaite à l'Allemagne nazie, trop occupée à envoyer les Juifs se faire gazer au lieu de livrer une guerre totale. Je ne doute pas que les Allemands en auraient été capables. Armin a battu les Polonais puis les Russes aussi, jusqu'à un certain point puisque mon grand-père a participé à la guerre jusqu'à la bataille de Koursk pendant l'été 43. Près de sept mille chars réunis sur un saillant de quelque 20 000 kilomètres carrés, sous le tonnerre incessant des canons.

Au 15 août 1943, jour de la Vierge, la guerre blindée à outrance faisait rage, mais était proche de sa fin. La vaste plaine, la terre russe dévastée étaient brûlées par un soleil étouffant que seules les grandes plaines du sud peuvent endurer avant que l'herbe ne repousse avec les premières pluies. Entre les machines aux obscures couleurs sombres et mats et la steppe frappée par ce soleil noir, tout n'était plus que résidus carbonés, l'air même était odieusement empli de cette âcre et hideuse odeur minérale de destruction. Les blindés tonnaient encore, brûlaient encore, tuaient encore, s'affalaient sous les obus ennemis, ruinant encore un peu plus le peu de vie que peuplait ce sol maudit, tandis que des hommes sortaient des chars comme des torches humaines, poussant des cris horribles sous l'insoutenable brûlure du feu qui les rongeait. Et les hommes encore indemnes dans leur machine, comme la terre au dehors des carcasses d'acier, brûlaient aussi dans un holocauste sans cause. Lorsqu'on sacrifiait jadis à un dieu, l'attente était vive qu'en retour celui-ci vous accordât sa grâce. Là, il n'était plus question de ça. Les forces en présence s'étaient depuis longtemps affranchies de l'idée de dieu dans leur titanesque combat. Cet affrontement aussi vertigineux que vain était la négation de l'Esprit qui avait pourtant si souvent portés leur peuple. Armin, comme chef de char devenu capitaine et patron de son unité de vingt-cinq *Tigre VI*, avait décidé de tenter une percée sur le flanc est du saillant. Ses supérieurs avaient validé son initiative et lui avaient promis qu'un bataillon de la division SS *Das Reich* l'appuierait avec son infanterie.

Des durs à cuire ces gars-là, Armin pourrait compter sur cet essentiel appui au sol de ses blindés. Une autre brigade blindée d'appui devait suivre la manœuvre dans les prochaines heures. Et en effet, la progression se passa bien sur quelques vestres russes avant que les panzers allemands ne se trouvent enserrés dans une nasse, aucune carte d'état-major faite par les vols de reconnaissance n'avait décelé cette dépression de terrain – un vallon profond couvert de boulots qu'ils étaient en train de franchir, mais tous y étaient presque lorsqu'une horde de T-34 surgit sur ses hauteurs sablonneuses et les canonna à bout portant. Piégés, les SS massacrés par les mitrailleuses des chars russes, les panzers allemands rôtirent les uns après les autres, avant que les compagnons d'Armin, hors de combat, ne se rendent.

Mon grand-père, qui n'avait eu que quelques brûlures et ecchymoses, passa les trois années suivantes de son existence dans un camp russe où devaient croupir, mais survivre plus de dix mille prisonniers allemands, officiers compris et bénéficiant donc d'un léger traitement de faveur, quelque part au-delà de la Volga. Il ne sût jamais où. Par miracle, car tant des siens y sont restés, il revint en Allemagne au début de l'hiver 47. Sa famille avait depuis longtemps quitté Königsberg où Armin était né, comme sa femme et sa fille, ma mère, et où ils avaient perdu toute leur fortune, mais surtout leurs précieuses terres sur lesquelles il chevauchait jadis comme le roi des Aulnes. Le *Drang nach Osten* initié par la dynastie ottonienne avait définitivement pris fin avec l'arrivée des loups de la steppe, ceux aux yeux bridés et à la peau cuivrée, qui avaient dévasté les terres kantiennes et ses chênes millénaires. Les femmes, restées seules, avaient compris, la plupart, ce que serait l'atroce déferlante russe. Et c'est donc à Bielefeld en Westphalie protestante, à l'extrême Ouest de L'Allemagne, qu'Armin retrouva enfin sa femme et sa fille, et où il ouvrit bientôt une maigre boutique d'optique, soutenu par des banques compréhensives, mais homme brisé à jamais. Paradoxe allemand, il s'installa en lisière de la célèbre forêt germanique où Arminius, guerrier germain au nom latinisé dont la statue bismarckienne gigantesque trône encore là-haut sur cette colline boisée, massacra les deux légions romaines de Varus, au tout début de l'ère chrétienne.

Mon frère et moi aimions la dignité de notre grand-père, il émanait de lui une sorte d'aura, comme si ses faits d'armes qu'il nous avait narrés de cet air las le plaçaient dans la dignité des courageux vaincus. Son irrésistible faiblesse de vieillard avant l'âge était la promesse d'une humanité nouvelle lorsque je fus enfant. Le vieux monde s'était écroulé, car il le devait pour qu'un monde nouveau – le mien – puisse naître. Avant qu'il ne devienne trop faible, nous faisions des promenades ensemble dans la Teutoburger Wald en hiver – nous passions Noël en Allemagne –, accompagnés de son éternel épagneul. Sans un mot, nous marchions dans la neige parfois épaisse qui bleuissait sous nos pas, dans un froid glacial, où les ramures des hauts arbres noirs étaient blanchies par la neige qui s'envolait dans les cimes au vent d'hiver, dans le coassement incessant des corbeaux.

Lui, marchait tout droit en courbant l'échine dans un dernier effort pour ses petits-fils qui semblaient tant représenter d'espoir pour lui. Nous, jeunes fous, nous courrions avec le chien, escaladant les talus glissants, dévalant les ravines givrées, puis épuisés par ces courses, haletants, nous revenions à lui, et il nous souriait de cet air si simple, si humainement simple.

Armin était un officier allemand, mais nous voyons en lui, mon frère et moi, le chef de char, le héros bardé de décorations qu'il cachait, mais que ma mère nous avait montrées. Mon frère, surtout, a voulu assez puérilement s'approprier ce statut de noble chevauchant la cavalerie moderne, car il refusait absolument d'être dans le camp des victimes. Il refusait absolument être le descendant de ces moutons passés à l'abattoir après avoir été tondus. Il refusait absolument d'être le complice de ces Juifs qui en avaient vendu d'autres, ou même simplement donné. Et il refusait tout aussi absolument avoir pu faire partie, de près ou de loin, de ces *Judenräte* qui avaient sélectionné des gens pour leur dernier voyage, en épargnant d'autres qui ne survivraient pas non plus. Henri, comme un enfant, aimait les héros. Et il s'efforçait de voir en notre grand-père ce héros, ce qu'il n'était pas et ne voulait d'ailleurs surtout pas être. C'est son petit-fils qui essayait de l'y pousser, en endossant lui-même l'uniforme de soldat. Henri ne pensait pas que la croisade allemande contre le bolchevisme fut vaine. Elle avait un sens, pour lui. D'ailleurs, le camp du bien, de la liberté, n'avait-il pas finalement triomphé ? Les Américains, après la guerre, n'avaient pas fait autre chose que les Allemands, en s'en prenant à la sanglante hydre communiste.

Mon grand-père tremblait lorsqu'il mangeait sa soupe et renversait maladroitement le liquide sous les mauvais commentaires d'une épouse peu charitable, lui reprochant sans doute à demi-mot que des hommes tels que lui eussent précipité son monde dans l'abîme. Alors, Armin, observant ma grand-mère du coin de l'œil, se saisissait de sa cuillère et se déversait des flots de soupe sur son visage, l'air de lui dire qu'il faisait encore ce qu'il voulait puisqu'il ne faisait désormais plus ce qu'il pouvait. Il mourut prématurément trente ans après la guerre, comme s'il n'avait jamais pu rentrer à nouveau dans le commerce des vivants.

Encombré par ces souvenirs, je revis ma mère, faisant face à mon père. Lui, prof de gauche, dispensait à ses fils l'enseignement hugolien selon lequel plus on ouvre d'écoles, plus on ferme de prisons. Sage recommandation, sans nul doute, même si les écoles se sont multipliées et que les places en prison manquent, mais ma mère, Ursula Frey von Kölniz qui détestait son prénom – elle se faisait appeler « Ulla » – s'étranglait lorsque mon père prenait ses airs humanistes. Elle disait à qui voulait l'entendre que la misère ne justifiait jamais le crime. Pour elle, un malfrat dérobant le sac d'une vieille équivalait à un serial killer. La moindre dérogation à sa loi naturelle lui était insupportable, non pas qu'elle voulût changer le monde, mais justement le conserver tel qu'il fut. Elle s'emportait sur le fait que les hommes étaient fous de vouloir changer la nature, qu'elle se suffisait à elle-même et ne les avait pas attendus, ni aucun autre être vivant pour lui dicter sa conduite, sa voie naturelle.

Un soir, ma mère et moi revenions d'un dîner chez une de ces vieilles copines, aussi toquée et mère maquerelle qu'elle, et j'avais hâte de quitter cette soirée afin que je puisse enfin rentrer chez moi, à Paris avec ma femme et mes enfants lorsque ma mère, qui adorait conduire même lorsqu'elle était pompette, ce qui était le cas ce soir-là m'ordonna sans ménagement de lui donner les clefs de ma bagnole – une BMW assez puissante, dois-je préciser –, ce que je fis avec réticence. Nous rentrâmes alors de Fourqueux, mais alors qu'elle connaissait évidemment le chemin pour rejoindre notre maison familiale de Louveciennes, elle se perdit comme un petit enfant qui ne retrouve pas son chemin après l'école. Un instant, abasourdie, elle arrêta la voiture sur le bas-côté, coupa le contact et me regarda avec dans ses yeux un terrible sentiment de panique. Ce n'était pas l'alcool qui avait causé ça, je le savais bien. Je lui caressai la joue tendrement avec un sourire aussi espiègle qu'ignorant du mal qui la rongeait déjà, je pris le volant, la ramenai chez elle et la couchai avec quelques mots apaisants, et un somnifère tandis que je passai la nuit dans la chambre d'ami, celle de ma défunte enfance. La tumeur au cerveau qu'on lui a diagnostiquée quelques jours plus tard était déjà grosse comme un œuf de caille et n'avait pu être éradiquée malgré la première intervention chirurgicale ; elle ne pouvait déjà plus parler. Elle ne souriait plus non plus. La deuxième intervention, je veux dire, la seconde trépanation, n'eut pas plus de succès sur le développement insensé de cette saloperie, et ma mère mourut ainsi un soir tandis que, mon frère et moi, nous lui tenions chacun une main, laquelle était encore chaude et charnue, les doigts toujours lourds de ses bagues d'aristocrate. Lorsqu'elle expira dans un dernier râle insoutenable, Henri l'observa un instant puis me regarda, comme si j'étais un étranger. Comme si je n'avais rien à faire là. Pis, bientôt vint dans son regard d'aigle une lueur de haine. Oui, de haine, comme si j'avais tué *sa* mère. Ce soir-là, je perdis ma mère, et sans doute aussi mon frère.

***

L'hérédité fait cependant que la perte de l'être cher n'est que partielle, car il lui survit. Oui, c'est une perte provisoire, de celle qui ne dure qu'un temps, car les gènes reprennent bientôt leurs droits. Ma mère m'a légué ce qui l'aura aussi sans doute tuée. Ce legs trouve son siège dans l'abdomen, là où se niche, sans trop savoir où exactement, le système neuro-végétatif. Certains scientifiques l'appellent le « deuxième cerveau », mais d'autres disent qu'il s'agit en fait du premier. Alors, comme tout cela est assez abstrait, essayons de nous représenter ce que furent les premiers instants de la vie multicellulaire.

Difficile, mais pas impossible. Imaginons des êtres d'une simplicité absolue, des sortes de minuscules vers par exemple, dont les seules sensations sont celles de chaque être vivant : le froid, le chaud, la soif, la faim, des choses très basiques, mais qui conditionnent *l'existence de l'être*. Ces vers n'ont pas de cerveau à la manière où nous, humains, le concevons. Ils ne sont qu'un infime corps rampant dans un bouillon de molécules primales ; ils n'aspirent qu'à une chose : vivre. Mais vivre implique nécessairement de ressentir le besoin et la contrainte, les deux étant de toute façon liés. Et c'est précisément à cet instant de la vie originelle que le « premier cerveau » est né, dans le seul but de faire face à ce besoin et à cette contrainte, dans leur absolue permanence. Il y a autant de neurones dans mes tripes que dans le cerveau de mon chat. Et, comme ceux du cerveau développé, autant de connexions synaptiques que d'émotions douloureusement ressenties. Pour certains individus, la substitution du « Premier » par le « Deuxième » passe totalement inaperçue ; ils s'en fichent comme d'une guigne puisqu'ils ne savent même pas qu'il y a eu un « Premier ». Moi, si. Et bien que le cerveau « moderne » cartographie en permanence chaque zone de mon corps pour essayer d'en tempérer les tumultes, il se sent impuissant lorsqu'il s'agit de toucher aux prérogatives, à l'autorité même, du « Premier ». Il n'en a pas le droit, car il est le « Deuxième » et, comme tel, lui doit allégeance, à la manière d'un féal rendant hommage à son suzerain. Il ne contrôle donc aucun des phénomènes physiques les plus vils comme la sudation, la vascularisation, les battements du cœur – c'est à ce propos que je voulais parler de souffrances dans la chair que m'a léguées ma mère – et c'est en cela que cet *outlaw* insensé, ce résidu abject des temps immémoriaux du vivant, fait endurer de tels maux à ses victimes. C'est un cerveau tyrannique, car il vous rend esclave de votre souffrance. Si l'autre, celui qui est complexe, évolué, cultivé, plein de surmoi (l'autre n'en a aucun), celui qui sait vous rendre heureux à la seule vue d'un enfant qui rit n'a pas son mot à dire lorsque le dictateur ordonne le silence de l'esprit et de la grâce au profit de sa nature barbare, celle qui vient me ronger dans les plus atroces et inutiles tourments. Car, non content de vivre une vie parfaitement autonome, cet organe, que dis-je, cette excroissance organique d'un passé qui aurait dû être révolu à jamais après l'apparition d'un son prétendu alter ego, contrôle aussi son cadet. Oui, il entend donner des ordres. Des ordres impérieux que le cadet n'a pas d'autre choix que d'exécuter. Je vous l'ai dit, il est son esclave. Alors, il faut que l'esclave obéisse.

15

La cérémonie avait lieu dans la salle haute de la bibliothèque de l'Ordre des avocats, un quadrilatère de près de trente mètres de long, d'environ douze mètres sous plafond à caissons, lambrissé de bois blond, où était apposé, en une fresque de bronze démesurée sur l'un des murs, entre deux tapisseries des Gobelins, un hommage aux avocats parisiens morts pour la France. Toute cette partie du Palais de justice historique de Paris, – le lieu jadis de résidence des rois de France – était dédiée aux avocats, et à leur histoire. Un avocat parisien avait été pape. Hors ce monument aux morts grandiloquent où apparaissaient aussi les noms des avocats déportés, comme si mourir en déportation, pour un Juif, avait été une manière de mourir pour la France, le reste des rayons de vieux bois était tapissé de livres de droit anciens aux couvertures finement ouvragées, reliés pleine peau, la plupart à la feuille d'or. On y trouvait les œuvres de Domat, Portalis, Tronchet, Pothier, Bigot de Préameneu, des traductions commentées de Beccaria. Et tous les auteurs latins, voire grecs. Il fallait avouer qu'il y avait ici, dans cette salle immense chargée d'histoire, un bel ordonnancement multiséculaire. C'est probablement pour ça que je suis venu.

Nous étions tous là réunis pour célébrer la remise de la Légion d'honneur par le Garde des Sceaux en personne à notre estimé confrère Servant, lequel portait bien son nom. Il s'était fait une niche crypto-christique consistant à défendre les avocats du monde entier, mais surtout les avocats turcs et iraniens, ils étaient les plus proches de nous, du moins plus que les avocats russes et chinois dont tout le monde semblait se foutre. Servant était l'avocat international des avocats, de ces confrères interdits ou empêchés d'exercer dignement leurs fonctions, ils étaient ses ouailles, son sacerdoce. Je ne sais si l'Ordre le rémunérait pour ça, mais il aurait pu ; c'était sans nul doute une juste cause, venant du pays des Droits de l'Homme.

Servant souriait niaisement, comme illuminé d'une grâce enfantine, presque stupide, aux mains qu'on lui tendait et qu'il serrait avec ce tant soi peu de conviction, que cela apparaissait presque naturel. Le bleu au revers de la veste allait bientôt rougir par la grâce d'institutions frelatées d'hypocrisie et d'amitiés maçonnes. Je n'assistais jamais à ces sauteries qui puaient l'entre-soi faussement confraternel, mais la bâtonnière m'y avait invité et, ce soir-là, j'étais passablement désœuvré, en plus d'être rond comme une queue de pelle. J'appris au détour d'une conversation que je surpris malgré moi que le ministre de la Justice n'avait finalement pu se libérer et avait dépêché son directeur de cabinet, qui, muni de l'onction républicaine, allait remettre les insignes à Servant qui déjà piaffait sur l'estrade, regardant idiotement le micro devant lequel il allait prononcer un discours d'une intense gravité sur la situation internationale de nos confrères, paraissait-il à ce que j'entendais dire encore autour de moi. Servant tenait une pose maniérée digne d'une telle attente. La scène était à pleurer de petitesse, on aurait dit de tous ces gens-là les larves de mes delirium tremens.

Tout est vanité. Même un reclus volontaire dans la cellule de son monastère est un vaniteux à vouloir trop aimer le Sauveur. Il essaye de se sauver lui-même en faisant mine de le faire d'autrui. Je l'étais aussi vaniteux, mais moins que Servant qui jouissait de se faire pénétrer de bons sentiments pour satisfaire son ego dérisoire, comme s'il s'en était fait enculer. Moi, je ne savais plus comment satisfaire mon ego depuis ma rupture avec Aminata, et peut-être même que j'enviais Servant de savoir le faire. Tous les confrères présents étaient en robe, comme le veut l'usage immémorial, sauf moi, qui dédaignais ces niaiseries. Mais, comme j'étais connu comme le loup blanc dans le milieu pour être maintes fois passé à la télé au cours des procès médiatisés dans lesquels j'avais toujours défendu l'indéfendable, on me regardait comme l'ivrogne que j'étais, mais avec considération, car, tout de même, j'étais de la confrérie, une brillante ordure bouffie de bourbon, certes, mais de la confrérie.

Je ne vis donc, au début de cette cérémonie, qu'une colonie de pingouins, attendant patiemment le banc de poissons qui n'allait pas manquer de lui être servi après le sacro-saint rite de la décoration républicaine. C'est justement du fait de cette indifférenciation des genres due au port de la robe, cet uniforme unisexe, que je n'aperçus pas tout de suite le poltron. Dans cette foule dense – nous étions bien une centaine de vaniteux – et, mon ivresse aidant, je n'avais pas trop prêté attention à l'assistance, à cette foule de m'as-tu-vu et de pique-assiette emplie de son vain orgueil, et encore moins à un type pareil. Le poltron avait pris plus de deux décennies dans les gencives, mais semblait être toujours le même. Non, il *voulait* être toujours le même. Cette même gueule de rapace, cette tronche à la Denner dans *L'homme qui aimait les femmes*, du type qui n'est obsédé que par une seule et même chose. Il avait troqué sa coupe de cheveux en ailes de corbeaux en une sage raie sur le côté portant des cheveux encore noirs pour son âge (mais peut-être les avait-il teints), et courts. Mais c'était sûr, il était bien le même type qui vociférait, juché sur ce scooter rue de Naples lorsque j'avais seize ans.

16

À côté de lui, très proche même, ils étaient ensemble, c'était évident, une femme habillée en civil, aux cheveux noirs et aux yeux verts. Ses cheveux longs descendaient jusqu'à la naissance de sa poitrine et étaient lisses, sauf quelques mèches rebelles qui se lovaient sur elles-mêmes. Je ne vis plus que ses cheveux, pas la femme elle-même, ni même ses yeux, et encore moins son improbable cavalier, mais ses cheveux. Bientôt cependant, je dus reprendre mes esprits. Il fallait bien que je sache quel était ce couple ! Je connaissais l'homme, mais qui était-elle ?

Soudain, en une fraction de seconde, comme un homme qui se défait de la jungle à coups de machette, je sus. Je sus par je ne sais quel étrange instinct que je connaissais cette femme. Je ne l'avais jamais vue puisqu'un collaborateur avait plaidé le dossier Spire, et celui-ci m'avait dit, à son retour de l'audience, qu'elle était *étonnement belle*. Mais une fois que je constatais qu'elle se cachait des photographes, j'avais renoncé à essayer de la voir. Cela faisait plus de trois ans que cette affaire s'était terminée, j'avais oublié cette femme qui m'avait pourtant secoué. Et j'eus pourtant, à cet instant improbable, cette vision insensée d'elle acoquinée au poltron de ma jeunesse, pendant cette cérémonie de remise de breloques ridicules à laquelle je n'aurais jamais dû assister ! Que pouvait bien faire une femme pareille avec un type comme lui ? Comment était-il possible que Tsipora Toledano, la maîtresse des Spire père & fils, puisse s'être amourachée d'un tel minable ? Le fait qu'ils soient juifs tous les deux n'était pas une explication suffisante, et encore moins valable.

Je m'étais persuadé que cette femme était celle que je pensais être alors que je n'en avais pas la moindre preuve concrète, cela n'avait finalement été qu'une impression fugace, mais si prégnante que j'en avais été convaincu. Puis, tout aussi étrangement, ce fut le premier moment, presque concomitant au précédent, où j'eus une étrange et indéfinissable envie à son égard. Car, enfin, je l'avais vue, et je sus alors pourquoi elle ne m'avait pas laissé en paix avant que je ne la voie.

Ultime trouble de ma pensée ; ma mémoire alcoolisée fit enfin le lien entre le poltron et son nom : Klein. Antoine Klein, c'était lui que j'avais vu rue de Naples, c'était lui qui vendait du shit à la fac, c'était lui qui avait été l'avocat de la compagnie d'assurance pendant le procès que j'avais perdu pour Spire, et c'était lui qui baisait Tsipora Toledano ! Et était-ce lui le frère d'Henri ?

À la fin de la cérémonie, pour je ne sais quelle raison, le couple négligea le pot qui allait suivre, et se dirigea vers le vestiaire. Je m'étonnai moi-même de faire attention à eux, sans aller m'en jeter un mais, poussé par une drôle d'envie assez peu alcoolique, car je n'étais d'un coup plus si paresseux, je décidai de les suivre. Ils ne m'avaient pas vu, n'étaient pas du tout intéressés à moi, et lorsqu'ils furent dans l'escalier qui menait au vestibule de la salle basse, je vis le couple se parler de manière assez véhémente, Klein semblant lui reprocher quelque chose que je ne parvenais pas à saisir. Mais il y avait de l'eau dans le gaz, c'était sûr. Nous fûmes bientôt dans le long et glacial couloir où défilaient, à gauche, les médaillons en bronze des grands Bâtonniers de l'Ordre puis nous empruntâmes, moi à dix mètres derrière eux, la galerie Mercière du Palais, avant qu'ils ne descendent l'escalier monumental jusqu'à la cour du Mai. Je restai sur le haut des marches à allumer mon cigarillo tandis que le couple était déjà dans la cour pavée et que la discussion entre eux semblait encore s'envenimer.

Klein héla finalement un taxi après s'être séparé d'elle sur le boulevard du Palais et, sans un baiser, ni même un mot, me sembla-t-il, ils se quittèrent. Triste séparation, pensai-je. J'étais à présent totalement dégrisé. Il me tardait de la suivre, car, nouvelle intuition, je savais déjà qu'elle allait rentrer chez elle à pied. Ça ne manqua pas. Elle emprunta le pont Saint-Michel pour immédiatement aller vers l'Est en suivant les quais. Lorsqu'elle fut sur celui des Grands-Augustins, elle s'arrêta soudainement. Auparavant, elle marchait devant moi d'un air plus à musarder qu'à rentrer chez soi. Pourtant, les escarpins noirs, assortis à sa jupe droite en cuir et au boléro à col mao qui ressemblait à un perfecto, son chemisier en soie presque translucide jusqu'à mi-sein n'incitaient pas à déambuler dans Paris la nuit. Elle s'empara de son sac Chanel aussi petit et noir que ses cheveux, et de son portable dont elle se saisit après avoir attiré à elle la chaîne en simili or. Ce faisant, elle tendit la jambe droite et je vis le galbe de ses mollets nus qu'une fine ligne presque invisible fendait en son milieu. Je m'étais arrêté et faisais mine d'admirer Notre-Dame illuminée, regardant un bateau-mouche passer sous moi.

Elle était désormais occupée au téléphone avec Klein qui, même encore dans le taxi qui les avait séparés, sentit le besoin de l'appeler à nouveau ou était-ce elle qui l'avait fait ? Non, sinon je l'aurais vue. C'était bien lui qui l'avait appelée. Je m'attendais à ce qu'elle conteste, se renfrogne, pressée de se débarrasser de l'importun, mais je vis bien que ses airs ne reflétaient aucune colère, ni même aucun agacement, bien au contraire. La bienveillance à l'égard du poltron était de mise, et j'enrageais de voir ça. Je me sentais humilié, mais je n'arrivais pas à savoir pourquoi ! Alors, je regardai vers le couchant. Des lambeaux de nuages rose orangé flottaient dans le ciel en cette soirée de juin, se déchirant au gré des sautes de vent d'ouest ; il ne semblait souffler qu'en altitude, car le ciel était clair et déjà on voyait apparaître les premières étoiles. Ébloui par ce coucher de soleil, je regardai alors sous moi la masse noire du fleuve qui s'écoulait sans bruit. Les réverbères qui parsemaient son cours lui donnaient quelques éclats de lumière sporadiques, et je vis dans l'un d'eux l'ombre d'un animal qui flottait au gré de l'eau. Oui, ce n'était pas une ombre, c'était le corps d'un animal de la taille d'un gros rat, peut-être un chat, que le courant entraînait au fil de l'eau.

Je sentis qu'elle finit la conversation la première, du moins d'après ce que j'en vis, puis reprit son chemin d'un pas plus décidé qu'il ne le fut avant. Elle prit à droite la direction de la place Maubert pour ensuite monter la rue Monge. Elle marchait vigoureusement. Une fois sur la place du même nom, alors qu'elle s'était arrêtée à hauteur de Cardinal Lemoine pour téléphoner à nouveau (à qui ? je ne savais pas), elle prit la rue Gracieuse sur sa droite et se retrouva bientôt dans la rue Lacépède où elle rentra dans l'immeuble du 32 bis, sur sa gauche. Pourquoi avait-elle été jusqu'à la place pour ensuite rebrousser chemin vers sa destination ? Elle aurait dû prendre la rue Lacépède dès la rue Monge. Pensait-elle être suivie ? Avais-je été repéré ? Je m'arrêtai donc à la fin de la rue Gracieuse, juste le temps de la voir entrer dans son immeuble et abandonnai là ma filature, allumai un nouveau cigarillo, en aspirai une bouffée salvatrice, redescendis vers la Seine et hélai un taxi sur le boulevard. Dans la voiture qui me menait chez moi, je ne pus m'empêcher de penser à boire un double bourbon dès mon retour, mais surtout à essayer de sortir cette femme de ma tête, en sachant que je n'y arriverais sans doute pas. À l'époque du procès Spire, ma curiosité pour elle m'avait obnubilé, elle avait été capable de supplanter Aminata sans coup férir, avec une facilité cruelle, sans même que je la voie, comme s'il avait fallu que cette femme m'obsède à mort. Mais, alcool aidant, je l'avais oubliée, du moins le croyais-je. Et voilà que je la filochais comme un malfrat, ou à la manière d'un flic, d'un privé sans scrupules, en tout cas d'un type mal intentionné.

Alors que le taxi qui me ramenait chez moi franchissait le pont et la place de la Concorde, puis enfilait la rue Royale jusqu'à la Madeleine pour ensuite remonter le boulevard Malesherbes, je m'interrogeai sur les raisons qui m'avaient poussé à la suivre ainsi jusque chez elle. L'occasion avait fait le larron, certes, car, après tout, elle s'était séparée fâchée de Klein devant le Palais de Justice, et si ça n'avait pas été le cas, jamais je ne l'aurais suivie. Non, le destin avait parlé. Il avait fallu que je croise à nouveau la Juive pour que toute ma vie en fût changée. Désormais, elle allait occuper mes jours et mes nuits. Je craignais cependant déjà qu'elle et le bourbon ne fassent pas bon ménage, comme un cocktail qui m'aurait rendu fou. À cause d'elle, il fallait que je le devinsse cependant. Le lendemain, vers 11 h alors que j'avais encore assez peu bu par rapport à mon alcoolémie habituelle à cette heure de la matinée, je ne pus m'empêcher d'aller la voir dans sa galerie de la rue Jacob. Un besoin irrésistible m'y avait poussé. Lorsque j'entrai, personne n'était là et j'errai alors à travers ces bronzes contemporains dont j'aurais bien assorti mon bureau de certains, mais surtout j'allai comme un type qui voyait dans ces statues à la froide immobilité l'ombre effrayante de lui-même.

J'observai une femme obèse, style Botero, lorsqu'une voix douce, mais grave s'exclama dans mon dos : « Les hommes préfèrent les grosses ! » Je ne cédais pas à la tentation de lui dire, après qu'elle m'eut si intrépidement apostrophé alors que j'étais un futur client, et qui était la Juive, qu'elle aurait pu faire l'économie d'une si lamentable référence à ce film de série B des années 80. Elle ne pouvait pas savoir, elle n'était pas née. Je répondis alors, avec un sourire qui me surprit moi-même, tout aussi bien que ma sincérité, d'ailleurs : « Elle me fait penser à ma mère », et me tournai alors vers elle. Je voyais cette créature pour la seconde fois seulement, mais cette fois-ci en pleine lumière, et je sus alors quels étaient les tourments des hommes qui la fréquentaient. Ce n'était pas sa manière féminine si désinvolte, qui se moquait du quand-dira-t-on qui l'animait puisqu'elle semblait faire preuve à mon égard d'une attention dévouée, presque désintéressée du résultat de ses ventes. Ce n'était pas non plus sa plastique ionienne, somptueusement veloutée pour tout homme, même pas spécialement versé dans l'orientalisme, alors que précisément je l'étais farouchement. C'était surtout sa manière si gracieusement neutre, si juive de ne pas faire mine d'y toucher. Comment dire ? Elle avait ce soupçon de réalisme qui n'appartient qu'aux femmes juives. Les hommes le sont trop, et généralement les femmes pas assez. Là, cette Juive était d'abord une femme, mais savait aussi être un homme, je veux dire être ce qui plaît aux hommes, parce qu'elle n'est pas simplement femme, elle est aussi une sorte d'homme, et c'est ce qui plaît aux hommes d'aimer une femme qui leur ressemble.

Elle me sourit et me prit par l'épaule pour me montrer d'autres œuvres exposées dans sa galerie. J'étais beaucoup plus grand qu'elle et je fus saisi par son initiative de s'emparer ainsi de moi en levant le bras si haut, à ma rencontre. Comme si elle avait aimé le regard que j'avais posé sur ses bronzes, ce qui impliquait pour elle une proximité à laquelle je ne m'attendais pas. Troublé, je sortis de la galerie, sans rien acheter, comme mu par une volonté de la fuir, comme altéré par ce qui j'y avais trouvé. Cette femme ne semblait pas réellement de ce monde. On eût dit qu'elle flottait dans l'éther tout en semblant attachée à quelque chose, comme un coquillage à un bloc de granit. Le jour même, j'appelai mon administrateur de biens afin de savoir s'il avait en portefeuille un appartement à louer rue Lacépède proche du 32 bis et, si possible, en vis-à-vis. Il me dit que non, mais qu'il allait appeler ses confrères pour se renseigner. Deux heures plus tard, il me rappela pour me dire qu'il avait peut-être trouvé quelque chose, mais que l'appartement était bien trop petit pour moi. Je lui intimais l'ordre de retenir illico la location, de signer le bail en mon nom et de me remettre les clefs au plus vite.

17

Le clocher de l'église d'Illiers-Combray, tout en hauteur, loin du centre du village m'était apparu sur fond de ciel d'azur tandis que Tsipi dormait. Aucun nuage. Nous roulions depuis une petite heure et, comme souvent, elle avait piqué un léger roupillon de vingt minutes, comme seules les femmes, futures mères, savent le faire. Mais elle s'était privée d'admirer les flèches de la cathédrale qui grandissaient au fur et à mesure de notre avancée vers Chartres. La voyant ainsi les yeux closent, le buste et la tête droits, la respiration silencieuse, je pensais à ma veine. Oui, je pensais à ma chance, et au fait que la vie d'un homme est faite de cycles, que la vie tout court est faite de cycles, que le monde et l'univers sont faits de cycles. Chaque être qui se trouve être le roi des animaux, le prince de son clan finit par chuter, et être remplacé, c'est inéluctable. J'avais vécu des moments d'intense bonheur avec ma femme, mes enfants, et j'avais gravi des montagnes pour m'installer là où je savais pouvoir être quelqu'un. Un vrai *mentsch.* Soudain, je perdis tout ou presque. Anja était mon *alter ego* et je n'avais même jamais envisagé de vivre sans elle. J'avais cumulé les malheurs sur ma tête, et il m'avait tant tardé de quitter ces oripeaux de merde, consistant à se demander simplement pourquoi les méchants prospèrent alors que les justes souffrent. À cela, certains répondent avec foi, et peut-être sagesse qu'il vaut mieux une question ici-bas qu'une réponse là-haut. Mais comme les cieux n'étaient agités que de vils phénomènes physico-chimiques, il ne fallait pas m'attendre à y trouver la moindre solution à mes malheurs. Ou plutôt si, la solution était là, assise à côté de moi dans cette voiture nous menant, *elle et moi*, vers ma maison de Méséglise.

Car Tsipi était là maintenant, tellement désirable dans sa tenue faite d'un leg-in court, d'un chemisier sans manches dans lequel je voyais pointer ses seins au gré de son souffle calme, le tout assorti à la couleur de ses cheveux noirs. Son haut était largement échancré, de sorte que j'apercevais le liseré de dentelle du bonnet de son soutien-gorge et je fus pris d'une envie folle d'y glisser ma main, là où ourlaient ces fines veines bleues à la naissance de ses seins. Je me retins cependant, je n'allais pas la réveiller. Ses mains étaient nonchalamment posées, l'une presque fermée sur l'aine, l'autre ouverte entre ses jambes, son pouce manucuré d'un blanc laiteux semblant épouser la courbe de son mont de Vénus. Je n'avais jamais rencontré et encore moins aimé une femme aussi intensément belle et mesurais la martingale enfin revenue dans ma vie depuis que Tsipi y était. Elle ouvrit très légèrement la bouche, sa fine langue rose en sortit, laquelle passa doucement sur ses lèvres sèches et j'aperçus du coin de l'œil ses petites quenottes blanches comme de l'ivoire. Si son corps me fascinait, son esprit me troublait peut-être même plus encore que sa sombre beauté orientale. Elle avait une mémoire stupéfiante qui lui faisait citer par cœur des strophes entières d'*Eugène Oniguine*, une dextérité intellectuelle digne du plus brillant talmudiste, une culture livresque ahurissante et un sens de la répartie comique qui ne cessaient de me surprendre chez une fille si tôt et tragiquement privée de ses parents.

En définitive, ce qui me plaisait le plus chez Tsipi, car je l'admirais pour ça, c'était cette force inouïe qui, malgré le malheur qui s'était abattu sur elle, ne lui avait jamais fait courber l'échine, bien au contraire, tout cela l'avait élevé au rang de reine, mais une souveraine pleine de violence. Et je devais bien me rendre à l'évidence : elle était beaucoup plus douée que moi pour ça, mais elle semblait aussi avoir envie de me montrer le chemin pour y parvenir.

Dans son demi-sommeil, elle étendit sa jambe gauche, celle que je voyais le mieux, car l'autre était tapie dans l'ombre, et je vis la rondeur de son genou éclairé d'une tache de soleil. Tsipi était le début d'un nouveau cycle, et je ne pouvais en rêver un meilleur. Elle ronfla un peu puis se réveilla doucement, regarda devant elle en se frottant les yeux et, sans me regarder, elle lâcha : « Tu as l'air sombre quand tu m'observes ». Dès son réveil, elle avait retrouvé sa voix d'une sensualité hors norme. Je fermai les yeux en me remémorant l'instant où, pour la première fois, j'entendis sa voix. Je connaissais la femme, mais je ne l'avais jamais entendu parler puisque nous n'avions échangé que par mails. La tessiture de cette voix de grave matinée d'un soupçon de basse lui donnait des airs presque masculins. C'était dans la profondeur de ce timbre qu'on y entendait la voix d'une femme, comme les trilles d'un rossignol. J'ouvris les yeux et ne sus pas quoi répondre à ce qui ressemblait à une question, sauf peut-être de lui dire que je voulais un enfant d'elle. Comme je ne répondis pas, elle enchaîna sur un tout autre sujet, après avoir bâillé, comme une enfant l'eût fait : sans mettre sa main devant la bouche. « Lila est venue à la galerie hier. », dit-elle.

Tsipi me l'avait présentée comme sa sœur de lait, mais je sentais qu'au-delà de cette sororité de façade, elles s'aimaient profondément, et je n'avais pas envie de m'en mêler, même si une pointe de jalousie me titillait toujours lorsqu'elle me parlait d'elle ou quand ces deux jeunes femmes étaient ensemble en ma présence. Je réprimais donc un « Vous couchez toujours ensemble ? ». Avec Tsipi, je m'étais réfréné. Il y a une certaine gêne, pour un homme de mon âge, à aimer une femme qui pourrait être sa fille. De sorte que, étant réfréné, on est plus soi-même, et ce qui avait sans doute séduit cette femme en moi, cette sorte de désinvolture ironique, cynique, n'était plus. Comme si elle avait lu dans mes pensées, elle dit :

« T'es bête. Elle est venue me voir, on a déjeuné ensemble et m'a annoncé quelle militait désormais dans son association. Il leur faut des fonds, et ils ont pensé à nous.

— Ils ont pensé à toi, Tsipi, pas à moi, pas à nous. C'est toi qui as touché le pactole de Spire. Tu connais ma situation professionnelle, elle n'est pas brillante, j'essaye de rebondir, ne me mets pas en plus ce fardeau sur le dos.

— Toni, c'est bon, dit-elle en me regardant d'un air étrange teinté d'incrédulité, mais aussi d'un peu de pitié. Il n'est pas question que tu leur donnes quoi que ce soit. Lila est mon amie et, comme tu me le rappelles avec une certaine inélégance, j'ai largement de quoi rendre heureuse sa clique de gouines. Ça me fait juste rire qu'elle ait adhéré à un truc pareil, c'est ridicule ! N'ont-elles rien d'autre à foutre de leur vie ? En quoi peut-on, doit-on être fier de son orientation sexuelle ? ».

Elle me regarda de cet air goguenard et complice que j'aimais tant. Je m'en voulais un peu de m'être ainsi désolidarisé d'elle alors qu'au contraire je voulais définitivement l'arrimer à moi. Mais après toutes ces années dorées, j'étais désormais juste financièrement, à telle enseigne que je songeais sérieusement à vendre la maison vers laquelle nous roulions. Je pensais aussi au fait que ma poisse professionnelle avait, peu ou prou, coïncidé avec ma rencontre avec Tsipi, alors que j'essayais de n'y voir aucun lien.

La maison de Méséglise avait été acquise par mon grand-père en 53 ou 54, je ne sais plus. Une dame, qui était sa patiente à Louveciennes – mon grand-père adoptif avait été médecin comme mon frère le devint plus tard – lui avait recommandé ce coin perdu entre Perche et Beauce, car elle y avait sa propre maison de campagne, à proximité. Cette femme avait aussi été la meilleure amie de ma grand-mère et, accessoirement, devenue la maîtresse de son mari. Je songeais à cette infidélité dont la famille avait fait ses gorges chaudes pendant des années, car tout ce petit monde s'était convaincu, ce chœur des vierges, ce vocero, que le cancer du pancréas qui avait emporté ma grand-mère en quelques mois alors que je n'étais qu'un enfant avait eu pour seule cause le chagrin causé par cette trahison.

De bien noires pensées que je refusai d'associer à une éventuelle infidélité de Tsipi – et je parvins d'ailleurs à les chasser – me traversèrent l'esprit lorsque nous arrivâmes à la maison située proche des étangs du village. D'une voix doucereuse, comme si j'avais quelque chose à me faire pardonner, je dis : « On arrive, ma chérie », alors que nous étions venus ici ensemble quelques dizaines de fois, mais elle était désormais si occupée à scruter l'écran de son téléphone qu'il me sembla opportun de l'en distraire.

Je rentrai la voiture dans le jardin dont l'allée centrale était plantée de tilleuls, les pneus crissant sous le gravillon, souvenir de mon enfance. Le temps était radieux, les odeurs du jardin sublimes et, en descendant de voiture, Tsipi empoigna son sac, fila dans notre chambre à peine avais-je ouvert la maison, sans un mot. Pas plus de deux minutes plus tard, elle revint en maillot de bain. Elle aurait été nue, cela aurait été pareil tant son corps sculptural semblait se jouer de ce tissu si fin et aussi noir que ses cheveux. Mieux encore, une fois au bord de la piscine que j'avais fait construire quelques années auparavant après avoir racheté les parts de la maison aux autres enfants de mon père, je la vis faire glisser son frêle habit le long de son corps et rentra dans l'eau, nue. Je restai là, à admirer en silence l'élégante descente des quelques marches du bassin. Tsipi avait relevé ses longs cheveux noirs en un chignon noué à la diable, et seules quelques mèches folles couraient le long de son cou et autour de ses oreilles.

Sans me regarder, mais sachant sans doute que je l'observais comme un môme qui voit pour la première fois une femme nue, elle avait légèrement levé ses mains, de manière à appréhender son entrée dans l'eau. Ce mouvement se traduisit, dans son dos, par une brève remontée de ses omoplates qui formèrent ainsi un creux le long de sa colonne vertébrale. Celle-ci était bosselée à intervalles réguliers de légères redondances lombaires qui s'achevaient, juste avant la naissance de ses fesses, par deux creux faits de ses fossettes qui dessinaient deux virgules de chair. J'étais fasciné. Et je le fus plus encore lorsque j'abaissais doucement mon regard sur la rondeur callipyge de sa croupe qui semblait d'airain, au teint si mat qu'il absorbait la lumière. C'était une Aphrodite séfarade qui descendait dans l'onde, laissant échapper un bref couinement de souris quand l'eau vint submerger son sexe.

La laissant à son bain, je m'affairai dans la maison en ouvrant tous les volets, défaisant nos bagages et me changeai rapidement pour aller la rejoindre tant, déjà, son absence me pesait, bien que j'entende dans le jardin, par les fenêtres ouvertes, le clapotis de l'eau sous sa nage. Ce son doux, long et régulier m'apaisait, mâtiné qu'il était de ses odeurs enivrantes, celles surtout des rosiers orange dont les pétales étaient irisés d'un rouge vermillon qui surplombait la piscine. À sa droite, le chèvrefeuille, à sa gauche, le jasmin, qui, tous deux, grimpaient en s'accrochant à ce qu'ils trouvaient sur leur route fertile. Un vent chaud entra dans la maison. Alors que je passai par la cuisine, saisi par ce souffle, là où j'avais laissé mon téléphone, un son s'en échappa. Le bruit métallique d'un texto. Par réflexe, sans même me soucier de ce que je faisais à cet instant, je me détournai de mon chemin, pourtant tout droit tracé vers la terrasse, et vers Tsipi, pour m'enquérir du message. Je me saisis de l'appareil, vis qu'il provenait de mon fils et lus sur l'écran : « Oncle Henri est sorti de prison, c'est chouette, il m'a invité à dîner, j'ai accepté. »

Il en avait pris cinq et en avait donc fait trois, un bail. Il était dehors, mais je n'osais pas lui envoyer un mot. Je ne pensais qu'au dîner que mon frère avait organisé avec mon fils. Il m'était odieux que Joni fût dans ses rets parce que je savais que sa pensée pouvait être séduisante pour un tel jeune homme. Je regardai mon odalisque dehors puis mon téléphone, et finalement le posa. C'est ainsi vêtu de mon maillot de bain trop court pour mon âge – celui que Tsipi m'avait offert – que j'allai enfin au bord de la piscine.

C'est alors que je vis un jeune homme franchir le portail extérieur de la maison. D'un pas décidé, comme s'il fut chez lui, le type, vêtu d'un marcel gris, d'un short kaki, couvrant jusqu'aux genoux ses pattes velues, et de chaussures montantes de sécurité, venait à la maison sans que je le sache. Il allait d'un air qui sait où il va. Grand, la tête garnie de cheveux noirs, épais et coupés ras, des épaules de déménageur, il regardait pourtant le sol de cette allée gravillonnée en s'approchant de la maison quand il vit ma Mercedes garée là. Il comprit alors seulement qu'il n'était pas seul et qu'il lui faudrait composer avec le propriétaire, qu'il n'avait justement jamais rencontré auparavant, du moins le croyait-il. Car moi, je connaissais son visage. Oui, je connaissais ce visage rond, hâlé, ses yeux couleur cassis luisant. Une bouille d'enfant lorsqu'il me revint l'avoir vu pour la première fois alors qu'il donnait la main à son père. Dix ans semblaient être passés, et je le revis tel qu'il avait été. Sa grandeur baraquée aujourd'hui démesurée tranchait avec la petite taille du bambin qui s'accrochait au bras de son père, timide comme il devait encore être. L'entreprise paternelle s'était occupée du jardin de la maison longtemps, et le jeune fils, rejeton du dernier amour de son père pour une Catalane, de vingt ans plus jeune que lui, avait pris la succession.

Le jeune homme arriva tandis que j'étais debout sur le perron de bois exotique que j'avais fait aménager, en plus d'avoir exhaussé la longère d'un étage (crime architectural cautionné par le maire à qui j'accordais des prébendes éhontées), en faisant construire la piscine. Je l'observai comme une étrange idole. .Il ne se distinguait pas par la beauté grecque de son corps, de son visage apollinien, mais par ce type de beauté spirituelle, vivante, en somme, qui ne résulte que d'elle-même, tant elle est indépendante de son esprit. Cette beauté-là était du même acabit que celle de Tsipora. À portée de voix, il dit : « J'ne savais pas que vous étiez là, mon père m'a dit de venir chez vous, suis désolé de vous déranger », bégaya-t-il. Je ne savais que faire de lui. Devais-je le congédier ? devais-je attendre que Tispi sorte de l'eau et se trouve nez à nez avec cet éphèbe ? Je n'ai jamais eu la moindre attirance pour un homme en plus d'un demi-siècle d'existence, mais celui-ci m'attirait comme jamais je n'aurais pu le soupçonner. Était-ce l'insulte de sa jeunesse et de sa beauté impudiques, la pensée qu'il eut pu séduire Tsipora si elle l'avait vu, en sortant du bassin si proche, à portée de voix ? Toujours est-il que je fus pris d'une rage jalouse qui me fit faire déguerpir ce troublant intrus, lequel rebroussa chemin sans coup férir, avec une tristesse résignée dans son regard luisant, alors qu'il ne s'était assigné pour seule mission que de tondre le gazon, et qu'il n'avait même pas envisagé que quoique ce soit puisse l'en détourner.

J'avais durement chassé le jeune importun avec le sentiment d'un obscur regret salement pétri d'un désir rentré tant pour ce jeune homme lui-même que pour la relation sensuelle qu'il aurait pu avoir avec Tsipora. Comme si j'avais un instant imaginé que leurs jeunes étreintes avaient pu me soulager de mon inéluctable ruine. Heureusement, je fus sauvé par la scène qui s'offrit à mes yeux. Elle était sortie de l'eau, dédaignant le confortable transat qui s'offrait à elle, vint s'allonger sur la margelle de la piscine. Tsipi ne sut même pas que ce jeune homme vint ici et que je venais de m'en débarrasser. Elle était sur le dos, les bras croisés lui servant de coussin sous la tête. Celle-ci cherchait la lumière du soleil, mais en fait tout son corps parsemé de gouttelettes d'eau semblait y aspirer également. La rotondité irrégulière de ses côtes rejetait sa poitrine en arrière, vers le haut, et lui creusait une sorte de vide à la base du sternum. Elle savait que je la regardais, je ne m'en cachais pas et je nous voyais, peut-être à tort, avec le même trouble : celui d'un homme trop vieux pour une femme trop jeune. Je m'approchai cependant d'elle lentement, puis m'accroupis. Elle tourna alors sa tête vers moi, mais sans ouvrir les yeux, me sourit et tendit enfin son bras dans ma direction. J'étais à présent assis en tailleur près d'elle tandis que mon index courait sur sa peau mate de la pointe de son menton jusqu'à la naissance de son sexe. Le parcours était toujours le même : un léger mouvement accompagnant la courbe de son visage puis de son cou, mon doigt allait jusqu'à son nombril et s'arrêtait à la base de son pubis, dont j'avais réussi à la convaincre de ne plus trop l'épiler, avant de reprendre le même chemin en sens inverse.

Tsipi lâchait de brefs soupirs comme une chatte aurait ronronné sous une caresse et bientôt, je n'y tins plus et me saisis de ses deux seins ronds comme des pommes mûres cinglés de ces veines bleues dont je ne me lassais pas. Elle sursauta, surprise, se saisit de mes poignets et, de toutes ses forces, m'entraîna avec elle dans l'eau du bassin dans un grand éclat de rire. Une fois que nous eûmes fait l'amour, elle me repoussa doucement, sortit de l'eau et ainsi toujours nue, sans se soucier le moins du monde qu'on eût pu l'épier, elle rentra trempée dans la maison par la terrasse. Je restai dans la piscine à rêvasser, bercé par le souvenir de cette insondable étreinte aquatique lorsqu'elle revint, toujours nue, mais sèche, croquant dans une reine-claude dont le jus lui parcourut la commissure des lèvres, suivit la courbe de son menton velouté, puis mourut à la base de son cou, évaporé. Tsipi aimait la nudité, sa nudité, non pas seulement parce qu'elle avait un corps somptueux, mais en raison de la liberté totale dans laquelle elle entendait se mouvoir, elle y nageait, sans la moindre contrainte ou pudeur qui l'aurait privé de vivre son *être*. Cette absence totale de gêne m'avait parfois causé quelques soucis tant elle semblait se désintéresser du regard des autres voire le dédaigner, ce qui était loin d'être mon cas, mais j'avais fini par m'en accommoder tant sont rares les êtres libres. C'est un lieu commun que de le dire, mais ce qui l'est moins, dans mon cas, est que j'aime autant que je hais la liberté de cette femme.

Pendant le dîner, nous avions sans doute bu plus que de raison en mangeant un repas fait de viandes froides et de salades qu'elle avait préparées, toujours nue, habillée du tablier en dentelle de ma grand-mère. Une fois qu'elle eut fini, que j'eus dressé la table sur la terrasse et ouvert le vin, elle quitta la cuisine après avoir pendu le tablier à un crochet. Elle revint quelque temps plus tard habillée d'une robe d'été en lin rouge carmin, un maquillage imperceptible sur le visage, et lorsqu'elle fut arrivée sur la terrasse alors que je sirotais paisiblement un malt, je lui tendis son verre de kir qu'elle but avec avidité. Je lui souris, elle me rendit mon sourire et d'un geste, souleva doucement sa robe afin que je puisse apercevoir la petite culotte qu'elle portait assortie à son vêtement. Elle me fit un clin d'œil espiègle que je pris pour une invitation, mais elle s'installa à sa place en me faisant un léger signe de la servir à nouveau.

Nous étions entre chien et loup lorsque nous eûmes achevé de dîner, j'avais allumé des bougies juchées sur leurs candélabres en étain du pays et tamisé les lumières de la terrasse, afin de rendre l'atmosphère de cette fin de repas plus romantique. Ses yeux rendus brillants par l'alcool, un demi-sourire aux lèvres, mordant à nouveau dans une des prunes vert d'eau dont elle s'était saisie dans le saladier, Tsipi me dit : « Tu as l'air de quelqu'un qui veut dire quelque chose. » Elle commençait souvent ses phrases ainsi : « Tu as l'air », semblant douter de ses intuitions, mais, au fond, je voyais bien que ce n'était que pure rhétorique, elle savait ce que j'avais dans la tête.

C'est ce que j'appelais la *Seule Vraie Intelligence* : l'ultime preuve de la fulgurance d'une pensée résidait dans sa capacité à connaître voire anticiper celle de l'autre, de tous les autres. Bien sûr que j'avais quelque chose à lui dire, elle ne le savait que trop bien. J'étais plein d'allant ce soir-là, désinhibé par le vin, décomplexé par sa beauté, le coucher de soleil sur l'horizon et les flammes qui dansaient devant nos yeux. Il faisait encore chaud, les odeurs du jardin après le soleil de la journée embaumaient tellement l'atmosphère que mes sens – et, sans doute, les siens – étaient prêts à tout. Je lui dis : « Tsipi, je veux un enfant de toi », lâchai-je, un sourire illuminant certainement mon visage qu'elle trouvait si expressif. Elle refusait de vivre avec moi, désireuse de conserver sa liberté de femme, disait-elle, et je lui demandais de faire un enfant. Il aurait peut-être mieux valu d'abord parvenir à la convaincre de cohabiter avec moi avant d'envisager aller plus loin, mais comme je n'étais pas parvenu à mes fins depuis tous ces mois passés à la tanner de cette unique obsession, en désespoir de cause, je m'étais résolu à ce qu'elle ait un enfant *chez elle* où j'aurais d'ailleurs passé le plus clair de mon temps.

Le matin suivant notre arrivée, je dormais du sommeil du juste lorsqu'elle me réveilla. Non pas qu'elle eut fait du bruit et m'ait dérangé, non, elle m'avait réveillé parce qu'elle était éveillée. Étrangement éveillée. Elle était assise, nue, sur le bord du lit dont les draps blancs mettaient en valeur l'obscure couleur abricot mûr de sa peau, dissimulée dans l'ombre, tout autant que la naissance de ses fesses me donnait l'impression d'une immense pêche, tout aussi mûre. Le plus saisissant cependant était la position de ses mains. Elle avait sans doute dû croiser les bras sur sa poitrine de manière à ce que celles-ci s'allongent lascivement sur chacune de ses omoplates. Le spectacle était plein de grâce, car je voyais la chute de ses reins et, juste à mi-hauteur du galbe que formait ce dos, sa natte folle qui courait le long de sa colonne vertébrale, et enfin, de part et d'autre, ses doigts minces de pianiste dont l'extrémité tapotait sa peau dans un étrange rituel allant singulièrement du petit doigt au pouce. Elle dormait toujours avec cette natte qu'elle se confectionnait souvent à la va-vite avant d'aller se coucher. « Habitude de petite fille », avouait-elle. Là, contemplant béat cette pose féminine d'un érotisme aussi absolu, je bandai.

Les pilules orange que j'avais dû avaler à l'époque d'Elsa n'étaient plus qu'un lointain souvenir depuis Tsipi. Au début, j'avais décidé de continuer à carburer au 40 mg, mais bientôt, je sentis que le priapisme permanent était ingérable surtout sur la plage en été et passai alors en douceur au 20 mg, me disant que ce serait sans doute suffisant. Et au bout de quelques semaines, je passais du 20 mg au 10, car je sentais bien qu'avec cette femme-là, je n'avais plus besoin de chimie.

Tsipora avait cet art, non pas de dissimuler ses sentiments, de cela elle en était bien incapable, mais, au contraire, de les mettre tellement au jour que je ne savais pas lequel prédominait. La veille de notre départ vers Méséglise, une fois qu'elle fut endormie, mais moi pas, car circulait dans mes veines tout un tas de molécules me tenant dans une sale veille contrainte, elle rapprocha son corps, comme une somnambule, serra son ventre contre ma hanche et ses jambes vinrent se coller aux miennes. Elle souleva légèrement l'une d'elles et, sensible au message qu'elle m'envoyait, je lançai l'une des miennes dans l'intervalle qu'elle venait de créer. Tsipi me reçut ainsi en refermant l'étau d'airain de ses cuisses. Plus tard, elle dormit et rêva aussi. Elle rêvait d'amour, car chaque fibre de son être se contractait parfois puis se relâchait en un va-et-vient incessant, comme le ressac de la mer, le flux des marées, un mascaret. Je sentais sur ma hanche les palpitations de son sexe, en cet afflux et reflux du jeune sang qui l'animait. Je pense n'avoir jamais vécu, à cet instant, un tel sentiment de félicité, de celui qui vous transporte loin du monde, et vous dit que vous pouvez désormais mourir puisque vous avez eu l'insigne chance de vivre ça.

Toujours de dos, mais me montrant son profil, elle dit :

« Tu m'observes encore, et tu bandes », dit-elle innocemment sans plus tourner la tête ni le buste vers moi. Cette femme avait des yeux dans le dos, car j'étais censé dormir et ne rien voir d'elle.

« Je te regarde toujours quand je peux, répondis-je.

— Tu m'aimes ? demanda-t-elle encore.

— Comme moi-même, répondis-je encore.

— Heureusement que tu n'as pas dit : "Plus que moi-même", sinon, je ne t'aurais pas cru.

— Tu aurais eu raison de ne pas me croire », dis-je enfin.

Alors, sa main droite quitta son épaule gauche et vint se coucher sur le drap au bout de son bras velouté, fin et long. Une fois ce geste accompli, elle tourna la tête vers moi et me dit : « Viens ». Je m'approchai d'elle qui s'allongea sur le côté, me tournant encore le dos. Je m'approchai encore presque à la frôler. Elle se saisit délicatement de moi tandis que je confinais à sa plus simple intimité. Puis, comme une furie, du feu dans les yeux, elle se retourna subitement et, toujours tenant ma bite dans sa main, elle l'avala comme Jonas le fut par la baleine. Lorsqu'elle eut fini ce qu'elle voulait absolument faire avec cette manière si brusque, mais aussi étrangement naturelle, comme empreinte d'une fierté hautaine aussi, de s'y prendre avec une telle violence, mais sans aller trop loin dans ma jouissance, Tsipi se tourna à nouveau sur son côté droit, me tournant le dos, sa main libre me cherchant à tâtons, elle me trouva.

Et cette même main m'introduisit doucement dans son orifice le moins lisse bien que je n'eusse jamais osé lui demander un tel sacrifice. C'est elle qui décida exactement du moment où elle entendait que je le fasse. Car muettement, je le lui avais demandé et, elle, tout aussi silencieusement, m'avait répondu. La sodomie n'est pas un acte anodin, contrairement à la fellation – que Tsipora pratiquait avec une malice diabolique – qui est l'évidente résurgence d'anciennes passions infantiles inassouvies, sinon impunies. Dans la sodomie, les corps ne sont pas faits naturellement pour cette étrange rencontre, sujet de presque tous les tabous depuis l'aube de l'humanité, et qui caractérise chez certains la plus noire bestialité précisément parce que la matière fécale y est présente. Le noir de la merde, son odeur méphitique, c'est la nuit de l'homme, la peur du diable, et l'horreur de la mort. C'est pour ça que le sodomite est honni. Toutes les répulsions de l'homme sont contenues dans le nom de Sodome. Même chez les femmes pourtant les plus portées sur la chose, la pratique de la sodomie est inconvenante parce qu'elle est souillure, impureté. Parmi d'autres au contraire, la voie naturelle, peut-être parce qu'elle est justement naturelle pour la reproduction de l'espèce, n'est pas un terrain de jeu. Et comme il en faut nécessairement un dans nos mornes existences, certaines s'en imaginent d'autres. La sodomie est ce terrain de jeu-là. Pour les hommes comme pour les femmes. Les hommes, on le sait, sont privilégiés en disposant de l'orgasme prostatique, mais les femmes n'ayant pas cet organe, comment font-elles pour en jouir ? Il y a là un mystère. Considérant la position du clitoris, externe et interne, il est assez éloigné de la zone érogène concernée. Pourtant, et cela échappe aux hommes, les femmes ressentent de telles vibrations dans leur chair, dans leurs sens, démultipliés par leur sensualité primitive, qu'elles sont accessibles à ces sortes de sensations, celles d'une jouissance nue.

***

J'aimais Toni profondément. Il était devenu le seul phare dans la tempête de ma vie parmi tous ces morts, mais sa volonté obsessionnelle d'une nouvelle paternité avait résonné en moi comme le sermon que mon frère ne cessait de me rabâcher. Yossi avait à peine trente-six ans et déjà eu cinq enfants, lui et sa femme Ziva n'entendant pas en rester là – elle était encore enceinte. Croissez et multipliez, cette injonction de la Torah, cet ordre divin, était l'alpha et l'oméga de sa vie d'homme, avec bien sûr l'étude incessante des textes sacrés. Yossi, qui avait accepté de rencontrer Toni au cours d'un de ses rares passages en France, avait apprécié le caractère posé et réfléchi de mon compagnon, bien qu'il ne fût pas juif au regard de la *Halakha*. Mais mon frère, qui n'avait jamais renoncé à me sauver des tourments de la géhenne, avait aussi constaté avec une satisfaction non feinte que je côtoyais le même homme depuis plusieurs années.

C'était déjà une grande victoire pour lui et puis, en définitive et au point où j'en étais, il importait peu que Toni ne soit que demi-juif, dès lors que moi je l'étais pleinement, du moins selon les canons de sa Loi, de sorte que nos enfants le seraient aussi.

Mais Yossi n'aurait simplement pas compris que je lui dise que la terre était déjà surpeuplée de huit milliards d'individus, qu'elle en était exsangue et que la seule réponse à la menace de survie de la planète était de nature démographique. Alors, je me contentais de lui dire que j'étais encore jeune, et que j'aurais toujours le temps de faire des enfants. À cela, il me répondit que Toni avait vingt ans de plus que moi et qu'il serait peut-être bon d'y songer un jour, car personne n'était éternel, comme s'il n'envisageait même pas que je puisse désormais fréquenter un autre homme le reste de mon existence. Mon frère n'aurait pas compris non plus, noyé dans sa certitude absolue que l'homme, grâce à perfection divine, n'était pas un animal comme les autres. Oubliant, au passage, que tous les êtres, sans la moindre exception, n'ont tous que les deux mêmes instincts essentiels : se conserver, d'abord, se reproduire, ensuite. Pour ma part, si, comme tout le monde vivant sur cette terre, j'aspirais à me conserver, je ne voyais en revanche aucunement qu'il y eût la moindre fatalité à me reproduire.

« Toni, tu as déjà des enfants ! dis-je.

— Mes enfants sont adultes, Tsipi, c'est de toi que je veux un enfant, un vrai », me dit-il avec trop d'empressement à mon goût.

J'aurais pu le brusquer, comme j'avais tant voulu le faire avec mon frère, en lui rappelant que ce n'est pas parce qu'un homme est physiologiquement apte à se reproduire qu'il faut pour autant le faire, car comment un enfant encore jeune verrait-il son père en vieillard ? J'aurais pu aussi lui rappeler qu'une femme a un nombre d'œufs limité et qu'elle ne peut plus naturellement en disposer à partir d'un certain âge, et que cela démontrait suffisamment que l'évolution de l'espèce n'envisageait aucunement qu'un homme, pour son seul bon plaisir ou, plus sûrement, pour ne pas perdre une femme beaucoup plus jeune que lui, puisse faire des enfants à cinquante balais passés. J'aurais pu enfin lui rappeler le souvenir de son père qui lui aussi avait eu des enfants hors la limite d'âge, et que cela ne l'avait pas empêché de crever dans la plus noire des solitudes. Mais, voyant son visage délicatement anguleux, tout en ombres sous la lumière incertaine des chandelles qu'il avait allumées, ses yeux un instant si brillants d'enthousiasme et devenus si tristes, que je renonçai à lui dire la moindre chose qui put le blesser. Je décidai néanmoins de rebondir, histoire de faire diversion :

« Nous, les femmes, avons un problème, affirmai-je, déjà convaincue à part moi que l'argument que j'allais lui opposer n'aurait pas la moindre pertinence à ses yeux.

— Lequel ? Les femmes ont de multiples problèmes que les hommes n'ont pas, hasarda-t-il.

— Le dilemme obstétrique, ça te dit quelque chose ? répliquai-je. Non, j'imagine », dis-je, avant même de le laisser répondre.

Il me regarda attentivement, en silence, se saisit de son verre de vin pour en boire une longue gorgée, comme s'il devait se préparer à quelque épreuve, à la manière d'un étudiant à qui on va remettre un sujet d'examen. Ce n'était pas de l'impatience, il avait peur de quelque chose. Mais j'étais allée trop loin pour m'arrêter en chemin, dès lors qu'en plus je ne ferai qu'exposer une évidence biologique. Je poursuivis alors :

« Le dilemme obstétrique, c'est l'éternelle souffrance de la femme qui enfante. Les règles douloureuses, la grossesse pesante, la ménopause grinçante, ça ne suffit pas, il faut en plus qu'on souffre pendant l'accouchement. Tu sais pourquoi ? – J'ai bien une petite idée, dit-il sans grande conviction.

— Une petite idée ? demandai-je, narquoise. Je vais t'expliquer : la bipédie poussée à son extrême dans notre espèce a entraîné un rétrécissement drastique du bassin de la femme.

— Oui, et alors ?

— Laisse-moi terminer », lui dis-je, déjà passablement énervée que je sois contrainte de lui fournir quelque explication que ce soit et, plus encore, par le fait qu'il m'interrompt.

« Or, le petit d'homme dans le ventre de sa gentille maman voit croître son cerveau – et son crâne avec – dans des proportions telles qu'elles ne permettent pas à cet enfant d'en sortir sans nécessairement faire souffrir sa mère. Car tu sais sans doute qu'on extirpe le bambin par la tête. C'est une erreur de la nature, un mauvais calcul, si tu préfères. »

Là, il sourit niaisement, étira ses jambes sous la table, croisa ses bras sur son ventre, en renversant son buste en arrière avec l'air de celui qui a la solution au problème posé. « La péridurale, ce n'est pas pour les chiens, Tsipi ! » osa-t-il. Il faisait exprès de ne pas comprendre la portée générale, presque universelle de mon angoisse d'enfanter. Par un sale tour de passe-passe, il avait voulu fuir la problématique, en se servant des outils que les hommes avaient inventés pour que les femmes ne souffrent plus en couches. Le problème était bien plus vaste : les hommes dominaient les femmes en raison de la reproduction de l'espèce puisque le surinvestissement affectif de la mère envers l'enfant était le cœur de la violence masculine. « T'es trop con », dis-je. Je me levai sans un mot de plus, quittai la terrasse, rentrai dans la maison et mis une musique dansante. Un genre de funck saturé de basses qui, alcool aidant, me fit oublier ce dialogue de sourds. C'est en me trémoussant comme une ado, faisant une esquisse de danse du ventre, que je retournai sur la terrasse et lui lançai un clin d'œil aguicheur. Il rit de mes mimiques grotesques de pute genre lap dance, se leva, m'enlaça et nous dansâmes alors qu'il m'étreignait si fort que je m'en voulais d'avoir ainsi fermé la porte à son bonheur, mais je me réjouissais aussi d'avoir clôt cet épineux sujet. Comment expliquer à un homme tel que lui qu'une femme comme moi n'aurait jamais d'enfants ? Et surtout, lui faire comprendre qu'il m'aimait trop pour que je l'aime comme lui en était capable.

18

L'enveloppe kraft était arrivée à mon bureau le matin même, vers 9 h, mais à 10 h 30, je ne l'avais toujours pas ouverte, et pourtant ce n'était pas la curiosité qui me retenait. Je buvais café sur café, avais avalé mon Gaviscon du matin, sûr d'un mauvais coup. C'était bien la trouille qui m'en empêchait, comme un homme qui refuse de se regarder dans le miroir, et il y en a des centaines de millions comme ça. Le réel est souvent terriblement laid, abject même, c'est vrai, mais il faut bien le contempler, car il n'y a en fait que lui qui vaille. Mais je sentis aussi, mû par l'instinct, que j'allais avoir une très mauvaise surprise, et je détestais les surprises, même les bonnes.

Prenant mon courage à deux mains, je déchirai l'enveloppe et en sortis son contenu : des photos, rien que des photos, sans un mot d'accompagnement. Un tas de photos en noir et blanc. Je finis bien par oser poser un regard sur l'une d'elles. Au milieu de ce fatras – il devait bien y en avoir une trentaine –, je vis l'image peu nette, floue d'une femme brune agenouillée et de dos. Je ne voyais en fait que ses fesses nues assises sur ses mollets, seule la plante de ses pieds en dedans sortait de la chair ronde comme un violoncelle. Au-delà de son dos, puis de sa tête couverte d'une chevelure sombre, on devinait un tronc d'homme. Je ne voyais pas *réellement* son visage, mais sus, à la manière dont il laissait légèrement ses mains se reposer sur le canapé ainsi qu'à ses genoux qui venaient encadrer les frêles épaules de cette femme, qu'elle le suçait. Le constat était évident dès lors que je ne voyais de ses coudes qu'une pose qui ne laissait aucun doute sur l'usage de ses mains affairées à se saisir de cet homme.

Dans une moue de dégoût, je m'emparai alors fébrilement d'un autre cliché, farfouillant dans cet amas de merde, afin de tenter d'y trouver l'identité de l'homme et de cette femme. Après la vue de cette photo, je ne pensais même pas au salopard qui m'avait envoyé ça, et c'est probablement ce qu'il cherchait. J'avisai un cliché donnant sur la rue. 32 bis rue Lacépède, c'était inscrit sur cet immeuble, en haut et à droite de la photo. Je connaissais cet homme grand, blond, légèrement dégarni qui s'apprêtait à rentrer dans l'immeuble. C'était mon frère. Ces photos avaient dû être prises de l'immeuble situé en vis-à-vis de celui de Tsipora, et le téléobjectif, malgré sa puissance, ne parvenait à saisir qu'imparfaitement ce qui se tramait derrière la large fente entre les rideaux du salon de l'appartement situé au 1er étage, flanqué de ce balcon en fer forgé que j'avais arpenté lorsque je fumais encore. Sans flash, comment percer un tel secret ? Mais le 800 mm vraisemblablement utilisé pour ce shooting excitait tellement les pixels par son incroyable précision, que l'image n'était pas si mauvaise. J'avais à faire à un pro de la photo, c'était évident. S'en suivit un puzzle : celui – aucune femme n'aurait fomenté un tel truc – qui m'avait envoyé ça m'invitait à faire un puzzle diabolique, reconstituer minute par minute comment mon frère avait rejoint l'immeuble et y avait baisé ma femme.

Enfin celle que je croyais être ma femme. J'y croyais tant bien que mal, mais sans avoir l'assurance que ce fût bien Tsipora qui fût sur ces photos. Lila n'était, après tout, pas si éloignée physiquement d'elle et je me figurais assez bien qu'elle laissait son appartement à la disposition de son amie, fût-ce pour baiser avec mon frère. La nuit, n'est-ce pas, tous les chats sont gris ! Et le dos d'une jolie jeune femme brune est quand même toujours un peu pareil, non ? L'ennui était que Lila n'aimait pas les hommes, pas du tout, et il était donc grotesque de penser une seconde qu'elle fût la maîtresse d'Henri, et le suçât. Mais, après tout, dans LGBTQUIA+, il y a bien un B, de sorte que Lila – tout comme Tsipora, d'ailleurs – pouvait fort bien être à la voile et à la vapeur. Mais que ferait Lila, même bi, dans l'appartement de son amie alors qu'elle avait le sien du côté de la Butte aux Cailles ?

D'ailleurs généreusement financé par l'argent de Tsipora. La piètre qualité des autres clichés ne put me convaincre définitivement de rien, mais un sale doute subsistait, c'était le moins que l'on puisse dire.

J'étais alors en capilotade, tenaillé par ce mal de ventre qui n'était même plus insidieux, il se répandait en moi comme un poison qui me dévorait les entrailles, et l'esprit, aussi. Je ne mangeais presque plus. Comme je n'avais que mon frère comme personne identifiée dans cette *ténébreuse affaire*, je décidais de l'appeler, mais le numéro d'avant son incarcération, le seul que j'avais, ne me permit pas de le joindre. Quel égoïsme de ma part tout de même que d'essayer de tirer les vers du nez d'un homme qui venait de passer plus de mille jours en prison ! Mais j'avais décidé de me foutre de ses années de prison, je voulais juste savoir si Tsipora me trompait, et peu importait finalement si c'était avec mon frère, comme j'en avais déjà pourtant la certitude.

Je décidai d'appeler mon fils qui me donna le nouveau numéro téléphone de mon frère. Je me gardais bien de lui dire pourquoi. Pendant l'heure qui suivit ce bref coup de fil, je ne fis que penser à mon frère et au nom qu'il s'était choisi, en lieu et place de son nom de naissance, celui inscrit à l'état civil. Frey von Kölnitz. À présent, accaparé par ce nom, parvenant à délaisser un instant les images cauchemardesques de cette femme qui ne pouvait être que la mienne, je songeais à nouveau à ma mère morte. C'était à cause de ce nom si connoté, bien sûr, mais aussi peut-être du fait de l'étrange association que mon esprit désemparé avait imaginé, mariant outrageusement l'infidélité de Tsipora – et d'Anja –, à la vertu chérie de ma mère.

***

Mon frère me reçut froidement lorsque je vins lui rendre visite, ce samedi-là d'octobre. Il s'était réfugié dans une petite maison de la vallée de Chevreuse, du côté de Châteaufort. La forêt en automne, par ces coins-là, a quelque chose de magique, mais je n'avais pas le moindre goût à la féerie de ses couleurs lorsque je sonnai au portillon de sa maison en meulière. Mais avant de faire ce geste, j'entendis *la* musique. Oui, *la* musique s'échappait de la maison, par les fenêtres sans doute entr'ouvertes puisqu'il faisait encore bon en ce début d'automne. Je reconnus le final du premier mouvement de la *Symphonie Pastorale*, et pensant à ma situation de quémander à mon propre frère la confirmation de mon humiliation, mais aussi envahi par cette musique divine, je pleurai. J'avais à peine séché mes yeux d'un revers de manche qu'un jeune chien déjà gros vint à la grille, aboyant à tue-tête. Henri sortit bientôt sur le perron de la maison, siffla son chien qui s'exécuta en venant se loger au pied de son maître, et me fit signe de rentrer. Comme par enchantement, la musique se tut.

Il était habillé d'un pantalon en velours beige assez crasseux et d'une ample veste de laine grise munie d'une ceinture du même tissu. Sous elle, il portait un t-shirt au col dégingandé qui lui aussi semblait porter des traces suspectes. Le cane corso, une fois posé au pied d'Henri, s'assit délicatement sur une fesse, comme un vieux. Le maître flatta son chien et m'invita à me hâter afin que je rentre chez lui. Depuis la dernière fois que nous nous étions vus, lors du verdict, il avait pris dix ans. Ses cheveux n'étaient plus que grisaille déplumée, des bajoues tombantes accentuaient cet air de vieillissement prématuré. Sa peau, autrefois si blanche, était vermeille. Son poil aussi avait changé. Maintenant qu'il portait lui aussi la barbe, on ne voyait plus un poil blond. Non, ceux-ci avaient blanchi, comme sous la neige. Les effets du trou, sans doute. Même ses sourcils, autrefois invisibles en raison de leur blondeur pâle, broussaillaient comme du givre.

« Tu prends un thé avec moi ? » demanda-t-il, une fois dans la cuisine. Il était l'heure en effet et j'acceptai son invitation. Il tendit ensuite un bras pour m'inviter à m'asseoir dans son salon et nous servit le Lapsang souchong que nous aimions tant lui et moi, héritage d'un grand-père qui ne buvait que ce thé-là, et que nous adorions Tsipora et moi. L'avaient-ils aussi aimé ensemble ? L'endroit était mal entretenu, voire sale, frustement éclairé et, pour tout dire, infréquentable. Alors que je m'étais assis sur un des fauteuils crapauds dont le tissu en velours vert glauque laissait également à désirer, il était resté debout à m'observer avec son mug brûlant dans les mains. Cela dura un temps assez long pendant lequel nous n'échangeâmes aucune parole – nous ne faisions que nous regarder en chiens de faïence – puis il vint s'asseoir sur le canapé en cuir défraîchi que cachait un plaid écossais, en face de moi. Il posa son mug sur la table basse en verre encombrée de tout un fatras composé de journaux, revues, bibelots, et autres souvenirs de voyages lointains.

Puis, il sourit et dit : « Que me vaut l'honneur de ta visite, mon cher frère ? Tu voulais voir un ex-taulard en chair et en os ? » Je m'étais préparé à cela. Je savais qu'il allait me faire le coup de la bête curieuse, genre John Merrick, de l'animal de cirque que l'on veut voir pour se convaincre qu'il est si bon d'avoir échappé à son sort. Mais je n'étais pas là pour ça et, au fond, non pas que je me foutais de ce qu'il lui était arrivé, j'en avais souffert, mais il fallait bien que lui aussi expie ses fautes. Car fautes il y avait eu, sans nul doute, et je n'avais pas la moindre envie de l'entendre me raconter ses années carcérales pendant lesquelles je soupçonnais en outre qu'il avait su s'organiser de manière à rendre la taule moins pénible. J'avais en fait d'autres chats à fouetter en soupçonnant, non, en étant convaincu que mon frère avait baisé ma femme.

« Le 32 bis rue Lacépède, ça te parle ? » demandai-je sur un ton qui flirtait entre une innocence flétrie de cadet imposteur et une rage contenue de mauvais rival. La question, pourtant posée de manière assez véhémente, ne suscita pourtant pas le moindre trouble chez Henri, comme s'il s'y était attendu.

— Tu parles de l'appart' à putes ? demanda-t-il avec un toupet qui me déplut.

Je vis à ses yeux bleus, glacés, qu'il mentait. Je ne sais quel manque d'assurance, peut-être dû à la prison, à la réclusion érémitique qu'il s'était à nouveau imposée malgré l'isolement de ses années de geôle, mais peut-être aussi, et plus sûrement, comme l'évidence d'un mensonge. J'avais déjà pensé à toutes les hypothèses, mêmes les plus saugrenues ou les plus grotesques, et j'avais dû les balayer les unes après les autres : Lila, je l'ai déjà dit, mais aussi Tsipora en Escort-girl, en mère maquerelle, en nymphomane. Rien ne tenait. Il fallait nécessairement que cette femme baisant avec mon frère fût non seulement la mienne, mais encore qu'aucune contrainte ne l'y eût poussée.

Je me ressaisis et, comme si je fus sur le point de me jeter dans le vide la tête la première, lui dis :

« Il y a quelqu'un qui m'a envoyé des photos de toi. Si tu n'étais pas un ex-taulard, comme tu dis, elles auraient été compromettantes.

— Pardon ? dit-il.

— Crois-tu que je serais venu te voir dans ton trou pourri sans une raison impérieuse ? Crois-tu que je serais ici, chez toi, alors que je ne t'ai plus vu depuis ton procès, pour une simple histoire de pute ? Il se trouve, Henri, que l'appartement en question est celui de ma compagne depuis plus de trois ans, qu'elle a les cheveux noirs et que la femme qui te suce sur ces photos a aussi les cheveux noirs ! », aboyai-je.

Je sortis de ma poche les quelques clichés que j'avais amenés avec moi, comme la preuve de son forfait, et les jetai devant lui sur la table basse. Il ne se hâta pas pour s'en saisir, les observa finalement les uns après les autres avec attention puis les reposa lentement sur la table, en me regardant d'un air indéfinissable. Il semblait absent, sincèrement stupéfait, non pas d'avoir été ainsi épié dans son intimité, car tel que je le connaissais, il devait s'en foutre, mais bien que la femme sur les photos, la femme qu'il fréquentait, eu pu être la mienne. Mon frère n'avait jamais beaucoup montré ses sentiments, mais, à cet instant précis où il sut, Henri parut réellement désarmé, comme choqué. Je n'avais jamais vu ça chez lui. Ses yeux s'affaissèrent, ses cils papillonnèrent, son teint redevenu pâle blanchit encore et sa bouche se tordit de dégoût. Et là, je crus à son désarroi, je sus que lui-même avait été abusé, qu'il n'aurait jamais commis une telle forfaiture s'il avait su un seul instant que cette femme était la mienne, la compagne de son propre frère. Il baissa ses yeux plus encore et me dit, la voix blanche : « Je suis désolé, Toni. »

Malgré mon chagrin, ma colère, ma honte aussi, je fus incapable de lui en vouloir tant ce pardon me parut sincère. Et c'est sans doute cette sincérité désarmante, rassérénant le bouillonnement de rage en moi, qui me permit de l'interroger sur cette relation alors que tout me poussait pourtant à quitter immédiatement cette maison.

Henri me raconta alors qu'un de ses proches, dont il refusait de divulguer le nom, mais qui ne l'avait pas laissé tomber après son incarcération (contrairement à moi, insinuait-il), lui avait présenté cette femme qui tenait une galerie d'art à Saint-Germain-des-Prés. Henri venait de sortir de prison, ruiné par les dommages et intérêts qu'il avait dû verser à ses victimes. Et le type en question l'avait logé dans un de ses appartements du 6e arrondissement, en attendant qu'il se remette un peu de son séjour en taule et trouve un endroit à lui où se loger. La femme se faisait appeler Emmanuelle et ils avaient *sympathisé* lorsque mon frère lui eut raconté son histoire, de sa grandeur à sa chute.

La suite, il n'osa pas me la raconter, mais je ne cherchais pas à le pousser dans ses ultimes retranchements, je croyais en savoir assez désormais. Je lui demandai lorsque nous fûmes sur le perron de la maison, et que je désignai son chien du regard :

« Comment l'as-tu appelé ?

— *Febo,* bien sûr », dit-il.

Febo, le chien martyrisé auquel on a coupé les cordes vocales pour qu'on ne l'entende pas gémir lors de sa propre vivisection. Febo, le chien de Malaparte. J'avais initié mon frère à lire Malaparte, en lui offrant *Kaput*, et il avait bien sûr enchaîné sur *La Peau*, son deuxième chef-d'œuvre.

« Tu lui parles ? lui demandai-je, flattant le gros chiot alors que l'animal nous avait suivis sur le perron.

— Évidemment, et il me répond », répliqua-t-il du tac au tac. Je pris enfin congé de lui, en refusant l'accolade qu'il me proposa au moment où je sortis de sa maison. Je montai dans ma voiture garée le long du chemin et me mis à rouler à faible allure, réalisant à présent l'énormité de la trahison, des mensonges, de mon désarroi. J'avais cru enfin toucher au bonheur après ce déluge de merde, et voilà que j'étais abattu comme un oiseau en plein vol. Quelle malédiction s'acharnait sur moi, qu'avais-je bien pu faire pour que ma vie ne fût plus que peine ? Je décidai presque immédiatement, alors que je sortais à peine de la vallée de Chevreuse par la route des quarante virages, me dirigeant vers Buc, que c'était à mon tour de dissimuler, que je ne dirai rien à Tsipora, car j'étais sûr d'avoir été l'unique destinataire de ces clichés. Si je m'étais résolu à attendre mon heure, deux questions trottaient encore insidieusement dans ma tête. La première, essentielle, que je m'étais pourtant refusé de poser à Henri, consistait à savoir si elle savait qui il était. Je lui avais longuement parlé de mon frère, de sa vie, de son procès, mais pas de son nom d'emprunt. Il était alors possible qu'Henri, s'étant présenté à elle sous ce nom, Tsipora, n'ait pas cherché à en savoir plus et n'ait alors pas su qu'il était mon frère. Je savais pourtant que j'essayais en vain de me mentir à moi-même.

Car, l'infidélité était douloureuse à vivre, bien sûr, mais elle prendrait un tour insupportable si, en toute connaissance de cause, Tsipora m'avait trompé avec *lui*. Je m'étais convaincu, connaissant suffisamment mon frère, qu'il ne lui avait jamais parlé de moi. Un homme comme ça ne parle que de lui. Je ne trouvais donc pas de réponse à cette question et m'en voulais finalement de l'avoir fui, par lâcheté, par peur de savoir, sans doute. Peur d'autant plus puérile qu'on juge rarement un professeur de médecine pour viol, et donc qu'elle avait nécessairement fait le rapprochement.

La seconde résidait dans l'identité de celui qui m'avait infligé ce supplice. De prime abord, choqué de me voir confirmé cette trahison, je n'avais vu que l'ordure qui avait brisé ma vie, puis plus rien. Mon inconscient s'était débarrassé de lui. Mais, alors que j'arrivais désormais à proximité de Louveciennes, sur la route de Marly longée de platanes centenaires parés de couleurs rouges, se dressant vers le bleu du ciel, il semblait que je m'habituais à l'idée que ces photos avaient été, en fin de compte, salvatrices. Elles me révélaient la vraie personnalité de cette femme, elle qui, depuis des semaines, avait singé l'amante avec la froideur d'un serpent.

Rien, en effet, dans son comportement, dans la manière dont nous faisions l'amour, dans ses attitudes quotidiennes ne laissait présager qu'elle couchait avec un autre, qu'elle taillait des pipes à un autre, à mon frère – à d'autres, encore, qui sait ? – alors que je rêvais d'elle, seul dans mon lit. Comment ne pas faire le rapprochement avec Anja ? Ce photographe maudit m'avait cependant ouvert les yeux sur elle ; je devais lui en savoir gré, car il n'avait pas seulement été mon bourreau, en se faisant le brutal messager de la vérité, il m'avait sauvé du mensonge. Une fois la voiture logée dans le garage de la maison, j'y pénétrai alors que la nuit était déjà tombée. Léo, mon chat, quitta le canapé du salon en me voyant chez lui après que j'eus allumé les lumières.

Il vint se faufiler entre mes jambes en ronronnant, sa queue noire se lovant autour de mes mollets. Je le flattai en lui souhaitant bonsoir et alla m'installer sur le sofa que le chat venait de quitter, non sans m'être d'abord servi un gin tonic bien tassé. Ce n'est pas parce que le destin vous est contraire qu'il faut changer ses habitudes, et surtout pas ses horaires. Je bus une longue gorgée, avalai quelques noix de cajou, et regardai Léo dont les yeux couleur or me fixaient étrangement. À la vue de cet animal m'observant avec l'attention d'un sage, comme une apparition d'Edgar Poe, je me résolus enfin à reprendre mon destin en main, de cesser enfin de devoir dépendre des autres pour être heureux.

19

Je n'avais pas fait résilier le bail de l'appartement de la rue Lacépède bien que je n'eusse plus rien n'a y foutre. Les lieux m'avaient, semblait-il, suffisamment comblé de cette surexcitation, curiosité salace, nauséeuse et alcoolique, langue pendue, reluquant avec un délice coupable ce couple à son insu, dans ses poses grotesques. Et je pensais m'être rassasié de ce spectacle, mais ne parvenais pas à m'en convaincre. Un doute insidieux flottait tel un cadavre au fil de l'eau, comme celui entr'aperçu sur la Seine lorsque je suivis la Juive, ce soir-là. Mi-visible, mi-immergé, ce désir étrange parce qu'inenvisagé s'insinuait insidieusement en moi, pulsion sombre, noire même, que mêmes les célèbres brumes de l'alcool ne parvenaient pas à obscurcir tant elle devenait plus vive de jour en jour. J'aurais pourtant aussi décrit le phénomène comme l'effet d'un poison lent, très lent. Qu'est-ce qui me prenait ? Je m'étais toujours cru un peu dingue, mais maintenant, je déraillais. Mon esprit vicelard avait déjà bien buggé en m'entichant de ces shootings obscènes. Là, je m'étais mis à divaguer dans des sphères sanglantes qui m'étaient inconnues. C'était une volonté enragée de destruction qui s'emparait peu à peu de moi depuis cette filature, cette surveillance indigne, comme si des tentacules surpuissants m'enserraient le corps. Rien, aucune retenue ni convention, n'y résisterait, je le sentais atrocement. Ce désir morbide infusait comme des feuilles de thé dans mon sang qui bouillait doucement. L'instinct de mort, je le connaissais pourtant, je n'aurais pas dû être surpris qu'il me vienne comme ça, et désormais pour toujours. Il s'était déployé tout au long de ma vie, mais là, il confinait au sublime, car ce n'étaient plus des intermittences, mais un état permanent. Et ça changeait tout. Comme une tragédie grecque, le décor se mettait fébrilement en place, le chœur, les acteurs allaient à leur sombre destin, et j'en étais le créateur comme le héros.

Mais pourquoi elle ? Oui, pourquoi la Juive ?

Je tentais, encore presque lucide, de trouver une double réponse à cette question : cette femme supposait que l'on s'en défende, comme un cordon sanitaire opposé à un ennemi redoutable, bien qu'invisible – je ne la voyais que dans mes fantasmes –, mais aussi – et c'était ça qui était le plus étrange –, d'apparence parfaitement inoffensive. Cette femme, je le savais bien, ne m'aurait jamais fait le moindre mal, même si on le lui avait ordonné. Mais cette peur était bien là pourtant. Et comment ! elle me faisait frissonner comme si j'avais été pris de fièvre. Et, comme la riposte vitale nécessaire à cette conscience aiguë du danger, tournant en une obscure peur panique, il fallait que j'envisage sérieusement de me débarrasser d'elle, l'éliminer pour me sauver. Cette peur venait-elle de ce qu'elle était juive ? Oui, probablement. Je m'étais parfois imaginé que seule une femme de *cette* tribu-là aurait pu m'affecter de *cette* façon-là. Mais je sentais qu'il y avait aussi bien plus que ça. Bien plus que la seule femme juive qu'elle était. Bien plus même que la seule femme qu'elle était. Je ne savais que faire de ces envies de meurtre, l'alcool n'y répondait pas. Rien n'y répondait.

***

Je jure que je n'ai pas voulu piéger Henri. Il s'est trouvé là, dans l'objectivité de mon appareil photo alors que j'ignorais, une fois que je les ai présentés l'un à l'autre – mais n'était-ce pas de volonté délibérée que je le fis ? –, qu'ils frayaient ensemble. J'aurais dû le deviner, n'est-ce pas ? J'aurais même dû en être sûr tant ils semblaient être faits l'un pour l'autre. En tout cas, bien mieux qu'elle avec le poltron ! J'avais à faire avec deux frères. Je savais la complexité de leurs relations, et j'ai sauté sur l'occasion de me mêler de ça, moi le fils unique. Je connaissais par cœur Caïn et Abel, Jacob le glabre contre Esaü le velu, le plat de lentilles pour un droit d'aînesse, Joseph, vendu par ses frères. Il y avait là quelque mystère de la fraternité qui, au fond, n'en était pas un. Les frères se détestent parce qu'ils se jalousent, et ce n'est pas seulement à cause de leur mère dont ils doivent s'attacher prioritairement l'amour ni de leur père dont ils doivent s'affranchir après en avoir été les esclaves affectifs, c'est leur destin même de se haïr. Pour la raison simple que l'un en veut toujours plus que l'autre. J'avais donc décidé de devancer le destin, en le hâtant un peu, comme s'il fallut que je joue la mouche du coche matinée d'un faux devin, incorrigible que j'étais. Comme si aussi je voulais leur ruine à tous les deux, car je savais bien quelles conséquences s'en suivraient.

Je reprochais pourtant à Henri de ne pas m'avoir dit qu'il fréquentait la Juive, avant que je ne débute ma surveillance. Il me devait cette confiance, moi qui l'avais sauvé du cloaque de sa sortie de prison. Je tentais de le joindre, histoire aussi de me dédouaner, s'il avait eu quelque soupçon ; il connaissait mon goût pour la photographie. Plusieurs fois, je laissais des messages sur sa boîte vocale, mais il n'y répondait jamais. Je semblais devoir faire une croix sur son amitié, mais l'aurai-je méritée ? Et ce d'autant que la perte d'un ami que j'avais estimé était largement compensée par un plaisir beaucoup plus fort que l'amitié. Celui de faire le mal. J'ai cependant un peu hésité avant de balancer ces photos, mais quelque chose d'irrésistible m'y poussa, comme une bille de bois au gré d'un large fleuve. Toujours cette chose à moitié immergée qui me hante désormais.

Je retrouvais facilement la trace d'Antoine Klein. Il n'y en avait que deux au barreau de Paris, il me fut donc assez aisé d'identifier ma cible, en voyant sa bobine de corbac sur le site de l'Ordre. Son adresse professionnelle y était également indiquée, de sorte que je demandai à Laurence d'y envoyer les photos méticuleusement choisies, sans autre forme de politesse, en lui précisant que personne ne devait savoir qui en était l'expéditeur.

J'avais vu, au premier coup d'œil posé sur elle à la galerie, que la Juive n'était pas le genre de femme à se satisfaire d'une relation ridiculement binaire. Je veux dire, un homme, une femme et des marmots. Elle était visiblement faite d'une autre pâte, d'un tout autre bois dont j'ignorais tout de la réelle dureté exotique, mais c'était justement ça qui me fascinait. Et, pour une raison qui m'échappe encore aujourd'hui alors que j'écris ces lignes, je me suis convaincu qu'il fallait que ce bois brûle, comme on aurait brûlé une sorcière. Non, il fallait que *je* la brûle.

J'aurais été à la place de Klein, j'aurais eu envie de la tuer. Et comme moi aussi j'en étais maintenant si tenté, je m'associais volontiers à son probable irrépressible désir. Car j'étais sûr qu'il en était empli. Un homme veuf, la cinquantaine passée, qui retrouve jouvence avec une telle femme, ne peut pas accepter qu'elle lui échappe pour son propre frère. J'étais à présent dans l'esprit du poltron. Je savais qu'il s'était convaincu qu'être trompé par une femme beaucoup plus jeune que lui était de l'ordre, si pas du probable, mais au moins du possible, mais là, l'argument de la vieillesse délaissée par la jeunesse ne tenait plus : je savais à présent qu'Henri avait presque trois ans de plus que son cadet. Je réussis enfin à me convaincre que j'avais fait œuvre utile en dessillant les yeux de cet imbécile. Il y a du mérite à révéler au cocu l'étendue de son cocufiage, c'est un service qu'on lui rend, une manière de mise en garde à son prochain, une sorte de solidarité masculine. Et j'en ai définitivement conclu que ma haine inassouvie n'était pas à son égard à lui, mais uniquement dirigée contre elle. Ainsi, je la privais diaboliquement de ses deux amants. Je doutais en effet qu'Henri poursuive une quelconque relation, car il était à peu près sûr que son frère l'en avait mis au courant. Et je n'envisageais pas que les deux frangins, se sachant pris dans ce piège tragique, aient eu encore le moindre désir de continuer à fréquenter cette femme damnée.

***

Nourri de l'envie crépusculaire de tuer, devenue le seul *mantra* de ma vie avec l'alcool, j'attendais impatiemment que le poltron le fasse enfin. Mais je savais qu'il n'en ferait rien. Je le connaissais déjà trop bien pour qu'il ose passer à l'acte, ce minable. Alors il fallait que ce soit moi qui le fasse, n'est-ce pas ?

C'est à cause de cette envie irrépressible de meurtre que je me suis mis à écrire.

Depuis ma deuxième rencontre avec Spire, j'avais imaginé comment la satanée histoire de ma vie avait pu débuter, et aussi de quelle manière elle s'achèverait. C'est à cause de la présence de son moujik-tueur admirant les tableaux volés de ma salle d'attente que l'idée m'effleura, puis m'est venue. Mais tout ça s'était estompé. Plus de trois ans avaient passé, et le souvenir de la Juive n'était plus là ou presque. Je pris pas mal de notes cependant pendant la période allant de ma rencontre avec Spire au Lutétia jusqu'à ma visite à la galerie. Je les avais sagement rangées dans une chemise finalement délaissées dans un tiroir de mon bureau.

Le nouveau déclic vint lorsque, rentrant chez moi après ma filature, je me mis à ma table de travail en teck massif après avoir englouti un double bourbon, puis un second. Je réfléchissais ainsi sans comprendre comment l'énergie destructrice qui m'envahissait pouvait engendrer une semblable énergie, mais celle-là créatrice. Je ressortis mes vieilles notes, les réécris, les assembla de sorte que, ce que j'avais écrit avant, s'inséra dans une sorte de puzzle, me semblait-il, cohérent. Je ne savais pourtant pas pour quelle raison étrange le besoin de tuer s'était mué en désir de créer, d'écrire. Mais, tout au long des jours suivants, je poursuivis ce travail d'écriture qui m'épuisait. Ça aurait pourtant dû être tout le contraire. Thanatos est l'exact contraire d'Éros, l'un ne peut pas être en présence de l'autre. C'est la mort contre le désir, la mort ou l'amour, car les uns les autres se chassent mutuellement, comme les deux pôles d'un aimant. Justement, chez moi, ces deux-là se chevauchaient comme par l'effet d'une sorte de strabisme. À la manière d'un centaure, mi-cheval, mi-homme. Particule et onde, simultanément. La particule était la matière, l'onde était l'esprit. Et le meurtre de la Juive, comme création d'un nouveau monde par la substitution d'un état à un autre, serait quantique.

***

Mais c'est vrai, lorsqu'il s'agit d'essayer de raconter une vraie bonne histoire, aucun écrivain digne de ce nom ne peut échapper à la tentation de décrire une *femme*. Soit qu'elle soit désirée, soit qu'elle soit honnie. Je ne sais pas comment il est possible de faire un semblant de littérature sans parler des femmes, je veux dire quand on est un homme puisque, de toute façon, lorsqu'une femme écrit elle ne parle finalement que des femmes, et le plus souvent d'elle-même. C'est pourquoi, la plus grande gageure consistait pour un apprenti écrivain tel que moi, à faire vivre un personnage féminin. Comme si elle était nue, à peine sortie du ventre de sa mère. Non pas une nudité physique, bien sûr, mais une esquisse de ce qui, de toute éternité, me semblait gouverner les sens féminins. L'homme, face à une telle complexité qu'il ne peut pas comprendre, sent cependant ce qu'il en est, et ce qu'elle veut. Mais il n'arrive pas ou peu à identifier le mécanisme psychique qui l'anime. En gros, il est marron, car il ne pourra jamais rien y comprendre. Alors, pourquoi essaye-t-il ? Prédisposition de l'espèce ? C'est ça qui le met en rage, il se sent obligé d'essayer, mais il échoue. Moi, j'avais décidé de remettre l'ouvrage sur le métier et, en sirotant du bourbon à longueur de pages, je finis par constater mon échec à décrire convenablement la Juive. Et mon échec le plus global résidait surtout dans mon absence de talent à envisager la vie des autres. Là, ça n'avait plus rien à voir avec la question de sexes, c'était du pur égoïsme. Il est facile de pérorer sur soi, mais de le faire à l'égard des autres, c'est une autre paire de manches. Soit on a ce don, soit on ne l'a pas, mais il n'y a pas de juste milieu. Je m'en croyais sincèrement dépourvu, mais je voyais assez bien comment parler de moi à la première personne. Oui, ça je savais faire,, et en plus c'était à la mode. J'étais tenaillé depuis longtemps par cette envie d'écrire, même bourré. J'aurais pu écrire *Sous le Soleil de Satan*, si j'avais cru en Dieu. J'ai dit mon goût pour la littérature. Enfin, pas celle des graphomanes, du *Goncourt* en mode diversité, ni du *Femina* genré, du *Renaudot* décolonial, mais celle des iconoclastes, des odieux qui s'emparent des travers les plus glauques de l'humanité, de ceux qui dynamitent les convenances, en saccageant toutes les conventions, dénichant toute l'hypocrisie, la cupidité et l'orgueil sans fin de notre espèce, sans aucune pitié.

Un prix Nobel de littérature – un juif, bien sûr – a dit un jour que, pour faire un bon roman, il fallait non seulement une bonne histoire et des personnages suffisamment complexes pour faire réfléchir le lecteur à sa propre condition, mais aussi et surtout une *morale*. Rien n'est plus faux. Rien n'est plus pervers que la moraline assénée à coup de bons sentiments oiseux. Mais je n'étais capable que de parler de moi-même. Toute autre tentative descriptive des autres et de leurs sentiments, de leurs mœurs, ne produisait que de la merde. Je le voyais bien en me relisant. Alors, j'élaguais, mais je sentais que c'était en vain. Bien sûr, j'avais des choses à raconter, mais comme n'importe quel autre pékin. Sauf que moi, il fallait que je le fasse, car plus j'écrivais, plus j'avais envie de la tuer.

20

En cette matinée pluvieuse d'octobre alors que les platanes parisiens perdaient leurs feuilles une à une et qu'une bise aigrelette balayait le boulevard Saint-Germain au-dessus duquel était tendu un ciel bas gris ramier, je tentais depuis mon levé de joindre Toni. Il ne fallait d'ordinaire pas plus de cinq minutes avant qu'il ne réponde à mes textos ou qu'il ne me rappelle lorsque je lui laissais un message. Je m'inquiétai qu'il lui soit arrivé quelque chose. Alors que j'ouvrais la galerie, j'appelai Lila. Je lui disais tout depuis notre enfance puis l'hôtel particulier de la rue Agar, le miroir sans tain, Junior, Toni, elle savait presque tout de moi. Mais, pour une raison qui m'échappait encore, je n'avais pas osé lui parler d'Henri. Pourquoi cette réticence de ma part ? M'aurait-elle sermonnée parce que je trompais Toni ? J'en avais trompé tant d'autres avant lui, alors en quoi cela pouvait-il bien lui importer ? Je savais cependant que s'il était bien un homme qu'elle aimât, c'était lui. La relation qu'ils entretenaient tous les deux, sans moi, échappait à la bataille que les femmes, comme elle, livrent aux hommes ; elle était comme ma sœur, et Toni l'aimait ainsi, dans l'attention qu'un homme porte à la plus proche de celle qu'il aime.

Lila ne répondait pas à mes appels. J'avais pourtant besoin d'elle, à ce moment. J'ignorais d'ailleurs à quel point ce devait bientôt tant être le cas, au moment où un premier amateur de bronze entra dans la galerie. Alors qu'il me fit un bref sourire d'usage sans m'adresser la parole et que j'inclinai lentement la tête pour le saluer en retour, je le vis marcher d'un pas lent entre les sculptures en exposition, puis oubliai même sa présence, comme si je fus seule. Une fois de plus, mon instinct si singulier m'avait poussé à chercher une complétude que je savais pourtant inatteignable. Oui, une complétude, de celle qui vous fait aimer les deux bouts opposés, mais néanmoins assemblés en vous, d'une même chose, d'une même chaîne. Toni et Henri étaient l'exact contraire l'un de l'autre, mais, pour moi, ils étaient devenus un seul et même homme. Une sorte de Janus. Leurs différences physiques, mentales, psychiques, morales, leur manière d'être au monde étaient autant de signes qu'ils pouvaient enfin m'offrir, tous deux, ensemble, ce que j'avais toujours attendu de la vie. L'amour lascif et sensuel de Toni, la rage de taulard aristo d'Henri, la délicatesse galante de Toni, la violence sourde d'Henri, la sensibilité d'écorché vif de Toni, la lassitude presque suicidaire d'Henri, voilà tout le diptyque qui s'était offert à moi, comment aurais-je pu le refuser ? Je pensais sincèrement être capable de vivre ces deux vies à la fois, qui n'en aurait en fait été qu'une, la mienne, comme ces artistes qui pensent aussi pouvoir être *et* créer, comme dans des existences parallèles, riches des plus belles vies.

C'était seulement dans la peur de la perte irrémédiable de Toni que je me rendis enfin compte de tout ça, et de tout le mal que je pouvais lui causer. Je savais que s'il en avait eu vent, il ne s'en remettrait jamais, et priais, en pensant plus à lui qu'à Dieu, qu'il ne le sût jamais.

J'avais pourtant tenté de me convaincre du sentiment séduisant selon lequel la fidélité n'était qu'une aliénation comme une autre, mais là, confrontée à la perspective de la souffrance que je pourrais causer à Toni, j'en étais venue à me détester. C'est ce sentiment de dégoût, ce goût de cendre dans la bouche qui s'étaient emparés de moi alors que l'homme, un quinquagénaire bedonnant et rougeaud, sortit de la galerie sans un mot, ni même un regard.

Soudain, un texto d'Henri apparut sur l'écran de mon téléphone : « Mon frère sait tout. » Lisant ces quelques mots, je n'en crus d'abord rien, comme à mon habitude. Que me racontait-il ? Qui était son frère ? devais-je comprendre que Toni était le frère d'Henri ? Un bref voile noir passa devant mes yeux puis je me sentis défaillir. Mon téléphone tomba au sol dans un bruit mat qui résonna dans ma tête vide, je me précipitai vers le comptoir pour ne pas tomber et, prise d'une soudaine et terrible sudation, pensai ne plus pouvoir me tenir debout. Mes jambes flageolaient, sans force pour tenir le reste de mon corps. J'avisai un tabouret dont j'avais oublié la présence derrière le comptoir et m'y affalai, les mains entre les jambes, ma jupe ouverte sous elles, alors que la sueur m'envahissait à nouveau. Était-ce l'image des deux frères qui concentrait ainsi la sueur vers mon sexe ? Mes collants étaient poisseux. Je fus bientôt submergée par une lame de fond irrésistible. Je perdis connaissance.

C'est ainsi que je me retrouvai aux urgences de l'Hôtel-Dieu, emmenée par les pompiers. On m'avait donné de puissants sédatifs qui ne me firent émerger de ma torpeur que le lendemain vers midi, si j'en jugeais par la lumière que le soleil automnal diffusait encore. La chimie qu'on m'avait administrée avait asséché mon corps et mon esprit. Celui-ci refusait de réagir, de me donner quelque chose à quoi me raccrocher pour oublier ce cauchemar. Mais je l'avais bien voulu, n'est-ce pas ? n'avais-je pas tout fait pour qu'il se réalise, comme un papillon de nuit vient, pour on ne sait quelle raison idiote autre que la présence de la lumière, se brûler les ailes à la flamme qui brille ?

Le lendemain, lorsque les médecins m'autorisèrent enfin à rentrer chez moi, je quittai l'hôpital. Chemin faisant alors que le froid au-dehors devenait mordant, je hélai un taxi afin qu'il me ramène à la maison. Ce n'était pas un vaudeville, mais une tragédie que nous jouions tous les trois et, comme dans tout drame, les choses finissent toujours mal. J'ai été aveugle, je me suis convaincue que l'un n'avait rien à voir avec l'autre alors qu'en fait, c'était l'évidence même. Le sang ne ment pas. J'étais tellement sûre de la justesse de mes choix entre ces deux hommes que j'avais occulté l'essentiel de ce qu'il fallait savoir d'eux. Comment, maintenant, changer tout ça ? Rien à faire, sauf se blottir chez soi, ne plus appeler personne, ne plus répondre aux appels, ne plus ouvrir la galerie non plus. Enroulée dans ma couette comme un animal apeuré, comme après la mort de Sal, la même odeur de sueur qui m'empoisonnait, cette sueur collait aux draps comme la preuve de mes fautes, c'était comme si mon être essayait de recracher, tel du vomi, un corps étranger. Mais ce n'était pas un corps étranger, je le savais bien, ça faisait partie de moi.

***

Ce fut ce drôle de grand bonhomme que j'avais vu plusieurs fois à la galerie comme s'il venait plus me voir moi que les œuvres que j'y exposais, qui me présenta à Henri. Le type avait un visage long et couperosé qui sentait cet alcoolisme mondain, mais outrancier si habituel chez les riches. Outre ses immenses angiomes stellaires, l'évidence de son vice se voyait dans ses yeux : leur blanc était jaune, signe que le foie ne parvient plus à stocker les toxines et les renvoie partout dans le corps, mais surtout dans les yeux. Il avait une tête chevaline, les dents larges de la même couleur que le blanc de ses yeux, elles-mêmes équines. Quant à sa peau, elle semblait douteuse, percée çà et là de trous, comme s'il s'était agi d'un vieux parchemin, alors qu'il ne devait pas avoir plus de la cinquantaine. L'homme portait aussi deux pavillons qu'on eut dits des étendards en guise d'oreille, et un nez sémaphorique.

Il était d'une gentillesse excessive, cette galanterie sournoise des riches qui me faisaient le redouter avec ses si bonnes manières lorsqu'il venait me visiter, un peu comme un pervers qui vient contempler des enfants à la sortie de l'école, sans rien faire que les observer. Cet homme avait fini par dépenser des sommes folles à acquérir mes bronzes, à la manière de celui qui aurait tenté de m'acheter moi, comme il l'eût fait d'une pute. C'est pourquoi, lorsqu'il vint cette fois-ci à la galerie, accompagné d'Henri, je ne pus qu'appréhender cette rencontre. Henri sortait de prison et n'était pas beau à voir, et j'ignore encore à ce jour pour quelle raison cet homme a voulu me le présenter. Il devait avoir quelque chose derrière la tête, c'était certain. Mais je me refusais à continuer de penser à cet inquiétant entremetteur lorsque, celui-ci parti, nous restâmes seuls Henri et moi. Henri, après avoir fait le tour de la galerie, la quitta bientôt, comme s'il eut peur de moi, ou plutôt peur de lui-même. Deux jours plus tard, il m'appela et me proposa d'aller boire un verre aux *Deux Magots*. Il était près de sept heures et le temps que je ferme boutique, il rentra dans la galerie alors que nous avions convenu de nous retrouver au café. Je sentais son impatience de me voir, de devancer une rencontre à laquelle j'aurais peut-être renoncé à la dernière minute. Je n'avais renoncé à rien, au contraire, car Henri m'avait séduite à l'instant même où je l'avais vu pour la première fois. Ce grand homme aux anciennes chevelures de blé mûr devenues aussi blanches, ce visage hâve, émacié, ses yeux d'un bleu cobalt où je soupçonnais se nicher une haine inextinguible du monde, cette voix nette et franche qui allait de pair avec son élégance aristocratique. Sa mise n'était pourtant pas apprêtée – il n'avait visiblement aucun intérêt pour les beaux vêtements – mais il se dégageait de sa personne une sorte de halo de mystère, un charisme qui avait piqué ma curiosité de femme, un air de roi déchu qui semblait me dire en chuchotant qu'il savait que seule moi pourrais-je le relever de sa déchéance.

Une fois que nous fûmes assis à la terrasse du café, éclairée par une belle lumière de fin d'été qui venait éclairer les vitraux de la rosace de l'église en face de nous, il me sourit tristement. Comme il n'osait pas entamer la conversation, je l'avais poliment interrogé sur sa relation avec l'homme à tête de cheval, mais il éluda d'un mouvement de la tête, puis me dit : « Je ne devrais pas vous dire ça, mais je suis sorti de prison depuis dix jours. » Cela aussi m'a séduit et, plus curieuse encore que je n'aurais peut-être pu ou dû l'être, je lui demandai de me raconter son histoire, ce qu'il fit sans omettre le moindre détail, avec une franchise que je trouvai désarmante. À telle enseigne que, vers dix heures du soir, il n'en avait toujours pas fini et je prétextai un besoin naturel pour m'éclipser aux toilettes – mue par une envie folle que cet homme vienne me rejoindre pour m'y prendre – afin d'envoyer un mot à Toni m'excusant de mon indisponibilité pour la soirée, mais que j'irai passer la nuit chez lui à Louveciennes. Lorsque je revins à ma place, Henri avait commandé une nouvelle bouteille de Sancerre blanc et me demanda si j'avais faim, ce à quoi je répondis qu'une salade me suffirait. Lui, mangea de grand appétit un chateaubriand, tel un taulard en en ayant été privé pendant ses trois années de captivité. Pendant qu'il mangeait, je vis dans ses petits yeux bleus que la haine que j'y avais entr'aperçue n'était pas née en prison, mais bien avant. Nous prîmes congé l'un de l'autre vers les onze heures, lorsque s'étant levé et que j'en avais fait de même, il prit ma main qu'il effleura d'un baiser. C'était comme s'il avait su que j'avais retardé un rendez-vous galant pour lui, et qu'il ne voulait pas être la cause de cette mauvaise manière. Le frisson que me procura ce baise-main inattendu continua à me parcourir le corps lorsque, traversant le boulevard, j'avisai un taxi à la station devant Chez Lipp et y montai pour me faire conduire à Louveciennes. Tout le long du trajet, je ne cessai de penser à l'homme que je venais de quitter, tout en m'imaginant le soupçon que ce faux bond de ma part allait susciter chez Toni. C'est vrai, j'étais coutumière de ces volte-face, mais je connaissais trop Toni pour ne pas me méfier de sa réaction lorsque j'arriverais chez lui si tard. J'étais tellement sûre que Toni sentirait mon trouble, ne pouvant le dissimuler à son instinct jaloux, je décidai de demander au chauffeur de rebrousser chemin alors que nous avions déjà emprunté l'autoroute de Normandie. À peine surpris, le type acquiesça sans mot dire, prit la première bretelle de sortie et nous retournâmes vers Paris.

Cette appréhension était aussi sans doute confortée par la séduction vénéneuse d'Henri. Il faut avoir une certaine dose d'inconscience pour se laisser séduire par un type condamné pour viol, car, bien qu'il m'eût juré que toutes ces femmes avaient été consentantes, et en voulait pour preuve qu'il n'avait été condamné que pour l'exemple – la durée relativement brève de sa peine en témoignait –, quelque chose en moi n'y croyait pas. Une étrange petite voix me susurrait que j'avais bien à faire à un homme capable de la plus grande violence.

Mais voilà, il se trouvait *justement* que cette violence m'attirait, comme ces femmes qui n'aiment que les voyous. Par la suite, Henri me montra un tel intérêt que, malgré mes fausses réticences, pensant pourtant presque sans cesse à Toni, je cédai à ses avances et nous finîmes chez moi une nuit d'octobre alors que, une fois de plus, j'avais menti à mon amant, en prétextant une soirée avec Lila. L'amour que nous fîmes ce soir-là n'était pas de celui que nous faisions Toni et moi. Henri était un géant à côté de Toni, à tous points de vue, car, outre un sexe magique par sa masse et sa puissance dont je m'épris follement, la taille de cet homme, sa force herculéenne, sa violence aveugle, mais surtout son fascinant charisme m'incitait à la plus totale et torride des soumissions. N'était-ce pas mon destin que de me perdre avec un tel être hors du commun des mortels ?

21

Lila m'appela vers 11 h ce samedi matin-là, alors que je sortais de ma douche après avoir fait mes trente minutes d'exercice réglementaire dans la salle de fitness que je m'étais fait aménager à grands frais, du temps de ma splendeur professionnelle. Auparavant, j'avais couru – de la course de côte – une bonne heure dans la forêt de Marly où j'avais bravé pluie et froid glaciaux, en ce gris mois de novembre. La pratique du sport est sans doute le meilleur moyen d'échapper à la dépression qui vous gagne de proche en proche, car elle a cette vertu immense de vous obliger à vous concentrer sur votre effort, sans se laisser distraire par les sombres scories de pensées négatives, de celles qui venaient à moi comme des ondes trop chaudes et que seule la sueur froide chassait. Le silence et le froid de l'épaisse forêt de chênes et de hêtres y aident, car, en cette saison, il n'y a aucune trace de vie visible, sauf ces hauts arbres tellement dénudés qu'on les croit morts. Il n'y a pas non plus de sollicitations, aucune feuille, ni insecte ou oiseau pour vous étourdir. Si, parfois, un vol de corbeaux décolle maladroitement d'un tremble vénérable. Leur coassement est lugubre, mais il participe presque du lieu, du début de l'hiver, de la nature qui s'endort déjà, et de l'humeur dans laquelle j'étais. La lourde fatigue physique qui s'en suit est une sorte de baume, un onguent où se mêlent adrénaline et fierté d'avoir accompli l'exploit véritable de se soustraire à la sensation de déréliction, qui sans cesse pourtant tente de m'envahir, et que je repousse avec peine depuis que je suis revenu de Châteaufort.

J'avoue que je m'imposais des séances de forcené, car j'avais remarqué que cet épuisement consécutif favorisait des nuits sans rêves, du moins sans que je m'en souvienne, ce qui revenait au même. Car mes songes alors étaient tout entiers habités par Tsipora, et pourtant je ne voulais en aucun cas rêver d'elle. Si ma pensée consciente semblait s'être résolue à haïr cette femme, mon inconscient, lui, n'avait pas encore pu traiter le sujet, en fait le trauma de sa perte, de sa trahison, et il faisait la retenir tout auprès de moi, contre mon gré. Il en résultait que ces fameux rêves me l'exposaient tantôt en une odalisque nue et lascive au bord de ma piscine à Méséglise, tantôt en femme d'affaires, corsetée dans un tailleur Chanel, parcourant le monde pour y acheter de nouveaux bronzes, ou encore en mère attentionnée, penchée en souriant comme une Vierge sur le berceau d'un enfant imaginaire. Notre rupture était récente et je ne pouvais décemment m'en vouloir, de conserver encore, à tout crin, le souvenir enchanteur, presque pieux de cette femme. Mais l'épreuve était terrible lorsque, à mon réveil, je voyais bien la réalité de sa perte, lorsque son visage revenait danser devant mes yeux, ce visage même flétri par la trahison, mais immarcescible, comme pour me narguer du souvenir insoutenable de son absence.

Je continuais de vivre cependant, il le fallait bien. Ce matin-là, j'étais assis fourbu sur mon canapé en feuilletant L'Équipe et sirotant mon thé brûlant tandis que Léo pionçait en boule à sa place habituelle. Parfois, je jetais un coup d'œil au-dehors par les baies vitrées du salon, j'y voyais les arbres dénudés du jardin dont les branches s'agitaient au gré des rafales de la bise. Ce décor m'apaisait, car il me donnait, par la rigueur qui y sévissait, le sentiment d'une plénitude autant dictée par la sensation de chaleur que procurait la vision du dehors que par le fait de m'admirer, dans le reflet de la baie vitrée, car j'avais toujours fait œuvre utile, comme celui qui ne pourra jamais rien se reprocher, à l'heure du grand départ. Le nom de Lila apparut sur l'écran du téléphone posé sur la table basse en marqueterie qu'Anja avait tant voulu rapporter de l'un de nos voyages en Italie, de Vérone, je crois me souvenir. J'hésitai à répondre, car il y avait en fait deux appels. Ils cessèrent vite puis furent suivis du bruit caractéristique d'un message laissé sur la boîte vocale. Je ne pouvais que me méfier de tels appels – j'avais refusé de donner suite à ceux de Tsipora, lesquels avaient d'ailleurs cessé au bout de quelques jours –, pour prendre Lila au téléphone, car il était évident qu'elle était en service commandé. Une sorte de *missi dominici* dont il était aisé d'imaginer quel fut son maître, ou plutôt sa maîtresse, laquelle avait sans doute conçu ce stratagème puéril pour me circonvenir.

Ma curiosité fut cependant plus forte que ma méfiance et je me saisis alors de l'appareil en me disant que le fait d'écouter son message ne m'engagerait en rien. Soit Lila avait parfaitement joué la comédie, soit elle ignorait tout, mais le ton de ce message, son contenu aussi donnaient à penser qu'elle avait bien un problème personnel dont elle désirait m'entretenir, car, à aucun moment, elle ne mentionna le nom de Tsipora. J'en fus soulagé, car la seule évocation de cette femme animait en moi des désirs terribles que mon surmoi ne parvenait à réprimer que péniblement. Lila devait avoir besoin des conseils d'un avocat autant que d'un ami – j'étais son ami, quoi que Tsipora ait fait – et je devinais qu'elle ne connaissait que moi qui aurais pu la conseiller. J'aimais beaucoup Lila, une jeune femme méritante sortie à la force de ses frêles poignets de la boue obscure de la religion et qui, cela ne gâtait rien, était en plus d'une rare beauté, avec ses immenses yeux de faon couleur ocre, encore rehaussée par ses pommettes hautes, son innocence enfantine, son visage rond et son discret duvet châtain clair qui lui ourlait délicatement la lèvre supérieure, et ses seins ronds comme des boules de bowling. Pour ce qui est du reste, elle n'avait sans doute pas inventé l'eau tiède, mais son absence d'intelligence participait justement de son humanité si féminine. Je décidai alors de l'appeler et nous convînmes qu'elle viendrait chez moi ce même jour en début d'après-midi ; elle semblait pressée de me voir. Moi aussi, car sa venue créerait une sorte de présence de Tsipora. Oui, une ombre de sa présence. Lila sonna à la grille du jardin à 14 h précises et, dans l'intervalle de temps qui avait séparé notre coup de fil de sa venue à la maison, je m'étais résolu à ne surtout pas évoquer le *sujet* pendant notre conversation.

Une fois que nous nous fûmes embrassés et que je l'eus débarrassée de son lourd manteau d'hiver, de son écharpe en laine et de son bonnet assorti en mohair beige, je l'invitai à s'asseoir au salon et lui proposai un café, ce qu'elle accepta d'un sourire pâle :

« Oui, merci beaucoup.

— Un peu de sucre, demandai-je.

— Oui, s'il te plaît, merci », répondit-elle.

Lorsqu'elle fut assise, elle regarda à sa droite le chat dormant toujours à sa place, se saisit de la soucoupe sur laquelle j'avais placé la tasse de café que je venais de préparer à la cuisine, et m'observa d'un air inquiet.

Évidemment, des yeux si grands ne pouvaient rien cacher et je finis par me convaincre que j'avais été dupé, car elle était bien là pour plaider la cause de son amie…, mais il n'en était rien, une fois de plus je me trompais, son inquiétude était ailleurs, comme la suite allait me le révéler. Elle but son café presque d'un trait, posa la soucoupe sur l'accoudoir du canapé, me fixa de ses yeux de jeune biche apeurée et se lança après avoir encore regardé le chat, mais sans oser le caresser alors que je voyais bien qu'elle l'aurait voulu : « Tu sais que je milite dans une association ? demanda-t-elle dans un tremblement, comme si je l'ignorais.

— Je sais Lila, je ne sais pas trop ce que tu y fais, mais oui, je suis au courant, répondis-je sans trop deviner où elle voulait en venir.

— Ce que tu ne sais pas, c'est que je viens d'être engagée comme hôtesse de l'air long-courrier sur Emirates, et que j'en ai parlé au sein de l'association, dit-elle de plus en plus inquiète. Elle clignait des yeux comme un animal pourchassé.

— Et alors, c'est interdit par les statuts de ton association ? demandai-je ironiquement. Son visage se ferma encore un peu plus et je regrettai de l'avoir charriée.

— Les membres du bureau m'ont convoquée avant-hier », lâcha-t-elle dans un souffle peureux, me regardant à peine tant ce qu'elle avait vécu semblait l'avoir dépassé en cruauté gratuite.

Elle me raconta alors la séance d'autocritique qu'on avait tenté de lui imposer, mais qu'elle s'était refusée à subir. Et moi, je l'écoutai comme un homme qui ne semble plus pouvoir vivre avec son temps. La séance s'est à peu près déroulée comme cela, du moins comme Lila me l'a racontée, mais surtout de ce que je m'en souviens :

« Sais-tu que tu trahis notre cause en acceptant ce job ? me dirent-elles.

— Non, je ne vois pas où est la trahison ! J'ai toujours rêvé de voyager de par le monde, ce n'est pas trahir qui que ce soit ni quoi que ce soit.

— Si, tu trahis. Tu confortes l'image dégradante des femmes au service des hommes. Tu vas servir de soubrettes à tous ces porcs vautrés dans leur saloperie de testostérone. Nous t'imaginons bien, toutes les trois, en train de te balader dans les allées du zinc tandis que ces salopards te reluquent le cul, tes jolies petites fesses d'arabe, qu'ils tentent de zieuter dans ton décolleté supersonique quand tu les serviras. Tu ne peux pas faire ça à notre cause, Lila, me dirent-elles d'une seule voix.

— Mais je suis hôtesse d'accueil, je sers déjà des hommes d'affaires et ça ne m'empêche pas de vivre ma sexualité lesbienne avec fierté, ça ne m'empêche pas de militer à vos côtés, je suis toujours disponible pour l'association, vous le savez bien !

— De deux choses l'une : soit tu refuses ce job de merde, soit nous déclenchons une procédure d'exclusion contre toi et, crois-nous, nous aurons ta peau », dit l'une d'elle en me virant de la pièce.

Femmes au carré était le nom de cette association militante lesbienne, Tsipora me l'avait raconté en pouffant, sans que je sache trop bien si de l'exposant mathématique ou de la mâchoire hommasse, quel sens pouvait-on bien en donner. Ce que je savais en revanche, après le récit de Lila, était que l'espace de liberté de l'individu moderne se restreignait comme peau de chagrin (et ce n'était pas du fait de l'État), et que les procès en sorcellerie n'étaient non seulement pas passés de mode, mais que décidément les gens en raffolaient, comme ils en avaient d'ailleurs toujours raffolé. Lila me demanda ce qu'elle devait faire et je lui répondis fermement qu'elle devrait peut-être envoyer balader ces harpies inquisitrices (je n'utilisais toutefois pas ce vocable, mais des termes moins rugueux, comme « femmes inquiétantes »). Je poursuivis en lui rappelant qu'elle était jeune, à peine trente-trois ans, et que si son désir d'être personnel naviguant était si vif, il fallait qu'elle sacrifie sa vie associative au profit de sa vie tout court, ce qui m'apparaissait somme toute assez logique et cohérent. En l'écoutant, j'avais eu le sentiment que la société voulait confondre procureur et juge, pire, que ces deux fonctions, en principe opposées, avaient fusionné, comme si l'accusateur décidait seul du sort de l'accusé. Je savais en outre par Tsipora que Lila supportait de moins en moins bien le sentiment d'abandon qu'elle ressentait du fait de l'éloignement de son *amie* et que si elle avait postulé auprès de nombreuses compagnies aériennes pour voler sur long-courrier, c'était aussi parce qu'elle voulait la fuir. Elle ferma ses grands yeux, comme si elle réfléchissait, et c'est alors que mon téléphone vibra. Adel m'appelait, je m'excusai auprès de Lila et répondis : « Je te rappelle plus tard. » Sentant qu'elle gênait malgré mes dénégations muettes, elle me remercia chaleureusement, se leva du canapé, non sans avoir d'abord caressé Léo qui ne broncha pas. Je la raccompagnai dans le vestibule, ouvris la penderie, lui souris et l'aida à passer son manteau, puis elle sortit après avoir ajusté son bonnet et son écharpe tandis que des flocons de neige venaient soudainement piqueter ses vêtements. Alors qu'elle n'avait fait que quelques pas dans la mince couche de neige qui s'amoncelait lentement, je la hélai pour lui demander si je pouvais la raccompagner à la gare pourtant si proche de chez moi. Elle se retourna dans un sourire sous la capuche de son manteau et me répondit que justement la gare était bien trop proche pour que je sorte ma voiture pour l'y accompagner. Je ne pouvais cependant pas la laisser partir sans qu'elle me donne des nouvelles de Tsipora, mais il fallait que cela vienne d'elle, et ça ne vint pas. J'avais réussi à jouer au papa attentionné avec Lila – elle aurait pu être ma fille –, à lui prodiguer les conseils que sa situation ubuesque justifiait, en pensant sans cesse à Tsipora. Cela me surprit d'abord d'être capable de jongler entre sa perte et le bien dispensé à Lila. Puis j'en vins à me dire que le souci d'autrui, même bref, est souverain pour échapper à ses propres tourments, comme le sport intensif. Enfin, pour un temps seulement, car bientôt, une fois Lila partie, Tsipora revint. Je regrettais de ne pas avoir demandé à Lila des nouvelles de Tsipora, même si je n'étais pas sûr du tout qu'elle en eut, mais le lien qui m'attachait encore à cette femme était trop fort pour que je puisse l'oublier si vite, en ne me souciant plus d'elle, ni surtout de ses pensées à mon égard.

22

Adel me toisa d'un air morne, sanglé dans son costard Armani noir, la liquette en soie bleu électrique ouverte juste ce qu'il faut pour attirer le regard. Une main de Fatma en or pendait à son cou, ceint d'une chaîne du même métal dont les maillons devaient bien peser deux grammes chacun. Nous étions assis dans un de ces restaurants dont il relevait les compteurs. Il n'exploitait plus de commerces, trop aléatoires, surtout les boîtes de nuit dans lesquelles ils avaient excellé vingt ans plus tôt. Il en avait fini avec ça, désormais il encaissait le pognon des murs en cash, sans rien foutre d'autre que de se faire gracieusement inviter par le restaurateur lorsqu'il décidait d'emmener un de ses potes y dîner. Et, bien sûr, il n'essuyait jamais le moindre refus lorsqu'il annonçait, toujours le matin même, qu'il dînerait chez son locataire avec un, deux, quatre, sept de ses copains, c'était selon.

J'étais un de ceux-là, non pas qu'il m'eut aimé d'emblée, non, il m'a d'abord détesté, car j'avais été son adversaire. Enfin, adversaire, c'était un bien grand mot, je n'étais que l'avocat de son adversaire, en l'occurrence la société foncière qui, comme je l'ai raconté, me congédia comme un malpropre dix ans plus tard, et qui m'avait chargé, à l'époque, d'évincer le restaurateur de l'immeuble dont elle était propriétaire afin de réaliser une juteuse opération immobilière. Le combat avait été âpre, mais, après deux arrêts de la Cour de cassation, et une dernière décision favorable de la Cour d'appel de renvoi devenue enfin définitive, je faisais réaliser à ma cliente l'une des dernières très belles affaires dans Paris *intra-muros*. Comme Adel avait assisté à toutes les réunions d'expertise ainsi qu'aux audiences qui se sont tenues tout au long de ces années interminables – mais ô combien rémunératrices ! – de procès et où je me rendais religieusement afin de plaider la cause financière de ma cliente, nous nous sommes beaucoup jaugés, comme seuls certains hommes le font.

Son père avait été chanteur de raï à Oran et, gonflé de son succès, se produisait en concerts partout en France, à l'époque où ce pays avait encore l'espoir secret de faire rentrer silencieusement dans son giron protecteur toutes ces populations venues d'ailleurs. Hakim Chalani dit Cheb Hakim avait rencontré la mère d'Adel après un de ses concerts où le tout Paris s'était précipité, convaincu que l'amour aveugle de la culture de l'autre sauverait l'humanité tout entière, et ils avaient sans doute eu raison d'essayer de s'en persuader, mais ça n'avait pas marché comme ils l'auraient voulu. Hakim et Isabella eurent trois enfants : deux sœurs, toutes les deux devenues ingénieures, puis Adel. Sa mère était originaire de Calabre et, comme mon propre frère, Adel utilisait le nom de sa *Mama* en société, comme si l'un et l'autre avaient honte du leur. Il se faisait donc appeler Rini. Adel Rini. Mais sa passion n'allait pas à la peinture, ce qu'il aimait c'était la philosophie. Le type avait créé des dizaines de sociétés civiles immobilières, en même temps qu'il achetait des immeubles, qu'il avait nommé de ses philosophes préférés : Aristote, bien sûr, Averroès, Al Fârâbî, Maïmonide, aussi, et Spinoza, Kant entre autres, mais pas Hegel qu'il détestait, car il haïssait les Juifs, me disait-il. Lorsque je lui demandais la raison pour laquelle il n'avait pas retenu Nietzsche, il me répondit avec indolence, mais de cet air roublard si pittoresque, qu'il n'avait pas encore acquis assez d'immeubles.

Alors que, à la fin de la dernière audience devant la cour de renvoi après cassation, il m'avait proposé d'aller déjeuner avec lui, comme s'il avait pu me soudoyer d'une bonne table. J'acceptai son offre, Adel m'invita à la modération. Il fallait que je sache que le business était difficile. Il but une rasade du whisky qu'il s'était commandé après avoir oublié qu'il était censé m'inviter, et me regarda dans les yeux avec une passion farouche, presque forcenée. Comment aurait-il pu me convaincre de l'injustice de ma mission ? Je faisais consciencieusement mon job, homme de devoir plus que de justice. Je n'avais rien à lui concéder, à part mon dédain initial pour ce type débile au physique de lutteur de foire. J'ai vu des cages thoraciques, mais comme la sienne, jamais. Le type était tanké comme un *panzer*. Champion de France et d'Europe de lutte gréco-romaine, Adel avait concouru aux Jeux Olympiques et terminé médaillé d'argent en finale des moins de 92 kg face à un Géorgien titanesque, m'avait-il assuré. Ses épaules étaient deux fois plus larges que les miennes et, bien qu'il eût une tête de moins que moi, ses pectoraux qu'il cultivait en boxant me rendaient insignifiant face à lui. Outre qu'il avait l'outrecuidance des ex-princes de la nuit, la fatuité des nouveaux riches, déversant son cash avec une générosité aussi admirable que suspecte, Adel aimait non seulement les philosophes, mais aussi les femmes.

Après la mort d'Anja (il ne l'aurait jamais fait de son vivant), il avait tenté de me mettre sur des coups doubles pendant lesquels il aurait voulu jeter sa gourme afin que j'en fasse de même. C'était cousu de fil blanc, Adel m'invitait dans un restaurant (où il payait, toujours en espèce) en me précisant que deux de ses amies se joindraient à nous, me dit-il dans ce français châtié qu'il aimait tant, avant qu'il ne commence à picoler du whisky où sa parole se faisait nettement plus libre. Il avait aussi pris soin de me dire que l'une de ces amies (qui se joindrait à nous, donc) était une de ses très bonnes amies à lui et que l'autre – qui était moins son amie que celle de l'autre amie – m'était dévolue. Comme je ne voyais pas du tout comment Adel avait envisagé cette partie fine et que je ne m'imaginais pas me foutre à poil en présence de ce colosse plus viril qu'Apollon lui-même, je songeai au visage qui me faisait face. Adel l'avait évidemment fait placer en face de moi à table et je ne saurais dire le peu d'attirance que le visage flasque de cette femme suscita en moi. Je sentais bien que j'avais été fourgué par Adel comme le meilleur parti de la capitale, avocat, veuf et, comme Adel, propriétaire immobilier. Aucun engagement n'était prévu, c'était une pute qui aurait légitimement bien voulu mettre son cul au chaud pendant la durée la plus longue qui soit. Une femme, sauf un vrai tombereau, n'est jamais vraiment laide lorsqu'elle est bien maquillée.

La Chilienne en question, celle qui me faisait face comme un chien grattant à la porte, avait de jolis yeux noirs au ton cassis luisant, mais un regard chassieux, fuyant qui lui donnait un air faux jeton. Adel vit bientôt que cette femme ne m'intéressait pas et, alors que nous avions fini le repas et que je me sentais odieusement scruté par la Chilienne flasque avec sa concupiscence qui me répugnait, il fila aux bras des deux femmes, après avoir payé, m'avoir lancé un regard noir, et sans que je ne pense jamais à lui demander ce qu'il avait bien pu faire de ces deux femmes ce soir-là. On n'en parla d'ailleurs plus jamais.

***

Cette mine consternée de la part d'Adel n'était certainement pas feinte. Je venais de lui raconter mon histoire et voyais bien que, lui aussi, avait encaissé ça comme un uppercut, même s'il fut sans doute moins violent pour lui. C'est en voyant cet air presque contrit, mais surtout révolté que je compris pourquoi je ne lui avais jamais présenté Tsipora, et qu'il ne m'avait pas non plus introduit auprès de sa très jeune femme qui lui avait fait deux filles de cinq et sept ans.

Le restaurant où nous dînions ce soir-là était thaï et gay, ou l'inverse. Il n'y avait que des bonhommes dans la salle et que des hommes au service (je présumais que tel fut aussi le cas en cuisine). Derrière le bar, le tenancier – il semblait en effet un brin asiatique, mais n'était certainement pas thaï vu sa taille – avait remis une enveloppe à Adel lorsque, après être rentré dans la salle, celui-ci l'avait avisé et s'était rendu, d'un pas chaloupé de cow-boy, sûr de son fait, indifférent à la faune qui l'observait d'un air énamouré, derrière le comptoir pour toucher son oseille. Pendant son manège qui parvenait à me faire marrer malgré ma déprime, je regardai le décor et n'y vis rien ou presque. La déco était minimaliste, et la population du restaurant aussi. Aucun éclat de voix, que des chuchotements, parfois une accolade, un baiser. Il semblait bien que nous fussions étrangers ici, et que nous gênions. Nous étions pourtant deux hommes, et donc susceptibles d'être aussi homo qu'eux, mais il était visible que ces gars-là n'y pensaient même pas.

Adel revint rapidement à notre place avec une bouteille de Châteauneuf-du-Pape ouverte et deux verres, nous servit, en me lançant un clin d'œil goguenard puis un sourire complice, comme si l'endroit où nous nous tenions n'avait pas la moindre importance, comme s'il se foutait éperdument des regards que ces hommes ne cessaient de nous jeter, soit de désir, pour lui, mais plus sûrement d'hostilité, pour moi. Adel était là pour toucher son argent, point barre, et il n'avait rien à cirer des œillades que les hommes dans la salle lui lançaient, et qui ne laissaient aucun doute : ils semblaient presque tous avoir très envie de lui.

Car outre un corps d'une virilité absolue, Adel avait des yeux marron en amande d'une grande beauté, des traits fins cernant un nez large, des pommettes hautes ; en un mot, c'était un bel homme, bien que râblé. Il me demanda alors, avec cet air entendu qui connaît à peu près tout de la vie :

« Qui est ce type ?

— Quel type ? répondis-je, faussement surpris.

— Nom de dieu, mais le fils de pute, la putain de sa mère qui kyste ta gonzesse ! L'enculé qui prend des photos dans l'appartement de ta meuf ! Nom de dieu, tu te réveilles ou quoi ? Ce type veut ta peau et tu ne te demandes même pas qui c'est ? »

Au mot « enculé », je tressaillis, car tout le restaurant nous scruta aussitôt d'un air furieux, le désir avait cette fois unanimement cédé à la colère parmi ces hommes. Lui n'en avait cure – il les aurait sans doute tous étalés, s'il avait fallu – mais moi, croisant ces regards chargés de reproche, de haine presque, je chuchotais tout en m'exclamant :

« Mais je ne sais pas qui est ce type !

— Cherche bien, Toni, dit-il excédé, sans toujours se soucier de ce qui se passait autour de lui. Un gars qui sait que vous êtes ensemble, qui flique ta femme comme ça, c'est qu'il connaît déjà tout de toi, de vous ! Et qui connaît mieux ta vie que ton frère, Toni ?

— Ce n'est pas mon frère qui a pris ces photos, il est dessus !

— Y a quelqu'un là-haut ? dit-il en pointant un index rageur sur son front, comme s'il voulut désigner le mien. Ce que je veux te dire, ducon, c'est que ton frère connaît cette salope de photographe ! » vociféra-t-il, attirant encore un peu plus l'attention sur nous.

Je restai pantois, incapable même de me saisir de mon verre de vin pour faire passer la honte glaireuse qui entravait ma gorge. À ce moment, le téléphone d'Adel sonna. Il sortit l'appareil de sa poche et, comme il le faisait tout le temps, regarda l'écran sans même me calculer puis, après s'être convaincu que ça valait le coup de prendre l'appel en appuyant sur la touche verte, dit : « Oui ? » d'un ton neutre presque doucereux. Le téléphone rivé à l'oreille, il me fit signe de patienter quelques instants dans un sourire rigolard, puis répondit à son interlocuteur : « Quoi, un million ? Il est fou, pour 70 mètres carrés, il veut une barre, c'est un grand malade, qu'il aille se faire foutre ! C'est 800.000 et pas un rond de plus ». Une pause, le temps que le type (un agent immobilier ?) à l'autre bout du fil s'explique. Adel reprit alors : « Il le vendra pas à 900 K, arrête (il tutoyait donc l'agent immobilier) ! Qu'il aille se faire foutre ! ». Sur ces mots, il raccrocha, glissa subrepticement l'appareil dans sa poche, s'excusa du regard et me fixa de cet air étrange qui consiste à feindre que cet appel fut une diversion voulue. De fait, ce bref intermède me permit, lorsque quelques forces mentales me furent revenues, de boire une rasade de vin. Je pensai à mon frère, à son récit tronqué au cours duquel il avait refusé de divulguer l'identité du type qui l'avait présenté à Tsipora, puis songeai au type lui-même. Comment me connaissait-il ? Qu'avait-il contre moi ? Pourquoi me pourchassait-il ainsi ? L'avais-je une seule fois offensé pour qu'il me haïsse ainsi alors que je ne savais rien de lui ? Non, sans doute, ce devait être un de ces cinglés qu'on prie de ne jamais croiser, de celui qui vous a dans le pif, sans raison apparente, et qui ne vous lâche plus.

Adel enchaîna, sans pitié, mais je ne lui en demandai pas non plus : « Elle ne savait pas qui c'était ? demanda-t-il l'air soupçonneux, mais, sembla-t-il, toujours aussi sûr de son fait.

— Je ne sais pas, répondis-je.

— Elle le savait ! affirma-t-il.

— Comment le sais-tu ? osai-je.

— Je suis sûr qu'elle le savait. Une femme sait ces choses-là, tu le sais bien, Toni, une femme sent ces choses-là ! martela-t-il, toujours autant énervé après moi.

— Je ne sais pas, répétai-je bêtement, mais déjà convaincu par ce qu'il me disait.

— Il faut lui donner une leçon, lança-t-il mystérieusement après avoir brièvement réfléchi et regardé autour de lui si personne ne l'épiait, mais je mis cette rodomontade sur le compte de son ivresse, car il venait de boire trois verres de vin coup sur coup alors que l'entrée venait juste de nous être servie par une sorte de sylphide masculinoïde qui passa comme un courant d'air.

— Quelle leçon ? m'entendis-je pourtant lui demander. Il réfléchit un instant.

— Quelques jours au gnouf », dit-il, énigmatique.

Il remplit à nouveau nos verres, but une lampée, claqua sa langue comme un varan et se gondola, jovial, découvrant ses canines de loup. Puis, me prenant par le bras, il s'approcha de moi, regarda encore aux alentours si personne ne l'écoutait et me dit : « Je nous trouve deux, trois Albanais, pas des Tchéchènes, ceux-là sont trop dangereux, pour faire le coup. Je nous trouve une masure dans la campagne en Seine-et-Marne, et le tour est joué. On fait végéter cette salope quelques jours avec un sparadrap sur la bouche et un bandeau sur les yeux, puis on la relâche au pied de chez elle, ni vu ni connu. C'est *fair enough*, non ? » En entendant cette proposition insensée, je ne sus que penser. Son aspect aussi cruel qu'illégal m'en détournait naturellement : j'étais un bon citoyen payant ses impôts, père de famille, veuf de surcroît, avocat ayant eu, au moins pour un temps, pignon sur rue ; mais je haïssais Tsipora, car je m'étais convaincu qu'elle savait qu'Henri était mon frère. Alors, je demandai à Adel comment il envisageait les choses. Il me dit que tout cela serait totalement opaque, que ni lui, et encore moins moi, serions directement mêlés à ça. Je n'en croyais pas un mot, tant ces histoires se terminent presque toujours mal pour les commanditaires. Enlèvement, séquestration, c'étaient les assises ! Non, il ne fallait pas que je trempe dans ce jeu de cons qui pouvait me faire perdre le peu de respect de moi-même qui me restait.

« Négatif, Adel, je ne suis pas d'accord. J'ai tout perdu, mais je n'ai que cinquante ans, et je peux encore faire quelque chose de ma vie. » Il acquiesça d'un signe de tête, mais je vis bien dans ses yeux une telle haine qu'il n'acceptait rien du tout, qu'il en avait fait une affaire personnelle, il voulait qu'elle paye. Je craignais le pire, il était capable de monter un coup tordu dans mon dos.

***

C'était l'évidence : ce type qui avait hébergé Henri après sa sortie de prison, qui l'avait ensuite présenté à Tsipi, qui avait pris ces photos, était un seul et même homme. Lorsque je vins au bureau le lendemain matin, l'instinct autant que la curiosité me poussèrent à reprendre un dossier déjà archivé, intitulé *Bonus Crédit-Assurance/Toledano* et je me penchai sur le nom des avocats du dossier. Celui du fils Spire était un dénommé Maxime Michaux dont j'avais vaguement entendu parler. Le fait qu'Henri ait refusé de dévoiler son nom me disait qu'il appréciait suffisamment cet homme pour le protéger. Et je voulais savoir ce qui pouvait lui réserver tant d'estime. Je sus rapidement tout de ce Maxime Michaud, même ses talents de photographe puisqu'il avait exposé dans une galerie du Marais, en clichés argentiques. Cela tenait : Michaux me hait parce qu'il me croit juif, il hait Tsipora pour cette même folle raison et va, fou qu'il est, la photographier comme un paparazzo pervers, sans même savoir pourquoi il le faisait. Le type était barré, c'était certain, mais il fallait quand même – Adel avait raison sur ce point – que je me venge. Mais, de qui devais-je me venger ? de lui qui m'avait révélé le vrai visage de cette femme ou d'elle qui m'avait crucifié ? La réponse était simple : sans crime, pas de scène de crime.

23

J'avais fini par jubiler d'avoir gardé la location de cet appartement, car, ce matin-là, alors que j'étais à peu près à jeun (je n'avais bu que deux bourbons, juste après mon café noir), en ce sens que j'étais lucide quant à la vigueur exacte de mon esprit, et de son environnement, je regardai par hasard à la fenêtre. Les nuages lourds et gris d'hiver couraient dans le ciel, poussés par un vent d'ouest violent et je pensais que ceux-ci, les mêmes, mais sous une autre forme, avaient d'abord survolé le Cotentin, avant de poursuivre leur inarrêtable course.

Je ne sais encore quel instinct – en tous cas, pas une volonté réfléchie ou même délibérée, l'alcool, peut-être –, m'avait poussé à retourner une dernière fois dans l'appartement de la rue Lacépède, comme on vient en pèlerinage, à la manière d'un assassin qui revient sur les lieux de son crime. Comique, non ? Je n'avais bien sûr commis aucun crime, mais une très mauvaise action, au sens où la plupart des gens l'entendaient, et il était probable que j'avais voulu savoir quelles en seraient les conséquences, quel résultat tangible en sortirait, car il était sûr qu'un sordide cataclysme en serait engendré. Et surtout que je ferais tout pour qu'il advienne. J'aimais cette idée. Et ici au moins, dans mon nid d'aigle, je restais aux premières loges, comme quand j'avais surpris la Juive suçant Henri.

Dehors justement, alors que je venais de quitter le ciel des yeux et qu'une folle envie d'alcool vint se saisir de moi, la Juive sortit de son immeuble et remonta la rue vers la place de la Contrescarpe. J'ouvris la fenêtre malgré le vent, le froid et la pluie qui s'était mise à tomber, pour mieux la voir. Sa chevelure noire était dissimulée sous un chapeau en feutre de couleur prune à large bord cerclé d'un lacet en cuir rouge, seules ses mèches sombres se soulevaient sous l'action du vent, et elle porta la main à son couvre-chef lorsqu'une rafale plus forte que les autres vint s'engouffrer dans la rue pentue. Je l'imaginai portant des lunettes de soleil, alors que le temps ne s'y prêtait pas. Je me demandai, voyant cette femme dont je ne pouvais rien voir du visage dans son long et élégant manteau en peau de je ne sais quelle vachette hors de prix, ses bottines assorties, elles aussi hors de prix, et, ce qui pouvait encore bien l'animer, marchant ainsi d'un pas si rapide, elle dont j'avais sans doute brisé la vie. Je me demandai également si ce chapeau n'était pas une manière de se dissimuler à ma vue. Je pensais bien que Klein lui aurait parlé de mes photos. Elle était encore là cependant, sous mes yeux, et cette idée même ne cessa de me tarauder tandis que je la voyais marcher contre le vent, les pans de son manteau ne cessant de se soulever au gré des rafales, laissant apercevoir son pantalon de cuir noir. Soudain, un utilitaire blanc crasseux qui grimpait poussivement la rue en crachant des masses de fumées noires stoppa net à sa hauteur. Deux hommes cagoulés en giclèrent, se précipitèrent sur elle, la soulevèrent de terre comme un fétu de paille, et sans qu'elle n'ait même eu le temps de réagir, ni même de crier, presque sans résistance, ils la fourguèrent à l'arrière d'où ils venaient de jaillir comme des fauves sur leur proie, puis s'engouffrèrent dans la guimbarde qui démarra en trombe, conduite par un troisième larron, crachant son CO_2. Le chapeau de la Juive qui était tombé au sol fut poussé par le vent et sembla vouloir remonter la rue déserte à la poursuite des ravisseurs, malgré le vent contraire. Plus haut, la bagnole tourna dans un crissement de pneus sur la place de la Contrescarpe et avait enquillé à gauche la rue Mouffetard pour disparaître. Ces types avaient l'air de connaître leur job, car les menottes de plastique, la bande adhésive sur les yeux et la bouche, avaient été placées sur leur victime en un tournemain, avant même qu'elle ne fût jetée dans le camion.

Il l'avait donc fait enlever, en plein Paris et en plein jour ! *Il* avait dû – je ne sais comment, ce genre de type ne fréquente pas la pègre –

s'attirer les services de voyous pour ce rapt digne d'un mauvais polar, mais pour quelle vengeance ? Ma curiosité était à son comble et je faisais fébrilement les cent pas dans l'appartement, toujours en robe de chambre, le zgueg à moitié à l'air, mes mules au pied, buvant bourbon sur bourbon, jetant de temps en temps un œil torve aux centaines de photos que j'avais prises puis imprimées, jonchant le sol et les meubles. Je me saisis alors de l'une d'elles que l'alcool m'avait déjà fait oublier. J'y vis la juive, le torse nu, ses seins ronds à large aréole sombre, sur le point de clore hermétiquement le rideau qui auparavant avait été laissé suffisamment ouvert pour me délecter de mes indiscrétions. J'aurais juré, à ce moment-là, que si elle n'avait peut-être pas aperçu ma présence à la fenêtre de l'immeuble en face, elle l'avait devinée. Je le soupçonnais à la manière violente dont elle avait alors tiré les pans de ce rideau, le mouvement de ses seins en attestait. Et l'idée qu'elle m'eut peut-être vue ajoutait encore à mon excitation de la savoir désormais entre les mains de ses ravisseurs, comme si, à l'instant précis de cette vision, elle avait pu, par une sombre auto-prophétie, deviner son futur.

J'avais imaginé laisser Klein accomplir la macabre besogne, bien que je crusse qu'il n'en fut pas capable, mais, une fois qu'elle fut en train de se réaliser, je souffrais que ce ne fût pas moi – et moi seul – qui en fus l'auteur, le seul auteur. Une rage jalouse me tenaillait, comme si on avait alléché un fauve avec un morceau de barbaque et que, soudainement, un gardien sadique le lui aurait retiré de sous les crocs. Je m'en voulais de ne pas avoir pris les devants, d'avoir, par couardise – étais-je alors moi aussi un lâche ? – laissé la main à Klein. Je tentais de me raisonner avec du bourbon, en essayant de me convaincre que, après tout, si c'était *sa* vengeance, j'en avais quand même été l'instigateur, dont j'avais tiré tous les fils minutieusement – avec un peu de chance, il est vrai – pour qu'elle se réalise. Mais cela ne me rassérénait pas, un manque qu'aucun alcool ne semblait vouloir apaiser me tenaillait, et je décidais sur un coup de tête de quitter cet appartement dont je n'avais plus rien à apprendre puisque la Juive, en face, s'était envolée, pour retourner au parc Monceau, puis de filer illico en Normandie.

Après avoir enfin pris une vraie douche chez moi, m'être aussi rasé en me coupant tant mon agacement était grand, je fulminais contre les Klein, la Juive, et moi aussi. J'avais le sentiment de m'être fait voler une victoire qui n'aurait pas dû m'échapper. Arrivé à la maison rue Murillo (on entrait dans mon hôtel particulier via cette voie, le passage cocher avait été supprimé en 1925) où je fus accueilli par Tonia, ma bonne salvadorienne, qui m'ouvrit la porte, je m'étais un peu calmé tant par l'observation apaisante de mon chauffeur de taxi, un Africain large comme un ours et muet comme une carpe, mais qui ne faisait que sourire de ses immenses dents blanches que je voyais dans son rétroviseur central, que par la perspective de m'isoler dans mon manoir, au bout de ma presqu'île. J'informai Tonia, une métisse décharnée qui me rappelait Romania, aussi dévouée à ma personne, de mon intention de quitter Paris et empruntai l'escalier monumental de bois sombre qui montait vers mon bureau où, m'asseyant dans mon fauteuil d'acajou, je me serai damné pour savoir ce qu'il advenait de la Juive. Mais, bientôt, il fallut que je me remette à écrire.

***

J'aimais le Cotentin durant ces hivers gris et venteux, la lande brumeuse, mais parfois lumineuse sous ce halo que le soleil parvenait juste à percer, malgré le vent, parfois grumeleuse au matin, ces odeurs tourbées, la pluie fine qui se déversait par grains successifs au gré des coups de norois. Et ces chasses sans fin, en solitaire, du matin au soir, dans *mon* bocage. Je n'étais jamais seul, j'emmenais toujours mon chien, le troisième depuis la mort de Iago, voilà bientôt trente ans. Le dernier en date, Oscar, un Pointer de tout juste un an, déjà grand amateur de gibier à plume, à la robe presque toute grise, me rappelait les chiens des Gringoire de mon enfance. La perspective de me retrouver seul là-bas, je veux dire avec lui et mon flingue, me soulageait du poids de la Juive. Elle ne quittait désormais plus du tout mon esprit et je m'imaginais, naïvement sans doute, que mon éloignement géographique pourrait avoir la moindre influence sur mes envies à son égard. Je me trompais, évidemment.

Alain, mon chauffeur, préparait la Range Rover et dès que çà lui fut promis, Oscar sauta d'un bond dans le coffre de la voiture. D'habitude, lorsqu'Alain me conduisait au manoir, je passais le plus clair de mon temps assis à côté de lui sur la place du mort à rire de ses blagues. Né au Gosier vingt-cinq ans plus tôt, il avait quitté son île pour la métropole alors que les hommes de sa génération restaient au pays, nourris d'argent baguette et autres aides d'État. Il était fini le temps de ces Antillais qui s'exilaient dans la froideur et la tristesse de la métropole pour y devenir fonctionnaires. Aujourd'hui, ils voulaient mourir là où ils étaient nés, mais avec Alain, c'était une autre affaire. Lui, voulait percer. Il avait un don, c'était sûr. Outre l'incroyable expressivité de ses traits que l'on croyait reliés à son âme tant ils parlaient d'elle – ses yeux ronds disaient aussi tout de l'innocence de son cœur –, Alain était pourtant d'une finesse redoutable, un spectateur averti de nos congénères qu'il semblait observer, comme seul un entomologiste eût pu le faire d'un curieux insecte.

Ce sens de l'observation ne tendait qu'à un seul but : tourner en dérision la déplorable, mais ô combien drolatique *comédie humaine* qui se jouait sous ses yeux, et qu'il consignait ensuite dans des sketches écrits de sa seule main, puis qu'il déclamait sur les planches de petites salles parisiennes. Alain, armé de son seul talent qu'il ne galvaudait pas, osait tout, même se foutre allègrement de ma gueule de poivrot, mimant mes manies de soiffard, et d'amateur de femmes à peau noire. Lui qui n'aimait que les Blanches, lesquelles le lui rendaient bien.

Mais ce jour-là, il me vit ivre *et* morose. Malin comme il était, Alain sentit bien qu'il devait s'en tenir à faire le job, et de me ramener chez moi en urgence et en silence, celui-ci seulement troublé par les gémissements d'excitation du chien lorsque nous nous engageâmes enfin dans la verdeur irradiante du Cotentin. Alors que j'étais installé au manoir depuis à peine trois jours et que je ne cessais de penser à la

Juive et à son sort, aux Klein aussi, Clémence, qui était restée au service de la maison bien après la mort de mes parents et demeurée vieille fille alors que son frère Yvan avait embrassé la carrière militaire et commandait une unité d'élite au Sahel, m'apporta mon café-calva avec Ouest-France. Le corps de Clémence Gringoire s'était empâté depuis mon enfance. Elle avait gardé ses joues rondes toujours rougies et ses grands yeux bleus si clairs. Enfant, ces joues étaient trop grosses pour son frêle corps, mais, une fois arrivée à sa maturité, celles-ci avaient comme unifié son être. Elle était devenue harmonieuse. Bien sûr, ses cheveux, autrefois d'un blond de blé, avaient fané et se présentaient désormais comme un écheveau de fins fils d'argent que serrait son éternelle queue de cheval simplement prise dans un simple chouchou noir.

Les Gringoire étaient morts depuis longtemps bien qu'ils survécussent des années à mes parents, mais Clémence avait voulu rester au manoir et, comme il n'y avait plus de bêtes, à part un vieux canasson, quelques poules, trois canards de Barbarie et, bien sûr, le chien, un Bas-Rouge lui aussi hors d'âge, elle se débrouillait pour s'occuper de tout, même de moi lorsque j'étais là. Je vis sa main à la peau rêche, toute cabossée et à la paume caleuse, striée de crevasses, constellée de taches brunes de l'âge, et aggravée par les tâches de la ferme, poser le mazagran de grès gris plein du liquide fumant à côté du verre de gnole. Je souris sans la regarder, en lui demandant quelles étaient les nouvelles du jour lorsque je m'emparais du journal. Elle me répondit, de son accent traînant en s'éloignant vers l'office, que tout était vieux.

Je bus une lampée de calva, puis une deuxième et feuilletais le canard en attendant que le café fortement sucré refroidisse. J'arrivai bientôt aux pages nationales situées entre les nouvelles locales et l'international (bref) et lus ceci, au hasard d'un entrefilet : « *Une femme enlevée, séquestrée et violée en région parisienne* ». La journaliste – elle se nommait Pauline Renard – narrait avec une folle indignation qu'une femme, une certaine Mme M.S. (les initiales avaient été changées, selon la précision de la journaliste) avait été retrouvée par les gendarmes, errant hagarde dans les bois aux environs de Saâcy-sur-Marne, présence signalée par des voisins inquiets. Elle leur avait raconté son calvaire, mais était désormais hospitalisée et hors de danger. L'enquête suivait son cours.

Il n'avait donc pas eu ce courage ; je savais bien qu'*il* ne l'aurait pas puisqu'il était un lâche. Car M.S. était nécessairement la Juive. La séquestration avait bien eu lieu puisque je l'avais vue se faire enlever, mais je doutais même que les ravisseurs aient reçu instruction de la violer. Ils avaient dû ne pas pouvoir résister à l'envie de s'en payer une bonne tranche, mais, en aucun cas, ils ne devaient la tuer, juste lui donner une leçon, c'était tout, et c'était beaucoup trop peu pour moi. En un sens, j'en fus soulagé. Je me félicitais qu'elle soit en vie, car je devais, en dernier ressort, accomplir ce pour quoi je m'étais destiné. Oui, j'allais enfin pouvoir réaliser mon destin, enfin déployer mon *être*.

24

Yossi me regardait de ses yeux aux fines paupières pâles, presque translucides, lesquelles, comme un chat en colère, ne laissaient entrevoir que deux fentes où se noyaient ses yeux noirs. Ils étaient pleins de tristesse, de bonté et de honte. J'eus honte aussi, non pas d'avoir été violée, mais qu'il m'observe de cet air plein de soupçons et de compassion, religieux, pour tout dire, que je pensais si peu sincère ; il m'en voulait d'avoir permis que cela m'arrivât. Je sentais chez lui un besoin irrépressible de reproche à mon égard, tout en essayant de se forcer en vain de s'en défaire. Ses yeux oblongs comme des olives me montraient son âme, la profondeur de son chagrin, la vertigineuse chute de mon être violenté, mais consentant, d'une certaine façon, et c'était cela qu'il me reprochait : que je consentis à mon propre naufrage. Je ne lui en voulais pas. Comment aurais-je pu lui en vouloir d'avoir emprunté cette voie, le chemin de la sagesse n'est-il pas de se désintéresser du monde pour ne plus penser qu'à soi, et à Dieu, aurait ajouté Yossi, dont la barbe noire était déjà piquetée de fils d'argent ?

J'étais soignée à l'hôpital américain depuis sept jours et n'avais aucune envie d'en sortir. J'étais choyée comme un nouveau-né, en tout cas jamais aussi bien que je n'aurais pu l'être dehors, dans ce monde immense et déréglé qui désormais me faisait peur. Au début, je mis cette bienveillance à mon égard sur le compte de mon argent, mais bientôt je sentis que médecins et infirmières qui s'occupaient de moi n'avaient en tête que les viols que j'avais subis, et les moyens de tenter d'apaiser ma souffrance. Je n'avais plus aucune douleur physique, car je n'avais pas résisté aux assauts de ces hommes. Ils m'avaient prise de force, oui, mais la haine que j'avais nourrie depuis longtemps en moi, construite, presque confortée ensuite à chacun de leurs gestes immondes, de leurs attitudes obscènes était telle que, comme un antalgique surpuissant, une sorte d'opiacé, ma souffrance psychique et physique ne fut pas si vive (c'est après seulement, une fois en sûreté, que j'ai eu mal partout dans mon corps).

Alors que j'ouvris les yeux après ma courte sieste et qu'il le vit, Yossi me demanda en hébreu : « Comment va ma petite sœur ? ». Il avait refusé notre langue natale comme le tutoiement. M'isolant ainsi dans le corner de la troisième personne du singulier, limitant sa proximité au seul pronom possessif, il avait voulu m'éloigner de lui, me montrer, encore et encore, que je représentais tout ce qu'il haïssait le plus au monde. Je lui répondis en français : « Je vais mieux, avec un frère comme toi. » Il s'était envolé d'Israël dès qu'il eut appris la nouvelle, ce qui ne m'étonna pas, et avait loué une chambre d'hôtel sans même me demander de l'héberger chez moi. Comme s'il avait su ce qui s'y était tramé. Depuis son arrivée à Paris, il venait fidèlement me rendre visite à la clinique chaque jour vers 14 h. Il me parla de Dieu, bien sûr, de Sa miséricorde, je savais que je ne pourrais y échapper, mais il me dit aussi que la question n'est pas de savoir si le péché conduit nécessairement au châtiment, comme cela semblait être le cas pour moi, puisque tant de pécheurs finissaient leurs jours sans être autrement inquiétés, dans la quiétude même, mais bien que le respect d'une certaine loi – qui participait d'un nécessaire respect de soi – doit gouverner nos pensées, puis nos dires, et enfin nos actes. Il en vint à s'approprier un passage énigmatique de l'*Exode* repris de manière obsessionnelle dans le *Talmud*, en me lançant cette injonction obscure : « Tu dois faire avant de comprendre ».

C'était pourtant ce que j'avais *fait* toute ma courte vie. Il ne savait pas non plus que je *comprenais* tout trop bien, que je n'avais rien à faire dès lors que j'avais tout compris : Toni, l'être sans doute le plus doux qui se put après mon frère, avait lancé ses chiens après moi tant il m'avait haïe de l'avoir martyrisé en l'aimant lui *et* son frère. Toni a toujours douté que je l'aimais, mais je l'aime au fond bien plus qu'Henri ; ça cependant, comment peut-il le savoir puisque je ne lui ai jamais dit, que je lui ai menti en ne le lui disant pas ? Pourquoi ai-je fait ça, ou pourquoi je ne l'ai pas fait ? Sa vengeance, sa violence étaient légitimes, elles l'étaient tellement que j'aurais voulu le voir lui, devant moi à cet instant, au lieu de mon frère. Il m'aurait dit alors, d'un seul regard, que la profondeur de son amour ne souffrait d'aucun manque, d'aucune anomalie même la plus infime, d'aucune espèce de chance d'y échapper. Il fallait donc que j'accepte mon châtiment comme conséquence de ma faute, de mon arrogance, de l'amour *dérisoire* que je me portais.

***

Je dus répondre aux questions des flics, car ils vinrent bientôt me trouver, une fois qu'ils se furent enquis maladroitement par téléphone de mon état. Une femme, se présentant comme capitaine de police, vint me voir, et me demanda si je consentais à répondre à ses questions. Elle devait avoir à peu près mon âge, peut-être deux ou trois années de plus, était habillée d'un jean bleu délavé, de Doc Marten's basses noires et d'un pull en laine gris qui, à la clavicule nue, maigre, osseuse et blanchâtre, baillait, montrant la bretelle noire de son soutien-gorge cheap de chez Etam. La fille – j'appelais toujours les femmes « filles », comme si je fus restée dans l'état de mon enfance – n'était pas vilaine : de grands yeux gris, un nez allongé et droit, un menton quand même légèrement en galoche et des traits de visage plutôt fins à la carnation très blanche, comme l'était cette épaule dénudée. Le problème était qu'elle portait ses cheveux châtains bien trop courts, comme si une flic femme devait nécessairement avoir l'air d'une gouine. Elle ne l'était probablement pas puisqu'elle portait une alliance à son annulaire droit, mais elle semblait se refuser, dans l'exercice de son métier, à la moindre féminité, comme si son être – femme – la priverait de pouvoir être flic.

Mais on ne chasse pas sa féminité d'un seul revers de main, et je voyais bien qu'elle était plus mal à l'aise à cause de sa pose obligée, presque contrite que des tourments qui m'avaient accablée. Elle s'assit, sortit son calepin et son stylo et me dit, en souriant maladroitement : « Je suis le capitaine Latour. Avez-vous reconnu vos ravisseurs ? » Je la regardai, l'air de celle qui ne comprend même pas la question posée. J'apposai mes mains sur mes cuisses, couvertes par le drap du lit, relâchai mes épaules, soupirai et dis : « Quel est votre prénom ? » La fille sembla s'affoler d'une telle question. Ses paupières non fardées papillonnaient, c'était un signe. Mais, docilement, elle répondit bientôt : « Pascale ». Au bout d'un moment, bien sûr, elle sut se ressaisir et comme une agnelle rebellée, fit mine d'oublier ma question.

Je lui répondis alors : « Non, dis-je, ils étaient cagoulés et moi aveuglée.

— Avez-vous une idée des mobiles de cet enlèvement ?

— Non, répétai-je.

— N'avez-vous jamais été menacée et, si oui, par qui ?

— Non, je n'ai jamais été menacée.

— Je connais votre passé, madame Toledano, on ne peut rien cacher à la police, asséna-t-elle soudain.

— Capitaine *Pascale* Latour, je n'en doute pas. Simplement, je ne pense pas que ce que j'ai vécu a à voir avec mon passé, comme vous dites. Ou alors tout ce qui vous arrive a à voir avec votre passé. »

Elle sembla alors comprendre qu'elle ne tirerait plus rien de moi, mais je pensais aussi qu'elle n'abandonnerait pas ses investigations pour autant. Une femme veut toujours savoir *pourquoi et comment* une de ses congénères a été violée. Elle me quitta, en m'invitant à reprendre contact dans le cas où je pourrais lui communiquer des renseignements afin de faire avancer l'enquête. Elle me remit une carte de visite, et je vis, dans son dernier regard, une sorte de colère froide, comme si elle savait que je lui cachais la vérité.

***

Tout au long de ces jours et ces nuits passés, sans que je sache exactement quelle fut la durée de la détention, dans cette maison froide puante d'humidité, *ils* n'ont jamais montré leur visage. L'auraient-ils fait, je n'aurais rien pu voir, car un bandeau fut mis sur mes yeux dès mon arrivée, remplaçant la bande adhésive qui m'arracha douloureusement cils et sourcils lorsqu'elle me fut ôtée.

Les mains attachées dans le dos, les liens de plastique m'avaient meurtri les poignets et j'en portais encore les stigmates sur mon lit d'hôpital. Au début de cette séquestration, j'avais cru qu'il s'agissait d'un enlèvement et qu'une demande de rançon finirait par advenir. Enlever des Juifs censément riches pour des raisons crapuleuses était une pratique devenue courante, mais, étrangement, je ne me suis jamais affolée.

J'aurais dû envisager le pire, car la plupart de ces rapts se terminaient mal pour les victimes. Au contraire, les entendant parler dans un sabir qui m'avait semblé balkanique sans que je sois capable de l'identifier, je ne sentais pas cette excitation des rançonneurs qui piaffent d'impatience et de peur dans la perspective de la réussite – ou de l'échec – de leur plan, cette fébrilité causée tant par l'énormité d'un enlèvement en plein Paris, de jour, que par l'issue incertaine d'une telle opération. Non, ces types étaient visiblement payés pour ce qu'ils faisaient et ils auraient tôt fait de s'égailler dans la nature, une fois perçu l'argent promis. Autre indice essentiel et concordant : lorsque je me suis plainte du froid au cours de la première nuit (mon horloge interne fonctionnait encore à ce moment-là), l'un de mes ravisseurs m'apporta une couverture qu'il posa sur mes épaules alors que j'étais assise sur un fauteuil, les mains cette fois-ci liées aux accoudoirs. Ça c'était avant que la voix de baryton, rauque et grave, un type à l'accent encore plus guttural que les autres, convainque son monde que je serais bonne à prendre, tant qu'ils y étaient. Le baryton était le patron de l'opération et dictait ses ordres à ses acolytes. L'un de ceux-ci avait une voix de fausset déplaisante, même exprimée dans une langue étrangère, mais semblait rechigner à la besogne de me violer, car ce n'étaient pas les instructions des commanditaires. Le troisième homme ne pipait mot. Bien sûr, le baryton triomphait de la voix de fausset aiguë et gauche, mais leur conversation, bien que brève et incompréhensible, me dit tout de la lutte du mal contre le bien. Aveugle, j'avais développé des sens presque inconnus, comme l'ouïe et l'odorat, mais l'ouïe surtout. Et c'est en écoutant distinctement chacun de ces hommes qui me sont passés dessus à tour de rôle, le baryton d'abord, puis la voix de fausset ensuite, et enfin le muet, que je sus que les trois m'avaient violée. Ils recommencèrent une fois qu'ils ne furent plus rassasiés de moi. Puis, jusqu'à plus soif. Ça ne dura pas plus d'une trentaine d'heures, sans doute, pendant lesquelles je parlais à Maman lorsque ces salopards me violaient.

Depuis la mort de Maman, je n'avais cessé de parler avec elle, et elle me répondait. Lorsque je lui demandais conseil, elle me disait ce qui lui semblait bon, elle me guidait. Elle m'avait accompagnée dans les choix les plus absurdes de ma vie, et ne m'avait jamais abandonnée. Et là que j'étais aux abois, cernée par mes ravisseurs qui, à tour de rôle, me pénétraient avec leur violence de lâche, je lui parlais, j'implorais sa grâce, celle dont je n'avais pas hérité. Elle me répondait qu'il fallait que je tienne bon, que ce calvaire finirait par s'achever, qu'une nouvelle vie pour moi s'ouvrirait après ça. Comme si autre chose que la mort avait pu suivre. C'est par le souvenir de Maman morte, mais si vivante puisque je lui parlais et qu'elle me répondait que, petit à petit, Toni s'insinua à nouveau dans mon esprit, pendant ces jours innommables. Contrainte de ne plus rien voir, j'observais mon âme, et la sienne, je la connaissais si bien. Et j'y vis quelle répulsion avait dû lui inspirer ce rapt, mais aussi, tout autant, la nécessité d'y faire face, pour que l'ordre des choses soit maintenu, quel qu'en soit le prix. Je savais que Toni n'avait pu s'y résoudre que contre son gré, mais, poussé par la force, non pas d'une vengeance aveugle, mais bien d'un acte d'amour, il n'avait pu y échapper. Ces viols, il ne les avait pas voulus, j'en étais sûre, il avait dû ordonner à ses sbires qu'il ne fallait en aucun cas me faire le moindre mal, hors cette séquestration punitive. Je sais qu'il ne l'aurait pas admis. Et là, il devait savoir que ces types m'avaient violée, et là, se ronger les sangs, infoutu de venir à moi, honteux de m'avoir plongée dans ce cauchemar, dont je savais qu'il ne l'avait pas voulu, et dont je ne lui en voulais même pas.

C'était trop tard, à présent, le mal était fait, mais je pensais aussi, en regardant mon frère qui était revenu après l'interrogatoire de police, que j'aimais Toni, que je n'avais en fait jamais aimé que lui. Yossi vit cet amour dans mes yeux fatigués, il me sourit puis dit : « L'amour sans justice n'a pas de sens. » Il avait raison et je voulus alors que tout ce qui allait suivre entre Toni et moi soit juste. Justice et justesse sont presque synonymes, il s'agit de faire en sorte que, comme deux pièces usinées qui s'ajustent parfaitement par la grâce d'un calcul mathématique, les deux êtres que nous étions entrent dans une communion qui leur soit propre, comme un puzzle. Mais je craignais de revoir Toni et il devait certainement aussi l'appréhender. Quels auraient été nos premiers mots après tout le mal que nous nous étions infligé ? Comment aurait-il pu me regarder après avoir été la cause de ces viols ? En fait, je me convainquais que nous ne pourrions plus jamais nous revoir, que notre amour était mort, comme dans une tombe, sans lumière, privé du droit d'exister, car le mal avait eu raison de sa présence ; il n'était plus qu'une ombre, une simple allusion qui pèserait à jamais sur nos têtes, flottant comme un spectre.

25

Je vins voir la Juive au premier jour où je sus d'une indiscrétion rétribuée qu'elle était revenue à la galerie après son hospitalisation. Son assistante qui tenait les lieux en son absence m'avait fait part de son indisponibilité momentanée, sans évidemment rentrer dans le moindre détail, et non plus sans savoir que je savais déjà tout, mais m'avait aussi assuré qu'elle reviendrait à la galerie lundi en huit.

Ce jour-là, vers midi, alors que le froid était vif, mais que le ciel affichait un beau bleu roi sans le moindre nuage, je faisais mine de passer par hasard devant la vitrine en y admirant les nouvelles œuvres exposées (comment avait-elle fait pour se les procurer dans un si bref laps de temps alors qu'elle revenait de l'enfer ?). Je la vis derrière le comptoir encaisser l'acquisition du client qui lui faisait face et m'aperçus qu'elle s'était saisie d'un stylo pour griffonner quelques mots sur un bout de papier. Elle tendit alors le papier à l'homme dégarni dont la tête bronzée était sertie d'une couronne de cheveux blancs. Il empocha le bout de papier et je le vis faire volte-face, mais, alors qu'il se dirigeait vers la sortie de la boutique et que la Juive se précipitait pour le devancer afin de lui ouvrir la porte, il ne quitta pas le sourire qui avait dû illuminer son visage béat au dernier regard qu'il posa sur elle. Ce bon vieillard avait été si charmé qu'il sembla hésiter sur la conduite à tenir, à la vue de cette femme qui lui ouvrait la porte. Il se braqua d'abord, refusant cette civilité qui lui apparaissait n'avoir rien de commercial, mais bien plutôt incongru. Puis, au regard qu'il sembla prodiguer à la Juive, sans que je visse le sien puisqu'elle me tournait le dos, il céda et sortit dans la rue en baissant les yeux, comme pour s'excuser de cette entorse aux bonnes manières. « Merci et au revoir, madame, » dit-il, en la quittant, comme à regret.

Bien qu'elle eût les traits terriblement tirés, ce masque ne lui avait pas fait perdre cette grâce insondable, ce supplément d'âme qui, même confronté au pire, semblait lui faire espérer le meilleur. Car du pire viendrait le meilleur. Elle ne sembla pas s'offusquer de ma présence. Je me suis alors dit qu'elle n'avait pas fait le lien entre ses malheurs et moi. Elle sembla trouver dans la présence quelque chose qu'elle cherchait. La Juive m'invita alors à rentrer dans la galerie et me demanda d'un air ingénu si elle pouvait encore me suggérer ses goûts. Je vis cependant, alors qu'elle me parlait ainsi comme si de rien n'était, que sa force diminuait au fur et à mesure de son dégoût du monde croissait. L'un et l'autre se heurtaient sans cesse en elle. Elle m'impressionnait comme si j'avais été un enfant qui observait pour la première fois un fauve blessé dans un cirque. .

Je lui dis alors que Toni voulait la voir. Elle savait que je lui mentais, mais elle sourit quand même, me regarda d'un air innocemment méfiant, puis dit : « Pourquoi ne vient-il pas lui-même, et pourquoi est-ce vous qu'il envoie ? » me demanda-t-elle d'une manière indéchiffrable. Elle aurait dû me virer de sa galerie, elle n'en fit rien, elle m'attendait. Il fallait donc bien que, moi aussi, je joue ce drôle de jeu, ce jeu que j'avais moi-même inventé.

« Ce n'est pas lui qui m'envoie, répondis-je.

— Qui est-ce alors, Henri ? demanda-t-elle, tentant de se convaincre que ses retrouvailles avec Toni passeraient nécessairement par l'entremise d'Henri. Comme si lui seul pourrait la mener à l'autre.

— Oui, dis-je.

— Il est fou, dit-elle.

— Sans doute, ajoutai-je.

— Où est-il ? demanda-t-elle, cette fois impatiente.

— Chez lui, à Louveciennes, répondis-je.

— Alors, partons », dit-elle enfin, comme quelqu'une qui eût quitté sa maison pour ne jamais plus y revenir, à la manière de celle qui brûle tous ses vaisseaux.

Alain avait garé la Mercedes en double fil rue Jacob et s'était discrètement éclipsé, comme je le lui avais demandé. Bien que je ne voulusse plus le revoir avant l'achèvement de ma besogne, je me surpris à le regarder se débiner et, alors qu'il était de dos, il sut que je l'observai, guettant l'air qu'il me montrerait. Il me lança un regard chargé d'effroi. Il savait exactement ce que j'allais faire d'elle, et c'est alors moi qui fus saisi d'effroi. Mais cette histoire devait aller à son terme, et, lorsque nous fûmes sortis de la galerie, j'ouvris la porte côté passager. Tsipora monta, mais avant que je ne referme la portière, elle me jeta un regard trouble et je voulus n'y rien voir, mais, au fond, elle voulait réellement y aller, elle voulait venir avec moi, avec la probable assurance de sa fin. Je me mis au volant de la voiture que je n'avais presque jamais conduite tant je m'étais habitué à ce qu'Alain me mène partout où je voulais. Cet après-midi-là, je pouvais me targuer de n'avoir pas bu une seule goutte d'alcool depuis mon réveil ; cela ne m'était en fait jamais arrivé, ou alors d'un temps dont j'étais incapable de me souvenir. Et je mis ça sur le compte de cette envie de crime qui requérait nécessairement la plus totale sobriété. Ce meurtre tel celui que j'avais conçu ne pouvait souffrir d'approximation. Bizarrement, je ne sentis pas l'effet du manque, mais il devait être compensé par l'adrénaline qui giclait dans mes veines quand on transporte une femme dans une voiture pour la tuer. Pourtant, je n'étais pas nerveux, j'étais même serein, surtout quand elle s'est mise à boire l'eau minérale que j'avais logée dans la contre-porte. Cette eau qu'elle buvait avidement contenait un puissant sédatif qui me permit, avant même que nous quittions l'autoroute, de la voir dormir paisiblement. Tout en roulant, je ne parvenais pas à comprendre la raison ultime qui l'avait conduite à se laisser mener à sa propre fin. Car elle savait que ce ne serait pas à Antoine, ni même à Henri, mais seulement à sa mort que j'allais l'entraîner. J'envisageai qu'elle l'eut voulue, qu'elle ne cherchait en fait que ça, en me donnant ainsi les clefs de sa fin. Il faisait déjà nuit.

Sur la route de Marly, je pris le souterrain, descendis la route qui longeait le parc, virai sur l'arrondi où jadis les chevaux venaient s'abreuver puis remontai dans le village afin d'atteindre le petit chemin forestier, lequel s'achève par un cimetière où la forêt domaniale commence. Je coupai le moteur et les phares, ne laissant que la lumière du plafonnier. Il n'y avait aucune âme qui vive, seule l'obscurité glaciale de cette nuit d'hiver. Je la regardai vivante. Elle respirait de manière régulière, les traits reposés, son nez grec si fascinant et ses lèvres si charnues, comme dans l'attente du baiser de la mort. Je m'emparai de mes gants, m'en habillai les mains puis, ayant éteint le plafonnier, regardant machinalement autour de la voiture afin de m'assurer que nous étions toujours seuls, je me tournai vers elle afin de la contempler une dernière fois en vie, alors qu'elle n'était plus que l'ombre d'elle-même, et que cette ombre dansait déjà devant mes yeux.

Puis, dans une rage froide dont je ne me serais pourtant jamais senti capable ou alors seulement en songe, je me saisis soudainement de son cou et l'étranglai de toutes mes forces. Elle se raidit d'abord, gesticula, se cabrant comme une possédée, mais la puissante pression de mes mains gantées, fortes et sobres était telle qu'elle eut tôt fait de ne plus lutter. Une fois la chose faite, je sortis de la voiture et en extirpai le corps avec une infinie précaution, puis le hissai sur mon épaule et, muni de la lampe frontale que je m'étais procurée, nous descendîmes elle et moi l'étroit sentier qui menait à l'étang que j'avais repéré. Après cinq cents mètres d'une marche glissante, humide, froide et descendante, nous arrivâmes à l'endroit que j'avais choisi pendant mes repérages. L'étang en question ne devait pas avoir plus d'un mètre de profondeur, mais était suffisant pour coucher et dissimuler le corps d'une femme morte. Je tentais de dissimuler le corps au milieu de l'eau, en y pataugeant avec mes chaussures de ville, et ayant avisé une énorme souche inerte à proximité, je m'en emparai avec mal et lui plaçai sur le corps. Puis, sans plus vouloir contempler cette scène, pris d'une colère inexplicable où semblait flotter plus de haine de moi que de remords, je remontai au pas de charge vers la voiture et, ainsi essoufflé, je vis que la lune parut. Le ciel devint plus clair, j'ôtai ma lampe frontale trempée de sueur. Je regardai à nouveau autour de moi, pris de la peur d'être découvert après ce crime. Mais il n'y avait que le silence de la nuit, sauf le chant du vent d'hiver qui porte sur la canopée des grands arbres, il n'y avait plus que ça, et moi.

Les dents serrées, multipliant les regards anxieux autour de moi, je repris le chemin de Paris, laissant dans l'obscurité de cette forêt, non pas seulement le cadavre de cette femme, mais, sans le savoir encore, ce qui restait de moi.

26

J'ai toujours aimé mon frère, comme s'il fut une partie de moi. Oui, mon frère Toni était une partie de moi. Nous nous haïssions parce que nous étions l'un et l'autre une portion indissociable d'un tout. Et nous comprenions lui et moi ce que cela signifiait. La vie n'a que faire des fraternités. Elle n'élance, si elle le peut, que l'homme, pas son frère, et encore moins ses simples semblables. La vie est égoïste, elle n'aspire qu'à son moi, elle ne tolère aucune incartade à cette règle impérative de n'être qu'elle, seule. D'aucuns essayent de se convaincre que sauver l'autre vous sauvera *peut-être* vous-même, mais tout cela est creux et faux, mou comme une guimauve avariée. Tout cela pue l'hypocrisie bienveillante. Il n'y a rien à réparer, la vie se fout de la réparation. Seul l'oubli pourrait réparer, mais puisqu'il n'est pas la vie, il serait bien plutôt la mort.

Je pris la place de mon père lorsque celle-ci fut devenue vacante. Quand on est l'aîné d'une fratrie délaissée par la figure paternelle, on essaye de devenir celle-ci, mais on y échoue à tout coup. Je m'étais convaincu, contraint par un devoir que je sais aujourd'hui absurde, mais qui m'animait sans relâche, que c'était ma place naturelle, et que désormais ma mère *et* mon frère devaient l'accepter. Surtout mon frère. Il me devait reconnaissance, comme une allégeance féodale en quelque sorte, car il fallait bien que je sois son suzerain, et lui mon vassal. Toutes les brimades, les coups aussi que je lui avais fait subir pendant notre jeunesse devaient être oubliés. Ils n'avaient plus de sens à ce moment puisque j'avais maintenant l'autorité morale, la légitimité du père. Cette conviction ne m'a jamais quitté et lorsque je pense à lui, je ne vois que son ingratitude, son refus obtus de m'avoir vu comme son sauveur. Mais il est venu me voir à Châteaufort, je lui ai tout dit comme jamais je ne l'avais fait auparavant, et depuis je ne vois plus le même personnage. Il n'est plus le même homme, pour moi. Il souffre, je le sais, et ça me mine. Je n'avais maintenant que faire de son improbable reconnaissance, il fallait que je fasse ce que j'avais à faire, et peu importait quelle stupide gloriole j'en aurais tirée.

J'avais brisé mon frère sans le vouloir, comme lui l'avait fait de moi en naissant. Bien sûr, pour qu'un tel bris se réalise, il faut toujours l'intercession d'un tiers, mais il faut aussi que la brisure soit involontaire. C'est vrai cependant, le mal peut être perpétré seul et de manière délibérée. Le premier n'est que le fruit de la méchanceté ou de la bêtise – pas toujours les deux en même temps –, on sait qu'il va nécessairement advenir puisqu'on peut assister à ses préparatifs, il ne se cache pas ; le second, lui, est sournois, car il vous éreinte par surprise, il vous saute à la gueule sans jamais qu'on puisse le parer. Lorsque Toni quitta Châteaufort, les ravages de la peine, les stigmates de la haine se lisaient sur son visage. Il ne savait pas cacher ses sentiments, et encore moins les plus violents. Il semblait tituber comme un boxeur groggy, sonné pour le compte, acculé dans les cordes, et infoutu de parer le prochain coup.

Lui, l'homme qui avait perdu sa femme trop tôt, lui qui avait tant souffert de cette disparition alors qu'elle ne l'avait pourtant que trompé tout au long de son mariage, avait trouvé avec Tsipora une manière d'oubli de ce double échec : sa mort, puis la découverte de son adultère, sa trahison.

J'avais toujours fui le commerce trop prolongé des femmes, mais, pour mon frère, une présence féminine *définitive* était nécessaire, presque vitale. J'avais hérité de ma mère en portant ses gènes, de sorte qu'elle était tellement en moi que je n'avais donc aucun besoin ni même envie de la présence continue d'une femme pour pallier l'absence nécessaire de ma mère. Un célibataire est celui qui a accepté de se priver de sa mère. Moi, j'ai accepté ça, car lorsque mon frère est né, je n'en ai pas voulu à ma mère, mais à mon frère. C'est lui qui a surgi, me spoliant de l'attention constante de Maman. C'était normal, avais-je d'abord instinctivement pensé, puis je me le suis confirmé beaucoup plus tard alors que je fus doué de raison, alors aussi que je l'avais si mal vécu pendant toutes ces trop longues années : une mère offre toujours le premier soin affectif au plus petit. Et comme en plus, je pressentais ressentir exactement ce qu'elle-même ressentait, je continuais d'aimer ma mère, me détestant de plus en plus, et en haïssant mon frère.

Ai-je aimé Tsipora ? Devrais-je même me poser la question ? Était-ce ma faiblesse de taulard qui me fit devenir mièvre et doux comme du sucre ? Susurrer à l'oreille de cette femme que je l'aimais alors que je m'étais toujours foutu de l'amour, car je n'avais envie que d'elle, de son corps suave qui sentait le narcisse. Il y avait chez elle, en plus, une odeur de fraise mûre, comme celle qu'on lave sous l'eau et qu'on coupe avant de la placer dans le plat où la cassonade la sucrera encore un peu plus. Tsipora, c'est *l'Empire des sens*, la passion faite femme dont le parfum vous hante longtemps après l'avoir quittée, mais ce n'est jamais qu'une femme. Bien sûr, ces longues semaines furent sans doute les plus intenses sensuellement de ma vie. Bien sûr, je ne pensais qu'à elle quand nous étions séparés, mais cela n'était, comme elle et pour moi, du moins croyais-je à cette réciprocité, qu'une relation phéromonale, une fugue entre un homme et une femme qui savent que leurs liens ne les mènent à rien, les délient plus qu'ils ne les lient.

C'est pourquoi je ne m'étonnais pas qu'elle n'ait pas réagi au mot que j'avais envoyé lui révélant tout. Si j'étais convaincu que Tsipora ferait l'assaut du téléphone de mon frère, et que lui refuserait d'y répondre, j'étais aussi sûr qu'elle ne ferait pas le siège du mien. Ce qui m'étonna plus c'est que Toni m'appelât une nuit, il devait être 1 h 30 du matin, de ce que je me souviens de ce moment où j'entendis mon téléphone vibrer sur ma table de chevet. Depuis la prison, je prends des somnifères pour dormir, et il a cherché sept fois à me joindre entre 1 h 30 et 1 h 52 sans que j'entende ses appels. Puis, j'ai enfin pris le dernier.

Je sentis à son « Allô », lorsqu'enfin je fus en mesure de lui parler après avoir bu un grand verre d'eau, non pas une interrogation d'usage, mais une voix qui se brisait. Je ne sais comment il fit pour composer mon numéro sans trembler, mais il était évident qu'il était sur le point de craquer. Cette voix, mille fois entendue, mille fois haïe aussi, pourtant si belle et grave, ne trouvait plus la force nécessaire de me parler. Je demandai, presque aveugle :

« Tsipora ?

— Elle est morte, répondit-il dans un souffle sanglotant. Assassinée. On a retrouvé son corps en forêt de Marly. J'habite Louveciennes. Ils vont savoir pour nous trois. On va me soupçonner, c'est sûr », gémit-il.

Toni avait reçu un coup de fil de Lila, laquelle avait elle-même été informée par tante Irène à qui les autorités avaient révélé le meurtre. Je n'avais pas besoin de constater au téléphone l'état de mon frère à cet instant pour savoir qu'il aurait été incapable de commettre un tel crime. Il n'aurait jamais fait de mal à une mouche, lui qui, enfant, se refusait même à écraser une araignée. Je n'avais pas de soupçons, je savais qu'il n'était pas l'assassin. Mais alors qui ? Tsipora, je le savais, car elle me l'avait dit, sans probablement l'avouer à mon frère, avait eu des dizaines d'amants éconduits plus ou moins brutalement ou seulement maladroitement, et il semblait au premier abord qu'il fallait chercher parmi ces hommes répudiés pour essayer de trouver son meurtrier. Mais bientôt, je m'aperçus que je faisais fausse route. Un seul homme pouvait avoir fomenté ça, et ce n'était pas un amant délaissé. Sortant de prison, empli d'un vide spectral, absent de moi-même, créchant méchamment dans un des appartements de Max, je n'avais pas fait assez attention lorsque, une fois que je fus un peu remis sur pieds, il me conduisit à Tsipora. Je lui devais tout à ce moment-là, et je n'ai donc pas compris – ou pas voulu comprendre – quel jeu il jouait. D'ailleurs, comment pouvait-il le savoir lui-même ? Mais j'aurais dû le deviner, car je connaissais trop bien le machiavélisme du personnage. Sa sinistre et folle machination m'apparaissait alors sous une évidente clarté que ce meurtre mettait enfin en lumière. Bien sûr, il était l'assassin. Et non seulement il l'était, mais sa préméditation remontait sans doute à bien avant le moment où, simple étape de son plan foutraque d'alcoolo vicelard, il m'avait fait rentrer en scène. Avait-il déjà pensé à la tuer dès ce moment ? C'est possible, voire probable, ce type de crime nécessite un long mûrissement, une maturation suffisante pour permettre de se convaincre que le passage à l'acte devient non seulement aisé, mais nécessaire.

La vérité était que ce salopard nous avait tous bien baisés, mais là, à ce moment de l'histoire, je ne pouvais pas le haïr comme il l'aurait fallu que je le fasse. Je devais obtenir quelque chose de lui et donc veiller à ce qu'il me le donne. La haine est visible, elle ne peut se cacher, car précisément elle est la haine. Tout peut se dissimuler, sauf la haine. Il fallait donc, pour que j'arrive à mes fins, montrer à cet assassin que, malgré ses crimes, je ne le haïssais point encore. Mais il y avait urgence, car Toni avait raison, on allait le soupçonner, et peut-être moi aussi, d'ailleurs. Je devais confondre Max, au plus vite.

27

Tout ça était cousu de fil blanc : Toni Klein faisait un parfait assassin avec un mobile en or : tuer par jalousie, tuer cette femme, bien sûr, mais aussi, en même temps, tuer son frère aîné, son héros depuis l'enfance. Bien que naturellement immodeste, je m'étonnais moi-même de ma persévérance, de mon entrain, malgré mon alcoolisme à avoir imaginé ce plan pesé au trébuchet, et l'avoir mené à bien. Je me réjouissais alors encore comme un môme que mon plan ait pu fonctionner de manière aussi brillante. Ce fut la décade pendant laquelle je fus le plus en harmonie avec mon *être* de toute mon existence.

Cependant, au bout de seulement quelques jours après ce crime si délicieux, pour tout dire, apaisant, une étrange et insidieuse question vint à poindre. Je dis « étrange », car je m'étais vite convaincu qu'aucun doute n'était possible : Klein était un coupable tout désigné, non il était *le seul coupable*. Qui d'autre aurait pu en vouloir à ce point à cette femme ? Je dis « insidieuse » parce qu'elle naquit de manière d'abord si ténue, discrète et elliptique que je décidais d'abord de ne pas autrement m'en soucier. La question, d'abord occultée dans l'euphorie d'une réussite facile, était : « Pouvait-on me soupçonner ? » Après tout, Klein avait peut-être un alibi ce soir-là. En outre, les enquêteurs auraient aussi pu interroger Jessica, la jeune assistante de la Juive à la galerie, l'étudiante aux Beaux-Arts avec son visage de poisson-lune, à qui j'avais versé de l'argent pour lui tirer les vers du nez afin de savoir quand sa patronne rentrerait à la galerie. Cette fille n'aurait pas besoin de se faire prier pour tout raconter aux flics, et me faire mettre sur le gril. La Juive avait été séquestrée, violée, puis tuée, de sorte qu'il était sûr que la police mettrait un point d'honneur à élucider cette affaire. Je me mis à avoir peur. Et cette peur d'être chopé s'en doubla d'une autre.

J'avais jubilé de ce maître-jeu, d'être, au fond, l'administrateur du mal, le démiurge, l'alpha et l'oméga de tout ce qui est de pire en l'homme. *J'ai résolu d'être un scélérat*, fait dire Shakespeare au roi contrefait, je le suis devenu comme un bébé va au sein. Mais ma satisfaction personnelle, mon contentement égoïste d'assassin ne purent résister bien longtemps une fois que le doute sur le risque que je courais devenu évident se fut installé sur ma tête. Et c'est alors que mes nuits commencèrent à être hantées. Les nuits, revient l'étang. Chaque nuit, elle sort de l'eau gelée (un promeneur avec son chien avait découvert le corps pris dans la glace et le chien, trop curieux, avait fouaillé dans ce cloaque pour exhumer ces cheveux noirs suintants), et me hante. L'instant où elle s'en extirpe, je vois ses bras maigres et blêmes se hisser hors de cette eau putride, sa tête sortir de la fange, sa chevelure obscure, son dos, puis ses fesses couvertes de crasse fétide, se tenir debout, ruisselante de vase infâme et d'éclats de glace qui la parsèment de toutes parts, les yeux blancs, le teint livide derrière la croûte de pourriture qui la grêle.

Elle arrive à ce moment même, suintant la haine au pied de mon lit. Elle m'observe simplement, même pas méchamment de son regard blanc, puis je ne vois plus rien, car mon rêve s'achève là. Cependant, l'instant d'avant, elle se dirige vers moi couché, sans défense face à ce spectre, et à la dernière seconde, lance ses mains ouvertes couvertes de pustules pour m'étrangler. Je ne résiste pas à sa strangulation, car c'est là que mon rêve meurt. Ce songe revient à chacune de mes nuits, comme si je dois vraiment expier ce crime. Y aurait-il donc une justice ? Je n'avais jamais cru en l'existence de l'enfer, mais là, je le vivais chaque nuit, et c'était cette femme après sa mort qui m'infligeait ces tourments infernaux. Alors, je décidais de ne plus me mettre au lit et, vers les cinq heures du matin, je finissais par m'affaler sur le divan Biedermeier de mon bureau, ivre de fatigue et d'alcool, pour ne plus avoir à affronter la nuit et son spectre. Attendant un nouveau *delirium tremens* que je sentais poindre, à chaque instant.

On a dit que les hommes qui avaient pourtant aimé tuer des juifs par milliers à l'Est, de la Lituanie à l'Ukraine, finirent par ne plus pouvoir supporter la vision quotidienne et lancinante des cadavres. Un haut-le-cœur qui finit par contraindre de se mettre une balle ou d'être évacué sur l'arrière – quel arrière, d'ailleurs ? – et finir en asile psychiatrique avec une euthanasie à la clef. Cette nausée, je l'avais, et plus seulement la nuit depuis quelque temps. Car, pétri de cette fierté impudique qui n'avait survécu que quelques jours pendant lesquels je me refusais à voir l'énormité de mon crime, pour ne me délecter que de sa mise en œuvre. Et, chaque nuit, le fond revenait sauvagement ravager la forme. J'attendais Henri, à présent. Il allait venir, je le savais. Lui seul saurait me délivrer de ça, de cette lancinante et douloureuse exécration de moi. De cet infini froid intime que seul le remords d'un meurtre peut prodiguer. J'avais longuement écrit, Henri saurait en tenir compte au moment de me juger.

***

Ce fut donc moi, toute haine rentrée, qui vins à Max, car il n'aurait jamais eu le courage de le faire. Avouer, sans doute, il l'aurait fait en ma présence, mais aller à moi, il en aurait été incapable. J'étais sur la route et, cessant de penser à lui, à mon frère, à Tsipora, me concentrais sur moi. La conduite a ceci de plaisant qu'elle vous permet de vous déplacer tout en pensant à autre chose que ce quoi vous êtes obligé de penser. Et puis dans le train, c'est différent, vous n'êtes pas seul. Vous ne pensez pas de la même manière que vous soyez seul ou pas. Dans cette voiture que j'avais louée, roulant nonchalamment sur l'autoroute de Normandie, il me vint une intuition.

Celle-ci semblait être causée aussi bien par le bien que j'allais faire en acculant Max à la reddition, et sauver ainsi mon frère que par la découverte d'une évidence. Pendant tout le temps où je fus en prison, je m'étais interrogé sur les raisons pour lesquelles j'y avais été mis. Mais ne me connaissant aucun vice suffisamment grave qui aurait pu justifier une si injuste exclusion du monde, je n'avais toujours aucune réponse. Toutes les femmes qui m'avaient poursuivi en justice avaient menti. Effrontément. Jamais je ne l'aurais fait si elles ne m'avaient suggéré que je le fasse. Jamais je n'aurais touché une de mes patientes sans qu'elle ne me le demande. Je veux dire par là que la suggestion est toujours coupable dès lors qu'elle induit nécessairement un doute dans l'esprit de celui qui en ait le récipiendaire. Elles m'ont toujours sollicité, et il y en a si peu qui ont déposé plainte.

La question n'était donc pas de savoir, ici dans cette voiture alors que je passais le Val de Seine et que les forêts de chênes étaient dénudées de leur verdeur charnelle, si j'avais réellement fauté, mais si mon rapport aux femmes n'était pas tronqué par je ne sais quel trauma. Je ne pensais cependant pas à un drame individuel, c'était plutôt quelque chose de collectif, concernant à peu près tous les animaux terrestres. Je m'imaginais, alors que j'abordais le périphérique de Caen, ces êtres, sortant de l'eau originelle, affublés d'un moignon de membre externe, rescapé d'une ancienne nageoire bien incommode pour se mouvoir et échapper à ses prédateurs. Puis, je songeais à la sortie du ventre maternel, comme si le trauma de l'expulsion de l'eau nourricière, bénite en quelque sorte, devait se répéter à l'infini de l'existence des mammifères. Enfin me vint l'explication définitive de cette fulgurance qui finit par confiner à l'extase, j'avais compris, non pas pourquoi j'avais passé trois ans en prison – ça je ne le saurais jamais –, mais bien que ma sexualité exacerbée ne fût que l'ultime tentative infructueuse d'une impossible réparation. D'une sorte d'imposture qui devait nécessairement mal se terminer, précisément parce que son agent était un imposteur. J'avais donc fait le tour de la question, et elle était vaste, de sorte que j'arrivais dans la cour du manoir de Max gonflé de cette conviction d'avoir tout à gagner, et surtout ne rien avoir à perdre.

***

« Que comptes-tu faire ? » grognai-je sans le regarder, une fois que je me fus installé dans l'immense fauteuil style Louis XIII matelassé d'un velours grenat un peu passé et installé devant la cheminée en granit gris où crépitait le feu gigantesque de cet âtre immense. Après le dîner, Max avait fait éteindre toutes les lumières. Clémence, sa besogne achevée, était allée se coucher sans un mot, comme si elle sut ce que Max avait fait, et seules les flammes rouges, jaunes, bleues parfois dansaient devant nos yeux, éclairant nos visages par intermittence, tantôt une lumière, tantôt une ombre sur nos mines sombres. Seul son chien semblait bien, vautré là, soupirant d'aise aux chauds crépitements du feu. Il me servit un nouveau coup de calva d'une de ces bouteilles en grès qu'on chope d'une mince anse par le pouce, geste justifié par le fait que mon verre était vide, et lui-même ne s'oublia pas. Il siffla le sien cul-sec puis dit : « Tu penses que je vais me livrer ? » demanda-t-il faussement ingénu, un air cinglé dans son regard ivre, au coin d'un œil torve.

J'avais appelé Max peu de temps avant pour lui dire que je devais le voir après avoir compris qu'il était l'assassin, sans même me soucier de ses motivations. Après tout, le cerveau humain est sans doute ce qui se fait de plus complexe au sein du monde vivant, et il serait bien aventureux de vouloir se risquer à des conjectures qui, de toute façon, n'auraient aucune chance d'être validées. Il l'avait tuée, c'était à peu près tout ce qu'il y avait à dire. Il avait enfreint le commandement le plus sacré, pour le seul plaisir de satisfaire ses instincts les plus bas. J'aurais voulu lui cracher à la gueule quand il me posa cette question saugrenue. Je lui répondis alors :

« Je ne sais pas ce que *tu* vas faire, mais je sais ce que tu vas faire pour *lui*.

— Pourquoi devrais-je sauver ton frère ? C'est un pleutre, tu le sais bien.

— En le sauvant, c'est toi que tu sauveras, dis-je en le toisant du regard alors qu'il avait enfin osé lever les yeux vers moi et que mon envie de l'humilier s'était estompée.

— C'est toi qui me dis ça alors que tu m'as toujours seriné le contraire ?

— Tu as dû mal me comprendre, Max, il n'est pas question que mon frère aille au trou, j'y suis allé, il n'ira pas, c'est simple. Alors, ou tu craches le morceau ou je te balance.

— Tu n'as aucune preuve.

— Tu n'as pas d'alibi, et si les poulets se mettent à cuisiner ton acteur-chauffeur, ils auront tôt fait de penser qu'un type qui conduit une voiture pour la première fois depuis dix ans pour y emmener une femme a nécessairement quelque chose à se reprocher. Surtout quand la femme en question finit zigouillée. Tu es déjà mort, Max. Après, c'est une question d'honneur, mais quel honneur as-tu, toi, qui as tué cette femme ? »

Max hésita, encaissant la charge, puis se leva presque d'un bond lorsque j'eus prononcé ces mots. Il tituba un peu, mais alla quand même à un secrétaire que je n'avais pas remarqué lorsque j'étais entré au manoir ce matin-là. Je le connaissais pourtant si bien ce manoir tant nous y avions passé des moments inoubliables, des bouffes mémorables. Il ouvrit la tablette, piocha dans sa paperasse, et en exhiba fièrement un document relié. Titubant désormais totalement sous l'effet de l'alcool, du désir, du dégoût, sans doute, il s'assit lourdement sur son fauteuil, se servit encore, but encore, et me tendit les papiers d'une main sûre. « C'est mon testament, Henri, prends-en soin ! »

***

Je partis le lendemain en ayant suffisamment lu la prose de Max pour me convaincre que Toni échapperait à des poursuites pour meurtre. Quant à Max, comme il se l'était promis, Clémence Gringoire m'annonça par un bref texto qu'il s'était foutu en l'air, après avoir tiré sur son chien avec son fusil de chasse, puis avoir utilisé la deuxième cartouche de chevrotine pour lui. C'est deux jours plus tard, alors que les morts avaient été enlevés, la chambre nettoyée avec soin par Clémence qu'elle m'appela pour me dire qu'elle avait trouvé le testament de Max dans un des tiroirs de son bureau. Que devait-elle en faire ? Je lui répondis qu'elle n'avait qu'à me l'envoyer pour que je voie de quoi il retournait. Elle acquiesça, sans doute heureuse de se débarrasser de ce douloureux exercice. Comme elle avait une sorte d'allergie électronique, Clémence ne s'était jamais faite à internet, de sorte qu'elle dut m'adresser le testament en question par la poste, ce qui prit plus d'une semaine avant qu'il ne me parvienne.

Je lus le texte lorsqu'il fut enfin entre mes mains :

Je soussigné, Maxime Michaux qui, depuis longtemps, n'est plus sain de corps et d'esprit, mais dispose encore de suffisamment de lucidité et d'à-propos pour faire part de mes dernières volontés quant au sort de mes biens. J'entends d'abord qu'Henri Klein, médecin de son état, soit institué comme mon exécuteur testamentaire. J'entends ensuite que ledit Henri Klein, ou toute personne qu'il pourra mandater afin d'y pourvoir, procède à la réalisation de tous mes biens, et ce au plus offrant. Qu'il liquide mes actions, qu'il vende mes immeubles, et, sur le prix de ces ventes, déduction faite du paiement des impôts auxquels je suis assujetti, il en verse l'intégralité à la Société Protectrice des Animaux (SPA). Je ne veux cependant pas que ce que j'ai fait reste sans conséquences, même si je sais bien que l'argent, comme la fraude, corrompt tout. J'entends donc, pour me laver de tous mes péchés au-delà de ma propre mort, c'est dire que de mon héritage soit extrait un legs de cinq pour cent (5 %) de l'actif net restant pour les frères Klein. Henri Klein saura comment répartir la somme qui sortira de ce calcul.

Pour valoir ce que de droit.

Fait à Maupertuis, le 24 avril 2022

Épilogue

La crémation de mon père m'avait convaincu que la vie n'est qu'une succession funèbre. Les morts la jalonnent de ces disparitions plus ou moins subites, toujours tragiques, qu'on ne peut pas totalement oublier. Elles vous marquent, comme des cailloux que l'existence contraint à poser au sol, repérant ainsi maladroitement le chemin qui mène à votre propre perte. Et ça arrive tôt, très tôt, comme s'il fallait, dès le plus jeune âge, que l'on s'habitue déjà à sa propre disparition, par le truchement de celle des autres. La vie est bien faite, elle vous force à vite appréhender votre propre finitude, et celle-ci vous terrorise alors peut-être un peu moins puisque l'on s'y est habitué.

J'avais à peine six ans lorsque Mamie mourut. Le teint jaune presque ocre, dévorée par son cancer du pancréas, allongée sur le canapé du salon parsemé de tapis d'orient, de souvenirs et bibelots que mon grand-père avait ramenés du monde entier, son corps décharné, si frêle couvert d'une laine verte, et d'un châle bleu, les lèvres ourlées de rides encore frémissantes et roses qui m'avaient tant aimé de ses baisers, gavé de ses tartes à la rhubarbe trop sucrées, de ses raisins de Corinthe dont elle m'assurait qu'ils me *gâteraient* les dents. Son odeur, comme une eau de parfum antique, aussi avait été inoubliable. Tout en elle *était* inoubliable. Et pourtant, elle partit, et je l'oubliais. Mais ce que je garde en moi, c'est son parfum qui, cinquante après, me raconte encore ce qu'est une vraie *femme*, dans cette insigne dignité de mère et d'épouse trahie.

La faucheuse a continué à frapper sans relâche, les parents de ma mère, ma mère elle-même, et, saut générationnel aberrant, Anja et Tsipora. Justement, ultime pied de nez de cette chienne de vie, voilà que la dernière chance d'être heureux en amour m'avait été offerte, je me l'étais fait doublement piquer : elle m'avait échappé au profit de mon propre frère, et ce cinglé de Michaux l'avait butée ! L'amour conduisant à la mort, n'était-ce pas un truc terriblement remâché, romantique ? Un lieu commun aussi tragique qu'absurde, mais c'était pourtant bien ma réalité. Je n'avais donc rien inventé, mais étais le bête fruit de ma filiation et de mon passé.

Lorsqu'Henri m'annonça le legs de Michaux, fait d'argent et d'un récit, je voulus savoir quelle était cette histoire qui, je le ressentais intimement, recelait quelque chose qui m'était propre. Il me dit que Michaux avait laissé un texte ahurissant où il s'accusait de son crime, tout en essayant de s'en expliquer.

Il devait me le faire lire, car justement, selon mon frère, il y était aussi question de la succession des morts dans la vie des vivants. Comme si Henri, Michaux et moi, avions pensé la même chose, *presque* au même instant, l'un écrivant, et les autres lisant. Sans me préoccuper le moins du monde de l'argent du legs, ça ne m'intéressait guère, si tant est que ça ne m'intéressât jamais, je demandai à mon frère de m'envoyer le texte. Henri me dit encore : « Il a écrit sur toi, sur moi aussi, mais surtout sur toi. »

Le surlendemain, curieux comme une pie, je reçus une enveloppe pleine d'une centaine de pages dactylographiées en gros caractères, type 14, interligne 1,5, sans titre, et pas même numérotées, mais, semblait-il, dans l'ordre. Avant de lire ça, je me suis répété ce que je savais depuis que j'avais découvert le piège que Michaux m'avait tendu, savoir que ce type était le plus odieux des salopards, non pas seulement qu'il eut assassiné *ma* femme, mais que je porte aussi le chapeau de son crime. Son humanité résidait bien quelque part, n'est-ce pas, ou alors n'en avait-il aucune ? Je misais, pour le dédouaner, sur l'admiration qu'il avait portée à mon frère, comme moi étant enfant. Je pariais aussi sur le fait qu'il devait avoir tant aimé Tsipora pour la tuer.

***

La lecture assidue, répétée et presque perverse de sa folle prose me fit imaginer – c'était ça le plus dingue – qu'elle devait être complétée. Oui, complétée par mon propre récit de l'éternel Livre des Morts. Michaux, dans sa folie furieuse alcoolisée, m'avait déniaisé. Il m'avait offert, de manière posthume, le goût absolu de remettre *son* ouvrage sur *mon* métier, car lui avait osé franchir le pas, mué par son *être,* ployant sous le joug de la mort. Et, comme je l'étais aussi à ma manière, il me communiqua une sorte de joie, oui d'allégresse qui me porta enfin hors de mes convenances obtuses. Une liberté, en somme. Son texte m'obligeait. Il fallait que je reste fidèle au récit et à sa langue, tout en prenant un soin hygiéniste à m'en démarquer tant ses psychoses me foutaient les jetons. Michaux parlait de lui, de sa mère, de moi, de mon frère, de son père, de sa victime. De la Mort, de Dieu aussi. Ce fut donc Tsipora qui s'imposa. Le récit de sa vie comme premier pare-feu à la future folie criminelle qui allait l'annihiler ! Il fallait que je lui donne d'abord la parole, pour anticiper le récit de Michaux. Je ne voulais plus dialoguer avec elle, même morte, mais ressentais un besoin irrésistible de la faire parler. Qu'elle exprimât enfin ce qu'elle avait sur le cœur pendant tout ce temps où elle n'avait pas été avec moi, et même après moi. Et puis, c'est vrai, je voulais tellement la faire parler, car j'avais tant aimé le faire jadis. Je la ressuscitais, ainsi.

Je ne savais à peu près rien de sa vie intérieure, avant qu'elle ne connaisse Henri – elle était plutôt taiseuse à ce sujet. Lorsque j'avais osé l'interroger sur son passé affectif, elle m'avait répondu sèchement qu'elle n'avait de compte à rendre à personne. La belle affaire ! Je n'ignorais pas que l'on ne file pas sept barres à une femme pour ses beaux yeux verts et son profil assyrien. Je savais aussi que ce procès grotesque intenté et perdu par le fils Spire relevait d'une sordide revanche affective. De sorte qu'il était facile de tout imaginer d'elle. Je logeais donc sa vie rêvée avant le récit de celle de Michaux, celui-là vrai, du moins pas inventé, j'en étais sûr. Je faisais un puzzle, comme celui que ce salopard m'avait infligé avec son roman-photo. Et je commençais à y prendre goût, car je me commettais comme jamais. J'écrivais nuit et jour, à coup de café, ne foutant plus les pieds au bureau, trépignant comme un môme quand rien ne me venait. Michaux avait-il déteint sur moi ?

Il y avait là aussi une entreprise bien téméraire de ma part. Bien vicieuse, surtout. Elle m'avait trahi, ce qui avait causé sa mort, comme celle d'Anja, d'ailleurs. Alors fallait-il pousser le masochisme jusqu'à l'imaginer en une jeune femme dépravée et lubrique, se vautrant dans la fange friquée de Spire, après avoir circonvenu la pauvre Lila ? fallait-il aussi que je la dépeigne en femme tentée par la rédemption (avec moi) alors qu'elle savait elle-même qu'elle irait irrémédiablement dans le mur ? Mais pourquoi aussi ce désir si cruellement vain de la voir seulement comme *ma* femme alors qu'elle ne pouvait être celle d'aucun autre ?

***

Dans la suite de ma lecture de l'œuvre noire de Michaux vint un immense vide avant qu'il ne reprenne haleine, à la bibliothèque de l'Ordre. Quelle autre présence que celle de mon frère aurait pu combler ce silence ? Michaux m'avait donné tous ses codes, en racontant ses échanges avec Henri, de ceux que je n'avais jamais eus de mon propre frère. C'était étrange qu'un tiers m'ait enfin donné à lire ce qu'Henri pensait vraiment. J'avais un compte à régler avec lui, de toute évidence, mais, avant cela, il fallait que je termine le récit de Michaux. C'était glaçant. Moi qui suis sain de corps et d'esprit, quoiqu'un peu original, je lisais ces lignes comme un médecin psychiatre l'aurait fait d'un patient schizophrène. Cette totale mise à l'abîme, cette descente aux enfers programmée, désirée, de si longue date, chez Michaux, tout ça me fit frémir. Du soir où il me vit avec Tsipi lors de cette cérémonie, son sang ne fit qu'un tour, et ce sang ne pensa qu'au meurtre. Je l'avais vu dans ses yeux lorsqu'il nous mata de manière si ostensible lors de cette cérémonie, et qu'il nous suivit dans les couloirs du Palais pour ensuite faire mine de fumer une cigarette, le temps que nous nous éloignions. Je l'ai bien vu, même s'il tenta de se la jouer discret, mais un alcoolique n'y arrive jamais. C'était donc bien connaissance prise de ça – sa présence de squale ivre qui rôdait autour de nous – que notre discussion avec Tsipi s'était envenimée ce soir-là. Sans doute qu'elle s'emmerdait aussi ici où ça puait le vieux cul, elle m'avait très vite fait comprendre qu'elle ne traînerait pas là longtemps. Mais lorsque je me sentis à ce point observé par cet homme, je lui dis qu'on devait partir illico, ce qu'elle refusa dès lors que nous devions partir ensemble.

***

Ce qui m'avait frappé dans le récit de Michaux à propos d'Henri, ç'avait été son intuition de sa culpabilité dans ces viols gynécologiques. Je l'avais partagé. Il était coupable, il fallait qu'il soit coupable. Tout ce dialogue entre ces deux hommes me contraignit presque à écrire l'histoire de mon frère et moi. À charge, nécessairement. Toute œuvre, pas seulement littéraire, est un compte que l'auteur règle avec lui-même, et avec les autres, dans toute l'étendue de leur médiocrité. Mais cette œuvre, justement, ne peut pas faire l'économie du présent, du réel, lorsque celui-ci vous offre votre frère comme sauveteur. Car il m'avait sauvé la mise et je ne pouvais définitivement plus le voir de la même manière. Nous étions tout seuls, lui et moi, coincés entre la vie et la mort. La suite du récit de Michaux m'avait entraîné vers les ténèbres, et j'avais eu la pénible sensation qu'elles étaient inscrites en moi, à force de le lire et de le relire. À force aussi de cette malédiction qui me poursuivait avec ces femmes. Et à force enfin, mais surtout de cette maladive envie d'en décrire les pires contours. Une seule chose restait de tout cela, Michaux et moi étions immortels.

Imprimé en France
Achevé d'imprimer en mai 2023
Dépôt légal : mars 2023

Pour

Le Lys Bleu Éditions
40, rue du Louvre
75001 Paris